899,∞

D1725672

Dušan Miklja

MIRIS LOŠEG DUVANA

Laguna

MIRIS LOŠEG DUVANA

SADRŽAJ

I

HORIZONTI

Predeli detinjstva: s majkom

Otac uoči rata

Prvi prizor rata

Prvi prizor rata javio se u vidu vedrog prolećnog prepodneva i pustog raskršća na kojem se, tačno u ravni podrumskog prozora, zatekao usamljeni prolaznik. Kao da nije čuo sirene koje su upozoravale na vazdušnu opasnost, nije nimalo žurio, niti je bilo čime drugim pokazivao da je uplašen ili makar uznemiren. Da je, kojim slučajem, na ulicama bilo više ljudi, i među njima bi se izdvajao urednom, ali takođe staromodnom, gotovo arhaičnom odećom. Kao da je utekao sa maturske svečanosti s kraja prošlog veka, na sebi je imao do grla zakopčani crni redengot, ispod kojeg se belela čipkana košulja. Za to doba godine neprikladno duboke cipele bile su tako marljivo „uglačane" da su se na njima sasvim jasno ogledale okolne zgrade i golubovi na krošnjama lipa. Na glavi je imao šešir, takođe crne boje, na nosu naočare sa rožnatim okvirom, a u ruci je, što je zbog sunčanog dana bilo najčudnije, vrteo kišobran sa sjajnom sedefastom drškom.

Mogao je, tako odeven, da bude bilo šta, ali je najviše ličio na profesora koji nikuda ne ide „bez toplomera, termometra, padobrana i kišobrana".

Ma koliko me je majka vukla nadole, držao sam se čvrsto za rešetke podrumskog prozora, zureći u usamljenog prolaznika koji je na raskršće ulica dospeo iz nekog drugog veka ili čak iz nekog drugog sveta.

Čim je prestalo zavijanje sirena, čulo se brujanje avionskih motora, a odmah potom rezak zvuk kao da oštro sečivo para samu nebesku utrobu. Najgora od svega je, ipak, bila tišina koja je, mada svedena na samo nekoliko trenutaka, čekanje na tresak bombe činila beskonačno dugim.

Dok su stanari koji su u podrumu potražili sklonište klečali, molili se bogu, sujeverno se krstili ili samo prostački psovali, ja sam piljio u ulicu. Raskršće, koje se do bombardovanja jasno videlo, sada je bilo prekriveno gustom, sivom koprenom, kao mrtvačkim pokrovom. Čekao sam strpljivo da se slegne prašina da bih, najpre ih tek naziruci, ugledao nejasne obrise, više nalik na kulise u pozorištu nego na kuće od opeke. Mada je na pločniku bilo šuta i stakla od popucalih prozora, sve zgrade bile su na broju.

Odmah mi je palo u oči da nešto ipak nedostaje. Raskršće je bilo sablasno pusto. Ne samo da na njemu više nije bilo „profesora" već ni golubova koji su, pre bombardovanja, u jatima sletali na krošnje drveća.

Tražeći grozničavo bilo kakav trag živih bića, prvo sam „nasred raskršća" ugledao omanji krater. Kraj njegovih ivica spazio sam kišobran sa sedefastom drškom, u lokvi krvi još drhtavo parče mesa, nepoderani halpcilinder i, što je bilo ravno čudu, čitave naočare.

Nikako nisam mogao da verujem da je to sve što je od „profesora" ostalo. Zurio sam zbog toga, kao opčinjen, u ivice kratera, nadajući se da će uredni prolaznik u crnom redengotu nekako ipak uspuzati na površinu.

Dok sam uzalud čekao da se to dogodi, pažnju su mi privukli predmeti koji su, umesto da budu razbacani svuda unaokolo, bili uredno poređani jedni pored drugih, kao na izložbi. Kao da se nevidljiva ubilačka ruka starala ne samo o vrsti „mrtve prirode" već i o njenoj kompoziciji.

Bio je to, kako je već rečeno, prvi prizor rata koji sam video. Uramljen u okviru prozora imao je vid nečeg beznadežno konačnog, muzejske slike, na primer.

Mogao sam, naravno, da zamislim portrete umrlih ljudi, ali nikako nisam uspevao da se pomirim sa slikom u kojoj se u tako zlokoban ram umesto čoveka, makar i mrtvog, smešta samo njegova jadna trošnost.

Bilo je to ne samo nepravično već i nezamislivo. Poželeo sam zbog toga da „profesor" nekako izađe iz rama u koji ga je sudbina neopozivo smestila. Drеždao sam na podrumskom prozoru čekajući da se pojavi, celu noć, sve do zore. Uzalud me je majka svlačila na pod, na silu, naravno. Čim bi okrenula leđa, smesta bih se ponovo uspentrao do gvozdenih rešetki. Nisam maštao o nečemu neprirodnom, skidanju sa krsta, vaskrsnuću ili bilo čemu sličnom. Zamišljao sam, naprotiv, nešto sasvim obično, na primer da „profesor", isto tako spokojno kao što je ulicom šetao, izađe iz kratera ili se, ako su zidovi jame previše strmi, uspuže uz njih.

Kada je vazdušna uzbuna konačno prestala, istrgnuo sam se iz majčinih ruku i otrčao do raskršća. Ma koliko pažljivo zavirivao, nisam video ništa drugo osim haotično nabacane zemlje.

„Profesoru" je, znači, pošlo za rukom da se iskrade a da to niko ne primeti, smešio sam se. Znao sam da će uspeti. Kako sam, uostalom, i za trenutak mogao da pomislim da od živog čoveka ništa neće ostati, a da će rožnate naočari, halpcilinder i kišobran sa sedefastom drškom biti sačuvani?

* * *

Moje prvo sećanje, kako iz toga proizlazi, dosezalo je samo do šestoga aprila 1941. godine. Do onog dana kada su Nemci bombardovali Beograd. O mom postojanju pre toga svedočile su samo malobrojne crno-bele fotografije izrađene pola decenije ranije.

Na jednoj od njih, snimljenoj samo što sam prohodao, vidim se u košuljici, gole guzice, kako cmizdrim u čoporu isto tako oskudno odevene, musave dece. Na njoj se slučajno zatekla očeva majka Jelena, koja me pridržava da ne padnem, ili možda samo gura u „grupni portret bez dame". Na toj, kao i na malom broju drugih sačuvanih fotografija, ona je, kako su u to vreme običavale žene njenih godina, sva u crnini, zabrađena takođe crnom maramom.

Na drugom snimku otac me, već manje plačljivog, drži u naručju. Da su obe fotografije snimljene u isto vreme, možda u istom danu, videlo se po mojoj košuljici, ali i po istom periferijskom pejzažu sa trošnim, prizemnim kućercima u pozadini.

Padalo je u oči da otac odudara od takve slike. Mada je bio samo u košulji (fotografija je očito nastala usred leta, u časovima najveće pripeke) imao je mašnu i čak skupoceni, otmeni držač za nju. Bio je takođe uredno očešljan na način na koji to čine igrači argentinskog tanga, sa kosom zabačenom unazad i, koliko se na starom snimku moglo videti, natopljenom briljantinom.

Iako su pomenuti snimci nesumnjivo svedočili o siromaštvu, nikako nisam mogao da se otmem utisku da je otac nekako u njih zalutao, štaviše da ne pripada svetu od kojeg se i pojavom i izgledom izdvajao.

Bio sam, sudeći po fotografijama, glavato dete. Majka Dragica zbog toga moj dolazak na svet umalo nije platila glavom jer sam na rođenju težio više od četiri kilograma. Sirota žena se dugo porađala. Jedva je iz sebe istisnula tako krupno čudovište.

Sve do prve slike rata, čije sam čak i najsićušnije pojedinosti zapamtio, iz prethodnog života mi u sećanju ništa nije ostalo. Oca, na primer, nisam bio u stanju ni da zamislim. Da nije bilo fotografije na kojoj me drži u naručju, ne bih znao kako izgleda.

Kao da je neka nevidljiva ruka izoštrila blendu, odnosno podesila na pravu meru otvor na fotografskom aparatu, od prve slike rata svi viđeni prizori su kasnije u svest utiskivani sa velikom jasnoćom.

Osmatračnica

Osmatračnica sa koje sam posmatrao svet bila je u prizemnom stanu, te moji horizonti u detinjstvu nisu odmicali dalje od reda trošnih, naherenih šupa na kraju dvorišta. Naslanjale su se na sasušeno stablo, čije su grane bez lišća ličile na šaku stare veštice. Kraj šupa, sa strane, nizao se red isto tako drvenih nužnika. Česma u dvorištu, čije smo cevi zimi uvijali u krpe da se ne smrznu, takođe nije podsticajno delovala. Prizor je bio turoban i u sunčanim danima, ali u vreme kiša bio je nepodnošljiv, kao da je neko metlom za čišćenje ulica razmazao crnilo po uskoj traci već posivelog neba. U takvim danima, istini za volju, od vlage koja se cedila sa tavanice ni unutar kuće nije bilo ništa ugodnije. Majka se od kiše koja je prodirala kroz rastresiti krov štitila tako što je podmetala šerpe i lonce.

„Poludeću od ovog dobovanja", žalila se, ni sama nije znala kome, vlasniku kuće ili Svevišnjem.

Soba, što će reći prostorija u koju se ulazilo ravno iz dvorišta, bila je pretrpana stvarima. U njoj je bio smešten šporet čiji se limeni sulundar propinjao prema tavanici. Bilo je mesta i za dva kreveta, jednom kraj prozora i drugom sučelice preko puta. Na sredini sobe šepurio se sto sa dve stolice, a kraj zida kredenac, koji je, meni bar, ličio na muzejski uzorak. Najviše zbog toga što je, kao i u mnogim drugim kućama, bio krcat stvarima koje se nikada nisu koristile: servisom za kafu sa šoljicama iscrtanim zmajevima, keramičkim vazama, kutijama oblepljenim školjkama, pepeljarom na kojoj je pisalo „uspomena iz Vrnjačke banje", posudom za bombone od sterlinga (nažalost praznom), starim čajnikom i, najzad, venčićem koji je, mada ispleten od veštačkog cveća, sačuvao ljupkost nevinosti.

Na zidu je takođe visilo uramljeno kalfensko pismo u kojem je crno na belo pisalo da je otac „izučio obućarski zanat u majstorskoj radionici Stojanović i Milovanović".

Iznad mog kreveta, najzad, bila je okačena ikona Svete Petke, kućne slave i, kako je majka govorila, „zaštitnice".

Ako su očeve fotografije približavale drago ali meni nepoznato lice, velike uramljene fotografije deda po majci i ocu, na zidu naspram kreveta, otkrivale su gotovo mitske predele koji su pripadali nekoj dalekoj, teško zamislivoj prošlosti. Deda po ocu Jovan snimljen je u suknenoj odeći, zakopčanoj do grla, kakvu su nosile zanatlije, možda predvodnici esnafa. Ma koliko skromna, odeća se odlikovala jednostavnom otmenošću. I dedin pogled odisao je samouverenošću, neskrivenim ponosom što se bavi važnim i cenjenim poslom, što ga je činilo starijim nego što je uistinu bio. Majka je potvrdila da je bio majstor na glasu koji je gradio crkve po celom Banatu. Takve zanatlije su obično dolazile odnekuda, ali majka nije

znala odakle. Ako se tu, dakle, prekidalo porodično rodo-
slovlje, znali smo bar kako je deda završio. U Karpatima, u
nekoj mračnoj jaruzi u kojoj ga je usmrtio artiljerijski karteč,
topovsko zrno napunjeno komadićima gvožđa. Gde mu je
grob, ako ga je uopšte bilo, nikada nismo saznali.

Drugi deda, po majci, Milan, na fotografiji je bio odeven kao
„gazda". Iznad lakovanih cipela videle su se prugaste pantalone
i raskopčani crni redengot ispod kojeg je nosio sivi prsluk.
Zlatni lančić je ukazivao na džepni sat koji su „dobrostojeći"
preduzimači obično nosili u džepu prsluka. Ni deda Milan se
nije vratio iz rata. Umro je od tifusa, daleko od kuće, u prihva-
tilištu za obolele vojnike u Taškentu. Ni o njemu se nije znalo ni
kada je ni gde sahranjen. Baka po majci Ljubica od vesti o smrti
supruga nikada se nije oporavila. Umrla je nedugo potom.

Iza nje su ostale tri ćerke od sedam, pet i tri godine. Majka
Dragica je bila najmlađa. Najstarija se penjala na oklicu da
bi za dve mlađe sestre pripremila hranu na šporetu. Sve tri
su bile hronično gladne i vašljive. Kako su preživele, majka
nije znala da objasni. Tim pre što su im susedi sasvim retko
pomagali. Štaviše, ponekad su ih noću plašili. Nije mi bilo
teško da zamislim devojčice kako u ledenoj sobi, šćućurene
u istom krevetu, drhte od zime i straha, dok đavolji nakot
lupa o zamrznute prozore. Pitanje kako to ljudi mogu da
čine svojim bližnjima verovatno je obeležilo za moj uzrast
prerano razmišljanje o prirodi čoveka.

Majka je razjasnila i kako su se deda Jovan i deda Milan
zadesili tako daleko od kuće. Mobilisani u austrougarsku
vojsku, kao i mnogi drugi Vojvođani, prebegli su na stranu
Rusa. Baka Jelena je rodoljubiv zanos, potrebu da se nauštrb
svojih najbližih bore za „slobodu i pravdu", nazovite to kako

hoćete, doživela kao „čisto ludilo". Što se tiče porodice, bila je potpuno u pravu. Ostali su sami. Niko se o njima nije starao, niti im pomagao. S njenog stanovišta, očevi porodica su uzalud žrtvovali život. Kao što su, opterećeni istim genetskim kodom, i njihovi potomci takođe često stradali.

Majka je baku Jelenu, koje se nisam sećao, opisivala kao jetku, ogorčenu ženu. Ni svom pokojnom supругu Jovanu, ni takođe pokojnom Milanu nikada nije oprostila što su, zaneseni idealima, ostavili porodice na cedilu.

U istom redu s našim bila su još dva stana. U prvom je živela kućevlasnica Kosara sa sinom. I u starosti je sačuvala blagorodnu narav i otmenu lepotu. Drugi stan koristio je obućar Buda, sa suprugom Kristinom. Dok se o Budi, koji je ceo bogovetni dan kuckao čekićem popravljajući staru obuću, majka nije izjašnjavala, za Kristinu je govorila da je „prava veštica". S prvom komšinicom bila je u zavadi zbog toga što je ova često prolivala prljavu vodu iz lavora ili nekog drugog suda tačno pod naš prozor. Na ugaženoj zemlji, otuda, nije nicala trava, o cveću da i ne govorimo.

Stanari su zajednički koristili iste nužnike, na samom kraju dvorišta. Otmeniji su imali drvene sanduke sa rupom koje su, pre nego što bi seli na daske, prekrivali starom novinom.

U poprečnom redu, u kućercima, bile su smeštene još dve porodice. U jednom su živeli Persa i građevinski radnik Sulja, a u drugom Tinka i kelner Slobodan. Persa je, zbog gojaznosti, jedva zakopčavala haljinu. Neprestano se smejala. Što bi majka rekla, „bilo joj je ravno sve do Kosova". Suprug Tinke, Slobodan, u treznom stanju bio je „duša od čoveka" ali je, nažalost, češće bio u onom drugom stanju: pijanom. Kasno se vraćao kući koracima otežalim od pića. Već po tome kako je

otvarao kapiju i batrgao uz stepenice u dvorište, videlo se da
je dobro natreskan. Kada bi se konačno doteturao do stana,
čulo se kako sa naporom, kao da je otkida od sopstvene kože,
skida obuću i ljutito je treska o pod. Proizvodio je, pri tome,
dovoljno buke da razbudi ceo komšiluk. Zatim bi, nakratko,
nastupila tišina, koja bi potom bila narušena tupim udarcima
i vriskom nevenčane supruge.

Pokrivao sam šakama uši da ne slušam jauke. Dugo posle
toga nisam mogao da se smirim. Ponekad sve do zore. Čudilo
me je to što su se sutradan stanari ponašali kao da se ništa
nije dogodilo. Otkrio sam tako, takođe rano, da ne podnosim
nasilje. Da se na grubost nikada neću navići.

Iza vidljivog horizonta, u koji sam kroz prozor sa rešetkama
postojano zurio, bila je smeštena konjušnica, a iza nje „drugo
dvorište" naseljeno „krnjavom Jovankom", „Ristom Grkom"
i drugim, takođe mitskim bićima. „Krnjavoj Jovanci" zaista
je nedostajalo parče nosa. Niko nije znao Ristino pravo ime,
a kamoli odakle je i kako dospeo u Beograd.

Za razliku od životne saputnice, čiji je nadimak poticao
iz očitog i svima vidljivog fizičkog nedostatka, ime Rista
nikako se nije slagalo sa grčkim poreklom njegovog vlasni-
ka. Moguće je da je stanar iz „drugog dvorišta" kršten kao
Ristopulos, ali se to malo koga ticalo sve dok se odazivao
na ime Rista. Blagorodne i trpeljive prirode, došljak je, bez
roptanja, prihvatao i sve drugo što mu je komšiluk pripisi-
vao. Za Grka se, tako, govorilo da je bogati naslednik koga
je otac zbog neposlušnosti razbaštinio, mornar čiji se brod
nasukao u Otrantskom kanalu, latifundista kome je dosadilo
da nadgleda nepreglednna imanja i, čak, odbegli robijaš.

Pošto je Rista na sve te priče ostajao nem, svako je sebi davao za pravo da njegovo već razgranato drvo života okiti novim, maštovitim pojedinostima. Interesovanje za životopis prvoga stranca koji nije došao ni kao okupator ni kao oslo-bodilac, svakako treba tražiti i u Ristinoj čudotvornoj spo-sobnosti da u šoljici kafe predvidi svačiju budućnost, jasnije od bilo koje vračare i čak nadaleko čuvene „veštice" Kristine.

Dvorište „mitskih bića" oslanjalo se na školu „Starine Nova-ka", koja je veličinom više podsećala na zamak. Naročito posle časova kada su učionice bez đaka sablasno delovale. Sin školskog poslužitelja tvrdio je da se noću u njihovom stanu u prizemlju sasvim jasno čuje kako na gornjim spratovima šetaju vitezovi u oklopima. Mada u tu priču nikada nisam poverovao, kada bismo sami tumarali opustelim hodnicima sa strahom sam se trzao od svakog šušnja.

Visoki zid delio je školu od fabrike sirćeta, čiji sam vonj osećao, ali u koju nisam smeo da zavirim. Plašila me je gazda-rica strogog izraza lica i nadmenog držanja koje je pristajalo njenom punačkom stasu. Od iskušenja da se „ušunjam" u dvorište puno buradi, staklenih balona i levkova, ili u valj-kastu, misterioznu zgradu u njemu, odvraćali su me takođe ćutljivi i nabusiti radnici, što je išlo u prilog među đacima rasprostranjenog verovanja da se u njoj ne spravlja sirće već tajanstveni, opasni napitak koji može da omađija pola grada. Nikada se, zbog toga, nisam usudio da preskočim zid, uveren da je već dovoljna hrabrost da se na njega uspentram.

Od tog skučenog sveta, čijim sam se uskim koridorom provlačio na putu do škole i nazad do kuće, moglo se pobeći jedino u mašti. Odlazio sam zbog toga čak na okean. Dobro ste čuli. Ne na more, već na okean. Nisam stajao na obali, gledajući u beskrajno prostranstvo. Takva slika je, najzad, samo ustaljeni obrazac koji može da posluži kao model za slikarsko delo, ali ne i za pustolovan život. Ukrcavao sam se, naprotiv, na brod koji je redovno tonuo u strašnoj oluji, ali sam ja nekako uspevao da se spasem i doplivam do obale. Upuštao sam se i u druge, isto tako dramatične i po bogatstvu događaja gotovo barokne pustolovine, daleko iza sive trake prljavog neba i reda mračnih šupa koje su možda stvarno postojale, a možda, opet, bile samo pozorišni zastor krišom nažvrljan rukom nekog slikara, samo zato da bi zaklonio pogled od plaža sa zlatnim peskom i večito plavog neba.

Od toga da sve te pustolovine, o kojima sam čežnjivo maštao, oživotvorim, odvraćala me je samo jedna, ali krupna prepreka. Kako da napustim majku, da ožalostim oca? Što sam više o tome mislio, to sam jasnije uviđao da to ne mogu da učinim za njihova života.

Filozofi bi takva osećanja opisali kao „surovu nežnost", kao nešto, dakle, što je ne samo protivrečno već i razumski neodrživo. Ali deca nisu filozofi. Deca su samo deca, što znači da je kod njih sve moguće. Čak i kada su, kao u mom slučaju, toliko nespretna da ne znaju da zavežu pertle.

Koliko i maštanja o pustolovnom mornarskom životu, od stvarnosti su me odvraćali i romani Karla Maja o Divljem zapadu. U lepim danima sam ih obično čitao uspevši se na orah koji je izrastao nasred dvorišta. Bilo je to gorostasno stablo čije su grane nudile sasvim udoban smeštaj. Zaklonjen sočnim zelenim lišćem, bio sam izdvojen od dvorišta i, među svojim književnim junacima, na sasvim drugom kraju sveta. Toliko bih se zaneo pustolovinama Vinetua ili Olda Šeterhenda, koji su za mene bili stvarne a ne izmišljene ličnosti, da je majka, i kada je vikala iz sveg glasa, imala muke da me dozove.

Preživljavanje

Nemaština je učinila da na nastradalog profesora nepravično brzo zaboravimo. Mislili smo, drugim rečima, samo o tome kako da preživimo. Zime su, na nesreću, svih tih ratnih godina bile nepodnošljivo hladne. Narod je zbog toga grabežljivo prikupljao sve što je moglo da posluži kao ogrev. Jedne noći je tako i naša drvena ograda nestala, kao da nikada nije ni postojala. Pošto je dvorište bilo iznad nivoa ulice, našli smo se izloženi pogledima, takoreći razgolićeni.

Tražio sam po okolnim poljanama bilo šta da se ogrejemo. Uzalud, jer je sve već bilo razvučeno i razgrabljeno. Nisam mogao da verujem očima kada sam u jednom napuštenom dvorištu ugledao izvaljena drvena vrata. Već na prvi pogled sam zaključio da sam neću biti u stanju da ih dovučem do kuće. Nisam, opet, mogao da dozvolim da ih dok tražim pomoć neko drugi dograbi.

Podvukao sam se zato dahćući ispod vrata. Pokušao sam, zatim, da se uspravim, pridržavajući rukama ivice. Glavni deo tereta počivao je na leđima, dok se drugi kraj vrata vukao po kaldrmi, bolje reći zvečao kao stotinu praporaca.

Od svega je najsmešnije bilo to što se, pokriven drvenom pločom, nisam video. Kao da su se vrata sama kretala u šta se, uostalom, klela „krnjava Jovanka", koja iz „drugog dvorišta" nije primetila pomicanje sitnih nožica.

Majka takođe nije verovala da sam bio u stanju da dovučem toliki teret.

„Kao da su na mrava natovarili dasku", čudila se.

Kada sam se nekako iskobeljao ispod tovara, nije znala šta da kaže. Obično bih dobijao grdnje što skitam po ceo dan, ali je pred vratima koja će nas, iscepkana, grejati bar nedelju dana, samo zanemela.

Čas se smejala a čas plakala. Nije me to začudilo jer su se njena raspoloženja brzo menjala. Dok su se komšije, milujući me po kosi, divile veličini vrata, šepurio sam se kao paun. Na pitanje kako sam ih tako malen dovukao, ni sam nisam znao odgovor.

Nedugo zatim dočepao sam se još većeg plena. Na uglu ulica Starine Novaka i Kraljice Marije, čekao sam da prođu zaprežna kola natovarena drvima. Ne bih na njih obratio pažnju da nisam primetio dva momka kako se odostrag prikradaju i sa kamare svlače pozamašne cepanice. Dok je kočijaš, ne primećujući krađu, tandrkao prema Grobljanskoj, mladići su prislonili drva na zid obližnje zgrade. Tek kada su ušli u poslastičarnicu na uglu, shvatio sam da su pokradeni tovar samo privremeno odložili. Čim se počaste slatkišima, ponovo će ga preuzeti.

Nisam ni tren oklevao. Dograbio sam cepanice i povukao ih niz ulicu. Bile su teže od vrata, ali pogodnije za vuču. Računao sam da ću do kuće stići pre nego što momci izađu iz poslastičarnice. Pokazalo se da to nije nimalo lako, odnosno da je, uprkos kratkom rastojanju, bilo potrebno više vremena nego što sam mislio.

Na pitanje odakle mi, samo sam sipljivo disao, upirući prstom u grudi. Odgovor je izostajao zbog toga što mi je zaista ponestalo daha, ali i zbog toga što nisam hteo da otkrijem kako sam do ogreva došao.

Pošto je operacija krađe i prekrađe bila isto toliko složena koliko i zamišljanje kraja sveta, zaključio sam da moram da ponudim prihvatljivije objašnjenje:

„Ispale su iz zaprežnih kola", jedva sam promucao.

Iako se i meni samom takav odgovor činio neuverljiv, stanari su listom poverovali. Njihovu lakovernost tumačio sam nepokolebljivim uverenjem da čuda postoje. Drva nije bilo ni za lek. Mogla su samo da padnu sa neba ili sa tovarnih kola u pokretu. I jedno i drugo je, naravno, bilo ravno čudu. Da se ono ponekad događa dokaz su bile naslagane cepanice koje sam, za svaki slučaj, da se ne bi videle sa ulice, prekrio starim novinama.

Mada sam uživao u opštoj hvali, nešto mi je nedostajalo. Kopkalo me je da vidim lica momaka po izlasku iz poslastičarnice. Na šta li su samo ličila kada su otkrili da su cepanice, koje su tek pokupili sa zaprežnih kola – nestale. Isparile, takoreći, kao da nisu ni postojale. Meni je bilo zabavno da ih zamišljam, ali nisam nimalo siguran da su oni sami u tome što ih je zadesilo videli išta smešno.

Zanati

U vreme kada je vez na bluzama hrupio u ovu priču, u Beogradu nije postojao Fakultet primenjenih umetnosti. Ukrašavanje kože i tekstila ili, kako bi se danas reklo, njihova umetnička obrada, nije se učila na visokim školama već u zanatskim radionicama. Mustre za vez rađale su se jedino u glavama vezilja, što će reći da su najviše zavisile od mašte i trenutnog nadahnuća. Mada su služile za kratkoročnu upotrebu, njihov vek je, ako bi se svidele mladim gospođicama, mogao i duže da potraje. Devojke su, kako iz toga proizlazi, više čeznule za lepim radom nego za unikatom, iz čega takođe može da se zaključi da nisu mnogo marile da li će bluze sa istim vezom još neko nositi.

Majka je najviše posla imala u proleće jer su gospođice jedva čekale tople dane da prošetaju nabubrele biste sa najnovijim „aplikacijama" ispod kojih je, kroz til, kipela rumena, mladalačka koža. Posla je, uistinu, bilo toliko da je mašina kloparala i danju i noću, kao neka vrsta neotkrivenog i nepriznatog, ali ipak postojećeg perpetuum mobila.

Tih dana sam naučio ono što zna svaki šegrt: porudžbine nikada nisu ravnomerno raspoređene. Nekada ih ima više, a nekada, opet, manje. Moraju se, prema tome, sve prihvatiti da se ne bi „odbile" mušterije.

Majci sam, koliko sam znao i umeo, pomagao tako što sam pažljivo isecao cvetiće, leptire ili geometrijske šare, nastojeći, pri tome, da ne oštetim til, koji je služio kao podloga „mustre". Mada se takav posao čini jednostavan, zahtevao je, kažem to ne sasvim bez esnafskog samoljublja, podosta strpljenja i veštine.

Kako su porudžbine narastale, tako su i moje obaveze bivale veće. Majka mi je, sve češće, poveravala ne samo obične, takoreći „mehaničke" poslove, odnosno rad sa makazama, već i one „kreativne". Smišljao sam, drugim rečima, nove modele, koje u to vreme niko nije smatrao umetnošću, niti bar veštinom koja zaslužuje divljenje ili makar poštovanje. Ne kažem to da bih se žalio, već samo da bih primetio kako sam za status danas obožavanih „modnih kreatora" uveliko poranio.

Majka je za izradu „mustri za vez" uzvratila radovima iz likovnog. Njena pomoć je dobrodošla, jer sam se namerio na uvrnutog učitelja koji je u svakom đaku video neostvarenog Rafaela. Zajedno smo, ipak, odoleli preteranim zahtevima koji su nas stavljali na veće muke od izvoljevanja čak i najsitničavijih mušterija. Mada smo se, kako se to obično kaže, međusobno dopunjavali, nismo izbegli zajedljiva osporavanja koja su, ma koliko to čudno zvučalo, više pristajala kakvom mrzovoljnom likovnom kritičaru nego članovima iste zanatske radionice.

Nije mi trebalo mnogo vremena da primetim kako od „umetničkog neslaganja" postoji i nešto mnogo gore. Već na prvom koraku sam otkrio da se dostavljanjem bluza mušterijama izlažem još opasnijim, ako ne i pogibeljnim iskušenjima. Da biste razumeli o čemu govorim, morate znati da je Beograd u to vreme bio izdeljen na više „neprijateljskih teritorija", takoreći feudalnih poseda, svih odreda u međusobnom sukobu. To je značilo da sam raznoseći „aplikacije" (majci je ta reč zvučala otmenije od veza) najmanje dva puta morao da prođem kroz kvartove velikog rizika, jednom u odlasku i drugi put u povratku.

Procenjujući da se više isplati da me majka jednom propisno izdeveta nego protivničke „bande" više puta, odbijao sam da je poslušam. Predviđanja da ću zbog toga biti kažnjen, redovno su se ostvarivala. Nisam, nažalost, računao da se neće na tome završiti, jer majka nije odustajala sve dok mi do svesti nije doprlo da ću pre nastradati u sopstvenom nego u tuđem dvorištu.

Ta procena se pokazala samo kao delimično tačna jer su me već na kraju ulice čekali krvožedni „gradski indijanci". Mada sam kasnije u kaubojskim filmovima bez daha pratio jurnjavu za kočijama doseljenika na Divlji zapad, ovoga puta se potera nije ticala njihove sudbine već moje kože. Zajapureni i za kavgu uvek spremni dečaci sustizali su me kao od šale, i bez suvišnih reči, smesta propuštali kroz šake. Nisam, doduše, gubio „skalp", ali sam se osećao jadno i posramljeno. Time se jedino može objasniti to što sam uletao u novu grešku. Tek što bih malo odmakao, na račun goniča sam istresao sve moguće uvrede, pogrešno zaključujući da ću pre njih stići do granice „slobodne teritorije". Ponovo su me, naravno, stizali i opet tukli, isto tako nemilosrdno kao i prvi put.

Da li treba reći da se sve to ponavljalo i pri povratku. Bila je to prava Golgota, sa tom razlikom što je Isus mogao da se uzda u božju pomoć, koja za mene niotkuda nije stizala. Da sve bude još gore, kraj grada u kome sam se jedino osećao sigurno, u srazmeri sa slabošću naše „bande", bio je manji od onog naseljenog „neprijateljskim plemenima". Pošto je, naravno, geografska rasprostranjenost mušterija bila znatno šira, to je praktično značilo da su mi, gdegod se makao, batine bile suđene.

Ima li, otuda, ičega čudnog u tome što se raznošenje bluza sa „aplikacijama" pretvorilo u noćnu moru, u stradanje kosmičkih razmera, koje se nije moglo izbeći, baš kao ni učestale porudžbine u proleće? Svakako bi otmenije zvučalo da izjavim kako sam se žrtvovao za umetnost, doduše samo dekorativnu, ali to ne bi odgovaralo istini. Na raznošenje bluza bio sam prinuđen prvo „porodičnim", a potom i „plemenskim" nasiljem, začinjenim poterom i psovkama u kojima sam, istini za volju, goničima jedino dorastao.

Ne osećam se, ipak, žrtvom jer u mom stradanju nije bilo ničeg uzvišenog. Hoću da kažem da mi niko nije bio kriv što su „bande" u susedstvu bile jače od naše. Da je bilo obrnuto, drugi dečaci bi izvlačili „deblji kraj". Da smo bili jači. Ali nismo.

* * *

Prođa bluza sa vezom nije se, nažalost, dugo održala, jer su i mušterije izdvajale novac samo za najpreče potrebe. Morao sam, otuda, kako bih majci olakšao teret prehranjivanja, da i sam potražim bilo kakav posao.

U odsustvu boljeg izbora, pridružio sam se dečacima koji su skupljali staro gvožđe. Obale Dunava u to vreme i doslovno su bile zasejane krhotinama najrazličitijeg porekla i oblika. Kao u zasadima na njivama, iz busenja razrovane zemlje nicali su metalni plodovi uništenih vozila, upletenih bakarnih užadi i žica, pravougaonih i okruglih tučanih poklopaca, valjaka, cevi, čak i plehanih firmi trgovina i bakalnica koje je vihor rata ko zna otkuda oduvao. Starog gvožđa bilo je u izobilju i u drugim krajevima Beograda.

Kolica kojima smo se služili najviše su se među sobom razlikovala vrstom i oblikom točkova. Najprimitivniji su izrađivani od drveta, ali ih je bilo i od metala i, najzad, sa šinama obloženim gumom. Ovi poslednji su bili na velikoj ceni i, shodno tome, značajno uticali na društveni status vlasnika. To se jasno videlo na primeru Ace Glavonje na kome su svi dečaci odreda isprobavali snagu, sve dok na osovine svojih kolica nije stavio poniklovane kuglične ležajeve. Otada mu je ne samo ukazivano veće poštovanje već mu je povremeno dopuštano da čuva gol, iako je bilo opštepoznato da će mu „krpenjača" uvek proći kroz noge.

Činilo se da je majdan staroga gvožđa neiscrpan. Kao i sve druge iluzije, i ova je kratko trajala. Okrenuli smo se, otuda, drugim, probitačnijim poslovima: prodaji papira za uvijanje duvana, kremena za upaljače, žileta i, najzad, bugarskih cigareta.

Miris lošeg duvana

Posao sa cigaretama je loše krenuo. Iako sam na ulici bio još od ranih jutarnjih sati, prodaja nikako nije išla. Dok bi dečaci oko mene začas rasprodali robu, na mojoj tezgi, izrađenoj od daščica dotrajale gajbice, koju sam kao samar vezivao za vrat, hrpa boksova sa cigaretama nije se smanjivala. Za to je, naravno, postojalo jednostavno objašnjenje: drugi prodavci su imali bolju robu. Na vidnom mestu su, zbog toga, razmeštali najtraženije bugarske cigarete koje su iz daleka bile prepoznatljive u kutijama narandžaste i ljubičaste boje. Cigarete koje sam prodavao nisu, nažalost, imale dobru prođu zato što su bile spravljene od najgorih sorti duvana, ali i zbog toga što su pakovane u neugledne belosive kutije koje su kupce dodatno odvraćale. Kupovali su ih, otuda, jedino oni koji se nisu razumeli u duvan ili pak oni mortus pijani.

Nije da nisam pokušavao da privučem pažnju. Vezivao sam za blede kartonske kutije raznobojne vrpce. Ustajao sam pre drugih prodavaca i po čiči zimi. Sačekivao sam prvu smenu ispred fabrike „Rogožarski". Naglas hvalio robu. Ništa nije vredelo. I kada bi se nekom omaklo da kupi moje cigarete, taj se nije više vraćao. Umesto da posao krene nabolje, pročuo sam se po lošem duvanu. Pušači su, drugim rečima, bežali od mene kao da prodajem otrov za pacove.

Zbog čega nisam nabavio bolje cigarete? Zašto sam ulagao novac u najgore? Zato što sam kasno ušao u posao. Dobavljači cigareta na veliko su duvan radije poveravali proverenim mušterijama. Nisam ih zbog toga krivio. Svako, najzad, gleda svoj interes.

Kada sam zaključio da mi nema pomoći, dogodilo se čudo. Oni koji su me dotad zaobilazili u širokom luku, odjednom su postali redovne mušterije. Cupkajući od hladnoće na mestu zaklonjenom od vetra i zbog toga donekle skrovitom, imao sam utisak da mene posebno traže. Činilo se, štaviše, da im i nije toliko stalo do tek kupljenih cigareta jer su, čim bih okrenuo leđa, bacali neotvorenu kutiju.

Nisam previše lupao glavu o tome šta se dešava sa cigaretama koje sam prodao, ali me je, ipak, kopkalo da saznam zbog čega ih kupuju. Verovatno to nikada ne bih otkrio da se nisam razboleo. Od dugog prebivanja napolju, po zimi, navukao sam nazeb od kojeg sam, kako je majka govorila, „kašljao kao magarac". Nisam, doduše, kao gradsko dete, imao predstavu o tome kako kašlju magarci, ali me je poređenje sa njima ubedilo da je reč o nečemu ozbiljnom. Pristao sam zbog toga, još nevoljno, da odem na pregled kod doktora Spasića.

„To bar ne boli", uveravala me je majka.

Iako sam joj, bar kada je o pregledu reč, dao za pravo, pitao sam se čime ćemo da platimo doktora. Poručila je da ne brinem. Čula je u komšiluku da doktor samohranim majkama jedva nešto naplaćuje.

Zgrada u kojoj se nalazila ordinacija uplašila me je otmenošću. U ordinaciji sam se već osećao bolje, najviše zbog toga što je u njoj bilo toplo. Na stočiću sam takođe našao ilustrovane časopise koje sam, čekajući da na mene dođe red, sa uživanjem listao. Toliko sam se uživeo u lepi svet u boji da mi je bilo krivo kada nas je bolničarka pozvala da uđemo.

„Kako si, junačino?", dočekao me je doktor još sa vrata.

Mada je bio u beloj platnenoj bluzi i istim takvim pantalonama, u njemu sam odmah prepoznao redovnu mušteriju. Da nisam pogrešio, potvrdio je on sam, raspitujući se za oca u zarobljeništvu. Najviše o tome da li se dopisujemo.

Pošto je majka o tome znala više, njoj sam prepustio da doktora podrobno obavesti o retkim pismima koje smo povremeno dobijali i, kao relikvije, čuvali u samo za to namenjenoj kutiji od sedefa i morskih školjki.

„Imamo i fotografiju", pohvalio sam se.

Rekao sam to sa ponosom, što je doktora još više odobrovoljilo. Pošto me je očinski pomilovao po kosi, naložio je da skinem košulju. Hoće, kaže, da posluša kako dišem. Lupkao me je kažiprstom po leđima, dok je slušalicama pažljivo osluškivao hrapave zvuke iz grudne duplje. Povremeno je bacao pogled na majku. Osećao sam se krivim što sam joj zadao toliku brigu. Što sam, kako je govorila, „kašljao kao magarac". Dobro sam znao da sa strepnjom čeka ishod pregleda. Da premire od straha.

Pošto me je pregledao, doktor je dugo pisao recept. Potom još jedan. Kako nije ništa govorio, nismo znali kako da tumačimo njegovo ćutanje.

Majka se, napokon, odvažila da upita da li je sve u redu. Kao da se tek tada prenuo.

„Ništa ne brinite", utešio ju je. „Samo jak nazeb."

Usredsredio se, zatim, na recepte. Na jednom je napisao sirup za iskašljavanje, a na drugom neko sredstvo za jačanje.

„Dečko je malo neuhranjen", rekao je gotovo se izvinjavajući.

Majka je pitala koliko je dužna.

Odmahnuo je rukom.

„Ništa!"

„Kako ništa?", pobunila se majka.

Gledao sam je u čudu jer sam znao da nema para. Kako samo može da se pretvara?

Dok smo zbunjeno zahvaljivali, doktor je, kao da se još nečega setio, uzeo majci recepte iz ruku. Preturao je, potom, dugo po fiokama radnog stola. Pošto je konačno našao ono što je tražio, na kutijama je ispisao kako se lekovi koriste.

„Ne morate da idete u apoteku. Slučajno se zadesilo da ih imam."

Ni lekove, naravno, nije želeo da naplati.

Nije hteo za to ni da čuje, kao što nije dopustio da mu majka previše zahvaljuje.

Bili smo već blizu vrata kada nas je zaustavio. Ovoga puta obratio se samo meni.

„Nego, bogati, ostao sam bez cigareta. Da nemaš slučajno one u bledim kutijama. Mislim da se zovu arda ili tako nekako. Znam da ih mnogi ne vole, ali meni baš prijaju."

Odgovorio sam da kada idem doktoru ne nosim cigarete sa sobom. Da toga dana ne radim. Ali sutra ću ih imati. Na istom mestu gde ih redovno kupuje.

Dobrodušno me je potapšao po ramenu. Nije morao ništa da kaže da bih znao kako je sve sam smislio. On je bio taj koji je nagovorio očeve prijatelje da kod mene kupuju lošije vrste cigareta. Bio je to način da pomognu porodici. Najzad sam shvatio zbog čega Muja kasapin, Dragi električar, piljar Teofilović, koji je bio poznatiji po jedanaestoro dece nego po tezgama sa povrćem, vlasnik prodavnice soda-vode Nemanja, sudski praktikant Uzun i Kosarin sin Mita pazare duvan koji niko drugi neće.

Mada me je majka čvrsto stiskala za mišicu, na izlazu sam još jednom zastao. Nisam odoleo da i ja doktora nešto ne priupitam.

„Jesu li baš toliko loše?"

Iako je majka gorela od želje da me izudara što gospodinu doktoru oduzimam vreme nepriličnim pitanjem, i ona je, krajičkom svesti, shvatala da to nema veze sa odnosom lekara i pacijenta. Kao što nema veze sa uzrastom. Da je reč o nečemu mnogo važnijem.

Doktor je uzdahnuo. Po licu mu se videlo da je u nedou-
mici. Da se premišlja da li da kaže istinu ili da je prećuti.

„Pa šta velite?", nisam odustajao.

Pomazio me je još jednom po kosi.

„Šta si ono pitao?", pravio se nevešt.

„Da li su cigarete koje kod mene kupujete zaista tako
loše?"

„Najgore na svetu", konačno je priznao.

Uprkos otkriću da je i doktor Spasić redovna mušterija,
majka nikako nije mogla da se pomiri sa saznanjem da joj
sin prodaje cigarete na ulici.

Meni su, naprotiv, u srazmeri sa zaradom, rasli i apetiti.
Kao i svi ulični prodavci, shvatio sam da će prihodi biti veći
ako bude manje posrednika. To je praktično značilo da treba
kupovati naveliko od proizvođača, ili bar od prvog u nizu
preprodavaca. Majka je, tako, nevoljno prihvatila đa putuje u
Niš, odakle se vraćala sa punim koferom bugarskih cigareta,
uključujući i one najtraženije. Posao je, otada, krenuo još bolje.

Novac sam slagao u prazne kutije za cipele. Ma koliko
me to predstavljalo u lošem svetlu, u pozamašnoj kamari
novčanica sam istinski uživao. Pošto se u to vreme roditelji
nisu bavili psihologijom, što će reći da nisu previše razmišljali
o tome da li će, grubim preobraćanjem, ozlediti osetljivu
detinju dušu, majka me je od srebroljupstva silom odučila.

Bankrot se, kako to obično biva, dogodio sasvim neoče-
kivano u vreme kada je prodaja cvetala. Šta je, u takvim
okolnostima, bilo prirodnije od ulaganja u nove poslove
koji će, nadao sam se, doneti još veću zaradu. Prilika za tako
nešto je i doslovno iskrsla nasred ulice u liku ne više mlade,
ali još uvek lepe i, kako se tada govorilo, „dobrodržeće žene".

U to vreme sam već, umesto kutije oko vrata, imao tezgu
na Cvetnom trgu. Ne govorim o tome zbog razmetljivosti,

već da stavim do znanja kako je moj poslovni status porastao. Kada me je, otuda, prolaznica upitala da li sam zainteresovan za predratnu drinu, dobro sam načuljio uši. Pošto takve robe nije bilo ni za lek, ponudu sam doživeo kao jedinstvenu poslovnu priliku koju jednostavno nisam mogao da odbijem. Skrivajući nevešto uzbuđenje, otvorio sam par kutija sa površine paketa, „onjušio" zavodljivi miris duvana i, ne kolebajući se previše, otkupio sve. A i zašto bih se premišljao kad sam te iste cigarete mogao da prodam po dvostrukoj ceni?

Tek sutradan sam, čeprkajući malo dublje po sadržini paketa, otkrio kako su cigarete buđave. Mada se moj poslovni krah ne može meriti sa onim koji doživljavaju vlasnici velikih svetskih firmi, ništa manje od njih nisam patio.

Iako sam bio ogorčen na ženu koja mi je prodala buđave cigarete, ne verujem da je imala nameru da me prevari. Pre će biti da ni sama nije znala u kakvom je stanju duvan. Dugujem joj i zahvalnost jer mi je pogrešno uložen novac pomogao da izostanem sa liste „ratnih profitera".

Šta je sreća?

Pošto je trgovina cigaretama neslavno propala, morali smo da potražimo druge načine za preživljavanje. Odlazili smo skelom preko Dunava u Banat, gde smo majčine rukotvorine razmenjivali za slaninu i brašno. Mada je posao dobro krenuo, nikada se nije znalo kako će se završiti. Nije, drugim rečima, postojalo nikakvo jemstvo da ćemo, neopaženo od folksdojčera, uneti hranu u Beograd.

Sparnoga leta druge godine rata od seoskih snaša smo iskamčili više nego što smo očekivali. Ko se, uostalom, mogao nadati da ćemo za par starih i od mnogih pranja izbledelih bluza koje je, zbog trošnosti, majka širila kao paučinu, dobiti komad slanine i vreću brašna. Bluze su, doduše, mirisale na lavandu i, sa vezenom belom kragnom, gospodstveno delovale, ali sa slaninom prošaranom mesom ni u snu nisu mogle da se porede.

Mada se prašnjavi seoski put nije činio dostojnim tako dragocenog tovara, do skele na Dunavu nije bilo boljeg. Pognuti pod teretom, gazili smo ćutke po finom belom prahu koji se pod stopalima klobučio i rasprskavao. S vremena na vreme bismo podigli glavu da osmotrimo da li smo se makar malo približili crkvenom tornju, koji je u ravnici ne samo putokaz već i jedinica mere za prostor.

Pomenuti toranj je ispoljio i neka druga, do tada nepoznata čudotvorna svojstva. Činilo se da se, što se više približavamo, sve više udaljava. Svest da tako nešto nije moguće nije nas, nažalost, nimalo približila cilju.

„Prokleti toranj“, mrmljao sam obnevideo od znoja, dok mi je podnevno sunce rilo po temenu.

Majka me je zabrinuto pogledala. I sama se boreći za dah, s naporom je svukla ranac sa leđa. Izvadivši čuturicu sa mlakom, ustajalom vodom, natopila je maramicu i vezala mi je oko čela.

„Nemaš valjda sunčanicu?“

Klimnuo sam glavom potvrdno. Nisam, uistinu, pojma imao o tome kako treba da se ponaša neko kome je sunce udarilo u glavu, ali mi je prijalo da se šepurim sa belom trakom na čelu.

Majka je sela na busen sa požutelom travom i tiho zaplakala.

Strgnuo sam postiđeno maramicu sa čela.

„Nije mi ništa."

Postojali smo još neko vreme, uplakani i zagrljeni.

Pošto mi je maramicom obrisala suze, koje sam pra-
šnjavim prstima razmazao po obrazima, pomogla mi je, uz
mnogo dahtanja i huktanja, da uprtim ranac na leđa.

Namakavši remenje, ponovo smo krenuli.

S vremena na vreme sam podizao glavu i sumnjičavo
odmeravao rastojanje do tornja. Nije se smanjivalo.

Nismo više imali snage da brišemo znoj koji se, pomešan
sa prašinom, na licu pretvarao u reljefnu skramu.

„Ispred crkve ćemo skrenuti prema Dunavu", bodrila me
je da još malo izdržim.

Više nisam razaznavao put kojim koračam. Pred očima
mi je bio jedino toranj koji je na pripeci, neprestano na istom
rastojanju, bio okružen oreolom ljubičastih isparenja.

Šljapkali smo ćuteći po prašini. Stanje umora zamenila
je neka vrsta obamrlosti, potpune utrnulosti čula, u kojoj
se hod održavao još jedino mehaničkim podražavanjem
prethodnih koraka.

Da je bar bilo nekog hlada. Ali svud unaokolo prostirala
su se jedino polja sa kržljavim, od sunca sprženim kukuru-
zom. Senovite krošnje su nedostajale ne samo kao zaštita od
sunca već i kao putokaz koji bi, podelom na deonice, kretanje
do cilja učinio lakšim. Shvatio sam to posle više godina kada
sam u časopisu *Nešenel džiografik* pročitao ispovest poznatog
istraživača. Njegov recept za preživljavanje bio je jednosta-
van: ne misliti na kraj puta. Ne gledati daleko napred. Samo
na deonicu pred sobom, potom na sledeću, i tako redom.

Ali u leto 1942. godine nisam znao za časopis *Nešenel
džiografik*, ni za savet iskusnog istraživača, da i ne govorimo
o pojmu relativnosti, otelovljenom makar u deonicama puta
koji treba preći.

Hoću da kažem kako se panonski toranj javljao isključivo kao apsolutni cilj, u potpunom skladu sa isto tako kategoričnim imperativom da hranu prenesemo do Beograda. Morali smo, drugim rečima, da stignemo do crkve nezavisno od toga da li se njen toranj primiče ili udaljava. Bilo bi, naravno, bolje da se nije pomicao, ali za pakost jeste.

Svest o neminovnosti nije, nažalost, učinila teret snošljivijim. Monotonija ravnice nas je, naprotiv, sve više umrtvljavala. Oblak prašine koji se približavao dočekali smo, otuda, kao neugodno, ali dobrodošlo narušavanje ustaljenog reda, odnosno kao nagoveštaj kakve-takve promene.

Čusmo, ubrzo, brujanje motora. Sa prikolicom, obojenom u zeleno, ličio je na žabu koja je, usput, iz nepoznatih razloga, izgubila nogu.

Nismo se čestito ni sabrali, a folksdojčeri su već rovarili po rancima.

„Šverceri", urlao je trpajući slaninu u vojnički ranac, najstariji među njima.

„Hrana je za nas, nije za prodaju", zapomagala je majka.

„Budite srećni što vas ne hapsimo", odbrusio je folksdojčer sa vodnjikavim očima i gojaznim, mlohavim obrazima.

Molbe, preklinjanja, plač, ništa nije pomagalo.

Pritisnuvši do kraja papučicu za gas, otimači su za čas odmaglili. Kada se prašina slegla, ugledao sam majku kako očajava zbog otimačine. Ja sam, naprotiv, oslobođen tereta, osetio veliko olakšanje.

Prvi put otkako smo krenuli, sapet i pognut pod teretom brašna i užegle slanine na leđima, video sam, uspravljen, ceo horizont. Umesto prašine pod nogama, preda mnom se razastirao raznobojan tepih, čija je žuta, kukuruzna potka, bila prošarana zakrpama utrine sa rascvetalim, kao krv crvenim bulkama. Ni usijani nebeski poklopac, sa kojeg se cedila jara, nije bio podjednako premazan. Bleštavo bezbojan u zenitu, na rubovima je poprimao zagasitije tonove.

Ni toranj se, za divno čudo, nije udaljavao. Svakim novim korakom uočavao sam nove pojedinosti u gipsanoj pređi: sat sa brojčanikom, čak i golubove na džinovskim kazaljkama. Dospesmo, tako, za tili čas, gotovo neosetno, do crkve, odakle je put skretao prema Dunavu.

Ne mogavši da prežali otetu hranu, majka je sve do Beograda tiho plakala, ali sam ja, pazeći da ne primeti, bio „na sedmom nebu". Izležavajući se na skeli, rasterećen ranca sa brašnom i slaninom, otkrio sam, naprečac, šta je to sreća. Za razliku od mnogih mislilaca koji su uzalud razgrtali pramenje metafizičke magle, na to pitanje imao sam pouzdan odgovor. Za mene, bar, od pešačenja rasterećenog tovara na leđima, nije bilo veće sreće.

Raspored časova

Škole su u vreme rata, sa kraćim prekidima, redovno radile. Kao u svim paralelnim životima, i u mom je bilo najteže uskladiti „poslovne" i đačke obaveze. Odgovaralo mi je što su cigarete imale najbolju prođu rano ujutru, kada su radnici odlazili na posao, ili uveče, kada bi se vraćali kućama, jer u to vreme nije održavana nastava. S te strane je sve bilo u redu. Osim jedne malenkosti: raspored časova se često menjao. Jedne nedelje smo išli u školu pre podne. Druge, opet, posle podne. Kao i vreme, i mesto nastave bilo je podložno promenama. Obično se održavala u školi „Starine Novaka", ali povremeno i u školi „Vuk Karadžić". O promenama smo naprečac obaveštavani, propuštajući ponekad u đačkoj vrevi da se o njima podrobno raspitamo. Teško je bilo sve popamtiti, a u glavi istovremeno čuvati cene različitih vrsta bugarskih cigareta, kremena i papirića za duvan.

Događalo se, tako, da pobrkam i mesto i vreme nastave, što je, bar u jednom slučaju, imalo kobne posledice. Pogledavši slučajno kroz prozor, učitelj Borčić me je umesto na času ugledao u školskom dvorištu. Kako sudbina zna da ponekad bude okrutna, dogodilo se to upravo u trenutku kada sam u igri klikera bio na putu da steknem pozamašan dobitak.

Učitelj se, da ne grešim dušu, posebno starao o našoj porodici, ali na prilično neobičan, takoreći vojnički način, bar što se mene tiče. Pošto je sebi uvrteo u glavu da đake u teškim vremenima, posebno one kojima je otac u zarobljeništvu, od ulice može odvratiti jedino disciplina, za „domaći" je zadavao mnogo zadataka. Moje obaveze su, otuda, ne samo bile veće od drugih đaka već ih je i učitelj lično nadzirao povremenim posetama. Da sve bude gore, živeo je u istoj ulici, te sam mu stalno bio na oku.

Videvši me u školskom dvorištu, poslao je jednog od đaka da me pozove u učionicu. Bolje reći „privede". Tu je već nesporazum prerastao u dramu jer sam, užasnut, otkrio da sam zaboravio ne samo gde se i kada održava nastava već i da uradim domaći. Bez toga, opet, nisam smeo na oči učitelju za koga je takva vrsta nemarnosti bila ravna smrtnom grehu. Bežao sam, otuda, od goniča koji me je bezuspešno vijao. Lako sam mu izmicao jer je, kao i svi poslušni đaci, bio trapav i spor. Pridružili su mu se, ubrzo, i drugi dečaci. Gonili su me kao hajkački psi iznemoglu zver. Otkrio sam tako da za čopor nema većeg uživanja od mrcvarenja plena.

U bezglavom trku, naravno, nije bilo ni prilike ni vremena da dokazujem kako sam samo nevina žrtva neprestanog menjanja rasporeda časova. Nisam, ipak, odustao od bežanja, jer u dubini duše nisam mogao da prihvatim optužbu da sam za sav haos ovoga sveta jedino ja odgovoran.

Ali ko je za to još mario. Najmanje progonitelji kojima su curile bale od čežnje da me se dočepaju i rastrgnu. Mada sam još izmicao poteri, bio sam na kraju snaga. Spas je došao sa neočekivanog mesta. Dajući nalog da se obustavi hajka, učitelj Borčić se dosetio da za „privođenje pravdi" postoji delotvorniji način. Dok je đaku, koji je od nestrpljenja pocupkivao, davao uputstva, nisam ni slutio da od nemilosrdne potere postoji i nešto gore.

Otkrio sam to sa pojavom majke. Zajapurena i zadihana, još sa ulice je ciknula da stanem. Da ne mrdam. Ukipio sam se, naravno. Čak i da sam hteo, nisam mogao da se pokrenem, jer su mi se noge odsekle od straha.

Dok je prilazila već me je okružio kordon đaka. Po užarenim očima se videlo da predstojeće pogubljenje nikako nisu hteli da propuste. U međuvremenu je pristigao i učitelj Borčić, koji je, onako štrkljast, ličio na stub za vešanje.

Stajao sam usred kruga, pomiren sa sudbinom koja se u liku majke neumoljivo približavala. Kada je prišla dovoljno blizu da može da me dohvati, raspalila mi je tako snažan šamar da mi je kapa spala sa glave. Najčešće sam išao gologlav. Čak i mnogo godina kasnije vojničku kapu sam, protivno pravilima, obično držao u ruci. Ali tog dana, na nesreću, đačka kapa mi je bila na glavi. Sagnuo sam se da je dohvatim, ali ju je novi udarac, samo što sam je smestio na teme, oborio opet na zemlju. Sve se još jednom ponovilo, istim redom i sa istom okrutnošću.

Mada su mi od šamara brideli obrazi, jedva da sam osećao bol. Mnogo više me je bolelo to što sam ponižen pred đacima i učiteljem. Ne znam kako se osećao Isus kada su ga razapinjali na krst, ali se u tom času nisam osećao ništa bolje. Kakva je, najzad, razlika u tome da li ti se svetina podsmeva u Jerusalimu ili u Beogradu. Hoću da kažem da me je školska kapa, kada se konačno skrasila na glavi, isto tako pekla kao kruna od trnja na glavi Isusovoj.

Kao da sva ta poniženja nisu bila dovoljna, majka me je, takođe pred svima, ukorila kako „sramotim oca". Mada sam se pitao kakve veze ima otac sa svim tim, istina je da je on u našem životu, iako u zarobljeništvu, bio neprestano prisutan. Kad god bih počinio nešto neprilično, majka ga je prizivala iz daljine da me samim svojim postojanjem postidi.

Kako sam se ogledao u očevoj biografiji

Pošto sam sa ocem proveo žalosno malo vremena, pošto smo, uistinu, bili više razdvojeni nego zajedno, saznanja o njemu crpeo sam iz takođe žalosno malog broja fotografija i pisama. Crno-bele fotografije, koje nam je povremeno slao iz zarobljeništva, bile su jedini trag života, jedino materijalno ovaploćenje dragoga bića, emocionalni relej od kog su polazile i ka kom su se vraćale duhovne vibracije u dugim godinama razdvojenosti. Na fotografije, otuda, nisam gledao površno i nemarno. Proučavao sam ih, naprotiv, sa usredsređenošću arheologa koji brižljivo otklanja nanose zemlje da bi došao do željenog traga.

Kasnije, već kao odrastao mladić, primetio sam da su fotografije u svemu nalik turobnim platnima Bifea. Iste, do groteskosti izdužene crte lica, iste tamne boje, svedene ponekad na sive nijanse, ista obespokojavajuća teskoba, ista sudbinska predodređenost, naglašena neprestano istim nepromenljivim izrazom. Kao da je model za Bifeovo platno, otac je oslonjen na mračni zid neke tvrđave koja je, sudeći po zapuštenosti ili možda samo patini, izgrađena u nekom od prošlih vekova. Činilo se, zbog toga, da je pozadina slike svesno izabrana da bi starošću, ali i vremenskom neodređenošću, delovala apstraktno, više kao kulisa nego kao zdanje koje pripada određenom dobu.

Na drugoj fotografiji otac je u uniformi srpske vojske snimljen negde u polju. Sa njim su tri zarobljenika, takođe u uniformama bez opasača. Iako pogled više nije zaklanjao zid tvrđave, drveće bez lišća na obodu šume imalo je, isto tako, obeležje Bifeovog platna, odnosno žalosno ogoljene scenografije.

Otac se, bez sumnje, upinjao da nas obodri smeškom koji se na fotografijama, ipak, javlja samo kao grč. Kako da to objasnim? Da li, uz sav trud, nije uspeo da svom liku da izraz kakve-takve vedrine ili je fotograf pre vremena škljocnuo? Samo grč, dakle, koji je ionako ispošćenom i beskrajno tužnom licu davao nešto groteskno, nalik maski.

Ni meni ni majci nije bilo nimalo važno što u nas zuri više slikarski model nego sasvim živ čovek. Pošto smo fotografije prihvatali kao dokaz da je otac u životu, takve kakve su, bile su sasvim dovoljne da nas usreće. Nismo ništa drugo primećivali i zbog toga što smo upijali pogled koji je, bez obzira na mršavost modela i ispošćenost lica, sačuvao toplinu i blagost. Otac nas je iz daljine, oslonjen na zid tvrđave, posmatrao krupnim, tamnim, pomalo umornim i sanjivim očima. Zagledan u njih, mogao sam da se zakunem da su, za razliku od svega ostalog na fotografijama, bile ne samo žive već i da su saučesnički treptale.

Često smo zbog toga posezali za snimcima, koji su čas imali status relikvije (majka ih je čuvala u posebnoj kutiji ukrašenoj školjkama) a čas opšteg dobra koje se, uz slatko i kafu, pokazivalo svim gostima ili makar samo slučajnim prolaznicima. Kada se zna da se i stopalo Svetoga Petra u Vatikanu izlizalo od silnih dodira, može se zamisliti na šta su, posle nekog vremena, ličile fotografije koje su, uprkos solidnosti nemačke laboratorije, ipak, bile izrađene samo u nešto tvrđem papiru. Iako smo nastojali da im učvrstimo „armaturu" lepljivim trakama, posle prolaska kroz mnogo ruku toliko su požutele i ispucale da su više ličile na pergamentnu zaostavštinu neke minule civilizacije nego na proizvod novoga doba, odnosno savremene foto-tehnike.

Ako su fotografije bile dokaz postojanja, ako su, dakle, imale neporeciv karakter, pisma su samo umnožavala već postojeće nedoumice, što je dopisivanju davalo vid enigmatične slagalice u kojoj su reči dobijale smisao jedino ako se rasporede na odgovarajuća polja. Takvo njihovo obeležje je, bar delom, poticalo od neredovnosti i ponekad čak odsustva bilo kakvih pisama, što je značilo da se vremenska praznina popunjavala nagađanjem, nekom vrstom primenjene vidovitosti.

Rastojanje između dva očeva pisma donekle se skraćivalo zahvaljujući Risti Grku koji je, gledajući u talog kafe, karte, crte dlana i čak u zrna pasulja, odgonetao šta se u međuvremenu događa. Bila su to najčešće sasvim obična obaveštenja, na primer o tome da je otac zaposlen u nekoj pilani, ili da je prignječio prst koji je već zacelio, ili da se brine za nas, što se, naravno, moglo pretpostaviti, ali i zbunjujuća, neočekivana predskazanja. Ristinu vidovitost u početku smo primali sa sumnjom, zatim sa preneraženošću, usplahirenošću čak i, najzad, sa strahom da je Grk u dosluhu sa nekim tajnim, nedokučivim silama. Majka je proročanstva komšije iz „drugog dvorišta" doživljavala kao čudo koje je sa dužnom bogobojažljivošću, krsteći se, delila jedino sa domaćom zaštitnicom i krsnom slavom Svetom Petkom.

Mada je, kako sam već rekao, otac bio prisutan ne samo u pismima i na fotografijama već i uplitanjem u naše poslove, imao sam teškoća da ga zamislim kao stvarno, postojeće biće, kao što neki ljudi imaju teškoća da, van maglovite predstave, zamisle boga. Nisam upamtio kako je izgledao kada je u rat otišao. Iz zarobljeništva su, doduše, stizale retke fotografije, ali je na njima bio ukočen, više kao statua nego kao živo biće. Otac se, zbog toga, u svesti javljao u čudnom, takoreći destilisanom stanju, više kao oskudno sećanje, zamućena slika, možda čak samo kao opšta ideja.

To je praktično značilo da mi je u zamišljanju oca, nekoj vrsti rekonstrukcije njegovog izgleda, bio koristan svaki trag. Bilo kakva materijalna sitnica. Kosa, na primer. Tačnije, pramen kose. Shvatio sam to kada je u posetu došao ujak sa sela. Dok me je držao u naručju, pomilovao sam ga po kosi. Bio je to prijatan osećaj jer su prsti dodirivali nešto kadifeno meko. Mada, uistinu, to nikako nisam mogao da znam, bio sam ubeđen da je upravo takva kosa moga oca. Samo što sam na to pomislio, briznuo sam u glasan plač.

Majku sam kasnije čuo kako se žali što se tek tako rastužim „bez ikakvog razloga".

Kako da joj objasnim da razlog uvek postoji. Jednog sunčanog dana, na primer, javio se kao praporac zvonkih glasova. Zbog čega sam se, baš na takav dan, zavukao u sobu, kroz čije sam prozore sa metalnim rešetkama gledao u dvorište i u niz trošnih šupa na njegovom kraju, nisam znao da objasnim. Kroz prozor sam takođe mogao da vidim baštenski sto za kojim su sedeli sredovečni ljudi, koje sam prepoznao po tome što su mi bili stalne mušterije. Mora da su bili očevi prijatelji, jer su od mene kupovali duvan lošije vrste. Videći ih u dobrom raspoloženju briznuo sam, kao u dodiru sa pramenom „meke" kose, ponovo u plač, još neutešniji. Nije u tome bilo ničeg histeričnog, nikakvog glasnog ridanja, niti ičeg sličnog. Jednostavno me je preplavilo očajanje, kao plima, nešto što se, kao ni prirodne nepogode, ne može izbeći.

Aleksić leti nad Beogradom

Prve ratne godine u svesti su mi ostale kao bezoblična mrlja koja je zimi imala boju prljavog snega, a leti isto tako sivkaste prašine. Kao da su ne samo životi ljudi već i godišnja doba bili osakaćeni (bez proleća i jeseni), pamtim samo surovo hladne dane kada se peške prelazilo preko zaleđenog Dunava i nepodnošljivu sparinu od koje smo tražili spas pljuskajući se vodom na česmi.

Ako sam se u rana zimska jutra, sa tezgom oko vrata, pred fabrikom „Rogožarski", ledio od hladnoće, u letnja predvečerja bi se iz trgovine vraćao jedva živ, mlitav i otromboljen. Kao na bolničkom monitoru na kojem se neurotične amplitude smenjuju sa ravnim linijama, zimi sam poskakivao da se zagrejem, a leti se, kao crknuta riba, izležavao u hladu oraha.

Iz sećanja na godine pukog preživljavanja, razlivene u vremenu kao panonske magle, izranjali su kao hridi tek poneki likovi i prizori. Za dečake mog uzrasta let Dragoljuba Aleksića, koji se za alku brundavog dvokrilca držao samo zubima, predstavljao je nezaboravan događaj. Ništa manje uzbudljivo nije bilo klizanje niz sajlu razapetu između krovova visokih kuća, pri čemu je u zubima nosio čak dva puna bureta. Premirući od straha, posmatrali smo otvorenih usta kako čovek-ptica lebdi iznad glava zadivljenih posmatrača. Ne sećam se kako je u to vreme bio predstavljen, da li samo kao „najjači čovek" u Srbiji ili na celom Balkanu, ali je za „dečake u kraju" bio mnogo više od toga: ne samo najsnažniji na svetu već i mitska ličnost koja je, makar privremeno, bacila u zasenak književne junake Karla Maja.

Krijući jedni od drugih, pokušavali smo, tarući kao štenad zube o sve i svašta, da se kačimo na grane. Bezuspešno, nažalost, jer nam vilice nisu bile dovoljno snažne, a i kako bi sa tako oskudnom hranom u kojoj smo kačamak imali za doručak, ručak i večeru.

Nije čudo što je let Dragoljuba Aleksića, koji se za alku aviona držao samo zubima, na dečake ostavio tako snažan utisak. Bila je to, koliko znam, ne samo jedina javna priredba u okupiranom Beogradu već i prvi slučaj da ličnost koja postoji samo u stripu oživi u stvarnosti.

Za mene je mitska figura bio i Marko nosač koji je, za razliku od Aleksića, bio poznat samo u kraju u kojem se kretao. Najčešće se izležavao ispod zida fabrike „Rogožarski", na zapuštenoj poljani preko puta našeg dvorišta, na kolicima kojima je prevozio robu, ili kraj njih, u travi. Zbog neobično velikih brkova i ogromne telesine za mene je bio slika i prilika Kraljevića Marka. Zbog toga bi, umesto da se optuži kako se izležavao, možda više pristajalo da se kaže kako se ulogorio na poljani, kao i njegov epski imenjak, nikada bez balončeta vina.

Divljenje koje sam prema njemu imao zbog sličnosti sa junakom iz narodnih pesama brzo je, nažalost, iščezlo. Kao

i u slučaju kelnera Slobodana, krivac za to je bilo pretera-
no piće. Kada bi više popio, a redovno bi više popio, nosač
Marko se pretvarao u zver. Tada bi svoju istrošenu i jadnu,
kako je majka govorila „usukanu" saputnicu, redovno tukao.
Nije za to imao razloga. Činio je to više iz navike, tek da se
nečim bavi. Ponekad bi se, pod jačim udarcem, žena povila
ili čak stropoštala na zemlju. Nije, ipak, glasno jadikovala.
Kao da je nasilje, koje je pred toliko očiju trpela, deo njene
sudbine, strpljivo je čekala da se Marko umori, koliko od uda-
raca koje je zadavao, toliko od pića. Tada bi obično polegao
po zemlji sa koje se oglašavao glasnim hrkanjem.

Kao da se na celom svetu to jedino mene ticalo, smišljao
sam šta mogu da učinim. Kako da zaštitim nesrećnu ženu?
Možda i kaznim nasilnika?

Mogućnosti nisu bile velike. Pre se mogu opisati kao
neznatne, što će reći da su verno izražavale nesrazmeru u
fizičkoj moći nejakog dečaka i gorostasa koji je kipteo od
snage. Dugi brkovi su njegovu gotovo mitsku veličinu još
više isticali. Da sam bar u to vreme znao za priču o Davidu i
Golijatu, ali nisam. Nije, drugim rečima, postojalo ništa što
je moglo da me ohrabri.

Nisam, ipak, odustajao. Bilo mi je, naravno, jasno da ne
mogu da se uhvatim ukoštac sa Markom. Da bi me jednim
udarcem (imao je ogromne šake) sabio u zemlju. Kako, onda,
da se nosim s njim? Dugo sam lupao glavu da bih zaključio
kako postoji samo jedna mogućnost. Da mu, dok se onako
skljokan kao protoplazma izležava, pritrčim i iz sve snage ga
raspalim po oku ili nosu (neka podsvesna veza sa Davidom
ipak je postojala)? Da posle toga pobegnem koliko me noge
nose? To što je protivnik ogroman, nije, najzad, značilo da
je, onako glomazan, i brz.

Plan je delovao privlačno, sve dok me nije ošinula misao da to što ću pobeći ne znači da me neće pronaći. Zna se šta bi se tada dogodilo. Zdrobio bi me, kao muvu.

Sutradan sam, na licu mesta, procenjivao kakvi su izgledi za oživotvorenje tajnih nauma. Kružio sam oko Marka, koji je iz balona natenane ispijao vino. Pogled sitnih očiju, utonulih u salo, tek je povremeno upirao na mene, baš kao na dosadnu muvu koja ga ometa u zasluženom odmoru. Dok sam obigravao oko nosačeve telesine, zaključio sam da mu ne mogu prići. Da me svojim dugim raširenim rukama, kao kod majmuna, lako može uhvatiti za nogu.

To me je, naravno, pokolebalo. Nisam bio dovoljno odvažan. Bio sam samo osetljiv, a osetljive osobe su, po pravilu, više slabe nego jake. Ne uvek, doduše, jer sam noću, u mašti, uvek nadjačavao. Zamišljao sam kako, bez smetnji, prilazim gorostasu da ga odalamim. Dok je on zbunjeno treptao, bio sam već daleko van njegovog domašaja.

U stvarnosti je bilo drugačije. Nasilniku nisam ni prišao. Sve u svemu, iskušavanje hrabrosti neslavno se završilo. Razlika u snazi mi je, naravno, dobrodošla kao olakšavajuća okolnost, ali stvari moram da nazovem pravim imenom: nisam imao petlju.

Mada mi je odsustvo hrabrosti narušilo samopouzdanje, saosećanje sa slabima i progonjenima nije me napuštalo. Potvrdu za to dobio sam već na prvom seoskom vašaru, na kojem smo se majka i ja zadesili, trampeći za slaninu i brašno poslednje zaostale bluze sa „aplikacijama".

Crkveni praznik i sunčan dan privukli su u portu mnogo ljudi. Sredovečne i starije seljanke bile su zabrađene maramama, ali su mlade devojke bile obučene „varoški". Mladići su u šatrama pokušavali da krpenom loptom pogode u centar, za šta su nagrađivani lutkama i slatkišima, ili su oprobavali jačinu mišica udarajući pesnicom u aparat za merenje snage. Tu i tamo ulični trgovci nudili su „klakere", koji su za majku bili samo „obojeni slatki bućkuriš". Čuli su se i ulični svirači, koji su imali teškoće da se usaglase.

Iako su, za tu priliku, cirkuske šatre i muzičari bili dovoljni za prigodan provod, najviše pažnje je privlačila „seoska luda" koja je, sedeći na ogradi crkve, nerazgovetno mumlala. Poremećena žena u sredovečnom dobu, još je imala lepe crte lica, ali je, u ritama i zapuštena, izgledala starije. Dečaci su je isprva samo „začikivali", da bi je, uznemirenu, gađali stvrdnutom balegom i kamenjem. Stariji ih, začudo, nisu odvraćali. I sami su, naprotiv, nesrećnicu izazivali.

Kao i u slučaju saputnice Marka nosača, u glavi mi je nastala zbrka. Nisam mogao da razumem zašto, samo zabave radi, zlostavljaju nesrećnu ženu, a još manje zbog čega u tome toliko uživaju? Pošto niotkuda nije bilo ni pomoći ni odgovora, potonuo sam u duboku potištenost. Već sasvim u bunilu, pitao sam se da li pripadam istom onom čovečanstvu za koje je učitelj Borčić govorio da se više od bilo čega drugog odlikuje samilošću i saosećanjem.

Među osobama koje, po rečima obućara Bude, „nisu imale sve daske na broju", nisu sve pobuđivale sažaljenje. Jedna od takvih je bio i otac mog najboljeg druga, školski poslužitelj Životije, koji je u naše dvorište često navraćao. U tome ne bi bilo ničeg neobičnog da u sobicu u kojoj je majka vezla „aplikacije" nije banuo sa teškim poklopcem od tuča kojim se na ulici zatvaraju kanalizacioni ispusti. Pošto je sa mukom, dahćući od napora, naslonio poklopac na ram vrata, seo je na stolicu kraj samoga izlaza, preprečivši ispruženom nogom prolaz iz kuće.

Majka nije ustajala od šivaće mašine, kao da je najnormalnija stvar na svetu da kasni posetilac dolazi u stan sa poklopcem od tuča, pokupljenim, uz to, sa ulice. Mada sam zbunjenost skrivao sa više napora, trudio sam se da se to ne primeti.

Poklopac od tuča nije mi, ipak, davao mira. Utoliko pre što je Životijeva supruga, još ranije, natuknula kako joj se suprug čudno ponaša, ili, još određenije, kako gomila nepotrebne stvari. Ni majka ni ja nismo tada pridavali pažnju njenim rečima. I da jesmo, ne bismo u tome videli ništa čudno jer je u to vreme sve što nije bilo čvrsto zakovano, bivalo razvučeno i razneseno.

Sve do tog prokletog poklopca od tuča koji se, naslonjen na vrata, nudio kao verodostojan dokaz poremećenosti. Da je poslužitelj bilo šta drugo uneo u kuću, još bismo se kolebali. Ali predmet donet iznebuha i težak kao sam đavo, nije dopuštao nikakve nedoumice.

Obuzet sve većim strahom, nosio sam se mišlju da šmugnem kroz vrata, da jednostavno preletim preko ispružene Životijeve noge, ali sam odustao najviše zbog toga što nisam hteo da ostavim majku samu. Ostao sam, tako, prikovan za stolicu, nepomičan kao žaba koju je hipnotisala zvečarka. Majka je, za to vreme, krijući da je i sama uznemirena, zapodevala razgovor o potomstvu i poslu.

„Kada bi mladi danas samo znali koliko je teško podizati decu“, glasno je uzdisala.

Potvrđujući takav sud, Životije se konačno pridigao i, uz mnogo izvinjenja što se toliko dugo zadržao, krenuo prema vratima.

Ispratili smo ga sa olakšanjem, ne lupajući više glavu o tome zbog čega je od svih nepotrebnih stvari izabrao da kući ponese baš poklopac od tuča.

Ujutru nas je probudio neubičajeno glasni metež. Ne dopuštajući da se rasanimo, u stan je uletela uvek dobro obaveštena komšinica. Pre nego što smo stigli da išta zaustimo, ispričala je, bez daha, šta se prošle noći dešavalo u kući školskog poslužitelja.

Nikada ne biste pogodili sa čime je nasrnuo na ukućane? Poklopcem od tuča, majka i ja oglasili smo se u isto vreme, kao da je odgovor bio dobro uvežbana muzička fraza, a ne epizoda zbrkanog životnog sazvučja ili, ako vam se tako više sviđa, verodostojnog kolekcionarskog ludila.

Campaigne

Pošto sam se, kako je primetila naša dobrotvorka, gazdarica Kosara, „načisto usukao", predložila je majci da odem na par nedelja kod njenih rođaka u selo u blizini Beograda.

Ma koliko pobude stanodavke bile velikodušne, to sa selom nikako mi nije išlo. Najpre crkveni tornjevi koji se neprestano odmiču. Zatim okrutnost na seoskom saboru. Ni u trećem pokušaju nije bilo ništa bolje.

Za to domaćini nisu bili nimalo krivi. Hranili su me, baš kako je gazdarica Kosara poručila, kao svog rođenog. Nisu me, štedeći me, uključivali u domaće poslove. Osim čuvanja ovaca, i to samo ponekad. Mada to i nije neki posao, meni je teško padao. Samo što bih se udubio u knjigu, ovce bi počele da švrljaju. Morao sam dobro da pazim da ne odlutaju u tuđu livadu, naročito da se ne prejedu deteline, od čega su, kako su govorili meštani, mogle i da uginu. To se, nažalost, redovno dešavalo kada bih se na nekom uzbudljivom mestu u knjizi najviše zaneo. Kako sam već primetio, čak i bezazlenim obavezama nisam dorastao. Jednostavno nisam bio rođen za život na selu.

Da mi selo još više ogadi, postarao se lokalni „vojvoda" sa kojim sam se, na povratku sa ispaše ovaca, susreo na seoskom putu. Procenivši da ga nisam dovoljno glasno i ljubazno pozdravio, opalio mi je šamarčinu. I ranije sam zbog neposlušnosti dobijao ćuške od majke ili, bez razloga, od suparničkih „bandi", ali je ovo je bio prvi slučaj takoreći „ozvaničenog" nasilja u kojem me kažnjava sama „vlast". I to na pravdi boga.

Iz posete rođacima u Banatu poneo sam lepše uspomene. Najpre na toplu zidanu peć koja je čak i izgledom podsećala na kraljevski tron. Smeštena u uglu prostrane sobe, najviše je ličila na astečku piramidu sa zaravnjenim krovom, čiju sam fotografiju video u sačuvanom predratnom izdanju *Politikinog zabavnika*. Peć je bila pokrivena gunjevima ili, isto tako toplim, paorskim bundama. Kao da sve to nije dovoljno, jastuk od guščjeg perja bio je umotan u čistu belu presvlaku, natrunjenu bosiljkom, kamilicom, nanom ili nekom drugom isto tako mirišljavom biljkom.

Pre nego što bi se uspentrao na mirisnu visoravan imao sam običaj da kroz gvozdena vratanca peći dugo, kao opčinjen, gledam kako se iskričave varnice međusobno sudaraju ili, u ognjenim piruetama, vrtoglavo nestaju. Čekao sam da halapljiva vatra proždre sasušenu šašu, da u razgoreli plamen ubacim vlažne panjeve koji su iz dunavskog rita još s jeseni u dvorište dovučeni.

Uživajući u blagotvornoj toplini, prepuštao sam se slatkoj obamrlosti, nekoj vrsti sna na javi u kojem sam, ipak, sasvim jasno čuo kako domaćini dočekuju zakasnele goste ili se prepiru sa uvek „alavim kerama". Nenadanim posetiocima najviše sam se radovao zbog priča koje su noću uzbudljivo zvučale. Kako i ne bih kada su u sobi, osvetljenoj jedino fenjerom na gas, lelujave senke nadirale sve do tavanice, menjajući oblik u zavisnosti od jačine plamena. Ma koliko me tama uramljena okvirima prozora ispunjavala nespokojstvom, a iznenadni lepet barskih ptica plašio, visoko na peći, kao na prestolu, ušuškan u „paorske" bunde i gunjeve, osećao sam se kraljevski bezbedno.

Napadali sneg u toku noći pretvarao je Banat u Panonsko more, koje se od Crnog mora razlikovalo jedino bojom. U tom belom moru dimnjaci na kućama pućkali su isto kao i oni usidrenih parobroda.

Na zamrznutim kanalima isprobavali smo klizaljke od daščica tvrdog drveta, koje smo kanapom vezivali oko dubokih cipela, ili šta je već ko na nogama imao. Tako opremljeni, klizali smo se na čvrstom, ledenom pokrivaču, kojim su bare bile okovane. Događalo se da se blagih zima led ponekad prolomi, ali su zbog plitke vode nezgode imale više smešan nego tragičan vid. Od klizanja mi je veće uživanje predstavljala samo vožnja velikim saonicama u koje su uprezani frktavi, pomamni konji. Pokriveni bundama, jezdili smo u oblaku vodene pare sve do susednog sela, nadjačavajući cikom čak i prasak kočijaševog biča.

Kad god bi se u proleće Dunav razlio, u zaostalim barama lovili smo ribe košarama bez dna. Ta vrsta ribolova je donekle ličila na lovačku hajku, s tom razlikom što dečaci nisu bili lovci, niti su razlivene vode bile lovišta. Metod je, u suštini, ipak bio isti, jer smo polazeći od spoljnih ivica bare zatvarali krug, baš kao što i hajkači arlaukanjem i bukom sateruju divljač u manji brisani prostor. Pobadajući košaru u blatnjavo tle, rukama smo napipavali plen, najčešće smuđeve, štuke, šarane i somove.

Čak i u tako skučenom prostoru imao sam teškoća da ribu čvrsto ščepam jer se ona, zbog klizave kože, migoljila iz ruku. U strahu sam, istini za volju, i sam ponekad ispuštao ulov, ne znajući na šta ću sve u košari naići. Najviše sam se plašio štuka, koje je bio glas da mogu da odgrizu prst, ali sam zazirao i od većih primeraka šarana i somova.

Lovački instinkt je, ipak, redovno bio jači od straha, te smo se, s prvim mrakom, vraćali u selo s punim korpama riba, kaljavi i promrzli, ali blaženi i srećni. Pošto smo se ceo dan družili sa pticama i ribama, srndaćima i zečevima, na mirišljavoj zaravni na vrhu tople zidane peći mogli smo, bez straha, da se takođe viđamo sa vilenjacima i vampirima, koji su se noću, kao puzave senke, nečujno prikradali.

Nekako odmah po povratku u Beograd, još jednom sam se susreo sa pravdom, isto tako proizvoljno i nasumično sprovedenom. Mada sam ovoga puta bio kriv, nisam očekivao da će biti slepa poput statua koje s povezom na očima krase pročelja sudova, a isto toliko i okrutna.

Zašto je baš mene izabrala da to iskaže pojma nemam, jer su u nestašluku učestvovali i drugi dečaci. Ne znam kome je palo na pamet da se po izlasku iz škole zabavimo tako što ćemo, jedan za drugim, zvoniti na jedinoj palati ispod parkića koja je na ulaznim vratima imala zvonce. Sudbina je htela da se razdraženi domar pojavi upravo u času kada je na mene došao red da pritisnem okruglo dugmence. Samo što sam se propeo na prste da to učinim, pojurio me je kao furija. Spasavao sam glavu kako sam znao i umeo, ali sam, trčeći uz strmu ulicu, sve više posustajao. Videći na njenom

kraju stražarnicu ispred koje je šetao žandar sa sve bajone-
tom nataknutim na pušku, ponadao sam se da će me zaštititi
od razjarene beštije koja me je, osećao samo to po dahu,
sustizala.

Molećivo sam, jedva dišući, zatražio pomoć. Žandar se
pretvarao da ne čuje šta mu govorim. Kao da ga se to nimalo
ne tiče, ni prstom nije mrdnuo dok me je domar nemilosrdno
tukao. Na bolan način sam tako saznao da je pravda ne samo
slepa već i gluva. Da na svetu nema samilosti.

Kraj pravoga rata

Da se linija fronta primiče, o čemu se do tada govorilo samo
upola glasa, postajali smo svesni po brujanju savezničkih
aviona koji su nadletali Beograd na putu do Ploeštija. Posle
bombardovanja tamošnjih rafinerija, poneku zaostalu
bombu izručili bi nad Beogradom. Tek da se oslobode tereta.
Za to gde će pasti, nisu mnogo marili. Te poslednje godine
okupacije, 1944. godine, bila je to gotovo svakodnevna poja-
va, na koju smo se s vremenom navikli.

Uprkos sve brojnijim nagoveštajima da se približava zavr-
šni okršaj, rat smo zamišljali kao u stripu. Nismo, drugim
rečima, imali pojma kako izgleda. Iako smo trpeli oskudi-
cu i lišavanja svake vrste, a povremeno smo čak i glado-
vali, o ratnim dejstvima saznavali smo ponešto samo od
malobrojnih posednika radio-aparata koji su krišom slušali
Radio London. Imali smo, otuda, samo neodređene, maglo-
vite predstave o velikim armijama koje se tuku na mnogim
frontovima, bilo u ruskim ravnicama ili u Africi, u svakom

slučaju, daleko od Beograda. Čak i kada su avioni počeli da lete iznad glava, još smo se osećali kao izdvojeno ostrvo, možda čak kao mreža za stoni tenis koju celuloidne loptice preskaču, sve dok one prave, napunjene ubitačnom municijom, nisu počele da se zarivaju u mrežu.

Saveznički avioni se, drugim rečima, nisu više samo oslobađali viška bombi, već su u maju 1944. godine gađali upravo Beograd. Nisu se, pri tome, preterano trudili da pogode samo vojne ciljeve. Smrtonosni teret su, naprotiv, izručivali nasumično, gde stignu, reklo bi se bez ikakve ne samo vojne već i bilo koje druge svrhe. Mnogi ljudi su tako nastradali bežeći na periferiju – na Pašino brdo, Neimar, Čuburu i Dušanovac – delove grada u kojima nije bilo nemačkih vojnika. Upravo tu su ih sustizale bombe. Do nas koji smo takođe izbegli na periferiju, na Hadžipopovac, koji je srećom pošteđen, samo su dopirale vesti da ima mnogo mrtvih. Da leševe, nabacane u kamione, istovaruju van grada.

Vazdušne uzbune su najavljivane sirenama koje bi i mrtve probudile iz groba. Među sobom su se razlikovale u zavisnosti od toga da li oglašavaju stanje uzbune ili stanje neposredne pretnje. Za razliku od nemačkih bombardovanja tokom kojih smo se skrivali u podrumu, ovoga puta smo tražili spas na obodu grada.

Najgori su bili noćni vazdušni napadi kada smo, nedovoljno rasanjeni, bežali u mrak i spasenje. Tada me je na ramenima obično nosio sin Bude obućara, za kojim su kaskali i ostali ukućani. Pošto me je Rista Grk poduči da i to može da pomogne, zavlačio sam se ispod stola ili stajao u okviru vrata. S naivnošću pravednika verovao sam da ću tako biti pošteđen.

Da nije bilo tih uzbuna, verovatno ne bih ni primetio da se ljudi umnogome menjaju kada su izloženi opasnosti. Da se na fijuk bombe pretvaraju u samoživa, sebična bića koja misle samo kako da prežive, svako za sebe. Čula su im, u takvim prilikama, postajala izoštrenija. Dovoljno je bilo da čuju piskavi, reski zvuk, pa da se izobliče. U tih nekoliko trenutaka upinjali su se, sa životinjskom usredsređenošću, da odgonetnu da li su im bombe nad glavom ili samo u blizini ili, što je naravno bilo najpoželjnije, daleko od njih. Najgora od svega bila je tišina, koju je narušavao tek pad bombe. Korisnici skloništa su čekali taj trenutak kao što se čeka na milost božju. Dobro su znali da ako tresak izostane nikada ništa više neće čuti. Da bomba pada na njih.

Preobražavali su se, zbog toga, u preistorijske pretke, u bića koja su imala samo čulo sluha, donekle pipanja, dok su im sva druga bila potpuno utrnula. Ta druga čula budila su se tek kada bi se čuo pad bombe. Iz svakog prekida tišine izranjali su sa ozarenim licima kao da ih je obasjala anđeoska dobrota ili, isto tako sveta, božja promisao. Olakšanje koje je iz njih zračilo nije, ipak, imalo nikakve veze ni sa čim svetačkim. Poticalo je, naprotiv, od saznanja da ih je bomba poštedela. Da je ubila neke druge ljude.

Kako ništa na ovom svetu ne dolazi samo, tako nam je i bombardovanje osim strepnje za goli život donosilo i trenutke iskrene radosti i međusobne ljubavi. Kada smo jednom, nakon što su sirene objavile prestanak opasnosti, oprezno izvirili iz skloništa, prvo što smo ugledali bio je most bez središnjeg luka. Tamo gde je nekada stajao, zjapila je praznina. Pošto smo se pribrali od zaprepašćenja, počeli smo da skačemo kao navijači posle pobedonosnog gola, da se grlimo i ljubimo i, najzad, kao izludeli, vrištimo od sreće. Za nas srušeni luk nije bio samo dobro odmereni pogodak već i potvrda da se rat bliži kraju. Isto to su najavljivali i topovi koji su se sasvim razgovetno čuli s druge strane Dunava.

Kada su u oktobru 1944. godine Rusi ušli u Beograd, mrtvih je, kako se tada govorilo, bilo „kao pleve". Najviše vojnika, kako nemačkih tako i ruskih i naših, ali i građana koji su tih dana potpuno izgubili razum. S trakama na rukavu i puškama, pokupljenim od poginulih Nemaca, kao mahniti su jurili ulicama i svaki čas pucali, najčešće nasumice. Svih tih dana koliko su borbe trajale vladao je neopisiv metež, u kojem su i stari i mladi, ne obazirući se na opasnost, istrčavali na ulice samo da pozdrave oslobodioce.

Baš kao i odrasli, ni ja nisam mogao da se skrasim u kući. Uzalud je majka bogoradila kako će „od brige umreti". Čim bih ugrabio priliku, šmugnuo bih na ulicu. Zajedno sa drugim „dečacima iz kraja" nisam propuštao nijednu predstavu „ratnog teatra". Moglo bi se čak reći da smo u tih nekoliko dana, koliko je trajala bitka za Beograd, videli više surovih prizora nego za sve četiri godine okupacije. Iako nas je prasak pušaka i gromoglasni tresak granata plašio, u isto vreme nas je i privlačio. Svačega smo se tako nagledali. Najviše Nemaca kako podignutih ruku izlaze iz svih vrsta skrovišta, takođe iz šahtova. Rusi su ih postrojavali u kolonu i odvodili nekuda, u zarobljeništvo, kako je tvrdio Rista Grk, ali smo svojim očima videli kako ih takođe prislanjaju uz prvi zid i streljaju. Naročito ako su pre toga sami imali gubitaka.

Za razliku od drugih dečaka, koji su prevrtali leševe da bi pokupili časovnike ili dvoglede, na prizore mrtvih ljudi nikada se nisam navikao. Neprirodna ukočenost lica, sklupčano telo, mnogi drugi znaci neopozive konačnosti, ispunjavali su me užasom. Koliko i sama smrt, plašila me je i brzina propadanja koja je do malopre žive ljude pretvarala u otrcane lutke, u predmete čiji se status nimalo nije razlikovao od drugih, takođe beživotnih i odbačenih stvari. To je bilo dovoljno da naslutim, za dalekosežne zaključke je bilo još rano, da u normalnim okolnostima smrt nije tako groteskna i nepodnošljiva samo zato što se ulaže veliki trud da se leševi dovedu u red, tako što se, okupani i odeveni, smeštaju u kovčeg, u dostojanstvenom položaju, s rukama na grudima i zatvorenim očima. Cela ceremonija sahrane je, najzad, sračunata da odvrati pažnju od stvarnosti. Da je ulepša i predstavi drugačijom nego što jeste.

Od leševa su me više plašili samo pacovi. Da su u to vreme postojale neke skale odvratnosti, svakako bi na njima bili na samom vrhu. Te poslednje ratne godine bilo ih je toliko da ni od ljudi ni od mačaka nisu bežali. Izmilivši iz podzemnog sveta na površinu zemlje, stavljali su do znanja, sa drskošću nečastivog, da im, koliko i svim drugim bićima, ona podjednako pripada.

Kao i drugi dečaci, najviše sam bio ushićen tenkovima. Na metalne grdosije sam se, bez straha, penjao, ponekad čak zavlačio u kupolu, odakle sam ponovo izranjao sa ozarenošću koja je morala da krasi apostole u času božanskog prosvetljenja.

Oko tenkova su se vrteli i građani sa trakama oko rukava, ali i ljubopitljivi posmatrači koji su se rado bratimili sa posadom tenka, najčešće uz flašu rakije.

Sudeći po slavljeničkom raspoloženju, atmosfera bi, da nije bilo toliko mrtvih, mogla da se opiše kao karnevalska. Ako ni po čemu drugom, ono bar po opštem metežu i maskama „oslobodilaca" koje su, nakon dugotrajne okupacijske čamotinje, navrat-nanos navlačili do tada ravnodušni građani. Za razliku od odraslih, koji su se sa stvarnim ili izveštačenim, ali u oba slučaja zakasnelim zanosom, uključivali u već odlučenu bitku, deca nisu imala potrebu da dokazuju pravovernost.

Kao što su u stripovima uvek na strani pobednika, i ovoga puta su znala uz koga da se svrstaju. Jedan krug tenkom, kao na „ringišpilu", bio je dovoljan da se u potpunosti prepuste iluziji da su pobedi i sami doprineli.

U mom slučaju, svrstavanje je otišlo predaleko. Posada tenka, do čije sam se kupole uspentrao, poželela je da me povede sa sobom. Sve do Berlina. Do kraja sveta, ako treba. *Pajđom vmeste* (pođimo zajedno) do Berlina, shvatio sam kao ozbiljnu poslovnu ponudu. Mada me je, kao i kod namere da postanem mornar, mučila griža savesti što majku ostavljam samu, od želje da doprinesem završnim ratnim operacijama nisam odustajao.

To što nisam dotle stigao imam da zahvalim sinu školskog poslužitelja i mom najboljem drugu Mikici, koji je bio dovoljno predostrožan da majku o svemu na vreme obavesti. Sirota žena je trčala za pomalo tromim tenkom sve do Grobljanske, gde se ispred njega isprečila. Imala je, ipak, dovoljno snage da drekne tako glasno da se i vojnik za komandama tenka ukočio. *Toljka šutka* (samo šala), izvinjavao se dok me je, držeći me ispod pazuha, pažljivo spuštao na zemlju.

Za razliku od izostanka iz škole kada me je kaznila pred celim razredom, ovoga puta me je poštedela sramote pred „crvenoarmejcima". Po tome što je ćutala sve do kuće, znao sam šta me čeka. I bio sam u pravu. Da me nije odbranila gazdarica Kosara, prošao bih kao i Nemci u Berlinu.

Zemljanci i „amerikanci“

Najveći dobitak koji sam ikada stekao, i to u jednom danu, nije bio plaćen novcem od prodaje cigareta već klikerima. Mada su svi bili okrugli i služili istoj svrsi, među sobom su se razlikovali po izgledu i vrednosti. Na najmanjoj ceni bili su zemljanci, a na najvećoj staklenci ili, nešto veće zapremine, „amerikanci“, koji su bili ne samo najređi već i najskupoceniji. Malobrojni posednici ovih poslednjih razlikovali su se otuda od vlasnika zemljanih klikera koliko veleposednici od bezemljaša. Bila je to, kako se obično kaže, „razlika u klasi“.

Potrebno je da se to zna da bi se razumelo kako sam se osećao kada sam se u igru upustio sa samo četiri zemljanca a izašao iz nje sa džepovima otromboljenim do zemlje, punim „amerikanaca“.

Kao i sva velika bogatstva i ovo je stečeno sticajem raznih, koliko srećnih toliko nepredvidivih i čak neverovatnih okolnosti. Pri tome imam na umu da toga dana uopšte nisam imao nameru da igram klikere. Krenuo sam samo da kupim hleb na koji su, kako se iz priče može razabrati, kod kuće čekali sve do uveče.

U parkiću su dečaci već uveliko bili zabavljeni igrom. Pomislio sam da bih, usput, i sam mogao da okušam sreću. Ništa, zaista, nije ukazivalo na to da ću sa samo četiri zemljana klikera i, prema najvelikodušnijoj proceni, zaista bednim ulogom, uspeti da se u igri dugo održim.

Da sebi prikratim muke, a i zato što sam žurio, pridružio sam se grupi starijih dečaka koji su umesto bacanja na liniju izabrali hazardniju igru. Njena pravila su bila jednostavna. U izdubljenu rupu u zemlji, zvanu „nadrupac", bacala se iz daljine puna šaka klikera. Paran broj je dobijao, a neparan gubio.

Moja četiri klikera, uz to zemljana, prihvaćena su sa neskrivenim prezirom. Nisu mi pridavali pažnju ni kada sam, neprestano dobijajući, početni ulog povisio na osam, a odmah zatim na šesnaest i trideset dva. Stariji igrači su se jedva primetno zainteresovali tek kada sam višak zemljanaca u odnosu dvadeset za jedan, zamenio za „amerikance".

Tu nije kraj priče, jer su i „amerikanci" završavali u „nadrupcu" jedino u paru. Kako se moje bogatstvo uvećavalo, tako su do tada nadmeni ili samo ravnodušni posmatrači menjali odnos prema meni, postajući ljubazni i čak uslužni.

Lekcija o privremenosti bogatstva, ali i o relativnosti važnosti, dobila je tako novi upečatljivi sadržaj. Neupotrebljivost ove, kao i bilo koje druge dragocene pouke, i ovom prilikom se ispoljila na uobičajeni način: odsustvom svesti o njoj na vrhuncu uspeha.

Tada, naravno, nisam znao da zapravo i ne postoji nikakav vrh. Samo mukotrpno penjanje i, potom, neizbežno survavanje. Samo se po sebi razume da me, napuštajući park sa džepovima punim „amerikanaca", takve misli nisu opsedale. Zaspao sam, naprotiv, snom pravednika kome je nagomilano bogatstvo davalo sigurnost i spokojstvo. Samo do sledećeg jutra, nažalost, jer nisam odoleo iskušenju da ponovo oprobam sreću.

Prevideo sam tako sveto pravilo kocke, što je igranje klikera u bezazlenom vidu ipak bilo, prema kojem se veliki dobici nikada ne ponavljaju dva dana zaredom. Bog me je, zbog toga, odmah kaznio, jer sam sve što sam prethodnog dana stekao isto tako glatko i brzo izgubio.

Najviše me je začudila lakoća s kojom sam propao. Ma koliko nepodnošljiva, imala je i dobru stranu, jer se u kasnijem sećanju na ono što se dogodilo sve više javljala kao privid ili bar kao nešto u šta se sa razlogom može sumnjati. Gubitak sam tako podneo sa manje patnje jer nije isto da li se gubi samo privid ili neprocenjiv imetak, otelotvoren makar u raznobojnim klikerima.

Pošto bismo izmirili obaveze prema školi i rasprodali cigarete, okupljali smo se u napuštenom zoološkom vrtu, brčkajući se u bazenima namenjenim fokama. Zaštićeni od pogleda zidom koji smo lako preskakali, uživali smo u vrtu kao u privatnom posedu.

Kada su nam bazeni dosadili, preselili smo se na Dunav. Obala kod Đačkog kupatila, ispod Kalemegdana, u tim godinama je bila zasejana potopljenim šlepovima koji su, izvirujući iz vode kao veštačke ade, zbunjivali i samu maticu.

Plivali smo od jedne do druge olupine, pentrali se na kose, u vodu uronjene palube i izležavali se na vrelim metalnim pločama. Uveče smo, već sasvim posustali, bosonogi šljapkali po asfaltu. Na ulici smo uletali u oblake prašine iza brektavih kamiona kako bismo kod kuće otklonili sumnju da smo dan proveli na Dunavu.

Bio je to sasvim dobar provod sve dok jednom od dečaka nije pala na um sumanuta ideja da ronimo ispod šlepova. Ko se na to odvažio mogao je da izroni jedino u prostoru između dva šlepa. Pošto sam se pre toga zavlačio samo ispod čamaca, i to u plićaku, već i sama pomisao na korita oblepljena sluzavim zelenilom ispunjavala me je strahom i gađenjem. Nisam, ipak, odustao, kao ni drugi dečaci, samo da me ne bi proglasili strašljivcem.

Upuštali smo se tako u neku vrstu ruleta koji je igračima davao manje izglede od, nepravično poznatijeg, ruskog. Za razliku od ovog poslednjeg, u kojem je samo jedna od šupljina u burencetu revolvera napunjena olovom, u „dunavskom ruletu" su dobici i gubici bili ravnomerno raspoređeni.

Kažu da bog čuva pijance. Nas je, eto, takođe sačuvao, iako nam u glavu nije udarilo piće već samo sunce i dečačka nepromišljenost.

Snaga u rukama

Propustivši da stignem do Berlina, ostao sam u Beogradu. Sa završetkom rata porodice su se ponovo okupljale, ali je naša je ostala razdvojena. U očekivanju očevog povratka iz zarobljeništva, koji se iz nama nedokučivih razloga neprestano odlagao, najviše vremena sam provodio na ulici. Za razliku od ratnog sivila, na njoj su se gotovo svakoga dana rojila nova čudesa.

Najradije sam „ubijao vreme" na poljani između zgrada, netremice posmatrajući kako radnici postavljaju visoki drveni jarbol sa vrteškom i šatre za gađanje u metu krpenim loptama. Među rukovaocima sa istetoviranim mišicama, blagajnicom sa večitom cigaretom među usnama i poslovođom, koji je u govoru koristio bar tri jezika, podjednako nerazumljiva, našao sam se nekom drugom, uzbudljivom i čudesnom svetu.

Osvetljena poljana je zaista odudarala od sumornih i zapuštenih mračnih zgrada, koliko i blistavi svemirski brod od tamnog neba. Neveliki prostor oko ringišpila dečaci su doživljavali kao eksteritorijalni posed na kom su sebi dozvoljavali veću slobodu ili, još određenije, u kom su mašti mogli da puste na volju. Gegali smo se zbog toga u hodu, kao neustrašivi filmski junaci, a prema devojčicama smo bili preduzimljiviji nego obično.

Za tako nešto, prema opštem mišljenju, od ringišpila ništa bolje nije moglo da se zamisli. Za blizinu, prisnost čak sa devojčicom, dovoljno je bilo da se na vrtešci ugrabi sedište iza nje. To je, naravno, činilo samo prvi deo nešto složenije operacije. Drugi je zahtevao da se njeno sedište, jednom odmaknuto od zemlje, snažnim zamahom visoko odbaci. Pomenuta operacija davala je najdelotvornije rezultate kod onih dečaka koji su uspevali da devojčicu, pre nego što je katapultiraju, zavrte oko sebe.

Sa zavišću sam gledao kako se gvozdena užad, kao u zagrljaju, zapliću a potom silovito odvijaju i raspliću. Posmatrano sa zemlje, sve je izgledalo ne može biti jednostavnije. Poželeo sam, otuda, da podražavam ono što su drugi s lakoćom činili.

Vrebao sam koje će mesto zauzeti devojčica sa žutim kikicama da bih, kao bez duše, uskočio iza nje. Blagonaklono je dopustila, pretvarajući se da ne primećuje, da šakama dograbim naslon ispred sebe. Unapred sam se radovao zaplitanju i rasplitanju, zamišljajući kako devojčicu odbacujem daleko od sebe da bih se, kada na silaznoj putanji dospe do najniže tačke, ponovo kao kobac obrušio na nju.

Odigavši se dovoljno od zemlje, pokušao sam da odmah sprovedem zamišljeni plan. Cimao sam levo-desno, ali se sedište ispred mene samo blago njihalo, ne promenivši putanju. Pokušao sam još jednom, sa istim rezultatom. Mada mi je samopouzdanje već bilo ozbiljno načeto, nisam odustajao. Sa upornošću očajnika potezao sam sedište, nastojeći da snažnim zamahom zamrsim čeličnu užad. Sve je bilo, nažalost, uzalud, novi pokušaji bili su isto tako jalovi kao i prethodni.

Ma koliko mi to teško padalo, morao sam da se pomirim sa otkrićem da mi ruke nisu bile dovoljno snažne da devojčicu prvo zavrtim, a potom daleko hitnem i ponovo se u letu s njom sjedinim. Više, uostalom, nisam ni imao prilike za to jer je vreme isticalo, a vrteška se sve sporije okretala.

Kada je konačno stala, devojčica mi je smesta okrenula leđa, pošto me je pre toga prezrivo pogledala. Sutradan sam odmah radi snage u rukama počeo da vežbam sa tegovima, ali sam od pokušaja da na ringišpilu osvojim devojčicu odustao za sva vremena.

Od vožnje ringišpilom možda sam više uživao jedino u vožnji tramvajem. Istini za volju, pomenuta zabava nije mogla sasvim da se podvede pod vožnju jer su dečaci visili na spoljnim rubovima tramvaja, najradije na papučici, ali često i na gvozdenoj kuki na njegovom kraju.

Najradije smo koristili „dvojku", jer je ona jedina vozila ukrug, što je, u odnosu na druge deonice, imalo značajne taktičke prednosti. Pošto samo svojstvo kruga ukida i početnu i poslednju stanicu, mogli smo da iskačemo iz tramvaja bilo gde, zato što smo ugledali nešto zanimljivo ili samo zbog toga što nam se tako jednostavno prohtelo, a da potom uskočimo u iduće vozilo i vratimo se na polazište.

Nisam mogao da razumem zašto nas tako okrutno proganjaju. Ne verujem da su neplaćene karte mogle da budu razlog jer su one naplaćivane putnicima koji su „unutra", u tramvaju, a ne nama koji smo, priljubljeni kao insekti na koži slona, visili spolja.

Uprkos trudu, a povremeno čak i podlim smicalicama, nisu nas, kao progonjenu vrstu, iskorenili. Samo su nam još više probudili nagon samoodržanja.

Ono što goničima nije uspelo, majci jeste.

Ni dan-danas ne znam ko me je odao. To je, najzad, manje važno od iznenađenja koje mi je priredila. Sačekala me je u zasedi na uglu Kraljice Marije i Starine Novaka. Kasnije je pričala kako je, videvši me prilepljenog na vratima „harmo-nike", umalo „šlog nije strefio". Ne znam kako se osećala, ali dobro pamtim da joj glas nije zvučao nimalo onemoćalo. Pozvala me je, naprotiv, tako glasno da „smesta siđem" da se čulo sve do Palilulske pijace.

Činio sam to bezbroj puta, tako da sam bez teškoća iskakao iz tramvaja u vožnji, ali ovoga puta noge su mi se „odsekle od straha". Kako i ne bi kada je majčin glas ječao kao Zevsov u času kada je pretio običnim smrtnicima ili isto tako neposlušnim bogovima. Smandrljao sam se nekako na asfalt, napola oduzet, trpeći usput majčine bubotke. Mada od mesta gde sam uhvaćen „na delu" do prizemne kuće u kojoj smo živeli nije bilo više od stotinak metara, uspela je na tako kratkoj putanji da izgovori kilometarsku optužnicu. Iz nje sam, zbog čestog ponavljanja, zapamtio dve, očito najveće krivice: da „sramotim oca" i da ću je opasnim nestašlucima „načisto ubiti".

Nije se završilo na tome jer me je, čim smo ušli u kuću, pred ikonom Svete Petke mučenice zaklela da nikada više ne visim ni na prepotopskim, narodskim tramvajima, sa papučicom, ni na novim, sa „harmonika" vratima. Mada tada to nisam mogao da znam, naslućivao sam da je za krah najomiljenije ili bar najčešće upražnjavane pustolovine mog detinjstva, kao, uostalom, i za propast svih velikih poduhvata, kriva izdaja. Neko od školskih drugova me je potkazao.

Put za Šangaj

Za pomeranje težišta pustolovina koje su, makar u mašti, poprimale planetarni karakter, najviše zasluga je imao ukoričeni komplet predratnog izdanja *Politikinog zabavnika*. Ne znam kako nam je dospeo u ruke, ali znam da je za dečake u kraju imao status relikvije. Pobožno prelistavajući već požutele stranice, zaboravljali smo na oskudicu i lišavanja, lebdeći, kao na letećem ćilimu, iznad dalekih, nepoznatih krajeva. Kad god bi od drugih dečaka ugrabio priliku da zavirim u *Zabavnik*, toliko bih se zaneo čarobnim svetom da bih pre čuo kreštanje papagaja iz Afrike nego dozivanje majke u istoj sobi.

Sva tajanstvena putovanja počinjala su na Kalemegdanu. Tačnije, u podzemnim prolazima i lagumima koji su u stvarnosti jedva dopirali do obala Save i Dunava, ali su se u dečjoj uobrazilji prostirali mnogo dalje, do obale Žute ili neke druge, isto tako velike reke. Nismo, doduše, imali predstavu ni o Žutoj ni o drugim velikim rekama, ali njihova imena su zgodno zvučala da označe nešto što smo zamišljali kao sam kraj sveta.

Možda se ne bismo otiskivali toliko daleko da nam stara tvrđava nije izgledala isto tako zagonetno i neispitano kao pustinja Gobi, na primer. Najviše su nas plašile mračne i memljive ćelije, okovane gvozdenim rešetkama. Krnjava

Jovanka se klela da se iz njih noću čuju krici i vapaji izmučenih duša. Mada nam nije bilo jasno kako duše mogu biti tako glasne, kroz rešetke smo nerado i usred bela dana zavirivali. Grof Monte Kristo, čije smo pustolovine u nastavcima pratili, donekle nas je ohrabrio, jer je svojim primerom dokazao da se i iz tvrđave sa najdebljim zidovima može pobeći. Osokoljeni njegovom neustrašivošću i sami smo počeli da zalazimo na mesta koja smo ranije u širokom luku zaobilazili. Nadnoseći se nad kladencem Rimskog bunara nikako nismo mogli da se složimo da li bunar ima dno ili su nesrećnici koji su u bunar bacani propadali kroz otvor na drugoj strani sveta. Pošto smo, posle dreke u kojoj niko nikoga nije slušao, zaključili da su razlike nepomirljive, prepustili smo novčiću da presudi ko je u pravu.

Nagnuti nad kamenu ogradu, načuljili smo uši, pitajući se uzbuđeno da li će se čuti pljusak ili će novčić proleteti kroz šupljinu na „drugoj strani". Iako se, posle dužeg vremena, zaista čulo nešto što je ličilo na slabašan odjek, dečak koji je branio mišljenje o prohodnosti kladenca uspeo je da nas pokoleba pitanjem zbog čega se, ako nije u pravu, za rasipnike govori kako bacaju novac u „bunar bez dna".

Ne uspevši da se složimo ni posle bacanja novčića oko toga da li se ta izreka odnosi i na Rimski bunar, čvrsto smo odlučili da drugu, isto tako veliku zagonetku, o tome da li podzemni prolazi vode sve do obala Žute reke, do kraja istražimo. Posle žučne rasprave, prihvaćen je predlog da ne krenemo prolazom koji će nas odvesti sve do Šangaja, već nekim kraćim putem, do Buhare, na primer.

Da bismo ojačali za tako daleki put, penjali smo se na zidine Kalemegdanske tvrđave. Pošto pukotine između cigala nisu bile ravnomerno raspoređene, često smo dospevali u nezavidan položaj „ni na nebu ni na zemlji". Spasavali smo se skokovima na ugažen travnjak, koji su, lično sam se u to uverio, bili štetni za zube, jer je pri doskoku malo ko uspeo da izbegne udar u njih kolenima.

Izubijani i ugruvani, jedva smo čekali da pentranje po visokim zidovima tvrđave zamenimo istraživanjem prolaza koji su, ma koliko mračni i vlažni, bili makar vodoravni. Verujući da smo dovoljno ojačali, promenili smo još jednom plan putovanja. Umesto do bližih odredišta, odlučili smo da idemo sve do Šangaja.

Pokazalo se da baterijska lampa nije od velike pomoći, bar ne onima na začelju kolone. Često smo zbog toga posrtali i padali, naletali na vlažne zidove ili se međusobno sudarali. Posle dugog tumaranja po mraku, sve više nas je obuzimala sumnja da se nismo ni primakli Buhari, o Šangaju da i ne govorimo.

Mada su najuporniji bili protiv odustajanja, većina dečaka se opredelila za povratak kući. I jednima i drugima je, uistinu, laknulo kada su ponovo ugledali svetlo dana.

Ma koliko posramljeni što smo tako brzo odustali, tešili smo se međusobno da nije ništa strašno što u prvom pokušaju nismo uspeli.

„Ni Kolumbu nije pošlo za rukom da pronađe kraći put do Indije", primetio je vođa ekspedicije.

Kolumbov neuspeh nas nije utešio. Vukli smo se, zbog toga, pokunjeni do izlaza iz pećine kao islužene teretne životinje.

Dečacima iz rivalskih bandi koji su nas znatiželjno zapitkivali da li smo otkrili put do Kine nikada nismo priznali neuspeh. Kad god bi izrazili želju da čuju dokle smo dospeli, u horu smo odgovarali:

„Do Kineskog zida."

Na podozriva pitanja otkud znamo da je zid koji smo opipavali kineski kada se u mraku ništa ne može videti, u samo jednoj rečenici otklanjali smo sve sumnje: „Kineski zid je tako veliki da se i u tami može prepoznati."

Nekako u to vreme suočio sam se sa nedoumicom kosmičkih razmera. Bila je sadržana u pomalo neobičnom pitanju: koliko košta krokodilovo oko? Varate se ako mislite da je to samo jedno od onih pitanja koja muče decu a na koja nema odgovora, kao, na primer, o tome gde je kraj sveta. Pitanje o tome koliko košta krokodilovo oko proizašlo je, naprotiv, iz vrlo praktičnih razloga.

Dogodilo se to ovako. Dečaci su u zoološkom vrtu smišljali svakojake nestašluke. Slušajući kreštanje papagaja, palo im je, tako, na pamet da ih uvuku u što glasniju svađu. Uspeh je bio toliki da su se u prepirku uključile i druge ptice, a potom i životinje, proizvodeći neopisivu galamu, sve dok nas čuvari nisu najurili.

Nisu svi pokušaji da se zabavimo bili uspešni. Krokodila nismo mogli da pokrenemo nikakvim naporima. Čak i kada smo ga gađali svim i svačim, njegova je trupina bila beznadežno nepomerljiva. Kamenje je samo bubnjalo po debeloj, rapavoj koži za koju se, zbog neosetljivosti, činilo da je razapeta na bubnju a ne na živom biću.

Povlačili smo se, obeshrabreni, ne uspevajući da saznamo da li se krokodil samo umrtvio ili je zaista prestao da diše. Sačekavši da se drugi dečaci udalje, nisam odoleo da to još jednom ispitam. Odabrao sam, za tu priliku, manji kamen oštrih ivica, koji sam, nagnuvši se preko ograde, iz sve snage hitnuo u oko krokodilu.

Desetinu, možda stotinu puta pre toga, redovno sam promašivao mali smeđi krug koji je jedini izvirivao iz vode. Ovoga puta sam pogodio posred oka. Nije u to bilo nikakve sumnje jer se džinovski gmizavac ne samo naglo pokrenuo već se i grčio i trzao, bacakajući se levo-desno brzinom koju ni u snu nisam mogao da zamislim.

Dok sam, bez daha, posmatrao kako pljuska po zapenušenoj vodi, pitao sam se prestrašeno koliko košta krokodilovo oko? Nisam bio u stanju da mislim o bilo čemu drugom, osim o tome kolika je tržišna vrednost buljave izrasline. Slušao sam kasnije da ljudima u času smrti prođe kroz glavu čitav prethodni život. Mada se umiranje od straha ne može sasvim poistovetiti sa pravom smrću, u svesti mi je damaralo samo jedno pitanje: kako ću uspeti da nadoknadim štetu?

Bar koliko i pitanje o kraju sveta i ovo, o ceni krokodilovog oka, imalo je neslućene, vasionske razmere. Na pamet su mi, otuda, padali, kao da se stropoštavaju sa visokog stropa, svi mogući odgovori, među kojima i taj da krokodilovo oko neću nikada otplatiti, čak i ako za njega budem grbačio celoga života.

Nikada, na sreću, nisam saznao koliko košta jer čuvara nije bilo u blizini, a na krokodilu se, već sutradan, nije uočavala nikakva povreda. Gmizavac je spokojno dremao nasred prljave baruštine, odolevajući histeričnim pokušajima dečaka da ga pokrenu.

U njima, naravno, nisam učestvovao jer sam, za razliku od mojih vršnjaka, znao da neka važna pitanja, na primer o kraju sveta ili o vrednosti krokodilovog oka, ne treba olako potezati.

* * *

Nisu sve pustolovine bile bezazlene. Jedna mi umalo nije
došla glave. Ne znam kako mi je uopšte palo na pamet da
preplivam Dunav. Da li možda zbog toga što sam rukavac
Save kod Ade Ciganlije sa lakoćom savladavao?

Ne samo da sam lakomisleno zanemario širinu reke već
sam se u poduhvat koji nadmašuje snage jednog dečaka
upustio sam, bez društva, bez mogućnosti, dakle, da mi ako
sve krene naopako neko pritekne u pomoć.

Pošto sam na obali brižljivo složio pantalone i majicu,
zagazio sam u vodu. Nije trebalo mnogo vremena da uočim
kako je tok Dunava toliko silan da se zamišljena prava linija
do druge obale neizbežno pretvarala u dijagonalnu. Ponesta-
lo mi je snage već posle stotinak metara. Dok me je struja kao
perce nosila, shvatio sam moram da odustanem od namere
da preplivam reku. Usplahiren zbog sopstvene nemoći, kra-
jičkom preostale svesti sam, ipak, razumeo, bolje reći naslu-
tio, da mi nikakvo opiranje neće pomoći, da je jedini spas u
tome da se nekako vratim nazad, pokoravajući se „jačem od
sebe". Očajnički sam, otuda, nastojao da se samo održim na
površini, više krmaneći onemoćalim telom nego plivajući.
Prepuštajući se matici blago sam se pomerao prema željenom
cilju. Pokazalo se da je to jedini način jer bi se nestrpljivi
pokušaji da se prečicom dočepam čvrstog tla loše završili.
Prošla je, ipak, čitava večnost dok nisam dotakao obalu više
kilometara nizvodno. Dok sam, dršćući od straha i hladnoće,
polako dolazio sebi, sa užasom sam otkrio da me je samo
trenutak, beznačajni segment vremena, delio od davljenja.
Kada se sve sabere, mislim da me je spaslo samo proviđenje
ili nešto tome slično. To je, valjda, ono što se zove sudbina.

* * *

Duševne boli mladog Vertera

Tih prvih posleratnih godina ni na Savi se nisam snalazio. Iako je ustaljeno mišljenje da je najteže veslati uzvodno, kod mene je bilo potpuno obrnuto. Najveće teškoće u upravljanju čamcem i neopisive duševne muke doživeo sam upravo veslajući nizvodno.

Ne sećam se ko mi je ponudio da se „provozam" u „čamčiću" koji je, iskreno govoreći, više ličio na deregliju. Mada nikada pre toga nisam upravljao čamcem niti ičim što plovi, verovao sam da za tako nešto nisu potrebne posebne veštine.

U kakvoj sam zabludi bio otkrio sam čim je vlasnik odgurnuo čamac niz maticu. Ne samo da nisam bio siguran u održavanju pravca već, što je bilo isto tako zabrinjavajuće, nisam imao ni najmanju predstavu o tome kako da zaustavim „deregliju" koju je moćan tok, bez mog udela, snažno nosio. Strepeći najviše da posmatračima sa obale (koji, sasvim izvesno, nisu davali pet para za mene) ne delujem nespretno, trudio sam se jedino da ravnomerno potežem vesla, zanemarivši mnoge druge važnije radnje. Kasno sam, tako, primetio da čamac strelovito klizi (da je imao točkove rekao bih da juri) prema jednom od splavova za čije su se ivice, bezbrižno čavrljajući, držali kupači. Pokušaji da zaustavim ili bar makar malo usporim čamac svodili su se na nejako batrganje veslima koja su, na moj užas, pomahnitalom čudovištu davala još veće ubrzanje.

Preostalo mi je jedino da zatvorim oči. Nisam tako video, ali dobro sam čuo kako je čamac tresnuo o ivicu splava, kako se pokazalo tik pored glave jednoga kupača. Malo je reći da su oni koji su se na tom mestu zatekli bili zaprepašćeni. Bili su, više od toga, spremni da me izvuku iz čamca i tu, na licu mesta, udave, bilo u vodi, bilo golim rukama.

Nije me nimalo tešilo što se to nije dogodilo, jer sam, doduše, bio pošteđen odmazde, ali ne i bolnog poniženja. Iz grozda kupača izdvojio se preplanuli, lepo građeni mladić (upravo onaj kraj čije glave se zario šiljati vrh čamca) i prezrivo, sa naglašenim nipodaštavanjem, povikao: „Gde gledaš, reponjo?" Čuvši uvredljivo pitanje na koje, naravno, nisam imao nikakav odgovor, došlo mi je da „propadnem u zemlju" (u ovom slučaju u vodu) od stida što, s obzirom na crvotočno dno čamca, nije bilo nimalo nezamislivo.

Bio sam uveren, iako to nikako nije moglo da bude tačno, kako se čitava Ada sjatila kraj splava samo da bi uživala u mojoj sramoti. Mada sam bio previše uzrujan da bih u potpunosti razumeo smisao tako okrutnih uvreda, osećao sam se kao goveče kome usijanim železom utiskuju za sva vremena neizbrisivi žig srama.

Nemam pojma kako sam se izvukao iz čamca i prešao na drugu obalu, a još manje kako sam došao do kuće. Sećam se samo da sam, preko još mokrih kupaćih gaćica, navukao kratke pantalone i odozgo poderanu majicu, žureći da se što pre udaljim sa mesta na kojem mi je preselo ne samo veslanje već i sopstveno postojanje.

Osećanje stida nije me napuštalo ni kada je od nesrećnog događaja proteklo celih nedelju dana. Čim bi se na ulici neko upiljio u mene obarao sam pogled, uveren da me gleda samo zato što je bio svedok mog poniženja.

Što sam više razmišljao o neprilici koja me je zadesila, to mi se samopouzdanje više krunilo. Za razliku od oca, nisam bio vešt sa rukama. Dovoljno je bilo da se prisetim da ni u trećem osnovne još nisam naučio da vezujem pertle pa da počnem sam sebe da sažaljevam.

Tog leta nisam više kročio na Adu. Moralo je da prođe mnogo vremena da koliko-toliko zaboravim sramotu koju sam doživeo. Neumešno upravljanje čamcem otkrilo mi je (ali kakva je to uteha?) da se duši mogu naneti isto tako bolni ožiljci kao i oštrim sečivom telu. Od toga saznanja nije mi bilo nimalo lakše, jer sam takođe naučio da odrastanje nema nikakve veze sa bajkama u kojima dobrodušne vile (o čarobnjacima da i ne govorimo) vode za ruku nedoraslog dečaka. Setivši se (uz žiganje u grudima) kako su mi, uz likovanje zlurade rulje, pljusnuli posred lica pogrdu „reponjo", zaključio sam, naprotiv, da su izmišljotine o bezbrižnom detinjstvu samo priče za malu decu.

Kamerna muzika

Povukavši se (samo privremeno) sa Ade, nisam osećao lakoću postojanja. Činilo se, naprotiv, da sam, mada bosonog, okovan bukagijama zbog kojih sam jedva izvlačio noge iz vrućeg i lepljivog asfalta. Tumaranje gradom je, uprkos tome, ličilo na provod. Istini za volju, nisam imao mnogo izbora jer čak i za najskromnija zadovoljstva, bajate šampite kod *Pelivana* ili za bioskop, nisam imao dovoljno novca.

Bazao sam, otuda, nasumice ulicama, zastajkujući pred svakom neobičnom slikom. Otkrio sam tako još jednu životnu zakonitost: sve je u ravnoteži. Bog mi je uskratio Adu, ali me je zato nagradio vilinskim prizorom. Jednim od onih za koje kasnije u životu niste sigurni da li ste ih videli na javi ili u snu.

Pri vrhu Dalmatinske ulice živela je porodica Tarasov, izbeglih „belih" Rusa. Prozor stana u prizemlju uvek im je bio širom otvoren, tako da se videlo šta se unutra dešava.

Jedne večeri sam tako ugledao kako svi članovi porodice zajednički muziciraju. Da bi se razumelo moje čuđenje, bolje reći zaprepašćenje, mora se znati da se u to vreme u Beogradu čulo samo za tri instrumenta: frulu, harmoniku i violinu na kojoj su priučeni ulični muzičari proizvodili samo piskave, škripave zvuke. U „bolje stojećim" kućama zaticao se i klavir koji je, pokriven čipkastim pokrovom ili samo slojem prašine, više imao ulogu komada nameštaja nego muzičkog instrumenta.

Razrogačenih očiju sam, otuda, prvi put u životu, sa ulice pratio koncert malog sobnog orkestra koji su činili klavirista, violinista, čelista i flautista. Nikada pre toga nisam čuo zvuk violončela i flaute, niti sam slutio da gudački instrumenti mogu da proizvedu tako meke, kadifene tonove. Stajao sam kao začaran, posmatrajući kako muzičari s vremena na vreme sa pultova ispred sebe prevrću listove notne sveske.

Iz osvetljenog prozora na mračnu ulicu kuljala je muzika koja je čas podražavala žuborav potočić, čas široku i mirnu reku i, najzad, moćan vodopad. Kao da im je bilo svejedno da li ih neko posmatra, izvođači su se, kao i slike koje su dočaravali, svaki čas preobražavali u zanesene glumce, baletske igrače na vrhovima prstiju i čak mađioničare koji su u lepljivo sparno letnje veče kalemili treperave zvučne membrane.

Prestojao sam više sati na nogama sve dok i poslednji jecaj violine nije utihnuo. Ni tada se, kao da sam prilepljen za tle, nisam pokrenuo, gledajući netremice kako muzičari odlažu instrumente i okrepljuju se čajem iz neke blistave metalne posude sa slavinicom za koju sam, godinama kasnije, saznao da se zove samovar. U sobi koja mi je najviše ličila na bogato opremljenu pozorišnu scenu bilo je i drugih lepih ili samo čudnih predmeta koje sam u *Politikinom zabavniku* video jedino na slikama muzeja i dvorova.

Ko zna koliko bih dugo tako stajao da se u konačištu Tarasovih nisu pogasila svetla. Mada je to bio jedini put da čujem porodični koncert, slika osvetljenog prozora trajno mi se urezala u svest. Bogateći je tokom vremena novim pojedinostima, sve više me je podsećala na raskošni plašt protkan zlatnim i purpurnim bojama kojim je bečki slikar Klimt na platnima zaodevao svoje lepotice.

Bilo je, da ne dužim, svakojakih i dosadnih i pamćenja vrednih dana, ali čak i oni najuzbudljiviji završavali su se tromim i bezvoljnim povratkom kući. U prvim večernjim časovima vazduh je još bio topao, a nejaki povetarac je služio tek da razveje prašinu. Vrućina je bila podnošljivija u dvorištu, u kojem su stanari, samo u majicama bez rukava i gaćicama, sedeli na kućnom pragu, osvežavajući se vodom sa česme koja je, i kada bi dugo oticala, bila samo mlaka.

Živnuo sam donekle tek kada sam, posle dužeg odsustvovanja, bezglavo tumaranje gradom zamenio odlaskom na Savu. U to vreme, naravno, nisam znao da su patricijskim zadovoljstvima namenjene senovite bašte, a ne gradske plaže sa razdražljivim i znojavim kupačima.

Obamrli od igara u vodi, dečaci su se unapred naslađivali etapama puta koje bi, da su se oni pitali, unedogled produžavali. Prva je počinjala ulaskom u čamac kojim smo se prevozili na drugu obalu. Ma koliko želeli da se prelaz uistinu uskog rukavca preobrazi u dugu plovidbu, čamac je brže nego što smo želeli pristajao uz nasip na kojem se već osećala dahtava vrelina grada. Kod fabrike šećera čekali smo na tramvaj sa papučicom na kojoj se moglo stajati, a kada nema putnika i udobno sedeti. Propuštali smo zbog toga kupače kako bi se, ostavši među poslednjima, lakše dočepali te velike povlastice.

Ona je zaista to i bila, jer se s tog mesta, više nego s bilo kog drugog, osećao miris trave. Ne, naravno, duž celoga puta, već samo na jednoj deonici, dovoljno dugoj ipak da se utisne za ceo život. Pre nego što bi stigla do travnate padine, „trojka" je prvo prolazila kroz zonu kiselkastih isparenja (kao kod kineske hrane), zatim ispod podvožnjaka i, najzad, klateći se nesigurno, nešto brže kroz urbani pejzaž, otelotvoren na jednoj strani čađavim železničkim kolosecima a na drugoj sumornim betonskim stambenim blokovima.

Odmah iza *Gospodarske mehane* počinjala je zelena padina uz koju je tramvaj, naročito kada je pretovaren (a to je bilo uvek), usporavao, ako ne i puzio. Sa papučice (koja je po jednodušnom mišljenju bila najpoželjnije mesto) trava se mogla rukom dodirnuti, a njen miris duboko udahnuti. Pošto se otežali tramvaj kretao veoma sporo, putovanje se, jer to više nije bila gradska vožnja već pravo-pravcato putovanje, u beskonačnost produžavalo. Padina je, avaj, ipak imala kraj, te je tramvaj, našavši se ponovo na zaravni zastrtoj asfaltom, ubrzavao, tresući se i poskakujući kao padavičar.

Mada se miris trave više nije osećao, ostao je pohranjen duboko u meni. Toliko čak da se u sećanju na detinjstvo, zajedno sa osvetljenim prozorom iz doma Tarasovih, javljao pre drugih, kako sam godinama pogrešno verovao, i lepših i važnijih uspomena.

Kratko vreme blistavosti

Prošlo je punih godinu dana od završetka rata a otac još nije bio među nama. Povremeno su nas posećivali emisari od kojih smo čuli da je u vojnoj misiji u Marselju, ali nam to nije pomagalo da saznamo jedino što nas je zanimalo: kada će se vratiti kući?

Jednog sasvim običnog, ni po čemu izuzetnog dana, konačno se dogodilo ono što smo godinama očekivali. Čuvši škripu zarđalih šarki na rastočenoj kapiji, istrčao sam bosonog iz sobe. Na dnu stepeništa koje vodi u dvorište stajao je otac. Ne znam kako sam dotrčao do kapije. Sećam se jedino da sam se sa ivice najvišeg stepenika bacio u njegovo naručje. Takođe dobro pamtim da nismo izustili ni reč. Samo smo plakali ili se praskavo smejali, grcali čak, zanemeli od sreće i uzbuđenja.

Oca sam, tada, prvi put video posle pet godina. Kada je otišao u rat upravo sam pošao u osnovnu školu. Kada se iz njega vratio, bio sam već, kako je majka govorila, „veliki dečak". Svejedno sam se, upotrebiću opet njene reči, „sit isplakao".

Majka je bila potpuno izgubljena. Kretala se čas u jednom, čas u drugom pravcu, kao insekt kome u dečjim igrama šakama preprečuju put.

„Ne znam odakle da počnem", žurila je da pristavi kafu. Kao što je u hodu menjala brzinu i pravac, neprestano nešto zaboravljajući, isto tako se, naizmenično, čas smejala a čas, opet, plakala.

„Da nisi možda gladan?", iznenada bi zapitala oca sa tako zabrinutim izrazom lica kao da je propustila da učini nešto što se ne može ni ispraviti ni nadoknaditi.

Čak i kada smo se posle nekog vremena smirili i koliko--toliko pribrali, još smo bili daleko od razgovora koji ima smisla. Istini za volju, za tako nečim nisam ni osećao potrebu, jer mi je bilo sasvim dovoljno da sedim u očevom zagrljaju, milujem ga po kosi i zadivljeno dodirujem na način na koji poštovaoci dela velikih vajara dodiruju muzejske biste.

Sećam se jedino da se otac povremeno sa čuđenjem pitao „kako sam toliko porastao", ali očito ni on sam nije očekivao odgovor, bar ne onaj koji se čuje u uobičajenom raspitivanju i svakodnevnom životu.

Nekoliko nedelja, možda čak i nekoliko meseci, mada će pre biti da se radilo o nedeljama, proteklo je tako u vazdušastom i lelujavom, teško odredivom raspoloženju, u nekoj vrsti srećne odvojenosti od dotadašnjeg brižnog i nimalo spokojnog života.

Odlazio sam, doduše, u školu, ali ni ona mi više nije teško padala. Umesto da besciljno lutam ulicama, da se, kako je majka govorila, „vučem kao prebijen", kratku deonicu od škole do kuće prelazio sam trčeći, bacajući na pod, još sa vrata, torbu sa knjigama.

* * *

Status kožne lopte

Samo se po sebi razume da je sa očevim povratkom i moj status među dečacima znatno porastao. Tome je svakako nemerljiv doprinos dala činjenica da sam jedini u kraju imao kožnu loptu koju je povratnik doneo iz Francuske. Do tada smo koristili „krpenjače", od kojih su neke bile tako vešto napravljene da su čak i odskakale.

Pošto sam zahvaljujući ocu prvi došao do kožnog fudbala, imao sam, zauzvrat, obezbeđeno mesto u timu, ponekad i nauštrb boljih igrača. Dečacima to nije smetalo jer je u to vreme važilo pravilo da se onaj čija je lopta ne dira. Takav običaj, uostalom, poticao je iz sasvim razumljivog straha da je njen vlasnik ne pokupi i ode kući. Mada, kako iz toga proizlazi, dečaci nisu sebe mučili pitanjem da li je to pravično ili nepravično, primetio sam da se ocu moj povlašćeni status nije dopadao. Kada se otuda kožni fudbal od preteranog šutiranja konačno raspao, i on i ja osetili smo olakšanje.

Išli smo zajedno i na prave velike utakmice. Na Topčider-sko brdo se tada odlazilo peške, čak i iz udaljenijih krajeva grada. Navijači su se sa svih strana slivali prema igralištu, kao što se potoci ulivaju u reku. Za oca sam više godina kasnije saznao da je bio strastan navijač predratnog BSK-a, ali da bi mi ugodio glumio je da navija za tim za koji sam ja navijao. Kao i kod drugih dečaka, vernost sportskim idolima nije se dugo održavala. Ona je u prvom redu zavisila od uspeha ili omiljenosti pojedinih igrača i, najzad, od mode u školi i kraju. Otac se pretvarao da ne primećuje tako česte promene, opredeljujući se redovno za tim koji je u tom času meni bio najdraži.

Kakvi su to samo dani bili! Umesto da strepim od gomile koja je više puta pretila da me uguši, u očevom prisustvu sam se kočoperio kao petlić, skačući svaki čas sa sedišta, bilo da kličem svom igraču, bilo da zviždim protivničkom. Od oca sam naučio da u trenutku kada se ljudska bujica kao rušilački džinovski talas survava nadole, spasenje treba tražiti u probijanju kroz nju, naviše.

Bio je to jedan od najboljih saveta koje sam čuo. Uvek sam, zbog toga, umesto niz maticu birao suprotan smer, čak i kada su se na masu, umesto talasa, obrušavali isto tako razorni kordoni policije.

Druženje sa ocem nije uvek imalo karakter izričitih pouka. On je, najzad, više ćutao nego što je govorio, a kada bi nešto i zaustio činio je to na odmeren i blag način. Nije bio od onih dosadnih roditelja koji deci neprestano popuju. Nikada me nije udario, čak ni podigao ruku na mene. Samo njegovo prisustvo bilo je, ipak, dovoljno da me odvrati od nečeg što mu nije po volji. Tek kasnije sam razumeo da je obostrana pažljivost poticala od zbunjujućeg otkrića da smo međusobne odnose uspostavili tek posle nametnute pauze, da smo, u stvari počinjali iz početka.

Blagorodnost očevog prisustva osećala se i u porodici. Nismo više morali da brinemo da li ćemo imati šta da pojedemo i čime da se ogrejemo. Majka takođe više nije morala da skapava od rada.

Pošto je otac bio obućar, što znači da se razumeo u kožu, nije čudno što smo u kupovinu cipela išli svi zajedno. Gledajući nas kako u koloni koračamo jedno za drugim, kao vojnici, posmatračima smo verovatno ličili na kaznenu ekspediciju.

Odabravši za početni posmatrački položaj sredinu radnje (sličnost sa vojnom operacijom zaista se nameće), otac je polako, natenane, merkao rafove sa obućom, dajući mrzovoljnim prodavcima odmah do znanja da je sve što u radnji imaju „obično đubre“.

Kada bi, najzad, zastao kod cipela koje su mu privukle pažnju, znao sam da najgore tek predstoji. Pošto bi ih, najpre, dugo posmatrao, na način na koji zmija posmatra žabu, izvlačio ih je iz kartonske kutije samo da bi ih nemilosrdno savijao i istezao, gnječio i lomio. Cipele (koje su se u to vreme još pravile od prave kože) sve su to stoički izdržavale, oglašavajući se tek samo prigušenim cviljenjem.

Gledajući na kakve sve muke stavlja obuću, premirao sam od straha da će se u očevim rukama jednostavno raspasti. To se nekim čudom (bilo čim manjim od čuda nije se moglo objasniti) nije dogodilo. Ma koliko se to činilo neverovatnim, cipele su u kartonsku kutiju dospevale neoštećene. Uvijene u belu hartiju, ličile su, tako ušuškane, na životinjicu koja od straha ne daje glasa od sebe.

Tek kada bi se uverio da je obuća napravljena od „prave kože“, otac je prelazio na drugu etapu provere koja se u celini odnosila na izradu, odnosno zanatski deo posla. Samo ako je i ova faza ispitivanja zadovoljila stroga merila, obraćao je pažnju i na oblik cipela. Činio je to sa upadljivo manjim zanimanjem, nekako bez volje, u skladu sa svojim javno izraženim uverenjem da nije toliko važno kako cipela izgleda, već da li je otporna i izdržljiva. Takva shvatanja, najzad, važila su svih godina rata u kojima su duboke cipele od krute kože sa đonovima osnaženim „šunuglama“ (kratki ekserčići) bile ne samo modni „hit“ već i jedini izbor. Ako ne računamo goru alternativu u vidu drvenih klompi unutra zastrtih slamom.

Na osnovu takvih estetičkih načela, nije teško pogoditi da je otac prednost davao kabastoj, krutoj obući, koja je najviše podsećala na kade izrađene od tuča.

Sasvim retko sam protivrečio, bez ikakvog uspeha. Shvativši konačno da se moje mišljenje ne uvažava, da sam poveden jedino radi probe, takoreći kao nužno zlo, pomirio sam se sa sudbinom, pružajući pokorno stopala na koja je otac nazuvao cipele-kade.

Pokazalo se, nažalost, da moja bezuslovna, ponižavajuća predaja nimalo ne olakšava tegobnost izbora. Opredelivši se, posle silnih natezanja, za cipele sa „pravom kožom" i, sa znatno manje skanjeranja, za „klasičan" model (ni špicast ni zatupast), otac nikako nije mogao da se odluči da li da pazari cipele veće za dva broja ili za samo jedan broj.

„Detetu raste noga", piljio je u moja stopala, vrteći zabrinuto glavom kao da je rast mogao da prati golim okom.

Pošto ih je još jednom opipao i izgnječio, otac se konačno opredelio za cipele za dva broja veće.

Kada sam se sutradan pojavio u školi u novim cipelama đaci su me okružili i, upirući prstom u obuću, okrutno pozivali sve koji su se u blizini zatekli da dođu da vide „čamce".

Ceo Beograd je posle rata imao samo dva kupatila: jedno u Dušanovoj i drugo u Mišarskoj. Mada smo bili podjednako udaljeni od oba, koristili smo radije ovo drugo jer je majka mislila da je otmenije.

Pošto je poseta javnom kupatilu bila neka vrsta društvenog događaja, majka bi sa osobljem uvek malo popričala. Iako je redovno zakupljivala istu kabinu, ritual koji smo unapred znali obavezivao ju je da sa kasirkom još jednom utvrdi sve pojedinosti. Kao da nas prvi put vidi, ona je majci poveravala da postoje dve vrste kabina: one jevtinije iz kojih, spolja posmatrano, vire noge kupača do članaka i druge, otmenije i potpuno zatvorene, ali i skuplje.

„Hoćete li, dakle, prve ili druge?“, pitala je monotonim glasom, kao da se i sama dosađuje zbog napamet naučenog, bezbroj puta ponovljenog teksta.

„Kako tako nešto uopšte možete da me pitate?“, čudila se majka, glumeći zgranutost, na šta je kasirka, užurbano se pravdajući, odgovarala glasno, da svi čuju, kako, naravno, zna da gospođa uzima najbolju kabinu, ali za svaki slučaj želi da to još jednom potvrdi.

Znajući da se mala scenska igra, neka vrsta kupališnog prologa ne može izbeći (kao ni sudbina), strpljivo smo čekali da se još jednom odigra, a tek potom odlazili svako u svoju kabinu iz koje vire noge.

Izlazili smo crveni kao rakovi, s onom vrstom prijatne klonulosti koja se javlja posle vrele pare i dugog kupanja.

Vraćajući se tromim korakom kući, potirali smo uloženi trud jer je košava, vitlajući starim novinama i oblacima prašine, neumoljivo sa nas spirala tek stečenu pozlatu. Pretvarali smo se da ne primećujemo kako se ispod nje ponovo pomaljaju musava, znojava lica, samo da bi ocu dali priliku da na povratku kući, glasom Šekspirovih junaka, svečano izjavi kako je „čistoća pola zdravlja“.

Narodska predstava sa sapunjanjem i pranjem, koja je u gradskom kupatilu počinjala majčinim prologom, dobijala je, tako, takođe ustaljeni, grandiozni epilog.

„Kratko vreme blistavosti“ obeležilo je i moje prvo putovanje preko granice. Kao uzoran učenik izabran sam da zajedno sa drugim đacima putujem u Budimpeštu i Prag radi učešća na Svetskom omladinskom festivalu. Pošto je moja uloga bila da se prevrćem preko glave, pri čemu bih redovno dobro lupio čelenkom o patos, od prvog putovanja u svet ostale su za uspomenu samo čvoruge. Kao kroz maglu sećao sam se i prijema kod neke važne ličnosti koju sam najviše zapamtio po ćelavoj glavi. Mnogo godina kasnije, video sam ga na nekoj fotografiji i saznao da je to bio prvi čovek tada vladajuće Mađarske radničke partije Maćaš Rakoši.

Otac je, nezavisno od skromne uloge koju sam imao, bio vrlo ponosan na moju međunarodnu misiju. Što se mene tiče, ja sam se dičio što je kraj mene, što posle dugih pet godina ponovo imam oca.

Smetalo mi je, ipak, što je sve duže odsustvovao od kuće. Objašnjenje da pohađa večernju školu ili, kako je majka govorila, „školu za direktore", nije me utešilo. Nisam mogao da razumem da čovek u tim godinama ide u školu, niti da se zbog nje manje družimo.

Za razliku od mene, otac je školu shvatio ozbiljno. Da bi se opravdao zbog čestog odsustvovanja, pokazao mi je raspored časova u kojem je bilo čak sedamnaest predmeta. Više ga je, začudo, mučila politička ekonomija nego matematika iz koje je imao odlične ocene. Zapamtio sam iz tog vremena izraz „višak vrednosti", koji je otac izgovarao na način na koji se govori o nekom strašnom zmaju. Ništa od svega toga nisam razumeo, ali sam otada očeva odsustva trpeljivije podnosio.

Kako je očevo školovanje odmicalo, sve smo se ređe viđali. Događalo se da se danima ne sretnemo jer je kući dolazio kasno, kada sam već bio u krevetu, a odlazio rano, dok sam još spavao. Ispostavilo se da su moja očekivanja da će nakon završetka večernje škole imati više vremena za mene neosnovana. Tek tada ga nisam viđao, jer je ceo bogovetni dan provodio u fabrici gipsa u kojoj je imenovan za upravnika.

Iz tog vremena sačuvana je samo jedna fotografija. Otac je na njoj u prvom planu, kraj kamiona na koji je oslonjen šofer. Obojica su u majicama bez rukava i u radničkim pantalonama, pri čemu su one vozačeve u boljem stanju. U drugom planu, na brežuljku od cigala i drugog krša, vidi se grupa žena. Radnice su zastale sa radom da bi se „slikale". Iza njih, još dalje, nazire se spoljni zid duge pravougaone zgrade, verovatno same fabrike, i do nje još jedne sa kosim krovom, koja je možda služila kao skladište.

Mada je na fotografiji ovekovečen samo jedan trenutak iz vremena kada je otac bio upravnik, ona je u velikoj meri potvrđivala to što smo o njemu slušali. Voleli su ga zbog toga što se od radnika ni po čemu nije izdvajao, niti je bilo šta uzimao za sebe, čak ni ono što mu s pravom pripada. U deobi stanova, na primer, svima je davao prednost, iako je sa porodicom živeo u samo dvanaest kvadrata trošne, prizemne kuće, čiji je krov, uz to, prokišnjavao. Kad god bi na njega došao red, krotko se saglašavao s tim da ima radnika kojima je stan potrebniji. Odbio je takođe već dodeljenu kuću u Profesorskoj koloniji jer nije hteo ni da čuje da se iz nje iseli žena sa malim detetom.

Otac me u fabriku nije vodio, ali smo se nedeljom i praznicima više družili. Istini za volju, i to je bilo retko jer je često i tada radio. Postojao je, ipak, jedan izuzetak koji sam najviše zapamtio po vojnoj paradi. Otac bi se za Prvi maj svečano obukao, što je značilo da je na sebi imao belu košulju sa mašnom i, naravno, odelo, koje je pre nego što će ga obući dugo četkao. Ja sam takođe bio u čistoj odeći, ali u kratkim pantalonama. Tako uparađeni odlazili smo na tribinu pred Skupštinu, do koje se moglo doći samo sa propusnicom. Nismo, doduše, bili baš na centralnoj tribini, već na jednom od njenih bočnih krila, ali sam na privilegiju da posmatram paradu sa počasnog mesta ipak bio veoma ponosan.

* * *

Voz dug godinu dana

Osim kratkotrajnog druženja nakon očevog povratka iz Francuske, nismo, zapravo, ni imali mnogo prilike da budemo zajedno. Prvo zarobljeništvo, zatim večernja škola i posao u fabrici gipsa, a potom još jedno dugo odsustvo, ovog puta u zatvoru i logoru. Za našu porodicu godina 1948. prebrzo je prispela. Po oca su došli dok sam bio u školi. Kada sam se vratio, više ga nije bilo. Majka mi je pričala da su ga odveli neki ljudi u kožnim kaputima, koji su maltene bili uvređeni što je živeo u tako malom i neuglednom stanu. Prosto nisu mogli da zamisle da se direktor fabrike nije pobrinuo za bolji smeštaj. Majka mi je objasnila zbog čega su bili toliko ozlojeđeni. Došavši sa namerom da se usele u stan uhapšenog, mora da su bili silno razočarani sobičkom bez kupatila, sa česmom u dvorištu i drvenom latrinom koja prokišnjava.

Nisam ipak razumeo zbog čega su oca uhapsili. Majka je mislila da je to zbog toga što je poznavao nekog studenta koji je prebegao u Mađarsku. Pošto mi se činilo da to nije dovoljan razlog da se neko strpa u zatvor, potišteno sam zaključio da na svetu „nema pravde". Čuvši šta govorim, komšija Sulja nije mogao dovoljno da se načudi tome što nešto toliko očigledno tako kasno otkrivam.

Pošto se otac kao utvara pojavljivao i nestajao, o njemu sam, još uvek žalosno malo, ponešto saznao iz beleške, napisane radi pribavljanja radnih papira. U njoj je, u samo dvadesetak redova, stavljao do znanja da je 1943. godine iz nemačkog logora prebegao u Švajcarsku, odakle je po završetku rata prešao u Francusku. U prvom licu, najzad, zabeležio je:

„U vojnom logoru u Marselju okupljao sam bivše zarobljenike i radnike radi povratka u zemlju."

Zatim još jedna, takođe štura izjava:

„Obavljao sam i druge poslove."

Samo dve rečenice, dakle, za poduhvat u kojem je cele godine, i doslovno svaki dan, bio u opasnosti.

Ni reči o dramatičnom bekstvu iz zarobljeništva, o prevratu u ambasadi u Ženevi. Takođe ništa o vozu koji je putovao godinu dana, koliko je tačno ocu bilo potrebno (i što objašnjava njegovo kašnjenje iz zarobljeništva) da celu jednu kompoziciju napuni skupocenim aparatima koje je, kao lični prilog „obnovi i izgradnji", poklonio državi. Čime ih je platio, kako je došao do para, nikada se nije saznalo. Tek, vagoni su bili krcati radio i rendgen aparatima marke *Filips*, isto tako vrednom medicinskom opremom i drugom robom. Svoj prvi radio-aparat, marke *Tesla*, otac je kupio 1956. godine, više od decenije po prispeću kompozicije. Ništa, naravno, nije uzeo za sebe. To je bilo njegovo shvatanje komunizma.

Voz se zaustavio u Zagrebu. Otac je u Beograd doputovao sam, znatno posle završetka rata, koji je, za svoj račun, za celu godinu produžio. Zgrada u kojoj je danas restoran *Madera* u to vreme je bila sedište Centralnog komiteta. U njoj ga je primio „važan drug" koji je zahvalio na poklonu i svemu ostalom. Pošto me je otac poveo na taj sastanak, kako je majka primetila, uparađenog i doteranog „kao za Vrbicu", dobro se sećam da nisam bio nimalo ushićen njegovom darežljivošću.

„Nikada nisam čuo da neko poklanja voz državi", rekao sam začuđeno, na šta se „važan drug" nasmejao i pogladio me po kosi.

Sećam se još da sam ponuđeni klaker ispio do poslednje kapi, a da je otac kafu otpio samo dopola. Došlo mi je, kako je majka često govorila, da „presvisnem od muke", jer mi nikako nije išlo u glavu da se cela jedna kompozicija, sa radio-aparatima i drugim čudima tehnike za to vreme, može razmeniti za zašećerenu obojenu vodicu i šoljicu kafe, uz to samo dopola popijenu.

Uputstva za privatnu upotrebu

Prvih nedelju dana nismo znali gde da tražimo oca. Pošto smo se uzaludno raspitivali na mnogim mestima, neko nas je napokon uputio u Zmaj Jovinu, u bivšu Glavnjaču, gde su, govorilo se, držali „političke". Ne sećam se više na šta je ličila ta zgradurina, koja je kasnije srušena. Pamtim jedino da su još pre svanuća pred gvozdenom kapijom čekale žene sa decom. Sećam se da su jutra bila hladna, zbog čega smo se zbijali u tamnu grudvu za koju se, da nije bilo beličastih oblačića pare iznad nje, ne bi znalo da je uopšte živa.

Čekajući da se otvori okance, upirali smo pogled na zatvorsku kapiju sa istim onim strahopoštovanjem koje mora da je osećao Mojsije kada mu se na Sinajskoj gori javio Gospod. Kada su se umesto prozorčića vrata širom otvorila, zanemeli smo od uzbuđenja. Ne usuđujući se da išta pitamo, samo smo blenuli u otvor kao da će iz njega zatvorenici pokuljati na slobodu.

Umesto bližnjih kojima smo se nadali, pojavio se čuvar koji je pred nama izručio krvavo rublje za pranje. Majka je, na brzinu, zgužvala košulju i veš, nastojeći da sakrije crvene mrlje. Na povratku nismo progovorili ni reč. Čim smo stigli do male prizemne kuće, preko puta fabrike „Rogožarski", zatvorila se sama u sobu.

„Igraj se malo", izgurala me je blago kroz vrata.

Nisam je, naravno, poslušao. Sakrio sam se ispod prozora, slušajući je kako jeca. I sâm sam, tako da me ne čuje, s „druge strane" zida neutešno cvileo, kao pretučeni pas.

„Dobrovoljni" rad u ritu

Sa ocem sam se, po njegovom povratku iz zarobljeništva, odmah zbližio, ali nismo imali vremena da se bolje upoznamo, jer je ubrzo uhapšen. Na majku je, posle kratkog predaha, ponovo pao teret izdržavanja porodice.

Mada nam nije pretila opasnost da nas isteraju iz stana jer ni poslednji policajac nije mario za sobičak bez tekuće vode, koji, uz to, prokišnjava, trudili smo se da na vlasti ostavimo povoljan utisak. Majka nije imala potrebu da me podučava. Znao sam da moramo da se pretvaramo. Pridržavajući se „uputstva za privatnu upotrebu", koja smo sami uveli, redovno smo se prijavljivali za „dobrovoljan rad" na poljoprivrednom dobru u ritu na drugoj obali Dunava.

Iako sam znao da to činimo radi očevog dobra, nikako se nisam mirio sa moranjem da u nedelju, kada škole ne rade a moji drugovi uveliko spavaju, ustajem u zoru. Nisam takođe mogao da razumem zbog čega „aktivisti", dok čekaju da se ukrcaju u brektavi kamion, mašu zastavama i pevaju. Da li je moguće, pitao sam se u čudu, da su tako razgaljeni samo zbog toga što će, neispavani i umorni, ceo bogovetni dan grbačiti u nekom ritu?

Najviše sam se radovao kiši, naročito kada pljusne iznenada. Molio sam boga, ali i sve druge nadležne da to nekako isposluju u nedelju, pre nego što ustanem iz kreveta, ili, ako to nije moguće, makar kasnije u toku dana. Molio sam se, naravno, samo šapatom, kako ne bi čuli aktivisti koji su, za razliku od mene, prve kapi kiše dočekivali kao smak sveta. Zbog kiše i, otuda, ometanja radova, najviše se ljutio postariji predvodnik, čiji su pokreti bili toliko neusklađeni da sam svaki čas očekivao, a možda i priželjkivao, da se, tako krut, raspadne.

Ako je kiša bila najbolje što je moglo da nas zadesi, u suncu sam video najgoreg neprijatelja. Nemilosrdno je peklo još od ranih jutarnjih časova. Majka je, da me zaštiti, od starih novina pravila neku vrstu papirnatog šešira, sličnog onome koji klovnovi nose u cirkusu, ali su mi ruke ispod lakata, kao i noge u kratkim pantalonama, ostajale nepokrivene. Jedino skrovište od sunca bilo je u hladu kamiona koje se, nažalost, moglo koristiti samo u vreme podnevnog odmora.

Prvi dani jeseni donosili su olakšanje, ne samo zbog toga što su nepodnošljivo vruće dane zamenili prijatno topli već i zbog toga što smo predveče pekli kukuruze.

Za razliku od majke koja bi se na povratku sa rada umorna skljokala na pod kamiona, ja sam birao mesto odmah iza kabine. Stajao sam, zatvorenih očiju, prepuštajući se okrepljujućoj struji vazduha. Kad god bi vozilo naišlo na neravnine, gubio sam ravnotežu i, da ne bih pao, pridržavao se rukama za najbližu saputnicu. Bilo je u tome neke podsvesne proračunatosti, jer me je devojka, koja je u meni videla samo dečaka, magnetski privlačila.

Na sebi je imala laku zelenu haljinu sa crvenim cvetićima koja se spreda zakopčavala dugmićima. Ne samo da je za ono vreme bila neobično kratka već je imala i velikodušno veliki izrez, kroz koji su se, naročito kada se nagnuta napred držala za kabinu, videle lepo zaobljene i čvrste grudi. Dodirivala me je njima kad god bi se kamion zaneo u krivini ili odskočio zbog džombe, ili zbog toga što je ubrzavao ili usporavao, ili zbog bilo kojeg drugog razloga a, najzad, sve češće, i bez razloga. Najpre sam mislio da je sve to slučajnost. Kada su dodiri postali učestaliji, posumnjao sam da se igra sa mnom, tim pre što me je posmatrala, ne znam da li podsmešljivo ili ravnodušno, plavim očima, svetlim kao panonsko nebo.

Ma kakvi razlozi bili, dodiri su me uzbuđivali, učinivši da zaboravim i na celodnevni rad u polju i na zlovolju zbog upropašćene nedelje i na potrebu da se pretvaram kako uživam u poljskim radovima.

Pripijao sam se zbog toga sve više uz muzu, kojoj otelovljenje moje tek začete muškosti ne samo što nije smetalo već se i sama uz nju pribijala ispupčenom, okruglastom zadnjicom sa bestidnim, jedva prikrivenim uživanjem. Dok smo se vozili prema Beogradu, mutilo mi se u glavi od njene bronzane kože, koja je tako lepo pristajala plavim očima i kao slama žutoj kosi.

Sve se odigravalo bez ijedne reči. Rastali smo se, takođe, bez ikakvog dogovora, bez pozdrava čak. Jednostavno je iskočila iz kamiona i nekuda otrčala.

Jedva sam dočekao iduću nedelju. Majka nije mogla dovoljno da se načudi što me zatiče budnog i još više što bez protivljenja ustajem. Uzalud sam na zbornom mestu krivio vrat. Ni traga od devojke u zelenoj haljini sa crvenim cvetićima. Tešio sam se da je otišla ranije, nekim drugim kamionom.

Da ću je, možda, zateći na drugoj obali Dunava. Nije je ni tamo bilo, što mi je dan u polju učinilo nepodnošljivo dugim. Na povratku kući nisam stajao iza kabine. Sedeo sam na podu kamiona, umazanom od prosute lepljive tečnosti ili možda ugnjilih plodova, ne mareći što ću uprljati jedine pantalone sa dugim nogavicama koje sam toga dana, da izgledam stariji, prvi put obukao. Zabrinuta što me vidi tako smrknutog, majka me je nutkala klipovima tek ispečenog, mirisnog kukuruza, u koji sam zverski zarivao zube kao da su za moj prvi ljubavni jad oni krivi.

Kad god se jadala, a za to je imala često prilike, majka je prizivala oca, kao da se obraća svecu koji nas sa neba nadzire. Uprkos tako uzvišenom statusu, očeva slika je bila sve rasplinutija. Kao da sam ga gledao kroz zamućeni durbin, njegov lik se javljao bez prepoznatljivih kontura i čvrstog uporišta. Možda i zbog toga što o njemu na Golom otoku nismo znali ništa. Iz zarobljeništva su bar stizale fotografije čoveka sa izduženim licem koje su mi, mnogo godina kasnije, ličile na tužne, ispošćene Bifeove portrete. Sa ostrva ni to. Samo sećanje koje se, kao oblak pod udarom vetra, takođe krunilo i osipalo. Nismo se usuđivali da se glasno žalimo. Pošto se porodici, manje ili više izričito, ali uvek nedvosmisleno, stavljalo do znanja da je pod neprekidnim, budnim nadzorom, od nje se očekivalo da se divi blagonaklonosti vlasti ili bar da svoj položaj prihvata bez gunđanja.

Ma koliko se i sama revnosno držala „uputstava za privatnu upotrebu", majka je, sa razboritošću žene koja je navikla na muke, zaključila da je za dokazivanje pravovernosti „dobrovoljan rad" jednom nedeljno dovoljan. Sve ostalo je u dlaku bilo isto kao kada je otac bio u zarobljeništvu. Šivaća mašina zvrjala je ceo bogovetni dan, a ja sam, kada nisam bio u školi, ponovo raznosio vezene bluze mušterijama.

Postojale su, doduše, i razlike. Za vreme rata očevi prijatelji i čak nepoznati ljudi javno su nam pomagali. Sada su nas izbegavali, ne zbog toga što nam nisu želeli dobro, već zbog toga što su se plašili. Ma koliko se osećali nelagodno, ipak su skretali pogled ili prelazili na drugu stranu ulice.

Među retkima koji nas nisu zaboravili bili su šoferi Ljuba i Mile, koji su sa ocem radili u fabrici gipsa. Banuli bi nenajavljeno i bez mnogo reči istovarili džak brašna ili drva za ogrev. Nikada, u stvari, nisu dolazili praznih ruku. Ponekad bi malo posedeli, tek toliko da popiju kafu, jer ih je neugašeni, brektavi motor pred kućom opominjao da požure. Mnogo kasnije mi je palo na pamet da se nisu dugo zadržavali i zbog toga što su i oni koji su pomagali porodice uhapšenih golootočana bili takođe sumnjivi.

Suočavanje sa prirodom čoveka nisam više mogao da izbegnem bežanjem u izmišljene događaje. Od otkrića kakvi su ljudi kada ih pritisnu strepnja i strah nisam, ipak, stvorio nikakav filozofski sistem. Poštovaoci Šopenhauera, šalio sam se kasnije na svoj račun, mogli su da odahnu.

Osvetnici iz stripa

Maštajući o tome kako da uzvratim za nepravde koje su nam nanete, zamišljao sam sebe kao natprirodno biće koje nasilnike, kao crve, otresa s rukava. Nije mi to izgledalo nimalo neizvodljivo jer sam u to vreme bio pod uticajem junaka iz stripova. Želeo sam, zbog toga, da budem snažan kao Lotar, vičan mađioničarskim veštinama i prerušavanju kao Mandrak i okretan i gibak kao Tarzan. Nisam, nažalost, stekao željene osobine. Bio sam, naprotiv, štrkljast i krut, nimalo nalik zamišljenim uzorima.

Iako smo zbog oca i sami bili osuđeni na izolovanost, u načinu života jedva da se išta promenilo. Majka je, uostalom, bila samo vezilja koja je imala svoje verne mušterije, a dečacima sa ulice, uprkos tome što mi je otac bio na Golom otoku, ni na pamet nije padalo da se lišavaju važnog igrača u napadu. Možda i zbog toga, otkrića o ljudskoj prirodi lakše sam podneo.

Da bih pomogao majci bavio sam se, kao i za vreme rata, uzgrednim poslovima. Pomagao sam molerima stružući mistrijom neravnine. Kada sam koliko-toliko ovladao zanatom, majstor me je počastvovao valjkom koji sam, sa velikim ponosom, umakao u kantu sa farbom i premazivao zidove. Zajedno sa drugim dečacima opravljao sam takođe oštećene drvene gajbice, ali poslovođa nas je već drugog dana najurio, otkrivši da smo na gomilu trpali gajbice koje su još ranije bile dovedene u red. Najmanje sreće imali smo sa istovarivanjem vagona napunjenih paprikama. Pogrešno zaključivši da ćemo sitni teret lakše istovariti, zapali smo u najcrnje očajanje kada do ponoći nismo ispraznili ni trećinu vagona. Nije da se nismo trudili. Svojski smo zapinjali. Ništa nije vredelo jer se brdo paprika nije smanjivalo. Pre nego što smo odustali, gađali smo se paprikama. Više iz očajanja nego iz obesti. Kada se ni posle pola noći nisam vratio kući, majka je probudila prvo gazdaricu Kosaru a potom uzbunila i ceo komšiluk. Našavši nas konačno na „ćoravom" koloseku, blizu Dunava, komšije su nam pritekle u pomoć.

Ako je istovarivanje vagona bio čist promašaj, izrada maski za Novu godinu pokazala se kao veliki „poslovni uspeh". Ideja je bila moja, ali je u izradi veći deo tereta podnela majka. Od kartona smo isecali maske sa prorezom za oči, bojili ih tušem u crno, i, na kraju, stavljali lastiš, kako bi se držale na glavi. Kada sam sa maskom na licu hrupio na školsku zabavu, svi đaci su se okupili oko mene. Jedva sam, u stvari, stizao da isporučim i naplatim robu. Mada maske „u kućnoj radinosti" ni po izradi ni po kakvoći nisu bile bogzna šta, prodavale su se kao alva. Takvu prođu mogao sam jedino da objasnim potrebom dečaka da sa maskom na licu sebi daju tajanstveni i „opasni" vid. Da liče na još jednog omiljenog junaka iz stripa: Zoroa.

Često sam kasnije, i u školi i van nje, slušao da se „istorija ponavlja". Bar kad je reč o „poslovnim poduhvatima", za pomenutu tvrdnju sam već drugi put imao obilje dokaza. Posle trgovine bugarskim cigaretama i prodaja maski bila je iznad očekivanja. Majčina sumnjičavost prema nedovoljno ozbiljnom poslu se, baš kao i u prvom slučaju, povukla kada sam se sa novogodišnje proslave vratio sa džepovima punim izgužvanih novčanica.

Očev drugi povratak

O ocu dugo nismo ništa znali. Prolazile su nedelje, meseci, cela jedna godina, bez ikakve, makar i najoskudnije vesti. Majka je zaključila da u tome ima i nečeg utešnog, jer da je mrtav, „oni" bi već našli načina da nas obaveste. Kada je poštar doneo telegram, odsekle su nam se noge od straha. Otac nam je u par reči javljao da možemo da se vidimo prve sledeće nedelje u nekom selu kraj Slavonskog Broda. Istoga dana na radiju smo čuli da su oslobođeni zatočenici sa Golog otoka „u znak neizmerne zahvalnosti za brigu i čovečnost koju je partija ispoljila prema njima" odlučili da, umesto kućama, odu na dvomesečni dobrovoljni rad na izgradnji puta.

Majka je ceo taj dan, koji će po telegramu još dugo pominjati, provela kao u bunilu. Smeteno je trčala po komšiluku, vrtela se ukrug, smejala i plakala u isto vreme i, najzad, skrhana od sreće i umora, blaženo zaspala.

Koliko god primoravao sebe da isto osećam, njeno ushićenje ni izdaleka nisam delio. Radovao sam se, naravno, što ću videti oca, ali mi nikako nije odgovaralo da to bude baš u nedelju, upravo na dan kada francuska fudbalska

reprezentacija gostuje u Beogradu. Da sve bude još drama-
tičnije, u džepu sam imao kartu na kojoj mi je zavidelo pola
škole. S obzirom na to da me u redu umalo nisu ugušili,
nije čudo što sam žalio što propuštam priliku za koju sam
se toliko žrtvovao.

Povratnici sa ostrva ličili su na glumce koji se spremaju da
igraju sami sebe, ali nekako izmenjene i drugačije. Takvom
utisku je možda doprinela prašina koja je na železničkoj sta-
nici u slavonskom selu uvijala u bezoblične, lelujave pokrove
i lica postrojenih „dobrovoljnih" graditelja i njihovih upla-
kanih gostiju.

Primetio sam da bivši kažnjenici svi liče jedni na druge
po neprirodnoj ugojenosti i ljubičastoj boji kože. Čudeći se
takvom izgledu, na pamet mi je pala grešna misao da veštački
tovljeni i naduveni više podsećaju na utopljenike nego na žive
ljude. Nisam, zbog toga, odmah prepoznao oca, koga sam
sa fotografija iz zarobljeništva pamtio kao mršavog čoveka.
Tek po očima sam znao da je to on. Bilo je u njima iste one
neodoljive, pomalo melanholične blagosti po kojoj bih ga
prepoznao čak i da je preda mnom stajalo celo čovečanstvo.

Samo jedan pogled bio je dovoljan da zaboravim na dru-
gove u Beogradu, na fudbalsku utakmicu sa Francuzima, na
stotinu drugih beznačajnosti koje su me odvraćale od puta.
Čudio sam se, zbog toga, što svi stoje ukočeno, što ne potrče
jedni drugima u susret.

Čekaju govor, šapnula je majka, držeći me čvrsto za mišicu.

Tek tada sam primetio od dasaka sklepan podijum, na koji
se uspentrao brigadir u zelenoj, od mnogih pranja izbledeloj
bluzi, koja je, možda i zbog toga, odudarala od neprirodno
ljubičaste boje kože.

„Pogledajte nas", povikao je neprilično glasno, upirući kažiprst u vrstu pred sobom kao da želi da svakog u njoj pojedinačno proburazi.

„Pogledajte nas dobro", gotovo je vrištao, ne dajući nam prilike da se saberemo. „Šta u nama vidite?"

Ćutali smo pokunjeno. Nismo razumeli šta hoće da kaže. Kakvo je to pitanje?, mislio sam. Vidim oca, naravno. Da nije tako, žustro nam je objašnjavao rečima koje su se, kao u hropcu, sustižući jedna drugu, međusobno gušile.

„Pred vama su izdajnici partije i države, ološ koji ne zaslužuje nikakvu milost."

Slušali smo u tišini, gledajući ispod oka u postrojenu vrstu koja oborenih glava takođe nije davala glasa od sebe.

Govornik, na čijoj sam bluzi tek naknadno primetio zapovedničke širite, još se posipao pepelom. Samo što sam pomislio da se govor, svaki čas prekidan klicanjem, nikada neće završiti, brigadir je, ocenivši da je dosta samobičevanja, prešao na završno poglavlje. Ono je u celini bilo posvećeno odavanju priznanja državi i partiji na pomoći posrnulim grešnicima koji, ponovio je to više puta, tako velikodušnu pažnju nisu zaslužili.

Dok je zahuktali govornik pozivao najbliže rođake osuđenika da se pridruže u zahvalnosti partiji, potražio sam oca pogledom. Namignuo mi je, mogao sam da se kladim u to, ali samo u trenu, u neuhvatljivom trenutku koji je postojao samo za nas. Više od bilo čega drugog, munjeviti, jedva primetan treptaj, uverio me je kako se nije promenio, a još manje pretvorio u pokornog, ljubičastog gundelja. Kako je, uprkos svemu, ostao isti.

Mada su se postrojeni pokajnici još zaklinjali na vernost partiji, na čiji su pomen, kao kod dobro uvežbanog horskog refrena, odgovarali glasnim klicanjem, buka je do mene dopirala samo kao nerazgovetan odjek zvučnog meteža. Vazdušni most kojim su između oca i mene strujale gotovo materijalizovane čestice saosećanja i do bola opipljive međusobne privrženosti i ljubavi bio je, naprotiv, do te mere stvaran da sam gotovo mogao da se prošetam njime iznad glava učesnika otužne i loše režirane predstave.

Ostatak dana, do povratka voza u Beograd, proveli smo ćuteći. Majka se zaplitala u haotičnom raspitivanju, koje nikada nije dovodila do kraja, bilo zbog toga što bi se zagrcnula u plaču, bilo zbog toga što joj je otac, odmahujući rukom, stavljao do znanja da su razgovori te vrste i uzaludni i nekorisni.

Što se mene tiče, nije morao ništa da govori, jer smo obojica znali da smo treptajem očnih kapaka postali zaverenici koji se i bez reči, pogledom, mogu sporazumeti.

Brigadir sa širitima na rukavu prilazio nam je do polaska voza više puta. Kao da je iskušavao oca, neprestano je ponavljao kako su svi oni samo izdajnici koji nikada neće okajati svoj greh. Kad god bi, busajući se u prsa, upirao pogled u nas, otac bi se saginjao, tobože da veže uzice na cokulama. Tako pognut, stizao je da mi, neprimetno za druge, namigne.

Naizgled bezazlena igra mogla je da se završi povratkom oca na ostrvo. Za tako nešto bilo je dovoljno da zapovednik brigadira napiše prijavu kako se otac nije dovoljno pokajao. Zbog čega to nije učinio, ne znam. Da li možda zbog toga što je u ocu prepoznao onaj soj ljudi od kojih zaziru i najokoreliji zlikovci?

Do železničke stanice sam, zbog toga, sve dok me majka nije povukla za uvo, neumorno podražavao očevo jedva primetno namigivanje. Dok se vagon, kao da se kotrlja neravnim drumom, uspavljujuće klackao, prvi put nisam sanjario o Lotaru, Mandraku i Tarzanu već, sa ponosom, o rođenom ocu. Zaspao sam tek pred zoru, kada se voz već približavao

Beogradu. Majka mi je pričala da nije imala srca da me raz-
budi, jer me nikada ranije nije videla da spavam sa tako bla-
ženim osmehom.

Klaustrofobija i kako je steći

Čekajući da se otac vrati sa „dobrovoljnog rada" u Slavoniji,
najviše vremena sam sa drugim dečacima provodio u bio-
skopima *Takovo* i *Topola* na Terazijama. Ma koliko da smo u
redu za ulaznice strepeli od toga da će nas ugušiti, zgnječiti
ili, možda, zdrobiti nogama, bili smo spremni i na najveće
žrtve samo da bismo videli „kaubojske" filmove koji su se
prikazivali jedino u tim bioskopima. Iako smo samo čeznuli
da uđemo u salu a ne u kalendar, koji je ionako prenatrpan
svecima, jasnoća cilja i spremnost da za njegovo ostvarenje
podnesemo najgore muke činila je našu misiju isto tako
uzvišenom kao one prvih hrišćanskih mučenika.

Nas, doduše, nisu prikivali na krst već uza zid, što je pre-
tilo istim kobnim ishodom kojem se, za razliku od uzvišenih
prethodnika, nismo prepuštali ni spokojno ni bez straha.
Mada u to vreme nismo znali za značenje pojma klaustro-
fobije, izvlačenje iz zagušljivog i teskobnog prostora u kojem
su znojava i zadihana tela slepljena u samo jednu obnevidelu
i pomahnitalu zver, doživljavali smo kao vaskrsenje, ravno
onome koje je očekivalo Isusa. Da smo bili božji miljenici,
odnosno predmet njegove posebne pažnje i milosti, svedočile
su i karte za popodnevne predstave koje smo čvrsto stiskali
u šaci kao da u njoj držimo grumen zlata, a ne parče papira.

Tek u sali, na sedištima tik uz platno u koje smo gledali zavaljeni, maltene vertikalno, davali smo oduška sreći koja je, uprkos varvarskom dovikivanju, imala plemenite pobude. Kada bi se svetla konačno ugasila i sala potonula u mrak, sa takvom zanetošću smo delili sudbine filmskih junaka da nismo bili sasvim sigurni da li smo s ove ili s one strane platna. Upijanje do kraja, bez ostataka, uzbudljivih istorija odmetnika i pustolova, neustrašivih istraživača i neumoljivih šerifa, proizvodilo je među gledaocima, u zavisnosti od vrste priča, saosećajna uzdisanja ili tutnjavu ogorčenja koja se po buci mogla porediti jedino sa galopom federalne konjice u poteri za kradljivcima stoke ili Indijancima.

Mesta u prvom redu nudila su izvesne prednosti jer nije bilo nikoga ispred da u odsudnom trenutku ustane i leđima zakloni platno, ali su, isto tako, imala i primetnih nedostataka. Pošto su nam strele crvenokožaca i doslovno promicale ispred nosa, jedva smo odolevali iskušenju da ne pomognemo progonjenom karavanu mormona, od čega nas je jedino odvraćalo neprestano svlačenje sa bine još ratobornijih dečaka. Najčešće smo to činili tako što smo ih, dok su se grčevito ritali, cimali za noge, što je, naravno, ometalo gledaoce iza nas koji se nisu ustezali da svoje negodovanje bučno izraze zasipajući nas ne samo psovkama već i svim drugim što im je bilo pri ruci. Teško je zbog toga reći da li je veći metež vladao u sali ili na platnu.

Nezavisno od toga da li smo samo ushićeno pljeskali ili nepodnošljivo glasno zviždali, u filmsku priču smo se redovno u potpunosti uživljavali. Toliko čak da smo, i kada bi se svetlo ponovo upalilo, imali teškoća da se vratimo u stvarnost. Ostajali smo, zbog toga, dugo u sedištima, kao omađijani, sve dok nas redari ne bi najurili. Ni to nije bilo dovoljno da sasvim dođemo sebi, što se jasno videlo ne samo po tome kako smo po izlasku iz sale koračali već i kako smo govorili. Njihali smo se i podražavajući Džona Vejna nehajno gegali. Uživljavanje u tek odgledane uloge time se nije iscrpljivalo jer su čak i najbrbljiviji među nama, držeći slamčicu u usnama, koristili samo jednosložne reči ili su, što im je najlakše padalo, neumorno pljuckali.

Uprkos naraslom samopouzdanju, od stečene klaustrofobije nikada se u potpunosti nisam oslobodio. Čak i kada samo zamišljam kako bežim iz zatvora i ne pomišljam da to činim kao pacov kroz zemlju. Kada bih morao da se spasavam, ne bih kopao tunele. Ne, to nikako! Kako onda? Preskakanjem ograde, sečenjem žice, lebdenjem, letenjem, na rukama nekog orijaša ili raširenim krilima.

Topografija kafana

Posle povratka sa Golog otoka otac se promenio. Pošto nije imao običaj da se poverava, čak ni najbližima, na to da ga nešto muči upućivala su sve češća i besomučna opijanja.

Ma koliko za osudu, za bežanje od stvarnosti imao je ozbiljne razloge. Posao, i to najteži, nalazio je jedino na građevini. Na skelama je bez roptanja podnosio i letnje pripeke i ledena zimska jutra.

S druge strane, oglušivao se o obavezu da se redovno javlja isledniku, što je takođe bila dužnost povratnika. Na kraju su digli ruke od njega. Ne zbog toga što su se sažalili na izmučenog čoveka, već zbog toga što su konačno shvatili da se zavere protiv države ne kuju na skelama.

Oca je svakako razdiralo i to što muke kroz koje je prolazio ni sa kim nije mogao da podeli. Ne samo zato što je strogo upozoren da o Golom otoku ne sme ni reč da izusti već i zbog toga što o tome ni sam nije želeo da govori. Nije hteo da porodicu dovodi u opasnost otkrivanjem nečovečnih i okrutnih metoda koji su na ostrvu vladali.

Pio je na čudan način, u ciklusima koji su znali da potraju i nekoliko dana. Posle njih se isto tako dugo i mučno treznio, pušio sa manijačkom usredsređenošću, ćutao i kopnio, klonio se neko vreme kafana, a zatim sve iznova započinjao.

U zatvorenom krugu, koji se na manje-više isti način ponavljao, mogla su se uočiti neka pravila, topografska svojstva čak, koja su mi pomagala da u haotičnim kafanskim lutanjima pronađem put do stola na kojem je, na ispolivanom stolnjaku, klonula očeva glava.

Potragu sam počinjao obično od Cvetka, silazeći Bulevarom unakrst od jedne do druge kafane sve do *Orašca*, a potom do *Domovine*. Ponekad sam oca nalazio u donjim krajevima grada u nekom od bifea u Ulici Kraljice Marije (preimenovanoj u Ulicu 27. marta) ili, preko puta kuće, na uglu Knez Danilove i Starine Novaka. Koliko god da je tamni grafikon noći zbog izukrštanih putanja delovao komplikovano, ponavljanje istih koordinata činilo ga je ipak predvidljivim. To je praktično značilo da sam se kretao po utvrđenom sistemu koji je, kao u najurednijoj mapi, u pamćenju bio tačno ucrtan.

Pokazalo se, nažalost, da nalaženje oca u kafani nije isto što i njegovo dovođenje kući. Sa ono malo preostale svesti opirao se, kao da ga vodim na izvršenje smrtne kazne, a ne na počinak. Da bi što duže odložio povratak kući, služio se lukavstvima, čak i sitnim prevarama. Još pre nego što bi i seo za sto, naručivao je novi bokal vina, računajući, s razlogom, da ne možemo tek tako otići pre nego što se već plaćeno piće ne popije. Čašćavao je takođe nepoznate goste koji su jedva čekali priliku da se pridruže, predstavljao svima redom sa ponosom sina, započinjao poverljivu priču držeći me za revere, mrmljao sebi nešto u bradu i, najzad, brzo praznio čaše, koje je isto tako brzo dolivao.

Sve te silne aktivnosti bile su delom iznuđene, ali i sračunato preduzete kako bi se suzio prostor za jedinu temu koju je kao đavola izbegavao: razgovor o povratku kući. Prilika da se isključivo na to usredsredimo neprestano je izmicala, bilo zbog toga što to otac nije želeo, bilo zato što se neko sa strane, pozvan ili nepozvan, u priču uplitao.

Izvlačenje oca iz kafane je ličilo na isto tako komplikovanu vojnu operaciju spasavanja klonulih i ranjenih sa bojišta, i to doslovno shvaćeno. Dovijao sam se bar koliko i otac, kao i on pribegavao smicalicama i lukavstvima, koristio blagost, ali kada je bilo neophodno i grubost, služio se svim i svačim da bih sa što manje gubitaka obezbedio povlačenje.

Uprkos tako mnogobrojnim, a ponekad i dovitljivim pokušajima, povratak kući sam manje pripisivao njihovoj delotvornosti, a više očevoj iznemoglosti. Preobražaj na koji sam strpljivo čekao prepoznavao sam po fizičkoj klonulosti, ali i po bezizražajnim, zamućenim očima, u kojima više nije bilo ni traga otpora. Oca bih tada jednostavno uhvatio pod ruku i ćutke izveo iz kafane.

Muke time nisu prestajale jer sam gotovo obamrlo telo vukao ulicama. Držao sam ga čvrsto za mišicu, što nije bilo od bogzna kakve pomoći. Do kuće smo, zbog toga, dugo putovali, dolazeći pred dvorišnu kapiju tek posle ponoći, a često i u poodmaklim jutarnjim satima. Ma u koje vreme stizali, uvek je bar poneka komšinica bila budna. Virila je u spavaćici iza prozora, naslađujući se našim bezuspešnim pokušajima da se iz prve uspemo uz stepenike. Kao da se penjemo na Himalaje, otac nije uspevao da pogodi prag, teturao se i čak padao unatrag, što sam na jedvite jade sprečavao podmećući rame i povodeći se zajedno s njim.

Stid koji sam zbog ponižavajućeg očevog položaja osećao imao je gotovo fizička svojstva. Ne samo da me je kao jutarnji mraz ujeo već je imao i težinu, kao da mi je neko preko pleća nabacio od vlažnosti otežalu sluzavu i lepljivu mrežu.

Mada se komad, čija su pozornica bile gradske kafane i ulice, ulaskom u sobu svodio na kamernu predstavu, ništa nije gubio od dramatičnosti. Za to se u prvom redu starala majka čiji sam krešendo uzalud obuzdavao. Pošto je ulepljena suzama satima čekala da se na vratima pojavimo, niko više nije mogao da je spreči da iz sebe istrese gorčinu i jad, koji su se skupljali ne samo te noći već i svih prethodnih tegobnih godina.

Ocu je trebalo bar nekoliko dana da se povrati od mamur-luka, od griže savesti, od stida. Za to vreme gotovo da nije ustajao iz kreveta. Kad god sam ga u njemu zaticao, u ruci je držao upaljenu cigaretu. Nije bilo nikakve sumnje da se poverava, možda i ispoveda, majušnoj žišci koja je, sagore-vajući, povlađivala sve malaksalijim treptajima. U tih neko-liko dana kajanja i iskupljivanja nikada nisam video da bilo šta stavlja u usta. Trudio se jedino da kutija sa cigaretama i šibica budu nadohvat ruke. Pušio je ćutke, sa pobožnom usredsređenošću, podsećajući na monaha u ćeliji ili na isto tako samotnog indijskog gurua. Dvorišna soba je, zbog toga, više ličila na kapelu, od koje se razlikovala jedino po tome što je gusti, slatkasti dim poticao od duvana, a ne od tamjana.

Posle isposničkog isceljenja, otac se obično klonio pića – ali ne zadugo. Od uzdržavanja, nikada previše izraženog, odvraćale su ga okolnosti koje su mu, kako se ponekad govori u znacima horoskopa, nisu bile naklonjene. Jedna od njih bila je otelotvorena u bravaru Đuri, koga sam najviše zapamtio po ogromnim šakama i po potpunoj, takoreći apsolutnoj nepomerljivosti za kafanskim stolom. Bio je tako neodvojivo slepljen za stolicu da se sticao utisak da ga odatle ni dizalica ne može podići. Kada sam ih zaticao zajedno, znao sam da je svaki pokušaj da ih iz kafane izvučem beznadežan.

Očeve krize su, kako je već rečeno, imale cikličan karakter. Čak i kada se činilo da je beznadežno potonuo, nalazio je snage da ispliva na kopno. Ni tada nikada nije spasavao sebe. Uvek i jedino druge. Kada smo ga jedva nagovorili da ode kod lekara zbog upornog kašlja, na rendgenu je otkriveno da je oboleo na plućima. Nimalo ga to nije zabrinulo. Kao da su mu saopštili da ima običan nazeb, a ne ozbiljnu bolest. Nije se čak potrudio da se raspita za lečenje i lekove. Ali je zato poludeo od brige da nije slučajno i sina zarazio.

Pošto smo živeli u samo jednoj prostoriji prizemnog stana, razlozi za strepnju su zaista postojali. Kada su lekari posle temeljnog rendgenskog pregleda zaključili da nisam oboleo, otac je ozdravio takoreći bez lečenja i lekova. Bilo je to pravo čudo, kako bi Italijani rekli, *un vero miracolo*.

Nova hapšenja

Otkako se vratio iz logora, ne računajući još dva meseca nakalemljenog „dobrovoljnog rada" u Slavoniji, otac o svom zatočeništvu preda mnom nije izustio ni reč. Mada je i sa majkom o tome vrlo retko govorio, ostrvo se nad nama nadnosilo, pritiskajući nas kao nisko olovno nebo.

Na Goli otok je pre svega podsećala očeva obaveza da se dva puta nedeljno, a nekad i češće, javlja u policiju. Malodušne i iznurene povratnike, naročito one koji su već u logoru bili slomljeni, lako su pridobijali da sarađuju u „otkrivanju i razobličavanju neprijatelja", ali većina se uporno opirala, izgovarajući se bolešću, gubljenjem veza sa ranijim prijateljima ili bilo čim drugim. Na neki način su govorili istinu, jer su ih na slobodi bližnji kao kužne izbegavali. Povratnici ne samo da nisu mogli da računaju na ranija radna mesta već ni na bilo koji drugi posao. Uputstvo koje je to izričito zabranjivalo niko, doduše, nije video, ali su se uprave preduzeća dobro čuvale da ga ne prekrše.

Otac je, kao i svi drugi povratnici, bio dužan da se javlja policiji, ali je to činio ređe nego što je bilo naloženo. Kao da su digli ruke od njega, prolazilo je više dana a da ga na obavezu nisu podsećali. Kada bi to ipak učinili, odlazio je na razgovor, bolje reći saslušanje, pravo sa gradilišta, u prljavom radničkom kombinezonu, poprskanom krečom.

Nije, ipak, izbegao novo hapšenje. Bilo je to krajnje opasno, jer prema povratnicima nisu imali milosti. Oca je prijavio takođe bivši osuđenik koji je sa njim radio na istom gradilištu. Učinio je to pod batinama kojima su ga prisilili da oda s kim je sve razgovarao.

Pošto nije bio loš već samo slab čovek koji ne može da podnese mučenje, naknadno se pokolebao, možda i iz griže savesti. Pokušao je zbog toga da optužbama da neodređeni karakter ili bar da ih učini manje ozbiljnim.

U suočavanju sa ocem ispoljio je još veću nesigurnost.

Pročitavši prijavu u kojoj je pisalo kako su zatvorenici govorili o tome da „stanje u zemlji nije najbolje", islednik se ustremio na oca:

„Je l' tako bilo?"

Otac je gledao pravo u oči potkazivača, sve dok ovaj nije skrenuo pogled. Tek tada se, bez žurbe, okrenuo prema isledniku i mirno odgovorio:

„Nikada o tome nismo govorili."

Islednik je obišao krug oko tužitelja. Pošto ga je dugo netremice posmatrao, najzad je progovorio, cedeći svaku reč: „Čuo si šta kaže. Je li tako, ili nije tako?"

„Ne znam da li je baš tako rečeno", zatvorenik se pravdao nemogućnošću da se seti razgovora koji se davno zbio i koji zbog toga nije mogao da ponovi od reči do reči.

„A ti", islednik se ponovo ustremio na oca, „da li se ti, možda, sećaš šta ste govorili o državi?"

„Rekao sam već: o tome nismo ni reči izustili", otac nije žurio, ali ni oklevao sa odgovorom.

Kasnije se majci poverio kako je osećao da se u tom trenutku „lomi rezultat", kako je ponekad kao strasni fudbalski navijač voleo da kaže. Takav opis je zaista verno izražavao ono što se u isledničkoj kancelariji događalo. Od samo jedne reči, od bezazlenog gesta, od dobre volje ili zlovolje islednika, zavisilo je da li će ponovo biti otpremljen na Goli otok ili će se vratiti kući.

Zbog čega su ga već sutradan pustili na slobodu, ni sam nije znao da objasni. Da li su isledniku dodijale nepouzdane prijave? Da li su mu se smučile ljudske olupine koje je i sam „obrađivao" na isti način na koji limari lupaju po plehu. Da li je poverovao ocu? Da li je, možda, imao uputstva da istrazi dâ koliko-toliko uverljiv karakter? Da li se jednostavno promenilo vreme, a sa njim i odnos prema bivšim kažnjenicima?

Ni na jedno od tih pitanja nije imao odgovor. Sve više se zbog toga navikavao na to da izlazak iz zatvora prihvati kao neobjašnjivu pojavu, na isti način na koji pripadnici plemenskih zajednica ili primitivnih društava doživljavaju sunce ili kišu.

* * *

Ubrzo se pokazalo da se ništa bitno nije promenilo. Proširenjem nadzora nad porodicom stvari su se, naprotiv, pogoršale. O tome je svedočio i poziv da se javim u Upravu državne bezbednosti za Beograd na Obilićevom vencu.

Sa prijavnice su me uputili na jedan od viših spratova. Pokucao sam na vrata sobe čiji je broj odgovarao onom na pozivu. Pre nego što sam ušao, pustili su me da dugo čekam. Nepodnošljivo dugo.

Ako im je cilj bio da me uznemire i zaplaše, potpuno su uspeli.

Robusni islednik me je još sa vrata sačekao pitanjem iz klasičnog repertoara:

„Znaš li zašto si ovde?"

„Ne znam", odgovorio sam bez mnogo razmišljanja.

„Priseti se", rekao je pretećim glasom.

„Zaista ne znam", uzvratio sam uplašeno, naslućujući da se ispitivanje neće dugo održati u granicama pristojnog dijaloga.

Takvo predosećanje se pokazalo tačnim, jer je islednik iznenada zgrabio stolicu i, mašući njome oko sebe kao što čine bacači kladiva, tresnuo je kraj mojih nogu.

Poskočio sam, tresući se.

Unoseći mi se u lice, s mržnjom me je posmatrao sivim, vodnjikavim očima, koje su mi, u načas odlutalim mislima, najviše ličile na oči zmije u trenutku kada otrovnim žalcem ubada od straha ukočenog miša.

„Ovde je već sve zapisano", mlatarao mi je nad glavom podebelom fasciklom.

Usredsređen na zmijske ili možda samo žablje oči primetio sam da islednik ima takođe neobično velika usta, iz kojih se, kao iz kloake, izlivala bujica neprestano novih uvreda.

Ne znam šta me je više rastrojavalo: strah ili poniženje što moram da trpim da mi se neko tako obraća. Pojavu na vratima još jednog islednika doživeo sam kao olakšanje. Pridošlica se uljudno predstavio. Ponudio me je čak cigaretom, iako je po mom nedoraslom uzrastu mogao da zaključi da ne pušim. Raspitivao se, isto tako brižno, za rasečenu usnu, ostavljajući gotovo utisak da osuđuje metode prethodnog saslušanja.

Od islednika otmenih manira odvraćao me je izgled. Ako je njegov prethodnik imao odvratne žablje oči, pridošlica je u celini ličio na gmizavca. Mada nijednom nije povisio glas, niti je ičim pretio, ulivao mi je strah, veći čak nego njegov nasilnički i grubi kolega. Možda i zbog toga što sam naslutio da pripada onoj zlikovačkoj vrsti koja sa podjednakom ravnodušnošću naručuje čaj ili ubistvo.

Pošto ni njemu nisam imao šta da poverim, ponudio je ljubazno da potpišem zapisnik. Pomislivši naivno kako će me možda pustiti kući, sledio sam se kada sam čuo kako naručuje kola za prevoz do Centralnog zatvora.

Smešten na zadnjem sedištu između dva policajca najviše sam sebi ličio na probušeni balon iz kojeg je brzo isticala i poslednja trunka samopouzdanja. Do odredišta nismo progovorili ni reči.

Ne sećam se, začudo, nijedne pojedinosti prijema. Zapamtio sam, umesto toga, i to za ceo život, kako smo beskrajno dugo koračali hodnicima, od kojih se svaki završavao čeličnim vratima. Kada su se vrata moje ćelije, uz nepodnošljivo škripanje ključa, sa treskom zatvorila, spopao me je u isto vreme i metafizički i sasvim opipljiv strah da me na kraju ko zna kog hodnika nikada više neće naći, da će me zauvek zaboraviti.

Pošto se tamničar udaljio, zveckajući svežnjem ključeva, prepustio sam se i do tada teško obuzdavanom očajanju.

Ujutru me je prvo probudio zadah ustajale mokraće iz čučavca, a odmah zatim zveket ključeva.

„Pođi za mnom", naredio je tamničar bez ikakvog uvoda. Samo sam oplaknuo lice, još podbulo od plača.

Odsutno sam koračao za čuvarem, koji ni sam nije preterano žurio. U zatvorskoj isledničkoj kancelariji čekali su me isti islednici, ovog puta u paru.

„Da li je gospodin dobro spavao?", upitao je tobože zabrinuto krupniji.

Umesto da odgovorim, samo sam brižno uzdisao. Šta tu, uostalom, ima da se priča kada je i slepcu moralo da bude jasno kako se osećam?

„Da li si danas bolje volje?", turpijao je nezainteresovano nokte proćelavi gušter.

Raširio sam bespomoćno ruke. Zaista nisam znao šta hoće od mene.

„Reci nam", obratio se gotovo pokroviteljski „gušter", „šta misliš o našem predsedniku?"

Čekajući na odgovor, dobovao je prstima po fascikli koju sam već imao prilike da vidim u Upravi državne bezbednosti na Obilićevom vencu. Znao sam šta hoće da poruči tim gestom: u dosijeu su dostave o tome šta sam u raznim prilikama govorio.

Nisam odmah zaustio. Morao sam da smislim šta će ih najviše odobrovoljiti, a da opet ne preteram u pohvalama.

Iz ne sasvim uspešnog pokušaja da ponudim uravnoteženu ocenu proizašao je neubedljiv iskaz:

„Mislim da predsednik ostavlja snažan utisak."

„Čime to, ako se može znati?", uživljavao se u ulogu ravnodušnog sagovornika gmizavac sa žabljim očima.

„Ophođenjem, odevanjem čak", grozničavo sam tražio dobra svojstva vladara o kojem ništa dobro nisam mislio.

„Zar se samo time izdvaja?", prestade da turpija nokte pro-
ćelavi islednik. „Zar se o predsedniku ništa više nema reći?"
I sâm sam, naravno, shvatao da to što sam izgovorio ni
izdaleka nije dovoljno. Da ću islednike uzdržanim pohvala-
ma maltene božanskoj ličnosti još više protiv sebe okrenuti.
Nisam, ipak, uspevao da smislim ništa uverljivije. Uprkos
nezavidnom položaju nisam jednostavno bio u stanju da
sebe nateram da kažem ono što ne mislim. Plašio sam se da
će mi, ako samo otvorim usta, iz njih iskočiti žaba.

Ćutao sam, otuda, pognute glave, prisiljen da slušam
reprizu pogrda kojima me je islednik u razdrljenoj košulji
zasuo prvi put na Obilićevom vencu.

Nije se nimalo pretvarao. Zaista nije mogao da razume da
na ovom svetu ima ljudi koji izuzetnost predsednika svode
na spoljna obeležja.

„Tornjaj se u ćeliju", gušio se od besa.

Prošlo je ravno nedelju dana a da se nisu oglasili. Kada se
navršilo pola meseca bez poziva i novih saslušanja, strah da
su me zaboravili, da će me tu, usred Beograda, živog sahrani-
ti, ponovo se javio. Osluškivao sam zbog toga i danju i noću
korake, nadajući se da će doći po mene, da će me povesti
kod islednika ili u neki drugi zatvor, bilo kuda, najzad, iz
ćelije groba.

Kada su jednog jutra konačno došli po mene, ništa od
onoga što mi se priviđalo nije se dogodilo. Sve je, naprotiv,
imalo sasvim banalan vid. Proćelavi islednik je pročitao zapi-
snik o saslušanju i naložio da ga potpišem.

Papire sam, naravno, potpisao bez oklevanja. Kada je
islednik pozvao administrativnog službenika da potpišem
još jedan zapisnik na osnovu kojeg su mi vraćali sat, pertle
na cipelama i još neke sitnice, bio sam siguran da ću izaći iz

zatvora. Ostao sam u njemu, ipak, sve do ponoći, kada su me iz ćelije gotovo izgurali kao da sam se opirao da je napustim.

Pešačio sam sve do kuće jer autobusi noću nisu saobraćali. U prizemnim stanovima u dvorištu nije svetleo nijedan prozor, ali sam bio spreman da se kladim u sve na ovom svetu da ću u našoj sobici ugledati svetlucavi žar cigarete.

Tako je i bilo. Kada sam otvorio nezaključana vrata, u mraku se videla jedino mala crvena žiška.

Majka je, po običaju, briznula u plač, ne mogavši zbog uzbuđenja i smetenosti da pronađe prekidač lampe. Kada joj je to najzad pošlo za rukom, ugledao sam očevo skamenjeno lice.

„Eh, moj sine", promrmljao je jedva čujno, ne vadeći cigaretu iz usta.

U toj jednoj jedinoj rečenici, propraćenoj uz to za njega neuobičajenim uzdasima, sadržane su bile strepnje i strahovi svih prethodnih neprospavanih noći.

Nije se nadao da ću brzo izaći iz zatvora. Strahovao je, naprotiv, da se zbog nesnalažljivosti i neiskustva nikada neću izvući.

Majka mi je poverila kako se nosio mišlju da zakuca na vrata policije na Obilićevom vencu i lepo ih zamoli da promenimo mesta, odnosno da njega strpaju u zatvor a mene puste na slobodu. Nije morala da me uverava da se nije šalio. To je više od bilo čega drugog ličilo na njega.

Okretne igre

Mesta na kojima su se pedesetih godina u Beogradu održavale igranke mogla su se izbrojati na prste jedne ruke: kod *Lole* i u *Lazarcu*, a leti na *Zvezdinom* na Kalemegdanu.

Da li je potrebno reći da je na njima bilo manje devojaka nego mladića? Neuporedivo manje čak. Igranke su ličile na igre na sreću, na sportsku prognozu ili loto, na primer, što je značilo da je igrača bilo mnogo a zgoditaka malo.

U praksi je to ovako izgledalo: u sali, koju sam najviše zapamtio po tome što je imala oblik kifle, te je bila poznata i po nazivu „kifla-bar", malobrojne devojke su tobože nezainteresovano sedele na jednom kraju, dok su se mladići tiskali na drugom.

Na prvi takt muzike krenuli bi prema devojkama na način koji je zbog jedinstvenosti teško opisati. Nastojali smo da hodu damo vid ležernosti, trudeći se u isto vreme da do devojaka što pre stignemo. Posmatračima sa strane sigurno bismo smešno izgledali jer se naše stvarne namere, iako prikrivene, nisu ipak mogle sakriti. Da sve bude još neobičnije, nije to bila nasumična jurnjava u kojoj je jedino važno da se stigne do cilja, već i složena operacija.

Morali smo takoreći u trku da odaberemo pravu „metu“, odnosno devojku koja dovoljno dobro izgleda a koja, opet, neće odbiti poziv za igru. Kao u svakoj detektivskoj priči, i u ovoj je korišćen metod eliminacije. Najlepša devojka, prema tome, nije dolazila u obzir, prvo zbog toga što je na nju polagao pravo neko od dokazanih, takoreći neprikosnovenih zavodnika, ali i zbog toga što su takve devojke bile ćudljive i nepredvidive. Nepoželjne su, svakako, bile i najmanje privlačne devojke, mada zbog brojčane neravnopravnosti ni one nisu loše prolazile. Devojke prosečne lepote, kako iz svega proizlazi, imale su najviše izgleda jer se od njih očekivalo da poziv za igru prihvate bez preteranog prenemaganja.

Mladići koji nisu imali sreće vraćali su se pokunjeni preko cele sale, potišteni zbog neuspeha i posramljeni što su odbijeni pred tako mnogo svedoka. Zbog nejednake ponude i potražnje čak i oni takmaci koji su, zadihani, prvi stizali do devojaka, nisu mogli sa sigurnošću da očekuju da će biti izabrani. Ako nisu bili po ukusu uspijuša, bivali su glatko odbijani, uvek istim rečima: „Žao mi je, ovu igru ne igram.“

Da su se toga dosledno držale, neuspeh bi se nekako i preboleo. Ali nisu. Tek što bi im čovek okrenuo leđa one su se, već sasvim srećne, vrtele u naručju nekog drugog.

Malo ko je sportski podnosio poraz. To je potpuno shvatljivo kada se ima u vidu da je, za razliku od Olimpijskih igara na kojima je važno učestvovati, na igrankama jedino važno pobediti. Oni koji nisu iz prve uspeli, povlačili su se zbog toga obeshrabreni, što je značilo da su ili odlazili sa igranke ili su pak, što je bilo podjednako beznadežno, na preostale devojke bezglavo nasrtali.

Znao sam mladiće koji su na kraju uspeli da ubede sebe da na igranke ne dolaze zbog devojaka, čak i takve koji su tu zaista bili zbog muzike. Nisam, na sreću, podlegao samoobmani.

Pošto sam na igranke išao isključivo radi devojaka, bio sam već dovoljno očajan što odbijaju da igraju sa mnom. Pretvaranjem da uživam u lošoj i nepodnošljivo glasnoj muzici sebe bih izložio samo još većem zavaravanju.

Nemam nikakvo razložno objašnjenje zbog čega su, u poređenju sa sadašnjim vremenom, devojke bile prava retkost. Mora da su i tada postojale, ali kao da su se krile.

U celom kraju su, manje-više vidljive, bile samo dve: Ružica, sa kojom je išao „Golub" kome smo, otvoreno, svi zavideli, i bezimena mlada gospođica čijoj smo se vitkoj figuri divili. Za ovu drugu se govorilo da radi u tada jedinom noćnom baru *Lotosu*, što pouzdano nikada nije utvrđeno.

Sve u svemu, prva ljubavna iskustva nisu mi prijala. Možda i zbog toga što u njima nije bilo ljubavi.

Litar Krležinog belog

Ne znam da li su ista pravila važila za Karaburmu i Dušanovac, ili neki drugi, takođe sirotinjski kraj Beograda, ali sam za Hadžipopovac i Palilulu, gde sam odrastao, siguran: ništa od hrane ili pića nije smelo da bude bačeno. To nije imalo nikakve veze ni sa verom ni sa praznoverjem. Hrana se morala pojesti do kraja a piće iskapiti do poslednje kapi, jednostavno zbog toga što je i jedno i drugo naručeno i plaćeno.

To što je važilo za kućnu hranu, još više je važilo za onu u kafani koju je majka, za razliku od hrane zgotovljene kod kuće, nazivala „kupovnom".

U našem kraju najčuveniji restoran je bio *Orašac*, u koji smo odlazili porodično sa tako važnim izrazom lica kao da posećujemo Gugenhajmov muzej ili Metropoliten operu u Njujorku. Naručivali smo uvek isto: ćevapčiće sa mnogo luka, litar vina i sifon sode i, najzad, kabezu za mene. U restoran je, posle večere, redovno navraćao i prodavac slatkiša koji je celu radnju nosio u jednoj ruci. Na drvenom poslužavniku cedilo se, potopljeno u lepljivi sirup, ušećereno voće. Mada je sva izložena „roba" bila privlačna, najčešće smo se opredeljivali za orasnice koje smo u slast, u kafani ili usput, krckali.

Bilo je to vreme kada se u jelu uživalo. Nije se znalo za dijetu, sem za onu nametnutu novčanim razlozima. Niko se, takođe, nije uzbuđivao zbog škodljivih sastojaka u hrani, niti je ikome padalo na pamet da od nje odustane samo zbog toga što je previše masna. Smatralo se, naprotiv, nepristojnim da se sto napusti pre nego što se jelo u potpunosti ne dokrajči. Ako bi se, sasvim retko, tako nešto i dogodilo, kelneri su ostatak hrane umotavali u beli papir i davali gostima da ponesu kući.

Sve to se mora znati da bi se, makar približno, moglo zamisliti zaprepašćenje koje me je obuzelo kada sam, prvi put u životu, video kako se naručeno jelo i piće ostavljaju gotovo nedirnutim.

Do tada neviđeno čudo dogodilo se u restoranu *Golf*, sa jednom od najlepših bašti u Beogradu. Musavi i znojavi izletnici u Košutnjaku ipak su je izbegavali, najpre zbog toga što su se na ponjavama razastrtim na travi osećali udobnije, ali i zbog toga što su se pribojavali urednih kelnera u čistim belim bluzama sa crnim leptir-mašnama.

Mada se ni po čemu nisam izdvajao od ostalih, toga dana sam osetio potrebu da umesto na travi, u društvu nasrtljivih insekata, sedim ispod raznobojnog suncobrana, na pletenoj stolici, za stolom zastrtim čistim belim stolnjakom. Prebrojao sam novac koji sam imao: prvo papirnate novčanice, a potom i sitniš u metalu.

Zaključivši da će biti dovoljno za kafu sa kiselom vodom, duboko sam udahnuo i zakoračio u zavodljivu oazu.

Pogled mi se odmah zaustavio na stolu u neposrednom susedstvu, takoreći tik do moga. Goste za tim stolom, dvoje postarijih ljudi, ne samo da je služilo više kelnera već im je povremeno prilazio i šef sale raspitujući se da li su zadovoljni uslugom i da li još nešto žele. Prema mojoj proceni, ne samo da je svega bilo dovoljno već je bilo i previše. Posle hladnog predjela stigla je supa, a odmah posle nje pečenje sa prilozima i salatom. Sve to zalivano je vinom. Kad sam pomislio da je gozba završena, na red su došli likeri. Na moje veliko čuđenje – različitih vrsta.

Dok sam pokušavao da pogodim ko su gosti koji sebi mogu da dozvole takav luksuz, jedan od njih mi se učinio poznatim. Bio je to, nisam se mogao prevariti, Krleža. Njegov lik se, uostalom, godinama nije menjao, u toj meri čak da se moglo zamisliti da se tako ćelav i sa podvaljkom rodio.

Mada jednakost nisam shvatao tako doslovno kao moj ujak, koji je sa kartom za drugi razred uporno zahtevao da se vozi prvim razredom, mislio sam ipak da jedan pravi levičar, za šta se Krleža izdavao, ne bi smeo da naručuje tako mnogo jela i pića samo za sebe. Možda bi, bez nepotrebne sitničavosti, čak i takvo preterivanje podneo da je dežmekasti pisac sve što je poručio pojeo i popio. Ne samo da to nije učinio već je naočigled izletnika, koji su kroz puzavice ruža zavirivali u letnju baštu, hranu samo načeo. Sa pićem je bilo isto. Od vina iz duguljaste flaše sa čepom (za razliku od onih litarskih sa metalnim zatvaračem), donetog uz mnogo ceremonijala u posudi za led od sterlinga, otpio je samo par gutljaja.

Pošto su nas tada u školi učili da se u socijalizmu građani nagrađuju prema zasluzi a u komunizmu prema potrebi, mogao sam nekako da shvatim da su potrebe tako poznate javne ličnosti, uz to bliske vlastima, bile velike. Nikako mi, ipak, nije ulazilo u glavu da jedan čovek, makar i ugledan pisac i preteča komunizma, sme sebi da dozvoli da poručeno jelo i piće ostavi gotovo netaknuto.

Enigma školovanja

Druga muška gimnazija bila je na mestu gde je danas *Politika*. U vreme kada sam sam je pohađao, nisam imao ni najmanju predstavu o tome da su mnogi, kasnije čuveni pisci, potekli iz nje.

Kao i većina dečaka u razredu, kuburio sam sa matematikom koju je predavao Panta „planinar". Poput drugih profesora, i on je dobio nadimak koji je nepogrešivo pristajao ličnosti. U njegovom slučaju zbog toga što je u školu dolazio kao da se zaputio u planinu: u pumparicama i debelim vunenim čarapama, koje su se iz gojzerica propinjale sve do kolena.

Da bi na pismenom iz matematike predupredio prepisivanje, Panta je svaki drugi red ostavljao praznim. Činio je to sa spokojstvom pravednika, jer ni u snu nije mogao da zamisli da bilo ko može da prepiše zadatak sa tolike udaljenosti.

Svi koji se takođe pitaju kako je to moguće i nehotice otkrivaju da nikada nisu bili u situaciji u kojoj se, u najdoslovnijem smislu, borite za život. Đački, doduše, što nimalo ne umanjuje veličinu napora.

To što su moja nastojanja okončana uspehom, može se objasniti jedino sticanjem neobičnih, ako ne i čudotvornih okolnosti. Đak od koga sam prepisao uvodnu postavku pogrešio je u izvođenju (tehničkom delu posla). Da li je to bila posledica nepažnje, nedovoljne usredsređenosti ili nečeg drugog, više i nije važno. Ono što jeste bio je krajnji rezultat. Od svih đaka u razredu, jedino je moj bio tačan.

Takav ishod pismenog dočekan je s neskrivenom nevericom. Tolikom čak da me je profesor, nataknuvši limene naočare koje je oko glave vezivao običnim kanapom, celih pet minuta netremice posmatrao. Pošto mu to nimalo nije pomoglo da razreši enigmu mojih besprekorno tačnih odgovora, posle još jedne pauze, ovoga puta neme, konačno je obznanio da sam jedini u razredu dobio najvišu ocenu.

Način na koji je to izgovorio upućivao je na zaključak da će stari profesor rešavanju složenih jednačina i matematičkih rebusa, u čemu je u dokolici uživao, pridodati kao zagonetku i moju peticu iz računa.

Iako teška za odgonetanje, meni je nerešiva enigma pomogla jer mi je profesor na osnovu prećutnog sporazuma o „nenapadanju" zaključivao ocenu već na isteku tromesečja. Za svaki slučaj, da se ne predomisli, poslednjih dana pred raspust klonio sam se i škole i časova matematike.

Opravdanja za izostanke iz škole lično sam pisao i sâm potpisivao. Sve je i doslovno bilo u mojim rukama. Razredni (Đoka „fokstrot") mogao je da sravnjuje rukopis koliko hoće. Do kraja školovanja bio je istovetan. Imajući u vidu da su kraj moga imena u dnevniku bile sve same petice, sa tek ponekom četvorkom, uključujući i onu sporazumno stečenu, može se reći da sam bio dobar đak. Mada se već takav uspeh mogao samo poželeti, profesor engleskog jezika, koji je zbog bavljenja ragbijem na britanskim ostrvima stekao nadimak „Žika ragbi", smatrao je potrebnim da uz numeričke ocene upiše i svoju opisnu: *thoughtfull* (zamišljen). O čemu li sam, bože, samo mislio, i sâm sam se pitao. Pošto sam poslednji razred završio sa odličnim uspehom, oslobođen sam mature.

Roditelji su u Drugu mušku gimnaziju prvi put došli kada su deljena svedočanstva o završenom školovanju.

Teret letovanja

U to vreme do mora se teško stizalo. Putovanje prugom uskog koloseka od Beograda do Dubrovnika trajalo je ceo dan i noć. Dovoljno da se nadimim i spolja i iznutra kao da sam u sušari, a ne u putničkom vozu. Mada sam u bezbroj tunela na toj pruzi umesto vazduha udisao gar, bio sam iznenađen kada sam na peronu železničke stanice u Dubrovniku iskašljao kao ugalj crni ispljuvak. S obzirom na nagomilanu čađ koja se pomešana sa znojem pretvorila u neku vrstu skrame, mogao sam da pretpostavim da ni spolja nisam izgledao ništa zanosnije.

Na more sam odlazio bez obezbeđenog smeštaja, u nadi da ću se uvući u neko od đačkih odmarališta. Pre toga bih se upristojio na nekoj od gradskih plaža spirajući čađ spolja i gar iznutra. Uživao sam otirući sa sebe prljavštinu da bih se, kao da sam pročišćen u svetoj reci Jordanu a ne u slanoj vodi, blaženo na suncu ispružio.

Kada sam predveče krenuo u grad, osećao sam se mnogo bolje. Mada nisam bio rasterećen briga o smeštaju i hrani, koračao sam poletno i čilo kao da me očekuje soba u hotelu sa pet zvezdica, a ne klupa u gradskom parku.

Ni sam ne znam kako, obreo sam se u delu grada sa raskošnim hotelima, uređenim kućama i brižljivo negovanim vrtovima. Možda to ne bih ni primetio da me nije zapahnuo miris mediteranskog bilja, pomešan sa isto tako opojnom svežinom četinara. Nozdrve mi je nadraživao još jedan miris, čije sam poreklo odgonetnuo tek u mimoilaženju sa gradskim lepoticama.

Udišući požudno isparenje borova i parfema, kao da od njih zavisi život, kao da mi je na glavu nataknuta maska sa kiseonikom, naslućivao sam da su mirisi tek eterični vid nečega što u zbrkanoj svesti postoji samo kao maglovito granično stanje. Na jednoj strani još ne sasvim uobličene zamišljene međe javljali su se posustali i zadihani voz, gar u plućima, čađ razmazana po znojavom licu, sendviči od bajatog hleba, tvrda, neudobna sedišta i vonj stonog belog u usputnim staničnim restoracijama. Na drugoj strani, nešto razgovetnije, snežnobeli prekrivači u isto tako belim, čistim hotelima, skupoceni automobili sa spuštenim krovom, jahte u pristaništu i, najzad, razgolićene devojke sa nakitom od korala na preplanuloj koži.

Miris parfema i četinara doživeo sam kao statusni simbol, kao otelotvorenje nekog drugog sveta kojem ne pripadam i u koji sam slučajno zalutao. Hodao sam samom granicom razdvajanja, povremeno čak balansirao, jedva održavajući ravnotežu kao da koračam po drvenoj gredi ili zategnutoj žici, sa koje svaki čas mogu da se okliznem i padnem na pogrešnu stranu.

Oslonjen na vruću kamenu ploču česme ili možda spomenika, posmatrao sam šaroliku karnevalsku povorku, najpre sa interesovanjem, potom sa zasićenošću i, najzad, sa klonulošću.

Iz stanja blažene obamrlosti prenuo me je blag dodir. Kada sam otvorio oči, ugledao sam preplanulu devojku u belim pantalonama i beloj majici, ispod koje su se jasno ocrtavale čvrste grudi. Oko vrata je imala nisku od purpurnog korala, a oko zglavka noge zlatan lančić.

Ne znam kako sam je gledao. Siguran sam da nisam bio nametljiv niti neprijatan. Možda samo začuđen.

Dugo smo sedeli oslonjeni jedno na drugo. Kada je sat na zvoniku otkucao dvanaest puta ili, što zvuči uzbudljivije, ponoć, ponudila je da me svojim kolima odveze u hotel.

„Nisam u hotelu", snužadeno sam priznao.

„Svejedno je, odvešću vas tamo gde ste odseli."

Nisam ničim odavao da se prvi put u životu vozim kabrioletom sa kožnim sedištima. Kao što nisam otkrio da nemam nikakav smeštaj.

„Kuda ćemo?", još jednom je upitala.

„Vozite ukrug", zamolio sam.

Odelo po meri

Odelo se nekada nije kupovalo u trgovini, već šilo. Krojači su, drugim rečima, uzimali podjednako meru i siromašnima i bogatima. To, naravno, ne znači da se majstori među sobom nisu razlikovali. Na vrhu piramide bili su oni koji su šili samo za probranu gospodu. Najugledniji saloni, obavezno u centru grada, ličili su zbog toga na operske foajee, ili neka druga, takođe otmena mesta, do kojih se dospeva jedino zahvaljujući preporukama koje kruže u maloj grupi posvećenih.

Manje izbirljive mušterije tražile su krojače podalje od centra. Njihove radnje obično su se prepoznavale po zapuštenim izlozima u kojima se ostavljao, kao napušteni ratnik posle bitke, drveni torzo, popljuvan muvama. Na malom okruglom stočiću, u unutrašnjosti „salona", majstori su, radi utiska, gomilali haotično nabacane modne časopise koji su, sudeći bar prema datumima, imali više antikvarnu nego upotrebnu vrednost.

Na dnu hijerarhije bili su, najzad, krojači koji su imali radnje u stanovima. Mušterije su tu i doslovno krčile put između šivaće mašine i domaćeg pokućstva, brinući manje o izgledu odela a više o tome da li će u tako velikom neredu biti uopšte pronađeno. Kratkovidi majstor sa santimetrom oko vrata i jastučićem sa načičkanim iglama na nadlaktici, redovno je nešto tražio i ponovo gubio, probadajući strastveno, kao zgnječene leptire, krajeve izgužvane i na bekstvo uvek spremne tkanine.

Upravo kod takvog jednog krojača naručio sam prvo odelo. Čitav taj poduhvat bio je značajan tim više što do velike mature na odelo nisam ni pomišljao. Oblačio sam od dugog nošenja pohabanu američku vojničku bluzu, koju je otac doneo iz zarobljeništva i po kojoj sam dobio nadimak „Koreja".

Odluka porodičnog veća da sašijem odelo značila je ne samo raskid sa generacijskim obeležjem već i pribavljenje statusnog simbola, koji je „celom svetu", a pre svega komšiluku, trebalo da pokaže kako sam postao akademski građanin.

Zadatak da tako epohalne planove oživotvori poveren je najpouzdanijem kućnom prijatelju čika Cviji, koji me je, posle dugog porodičnog većanja, poveo kod majstor Bude u Hilandarsku ulicu.

Krojač me je već na ulazu kritički odmerio, naslućujući da će sa mnom, mada ne baš najuglednijom mušterijom, imati najviše muke. Ne samo da sam sa njegovog stanovišta preterano izrastao već, onako štrkljast i mršav, nisam imao ni ramena ni, da prostite, stražnjicu. Neprestano se zbog toga vajkao dok me je premeravao uzduž i popreko, od temena do tabana, sa spuštenim i raširenim rukama, oko pojasa i oko grudi. S vremena na vreme je ostavljao metar da bi mastiljavom olovkom zapisao u svesku centimetre koji su, mada ispisivani sitnim brojkama, sve više, kao mravinjak, narastali.

Kroz nedelju dana, kada je zakazana prva proba, zajedno sa čika Cvijom zakucao sam ponovo na vrata stana u Hilandarskoj ulici. Na drvenom truplu visio je sako izukrštan koncima i, kao zamišljeno bojno polje, kredom označenim pravcima nadiranja. Oprezno sam se uvukao u vuneni oklop, strepeći da će se, budem li previše mlatarao rukama, sasvim raspasti. Za razliku od mene, krojač se prema svom delu odnosio sa manje obzira, kidajući komade tkanine i pribadajući ih ponovo „špenadlama" koje je držao ne samo u jastučetu na nadlaktici već i među zubima.

Nikako nisam mogao da zamislim da će se iz sveg tog haosa pojaviti odelo, iako je majstor Buda zatražio još nedelju dana da završi posao, što je bilo dva puta više nego što je Svevišnjem bilo potrebno da takođe iz haosa stvori svet.

Kada mu je čika Cvija upravo to predočio, primetivši da je Bog za manje vremena uradio mnogo više, krojač je, ne zbunjujući se, odgovorio da je to svakako tačno, ali da je takođe tačno kako je Svevišnji raspolagao boljom građom.

Pošto se tako u poslove majstor Bude makar posredno umešao sam Gospod, na drugu probu sam došao sa skrušenošću prvih hrišćanskih mučenika. Odelo me je, prema dogovoru, spremno čekalo okačeno o drveni jednonožni trup.

Majstor Buda se, s vremena na vreme, kao slikar od štafelaja, odmicao od svog dela, ostavljajući me da nasred sobe podražavam strašilo. Loveći krajičkom oka sopstvenu sliku u ogledalu, uočio sam da su ramena nejednake širine, nogavice preduge, a jedan rukav kraći od drugog. Mogao sam takođe da vidim, vrteći se ukrug prema nalozima krojača, grbu na leđima i bez gledanja osetim kako me tesno skrojen kaput žulja ispod mišica.

Kada sam, uprkos tome, na pitanje da li sam zadovoljan odelom, naizmenično bledeći i crveneći, sramežljivo potvrdno odgovorio, priskočio mi je u pomoć čika Cvija.

„Šta je ovo, Budo, majku mu?", vukao je duži rukav ka podu, čineći ga još dužim, zavrtao kraću nogavicu čineći je još kraćom, nabirao na leđima grbu, čineći je još većom i, najzad, bez imalo ustezanja, već izgužvanu tkaninu još više gužvao.

„Ništa ne brinite, biće kao saliveno", uveravao nas je majstor dok me je iz sve snage lupao po leđima kako bi ispravio grbu na kaputu i doslovno se celom težinom kačio za kraći rukav, kako bi ga izjednačio sa dužim.

Pošto su i čika Cvija i majstor Buda svoje zaključke potkrepljivali grubom silom, i moje prvo odelo a, srazmerno tome, i moje raspoloženje bili su u jadnom stanju.

Primetivši kako mi je lice ucveljeno, kao da sam na sahrani a ne na probi, Buda me je utešiteljski uveravao kako su nedostaci lako otklonjivi.

Sutradan me je zaista čekalo ispeglano i, sudeći bar po tome kako je pristajalo drvenoj lutki, prikladno sašiveno odelo. Pošto za razliku od lutke nisam bio tako pravilno zaobljen, majstor Buda je i ovoga puta ispravljao neravnine snažnim lupanjem šakom po leđima i kačenjem za rukav. Premeren više puta, iscrtan kredama različitih boja, svlačen i oblačen, paran po šavovima i silom istezan, ćuškan i udaran, morao sam da priznam kako je sako na meni remek-delo.

Čika Cvija je na to rekao kako je video i „gore sašivena odela", što je majstor Buda shvatio kao svršen čin, doduše nevoljno i uz mnogo gunđanja.

* * *

Majka je, na zgražavanje čika Cvije, delila krojačevo ushiće-nje, tvrdeći kako mi odelo „stoji kao saliveno". Bilo je, prema tome, sasvim prirodno da kod višeg činovnika Hipotekarne banke, čijeg sam sina podučavao, krenem u tek sašivenom odelu.

U dvorište u kojem je živeo već pomenuti činovnik ušao sam sa istom usplahirenošću sa kojom na scenu velikog pozorišta stupa glumac početnik. Možda sam zbog toga kasno primetio kučence koje se, režeći, munjevito ustremilo na nogavice mojih novih pantalona. Uzalud sam unezvere-no cimao nogom. Kučence se nije predavalo, držeći čvrsto zubima već poderanu tkaninu. Kada sam nekako uspeo da ga odvojim od pantalona, na nogavici je zjapila rupa sa čijih su se oboda cedile pseće bale. Mada su na koži bili vidljivi tragovi oštrih sekutića, ujed me je manje brinuo od jadnog stanja pocepanih pantalona.

Vraćajući se kući, ophrvan mračnim mislima, padao sam u najcrnje očajanje kad god bi mi pogled pao na poderanu tkaninu. Pitao sam se ne samo kako se može namiriti tako nenadoknadiva šteta već i kakvu budućnost može da ima maturant koji na prvom koraku upropasti novo odelo. Nešto, dakle, u šta je uložen veliki trud majstora Bude i nemalo nadanje roditelja.

Za divno čudo, kod kuće se nisu previše uznemirili zbog nanete štete. Tapšući me po ramenu, otac je govorio da nema razloga za brigu. Buda će očas sve to da sredi. Uštepaće pode-rotinu tako da se neće ni primetiti. Promeniće, najzad, ako je potrebno i celu nogavicu. Pa zna se već kakav je on majstor. Pravi čudotvorac!

* * *

Crvena krvna zrnca

Kao student nisam više morao da brinem ni za letovanje ni za zimovanje. Kad god bih se zaželeo jednog ili drugog, odlazio sam do Studentske poliklinike gde su mi, takoreći još na vratima, pisali uput za Zlatibor. Za takav uput je bilo dovoljno da se po nalogu lekara svučem do pojasa kako bi me osmotrio, odnosno procenio da li sam i koliko pothranjen. Ako mu se uz to učinilo da sam previše bledunjav, posuvraćivao bi mi očne kapke da na osnovu njihove boje zaključi da li sam malokrvan.

Ne mogu da kažem da se u to vreme nije znalo za pojam malokrvnosti. Niko se zbog manjka crvenih krvnih zrnaca ipak nije uzbuđivao, niti žurio kod lekara. Možda i zbog toga što je vladalo rasprostranjeno uverenje da bledunjave osobe mogu brzo da se okrepe pojačanom ishranom i makar kraćim boravkom na planini. Što se majke tiče, bila je uverena da za lečenje malokrvnosti od konjskog mesa nema ničeg delotvornijeg.

Mene su zbog mršavosti, uprkos konjskom mesu i majčinoj nezi, redovno slali na oporavak na Zlatibor. Događalo se ponekad, vrlo retko doduše, da me lekar kucka kažiprstom po grudima ili po leđima, tražeći da duboko dišem ili da prestanem sa disanjem, ali obično je bilo sasvim dovoljno da me samo pogleda.

Ni kada su uvedeni ozbiljniji pregledi, koji su uključivali i laboratorijske analize, ništa bitno nije se promenilo. Nedostajalo mi je, kako kad, milion ili par miliona krvnih zrnaca koje sam, po uputu lekara, na Zlatiboru nadoknađivao.

Nisam nimalo siguran da je za tako nešto kafana *Srbija* bila najpodesnija, ali korisnici Studentskog stacionara su, naročito zimi, najradije u nju svraćali. Za to su postojala dva ozbiljna razloga: kafana se zagrevala bubnjarom koja je prijatno pucketala, a rum je tu bio jeftiniji nego u drugim birtijama. Prema jednom tumačenju, za to egzotično piće opredelili smo se zbog toga što se posle treće čaše i najmalo-krvniji student osećao kao gusar sa Kariba. Prema drugom, zato što je u istom piću uživao reditelj Milenko Štrbac koji je na Zlatiboru snimao dokumentarni film. Da i ne govorimo o tome da je kao blagorodan čovek velikodušno čašćavao studente sa kojima je u kafani delio isti sto.

S obzirom na to da mi je malokrvnost omogućavala da kad god poželim odem na Zlatibor, na manjak krvnih zrnaca nisam gledao kao na bolest već kao na poželjnu privilegiju. Ona je to, bar kada je reč o besplatnom odmoru, svakako i bila, sem u jednoj prilici kada su doktori procenili da za oporavak na planini ne postoje razlozi. Kao da se sam đavo za to postarao, uput je izostao upravo u času kada mi je do njega najviše stalo. Nisam bio ni zdraviji ni bolesniji nego obično. Samo zaljubljen u devojku kojoj je, kao za pakost, preporučena planina. To je bilo dovoljno da me obuzme veća slabost i malaksalost nego u prilikama kada mi sva crvena krvna zrnca nisu bila na broju.

Kada sam zatražio objašnjenje za izostanak uputa, lekar mi je, umesto odgovora, tutnuo pod nos papir sa rezultatima laboratorijskog pregleda:

„Pročitaj šta ovde piše", više je naređivao nego molio. „Nisi malokrvan."

„Pa šta ako nisam?", preplavilo me je očajanje. „Zar ne vidite kako sam mršav i bled", isturio sam lopatice kao da ću da poletim.

Doktor mi je pokroviteljski stavio ruku na rame.

„Na planinu šaljemo samo malokrvne, a ne mršave. Nije, prema tome, važno kako izgledaš, već koliko crvenih krvnih zrnaca imaš."

„Ali...", pokušao sam da se usprotivim.

„Nema tu nikakvog 'ali'", mahao je nalazom iz laboratorije.

„Verujte na reč da mi je planina sada potrebnija nego ikada", nastojao sam da ga umilostivim.

Ništa nije vredelo.

Uzalud sam u sebi proklinjao konjsko meso kojim me je majka – za „jačanje krvi" – povremeno hranila.

Pokušaj da se našalim takođe nije bio ni od kakve koristi.

„Zar baš morate da računate svako zrnce ponaosob? Kako vas nije mrzelo da brojite sve do četiri miliona?"

Već po tome kako me je pogledao bilo je jasno da doktor nema smisla za šalu. Još gore od toga: nije imao mašte. Da ju je, najzad, imao makar malo, lako bi razumeo da sam osećao očajničku potrebu za planinom ne zbog malokrvnosti već zbog ljubavi.

Odlazak u pokušaju

Prve godine studija doživeo sam kao vreme neutoljive ljubopitljivosti. Zajedno sa družinom sličnih posvećenika mahnito sam posećivao sva mesta koja su bila na glasu kao zanimljiva, što znači različita od uobičajenih. Na Pravnom fakultetu nisam propuštao predavanja čuvenih profesora. Predavanja iz kriminalistike takođe sam slušao, ali iz drugih razloga: kao mogućnost da zavirim u tajne koje su bile u posedu jedino

Šerloka Holmsa ili drugih, stvarnih ili izmišljenih detektiva. Zalazio sam i u obdukcione sale na Medicinskom fakultetu i u napuštena skladišta na obali Save. Na sva ona čudna mesta za koja sam naivno verovao da kriju neku misteriju.

Koncerti na Kolarčevom univerzitetu i operske i baletske predstave u Narodnom pozorištu koje sam sa treće galerije posmatrao iz ptičje perspektive, takođe su bili deo istog rituala.

Pošto se samodovoljnost u školovanju pokazala delotvornom, pokušao sam da se oslonim na sopstvene snage i u svemu ostalom. Pomalo patetična nastojanja da se autonomno staram o sve razuđenijim potrebama bila su, doduše, iznuđena nemogućnošću roditelja da izdvoje novac za bilo šta drugo osim za golo preživljavanje. Prihvativši tu činjenicu kao neminovnost, kao nešto o čemu ne vredi „lupati glavu", pronalazio sam neprestano nove načine da bez karte ulazim na koncerte na „Kolarcu", operske i baletske predstave u Narodnom pozorištu i, naravno, na sve sportske priredbe.

Moglo bi se čak, bez lažne skromnosti, reći da sam za neopaženo provlačenje kraj redara postao priznati autoritet, neka vrsta institucije, kakva je za poslovanje na njujorškoj berzi advokatska kancelarija *Merrill Lynch*. Među vršnjacima se govorilo da znam više od stotinu načina za ulaženje bez karte, štaviše da se spremam da o tome objavim priručnik tipa „uradi sam", što je, naravno, preterivanje, neka vrsta mitologije u koju su, ipak, mnogi verovali.

Da mi takve priče nimalo ne smetaju, da štaviše gode mojoj sujeti, otkrio sam kada sam bez ikakve potrebe ulazio bez karte i na predstave koje me nisu interesovale, tek da pokažem kako nijedan redar ne može da me zaustavi. U sali bih se, zbog toga, tek malo „provrteo" i na čuđenje prisutnih odmah izlazio.

* * *

Kada sam poželeo da odem u Francusku, kako sam „zvanično" obrazložio „radi učenja jezika", otac nije imao ništa protiv.

Za to mi je bio potreban pasoš na koji su mogli da računaju jedino građani „van svake sumnje". To je praktično značilo da je za svaku putnu ispravu u to vreme pokretana temeljna policijska istraga, u kojoj je pod lupu stavljan ne samo molilac već i svi njegovi preci i bliži i dalji rođaci.

Kod mene je zapelo već kod prvog stepena srodstva. Pasoš mi je, drugim rečima, uskraćen bez ikakvog objašnjenja. Verovatno bi se na tome završilo da majka nije saznala da u našem kraju, takoreći u susednoj ulici, živi čovek koji može da pomogne.

Na majku je ostavio dobar utisak, najviše zbog toga što je i radnim danom vezivao mašnu a ispod sakoa navlačio prsluk. Meni se, naprotiv, nije svideo, najviše zbog brkova i ogromnog trbuha preko kojeg se protezao, kao naherena seoska taraba, lanac džepnog sata.

Kada smo zamolili da pomogne nije bio nimalo iznenađen.

„Ništa ne brinite", uveravao nas je. Ima on uticajne prijatelje koji će „tu stvar" začas da reše.

Majka je, kao i obično u takvim prilikama, preko svake mere zahvaljivala, stavljajući napadno u izgled kako će se „svakako odužiti".

Lično sam mislio da je za izražavanje zahvalnosti osrednja kokoška sasvim dovoljna, ali se majka, pod uticajem komšiluka, opredelila radije za ćurku.

Čovek od uticaja je rekao da nismo morali da se izlažemo trošku, ili tako nešto, ali se poklonu nije opirao. Držeći ćurku za noge, popričao je sa nama stojeći, reda radi, da bi se, praćen ćurlikanjem, užurbano pozdravio i povukao u stan.

Kada je proteklo desetak dana, zainteresovao sam se za sudbinu pasoša.

„Ništa nije moglo da se učini", pravdao se.

A ćurka, piljio sam bestidno u trbuh, kao da očekujem kako će iz zaokrugljenog bezdana ponovo zalepršati.

Čuvši da je žrtva ćurke bila uzaludna, majka je dva dana samo ćutala i uzdisala. Trećega dana, u zoru, otišla je u Crkvu Svete Petke, naše krsne slave, i nasamo sa svetiteljkom ostala sve do prvog mraka.

O čemu su se, tom prilikom, dogovarale, nikada se nije saznalo ali se, nekako ubrzo posle toga, raščulo da je tamanitelj ćuraka zbog „probavnih smetnji" dospeo u bolnicu.

Nisam imao utisak da je majka zbog toga patila. Ni izdaleka, bar, koliko za žrtvovanom i nikada prežaljenom ćurkom.

Verovanje da će nas vlasti ostaviti na miru pokazalo se pogrešno. Policijski nadzor se, naprotiv, ispoljavao na još otvoreniji i bezobzirniji način. Nikada izričito u vidu zvanične zabrane, pisane izjave ili bilo kakvog drugog dokumenta. Kako je već rečeno, za uskraćivanje pasoša nisam dobio nikakvo obrazloženje. Dok su drugovi sa kojima sam maštao o putu u Francusku bili već tamo, ja sam ostao kod kuće.

Doživeo sam to kao veliku nepravdu ili, još određenije, kao potvrdu još ranije prisutnih sumnji da ne postoji ni pravo ni pravda. Mada je kasno otkrivanje svima vidljive istine još jednom obelodanilo za moj uzrast nedopustivu naivnost, poslužilo mi je kao dobrodošao izgovor da konačno odustanem od studija prava.

Najviše od svega me je mučilo kako da to saopštim ocu.

Našao sam ga, kao i svakog dana, na građevini. Do skele visoko iznad zemlje krčio sam put između posuda sa malterom i krečom, razbacanih dasaka i svakojake gvožđurije, pazeći da se neopreznim korakom ne survam u ponor. Zatekao sam oca kako nabacani malter ravna mistrijom. Bio je isprskan krečom, ne samo po odeći već i po licu.

Ma koliko se snebivao da mu kažem zbog čega sam došao, nisam imao kud.

Rešio sam da napustim pravo i upišem Filološki.

Odloživši mistriju, umorno me je pogledao.

Zamišljao sam šta mu sve prolazi kroz glavu u tom času. Pošto sam na pravima imao desetak položenih ispita mora da je očekivao da ću za par godina završiti fakultet. Uzalud se nadao. Umesto da mu olakšam muke, još jednom sam kretao od početka.

Ništa nije rekao. A šta je i mogao da mi kaže?

Ja sam takođe ćutao. Poštedeo sam ga makar izgovora da studije napuštam zbog toga što sam izgubio veru u pravo i pravdu.

Od oca sam ipak očekivao da se izjasni. Da kaže šta o svemu tome misli.

Učinio je to, napokon, sa par reči samo:

„U redu je. Ako misliš da je tako bolje."

Ni reč više nije izustio. Nastavio je, kao da ništa nije čuo, da ravna malter mistrijom.

Bilo bi mi lakše da me je prekorevao. Da se požalio da ne može više da izdrži na građevini. Da je očekivao da ga zamenim. Da je povisio glas. Možda čak i vikao. Sve bih bolje podneo od mirnoće s kojom je primio moju odluku.

Ubrzanje lične istorije

Sve te godine koje su, zbog uzrasta, u životu svakog čoveka najmanje opterećene brigama, nisam doživeo na isti način kao vršnjaci. Veći deo detinjstva proveo sam bez oca koji je u ratu bio u zarobljeništvu, a posle rata u logoru. Nismo bili pošteđeni ni kada se otac konačno vratio (ovoga puta sa Golog otoka). Mnogima je bilo bolje, ali nama nije.

Vreme je, naravno, kako se obično kaže, „teklo kao reka", ravnodušno i za naše muke i za naše sudbine. Povremeno bi nam privlačila pažnju neka vest iz sveta – početak Korejskog rata u leto 1950, smrt Staljina u martu 1953, ulazak generala Đapa u Dijen Bijef Fu, rat za nezavisnost Alžira sledeće godine ili sukobi na Bliskom istoku.

Svi ti krupni događaji bili su, ipak, daleko od nas. Kao da smo neprobojnim staklom odvojeni od akvarijuma u kome su promicale džinovske ribe, od njega smo takođe bili odvojeni zidom tišine. Ono što nas je stvarno uzbuđivalo pripadalo je pojavama koje su, mada samo materijalni pabirci iz dalekog sveta, narušavale monotoniju i sivilo svakodnevice:

raznobojne patike, prve vespe, čokolade u izazovnom pakovanju koje su se u to vreme prodavale u „Komisionu".

Na Hadžipopovcu se vespe prvi domogao Siniša Pavić (kasnije pisac televizijskih serija). Svi dečaci su mu iskreno zavideli. Nije ni čudo jer je vespa u to vreme imala status koji danas ima rols-rojs.

Za razliku od većine drugih porodica koje su i sami nagoveštaji da se život menja nabolje uzbuđivali, našu su morile druge brige. Potvrda, obelodanjena uskraćivanjem pasoša, da smo od vlasti trajno žigosani, da će nas nadzirati i proganjati do kraja života, uznemirila nas je, ali i pokrenula mnoge aktivnosti u kojima je majka najviše prednjačila.

Jednog dana je tako, bez moga znanja, zamolila Ristu Grka da rastumači šare u talogu kafe koju sam upravo popio. Želela je, drugim rečima, da joj kaže kakva me budućnost očekuje.

„Znaš li da je sve pogodio?", poverila se.

„Šta je pogodio?"

„Sve, baš sve", ushićeno je odgovarala.

Čuo sam tako da je Rista Grk opisao ceo moj potonji život, ne propuštajući ni najsitnije pojedinosti, kao da ih je na filmu video.

Ali pokušao sam da je razuverim. Prve smo komšije. Prirodno je da o našoj porodici zna ponešto. Na osnovu toga, razvijao sam teoriju o mostobranu, već stečena saznanja samo je proširivao novim pretpostavkama.

On je sve to video, ispravila me je majka, želeći time da naglasi kako između nagađanja i izvesnosti postoji velika razlika.

Primetivši po izrazu lica da u to ne verujem, nabrojala je sve što je Grk na dnu šoljice video.

Reklo bi se da ništa nije izostavio: lica, susrete, školovanje, putovanja, gradove, prijatelje, ljubavi. U talogu kafe, sudeći po iscrpnom izveštaju, počivao je metodično sređen i savesno popisan ceo moj život.

Iako i sam pod utiskom tako podrobnog inventarisanja, u tom času ništa nije ukazivalo na to da će se Ristina proročanstva ostvariti. Nemogućnost da se domognem pasoša svedočila je, naprotiv, o nečemu sasvim suprotnom: o tome da na putovanja mogu da zaboravim. Neću videti nikakva nova lica i gradove. Biću osuđen da večno tavorim na periferiji Beograda. Po svoj prilici neće mi dopasti ni pristojan posao. Čak i pod pretpostavkom, nimalo izvesnom, da ću studije na Filološkom fakultetu završiti sa primernim uspehom.

Možda bi tako i bilo da majka, obodrena velelepnom budućnošću koja je postojala jedino u talogu kafe, nije preduzela korake da prekine neumitni tok sudbine.

U tom, kako se tada činilo utopističkom poduhvatu, naruku su joj išle slučajne, takoreći čudotvorne okolnosti. Susrevši posle više godina daleku rođaku iz Banata, majka se požalila da sin ne može da se domogne pasoša, da suprug jedino na građevini dobija posao, da, sve u svemu, jedva sastavljamo kraj sa krajem.

Da li zbog toga što je bila dirnuta pričom, ili zbog toga što je moje roditelje znala kao radne i čestite ljude, rođaka je ponudila pomoć. Kako je sama poverila majci, ćerka joj je udata za visokog oficira Državne bezbednosti. Sigurna je da on može da pomogne.

Naslućivala je, ipak, da to neće lako ići. Predložila je zbog toga da ih posetim.

Nimalo nisam bio oduševljen idejom da odlazim u kuću ljudima koje nisam poznavao samo da bih umilostivio važnu osobu od koje, kako je majka patetično izjavila, možda zavisi celokupna moja budućnost. Nisam, ipak, imao kud kada se i otac pridružio zahtevu.

„Dobro ih znam", govorio je bez ljutnje i jetkosti, kao o nečemu što se podrazumeva. „Nikada te neće ostaviti na miru sve dok si tamo negde na njihovom spisku."

Odlazio sam tako dva puta mesečno, ponekad i češće, u posete čiji je jedini cilj bio da ostavim dobar utisak. Išao sam kao na pogubljenje. Mada moj krst nije imao težinu Isusovog, vukao sam se uz stepenice sa istom mukom kao Sin božji do Golgote.

Ne mogu reći da je to imalo bilo kakve veze sa ponašanjem rođake i njene ćerke. Primali su me ljubazno. Nudili kafom. Ponekad bih odigrao i neku partiju šaha sa domaćinom.

Sve to je bio sastavni deo negovanja prisnosti koje je, ipak, potrajalo nepodnošljivo dugo. Uz sav trud da na lice prilepim masku prirodnosti i ležernosti, nikako nisam mogao da se oslobodim duboko utisnutog osećanja usiljenosti i izveštačenosti.

Lakoću postojanja sam osećao tek kada bih se po završetku posete sjurio niz stepenice. Na ulici više nisam morao da se pretvaram.

Pojma nisam imao koliko će trajati ispitivanje moje podobnosti jer se, sa stanovišta domaćina, sve na to svodilo: na izbor trenutka u kom će podići slušalicu i naložiti podređenima da me konačno izbrišu sa spiska prokaženih.

Više godina kasnije, kada kao penzioner više nije imao ni moć ni uticaj, priznao je, pripit, da se nikada za mene ne bi založio da ga svakodnevno nisu „pritiskali" tašta i supruga. Mada je prvu poštovao a drugu voleo, morali su da prođu meseci pre nego što je popustio pred njihovim neumoljivo postojanim molbama.

I on se, dakle, pretvarao. Na silu glumio velikodušnost. U stvarnosti, nije imao nimalo samilosti. Posle toliko godina još se kajao što me je poštedeo.

U istoj zbrkanoj ispovesti mnogo teže mu je palo da objasni u čemu je moja krivica. Zbog čega je oklevao da me izbriše sa spiska nepodobnih i sumnjivih?

Okreni-obrni, samo iz jednog razloga: zato što sam bio sin svoga oca.

Da bi se u ono vreme nepisano pomilovanje ozvaničilo, morao sam da pretrpim još jedno poniženje. Zajedno sa ocem bio sam dužan da se javim u Upravu Državne bezbednosti na Obilićevom vencu, odakle su me već jednom uputili u zatvor.

Otac je za tu priliku navukao već poslovični kombinezon isprskan krečom.

Primio nas je isti onaj islednik sa zmijskim očima koji je dao nalog da po mene pošalju zatvorska kola.

Kao da i ne postojim, obraćao se jedino ocu.

„Vi ste radan čovek koji mukotrpno zarađuje za život. Vaš sin, naprotiv, ne poštuje ni vaš trud ni državu koja mu je omogućila da se školuje. Mada nismo nimalo uvereni da zaslužuje razumevanje i oproštaj, odlučili smo da mu pružimo još jednu priliku. Pod uslovom, naravno", islednik je podigao visoko kažiprst, „da ovde pred vama obeća da će biti lojalan građanin."

Nisam mogao da verujem u to što čujem. Gušter sa zmijskim očima obraćao se ocu kao da nije znao da je već jednom bio na Golom otoku i da umalo i drugi put tamo nije dospeo.

Kakav je onda bio cilj tirade koju je, doduše, poslovno izgovorio, kao da i sam u nju ne veruje?

Ne progovorivši ni reč, otac mi je, kao u slavonskom selu, krajičkom oka jedva primetno saučesnički trepnuo.

Kao da je i sam žurio da okonča obred, koji se od crkvenog razlikovao jedino po sadržaju, islednik mi se prvi put neposredno obratio:

„Pa šta kažeš, mladiću? Nismo još čuli da si zahvalan državi na velikodušnosti."

Još jednom sam se, kao i više puta pre toga, bogohulno zapitao za šta sam dođavola kriv.

Uzdržao sam se, naravno, da to kažem.

Mada je ulog imao epohalne razmere jer se, kako je majka uzdišući primetila, ticao moje budućnosti, procenio sam, po običaju svojeglavo, da je šturo izvinjenje prava mera očekivanog pokajanja.

Pre nego što je vratio fasciklu u fioku pisaćeg stola islednik je samim pogledom stavio do znanja da mi ni reč ne veruje. Nije zbog toga delovao zabrinuto. Na kraju krajeva, za moju podobnost jemčio je viši starešina.

Otac je na povratku kući objasnio da je to što je on sam bio pošteđen pokuda takođe poruka.

Kakva?

„Odsada će za tebe biti odgovorna cela porodica."

„Zar to nije mafijaški manir?" Nagledao sam se već dovoljno filmova da mi to ne promakne.

„Naravno da jeste", složio se otac. „U metodama, bar, nema nikake razlike."

Čika Cvija nam je, kod kuće, čestitao uspešan „povratak iz Kanose".

U Univerzitetskoj biblioteci istoga dana potražio sam značenje tog pojma.

U enciklopedijskoj odrednici je pisalo da je Kanosa zamak u italijanskoj provincijiReđo Emilija u kojem je krajem jedanaestog veka nemački car Henrik Četvrti išao „na noge" papi

Grguru Sedmom. „Odlazak u Kanosu" je, prema tome, imao značenje traženja oprosta od pape ili nekog drugog moćnika.

Pustinja kojom je lutao Mojsije

U odred koji je pedesetih godina na Sinaju čuvao mir zajedno sa vojnicima drugih zemalja dospeo sam kao prevodilac iz Instituta za fonetiku u kojem sam bio zaposlen. Osim znanja jezika, potvrđenog i diplomom Filološkog fakulteta, za pomenutu misiju bile su poželjne i sportske veštine. Pošto sam i taj drugi uslov ispunjavao, posle kraće obuke u Zagrebu ukrcao sam se u Rijeci u brod *Partizanka*, koji je odred prevezao do Port Saida.

Mada nismo plovili okeanom već samo Sredozemnim morem, brod male nosivosti loše je podnosio buru i veće talase. Pošto nas je upravo to snašlo, većina vojnika koji nisu plovili ni po Jadranu (bilo je i takvih koji nikada nisu videli more) umalo nije ispustila dušu. Na iskošenoj palubi koja se naginjala čas na jednu čas na drugu stranu klizali su se zajedno sa kantom za povraćanje za koju su se očajnički držali.

Već sasvim iznemogle, u Port Saidu nas je dočekalo ubitačno sunce. Dok smo se izmučeni od morske bolesti postrojavali pred očima radoznalih lučkih radnika, nimalo nismo ličili na vojsku koja će moći da odbrani mir. Ni samu sebe, uostalom.

U vojnom logoru u El Arišu, na Sinaju, brzo smo se povratili. Možda i zbog toga što smo smešteni na samoj obali mora odakle je dopirao prijatan povetarac.

Moj posao je bio da u skladištu Ujedinjenih nacija u Rafahu nabavljam rezervne delove za vojna vozila. Sa kapetanom Petrom Sabljićem, dobrodušnim i trpeljivim čovekom, svakoga jutra sam jezdio džipom uskom trakom asfaltnog puta između mora i pustinje. Ništa nije zaklanjalo vidik koji se u daljini rastapao u magličastim, mlečnim isparenjima. Dok je plavetnilo mora bilo protkano belim krestama talasa, pustinjska oker boja tek ponegde je bila zatamnjena oskudnim rastinjem. Na tim mestima smo ponekad zaticali beduinske šatore od ovčije kože oko kojih su se vrzmala golužrava deca. Žene su redovno bile prekrivene čadorima iz čijih su proreza virile jedino oči, uvek prelepe. Ne samo neobično krupne, oblika šljive, već i često ljubičaste boje. Valjda zbog toga što su sve drugo morali da kriju, Alah je uredio da to što pokazuju bude izuzetno.

Osećao sam lakoću postojanja koja se može doživeti jedino u pustinji. U predelu koji ničim nije zagađen, čak ni prisustvom čoveka.

Beduini su, naravno, nešto drugo. Oni su u pustinju ukorenjeni ne samo kao deo prirodnog već i istorijskog pejzaža. Slika prodavaca sušene ribe na drvenim tezgama pijace u Rafahu pristajala je, otuda, biblijskom dobu. Istom onom vremenu kada se Mojsije zajedno sa svojim narodom potucao Sinajskom pustinjom.

Sve tri svete kanonske knjige, Talmud, Biblija i Kuran, saglasne su da se upravo tu, na Sinajskoj gori, Gospod predstavio proroku.

Nismo pripadali tom dobu. Bili smo samo uljezi. Nešto poput skakavaca koji, s vremena na vreme, popadaju po zelenim oazama.

U odnosu na misiju koja nam je poverena, to se moglo i doslovno shvatiti. Kao što su skakavci satirali letinu, tako smo i mi pustošili skladišta rezervnih delova. Moj greh je, doduše, bio nešto manji, jer sam samo prevodio ono što je sa beskrajnog spiska kapetan naručivao. Pošto se isti obred ponavljao svakoga dana, sa delovima za vozila mogli smo da opremimo celu jednu malu armiju.

U Rafahu su se začele prve sumnje u moje znanje engleskog jezika. Kad god bih u skladištu priznao da ne znam kako na tom jeziku glasi neki sićušni deo takođe sićušnog mehanizma, kapetan me je sumnjičavo pitao:

„Znaš li ti engleski?“

Čuvši potvrdan odgovor čudio se kako ne znam to što od mene traži. Objašnjenje da zato služe esnafski rečnici koji se bave posebnom oblašću, građevinarstvom ili motorima, na primer, slušao je s podozrenjem. Neko ko zna jezik, morao bi, prema njemu, da ga zna u celosti.

Kada su u Komandi UN posumnjali da se za vojnu jedinicu sa ograničenim brojem vozila previše potražuje, uputili su indijskog pukovnika da na licu mesta utvrdi zbog čega se upravo u jugoslovenskom odredu dešavaju tako česte havarije. S njim smo lako izašli na kraj tako što smo ga smestili u terensko vozilo kojim smo ceo bogovetni dan jurcali preko peščanih dina, i to sve dok čovek nije zavapio da mu je dosta vožnje. Da smo ga uverili u ispravnost naših potraživanja. Da je spreman da potpiše što god hoćemo. Pod uslovom, naravno, da ga poštedimo daljeg mučenja.

Putničke agencije su kasnije vožnju po besputnim dinama uvrstile u redovnu ponudu kako bi gostima priuštili veća uzbuđenja. Mada smo mi tumarali pustinjom iz drugih razloga, bili smo na neki način preteča pustolovnih izleta. Pošto je kasno za zaštitu autorskih prava, neka se to pomene, makar kao podatak.

Osim nabavke rezervnih delova, imao sam takođe obavezu da prevodim filmove koji su svako veče „na otvorenom" prikazivani vojnicima. Pokazalo se da je taj posao zahtevniji od obilazaka skladišta u Rafahu i Gazi jer se očekivalo da to što glumci izgovore smesta i prevedem. Ako se zna da sam u isto vreme slušao i govor sa platna i sopstveni glas, kao i to da su mnogi od filmova bili iz vojničkog života ili je u njima korišćen lokalni sleng, poverena misija činila se nemogućom. S obzirom na to da je iza prevodioca u prvom redu sedeo, natušten kao gradonosni oblak, odred od šest stotina naoružanih vojnika koji su tumaču i doslovno duvali u vrat, postajala je i krajnje opasna. Tim pre što su gledaoci, kad god bih malo zastao, nezadovoljstvo izražavali na bučan i preteći način.

Našavši se na čistini između filmskog platna i stoglave hidre iza leđa, shvatio sam da postoji samo jedan način da izbegnem pogubljenje. Umesto da film prevodim, što je, kako je već rečeno, bilo nemoguće, dijalog sam jednostavno izmišljao.

Pokazalo se da je to ne samo spasonosno već i celishodno rešenje. Razmenu nežnih reči ljubavnog para na platnu svodio sam, otuda, na jednostavne rečenice:

„Tome, volim te."

„I ja tebe."

Novopronađeni ključ za prevođenje naišao je na opšte odobravanje. Toliko čak da su vojnici tražili da jedino ja „prevodim".

Od filmova su veću pažnju privlačili još jedino fudbalska nadmetanja sa drugim odredima. U našoj postavi, u kojoj su bili i igrači iz prvoligaških timova *Hajduka* iz Splita i *Radničkog* iz Niša, bio sam jedini amater. To nikako ne znači da sam zaostajao za profesionalcima jer su dečaci na beogradskoj periferiji u baratanju loptom bili ravni već priznatim igračima najvećih klubova, što je značilo da u podeli na „male goliće" ovi poslednji nisu imali nikakvu prednost. Novak Tomić iz *Crvene zvezde*, koji je kasnije igrao i za reprezentaciju države, biran je tako tek kao četvrti ili peti po redu. Za igrača nižerazrednog *Poštara*, svi su se, naprotiv, otimali.

Bio sam među onima koji nisu igrali za veći tim. Nisam imao snage za „veliki teren". Pomenuta slabost se ispoljila i u meču protiv egipatskog vojnog sastava. Dobivši loptu na sredini igrališta, zaobišao sam više protivničkih igrača, ali me je „slalom" toliko izmorio da sam, našavši se pred golom, imao tek toliko snage da jedva ćušnem loptu koja je umesto u mreži završila u rukama vratara. Vojska mi je, naravno, gromoglasno zviždala, ne znajući da je za promašaj kriva fizička nemoć, a ne pomanjkanje veštine.

Kada danas slušam o milionskim transferima ne mogu a da se ne setim kako sam od fudbala zaradio samo deset kilograma, doduše prvoklasne, brazilske kafe, i to manje kao priznanje za sportsko umeće a više kao nadoknadu za razbijeni nos.

Dogodilo se to ovako. U finalu turnira na Sinaju susrele su se vojne reprezentacije Brazila i Jugoslavije. Samo što je igra počela, odbrambeni igrač protivničkog tima udario me je čelom posred lica tako snažno da sam se, koliko sam dug, ispružio po zemlji, ili još tačnije, po utabanom pesku. Kada sam se pridigao i obrisao nos, uzalud sam pokušavao da mu vratim milo za drago, jer mi je vižljasti Brazilac uspešno izmicao.

Zaboravivši u žaru igre na nezgodu, neprijatno sam se posle utakmice iznenadio ugledavši u ogledalu, umesto do tada relativno pravilnog nosa, nešto nalik sveže ispečenoj

rumenoj kifli. Ozbiljno uznemiren novim izgledom, poku-
šavao sam obema rukama da nos vratim u pređašnje stanje.
U to vreme sportisti nisu bili razmaženi. Niko se, drugim
rečima, nije zamajavao frakturama ili sličnim stručnim izra-
zima. Razbijeni nos je bio razbijeni nos, bez obzira na to da
li je polomljena kost ili samo hrskavica.

Kada me je sutradan norveški vojni lekar upitao koji mi
je specijalista vratio nos u prvobitno stanje, odgovorio sam,
bez hvalisanja, da sam to sam učinio.

„Gospodin je doktor", iznenadio se.

„Ne, gospodin je prevodilac", na mene je došao red da
se začudim.

„Kako ste, zaboga, uspeli da tako stručno vratite kosti na
pravo mesto?", još se čudio doktor.

„Jednostavno sam ih gurao prstima dok nisam osetio da
je nešto kvrcnulo. Da su se užlebile na pravom mestu."

Doktor se nasmejao i pripremio masku od gipsa koja je
mom amaterskom poduhvatu dala postojani i vredan pošto-
vanja ratnički izgled.

Pošto Beduini na Sinaju nisu znali da sam povređen na
fudbalskom meču, a ne u „mirovnoj misiji", čitavih mesec
dana, koliko sam masku nosio, uživao sam nezasluženo veli-
ko poštovanje. Od povrede sam, štaviše, imao i neočekivane
koristi. Shvativši da su odgovorni ne samo za moj razbijeni
nos već već i za neopravdanu „vojničku slavu", Brazilci su
odlučili da izglade spor. Posle obilnog ručka u moju čast,
komandant brazilskog bataljona je naložio posilnom da
mi za ispraćaj pripremi „malo kafe". Pokazalo se da je bra-
zilska ideja o „malo kafe" otelotvorena u limenki od deset
kilograma.

„Ratni trofej" sa Sinaja je dospeo do Beograda upravo u
vreme oskudice kafe. Pošto je majka velikodušno podelila

sadržaj limenke sa susedima, prvi put u svojoj istoriji beogradska Palilula je po zanosnom mirisu kafe podsećala na daleki Sao Paolo.

Čime se, ipak, osim gledanja filmova i sportskog nadmetanja, vojska bavila? Pa rekao bih, bez uvijanja i ulepšavanja stvarnosti, ispijanjem piva u ogromnim količinama. Za to su, doduše, postojali takoreći opravdani razlozi. Ako izuzmemo sasvim retka patroliranja, vojnici su i doslovno „umirali" od dosade. Kada se uz to zna da su pića u kantini prodavana po bagatelnoj ceni, flaša viskija, na primer, koštala je samo četrdeset centi a čuveni „bakardi" rum čak deset centi manje, vojnicima nije bilo lako da odole iskušenju. Ne mogu, naravno, da tvrdim da su na greh navođeni sa predumišljajem, ali je lakoća sa kojom su dolazili do pića svakako doprinela tome da sve dublje tonu u porok. Krivicu za to je donekle snosio i lekar koji je, preuzevši ulogu psihologa, zaključio da je za „čuvare mira" korisno da se opuste uz pivo.

U „opuštanju" je najrevnosniji bio poručnik Sremac koji je neumorno svako veče pevao jednu istu pesmu:

„Pijem, pevam, lako mi je,
Niko ne zna kako mi je."

Kako to ponekad biva, život je zlokobno izmešao karte. Doktor koji je vojnike savetovao kako da se opuste, sam u tome nije uspeo. Jednog jutra ustrelio se iz pištolja iz, kako je istraga zaključila, privatnih razloga. Na njegovo mesto je došao Istranin dr Dinko Zović, koji je za opuštanje koristio iste metode.

Vojnici su na odmor od nedelju dana odlazili u Bejrut, koji se u to vreme ni u najcrnjem snu nije mogao zamisliti kao grad koji će, par decenija kasnije, postati sinonim razaranja i terorizma. U to vreme je, naprotiv, imao sve odlike mesta kao stvorenog za uživanje, zbog čega je zasluženo nosio epitet „Pariza Bliskog istoka".

Pošto starešinama našeg odreda poznavanje sveta nije bila jača strana, zapadali su ponekad u smešne neprilike. U kineskom restoranu su ih tako jedva odvratili da ne posrču mirišljavu vodicu namenjenu pranju ruku.

Svi smo na kraju dobili medalju za mir mada, uistinu, nismo bili izloženi većoj opasnosti. Svoju sam negde zaturio ili se, možda, sama sakrila od stida zbog nezaslužene počasti. Medalju za sportske zasluge, iako sam predstavljao odred u čak četiri selekcije – fudbalskoj, rukometnoj, odbojkaškoj i šahovskoj – nisam dobio. Šta da na to kažem osim da u životu, pa ni u vojničkom, priznanja nisu pravično raspoređena.

Četa u odbrani i napadu

Odmah po povratku sa Sinaja, gde sam u mirovnim snagama Ujedinjenih nacija imao čin poručnika, dobio sam poziv za odsluženje vojnog roka. Kao redov, naravno.

Sa železničke stanice u Topčideru na put u Užice, prugom uskog koloseka, ispratili su me devojka i drugovi iz kraja. Počađavelog od gara i spolja i iznutra nije me dočekalo sunce (kao nekada u Dubrovniku) već sivo, ledeno jutro.

Od tri meseca, koliko je trajala obuka, zapamtio sam tek ponešto. Za razliku od organizma koji odbacuje „strana tela" u svest su mi, protiv volje, utisnuta najmanje ugodna sećanja.

Najpre surovo hladna zima. Takođe okrutno rano buđenje koje me je podsetilo na autobiografsko priznanje Tomasa Mana da se „navikao da se ne navikne". Ništa prigodnije od te rečenice nije izražavalo nemogućnost mirenja sa nečim što je i prvi i hiljaditi put podjednako nepodnošljivo.

Više od ranog buđenja mučila me je opšta pometnja u spavaonici, jer sam retko zaticao istu vojničku odeću koju sam prethodno veče ostavio. Svako se, drugim rečima, kao u samoposluzi, služio onim što mu je bilo pri ruci.

Muke su prestale tek kada sam shvatio da ću u borbi za golo preživljavanje opstati jedino ako se budem ponašao kao i svi ostali, što je značilo da pre drugih dograbim sa čiviluka prvo na šta naiđem. Savest mi je bila mirna jer svi prethodni pokušaji da se zaštitim na dozvoljen način nisu uspeli. Čak ni ispisivanje imena vlasnika mastiljavom olovkom na postavi šinjela. Kao u mađioničarskoj predstavi, šinjel je ujutro, zajedno sa autogramom, nestajao kao da nikada nije ni postojao.

Samo retko sam uspevao, pre nego što se četa postroji u dvorištu kasarne (u kojem sam se i doslovno osećao kao u unutrašnjosti nekog džinovskog zamrzivača), da šmugnem u neki skriveni topao kutak.

Svaki bogovetni dan pentrali smo se na okolna brda izigravajući „četu u odbrani i napadu". Ponekad je predstava dobijala opasno realističan vid jer su se vojnici, takođe iz brdskih krajeva, toliko u nju uživljavali da su regrute na protivničkoj strani zaista doživljavali kao „neprijatelje" koje su bez milosti progonili, ne skrivajući nameru da ih probodu bajonetom, raznesu bombama ili makar golim rukama zadave.

Ono malo miroljubivih osoba spasavalo je glavu kako je znalo i umelo. Ja sam se, kao i obično bez uspeha, pouzdavao u razum, nastojeći da ubedim progonitelje da ustaljena vojna obuka ne zaslužuje toliku posvećenost.

Uzalud sam im dovikivao da je sve to samo vežba koja nema veze sa stvarnošću. Ništa nije vredelo. Smirivala ih je jedino rana predaja ili pretvaranje da sam na izdisaju, što posle jurnjave po okomitim brdima, sa sve vojnom opremom i teškim oružjem, nije bilo daleko od istine.

Iako mi je obuka uvek teško padala, najgore je bilo ponedeljkom. Najviše zbog toga što smo nedeljni „izlazak" u grad koristili da se u nekoj krčmi nalijemo vruće ili bilo kakve rakije. Takvom izboru se, sa stanovišta opuštanja, nije imalo šta prigovoriti da nas idućeg jutra nije mučila užasna glavobolja. Jurišanje na „kapetanovo brdo" u takvom stanju doživljavali smo, otuda, kao božju kaznu.

Sa „četom u odbrani i napadu" po veličini ispaštanja mogla je da se poredi još samo dužnost razvodnika straže. Kada mi je, po nesreći, i ta obaveza dopala, naivno sam je zamislio kao nešto dužu šetnju. Pod oružjem, doduše, ali ipak šetnju.

Vraga je to bila. Razvodnik je imao obavezu da po čiči zimi, danju i noću, sprovodi vojnike do stražarskih mesta, često veoma udaljenih. Kada bih na kraju smene, i doslovno polumrtav, dospeo u nezagrejanu prostoriju, vonj od znoja i otapanja obuće bio je isto toliko nepodnošljiv koliko mraz i čiča zima napolju.

Sve je, uostalom, u ta tri meseca ličilo na kaznu, osim retkih trenutaka koji su, makar privremeno, donosili olakšanje. Među njima je na vrhu liste bila očeva poseta. Banuo je nenajavljen, doputovavši istim onim čađavim vozom koji je devičanski beo sneg kraj pruge zasipao garežom. U kafani, zagrejanoj usijanom bubnjarom, prepuštali smo se, kao i obično, blagotvornom ćutanju.

Povremeno su stizala i pisma od devojke. Najpre sam ih, kako se to obično kaže, ispijao „nadušak" u celosti. Potom sam ih temeljno razlagao, rečenicu po rečenicu, zastajkujući kod reči kojima se izražavala nežnost ili su mi iz nekog drugog razloga bile drage. Odlagao sam, najzad, pisma u unutrašnji džep vojničke bluze, kao dragocenost koju treba brižljivo čuvati. Čitao sam ih više puta, sve dok ih, takoreći, nisam znao napamet.

Odlazak na počinak obećavao je bar privremeno spokoj- stvo. Mada je, sasvim retko doduše, narušavano uzbunama, na tih nekoliko sati sna računao sam sa izvesnošću kao na vreme koje pripada samo meni. U kojem me niko neće uzne- miravati strogim komandama, nerazumljivim uputstvima, dosadnim predavanjima iz moralno-političke nastave, muko- trpnom obukom i svim drugim obespokojavajućim sazna- njima kako mi još jedna godina života besmisleno prolazi.

Pošto je posle tromesečne obuke sledio premeštaj u drugu jedinicu, mislio sam da je mukama došao kraj. Tim pre što je bilo predviđeno da ostatak roka „odslužim" na Vojnomedi- cinskoj akademiji u Beogradu. Ne znam čime sam zaslužio tu privilegiju, božju milost takoreći, koja mi je, nažalost, u poslednjem trenutku uskraćena.

Za to sam bio sâm kriv, bolje reći kriv je bio prokleti fudbal. Gledajući kako se na blatnjavom terenu garnizonski izabranici muče sa loptom, nisam odoleo da se ne umešam.

Mada sam u igru ušao nepripremljen, sa sve cokulama, ne samo da sam sa lakoćom svrdlao kroz protivničku odbranu već sam sa dva gola obezbedio pobedu domaćem timu. Bila je to jedna od većih životnih grešaka, a mnoge sam počinio. A opet, kako sam mogao da znam da je moj kapetan sportski manijak koji najviše uživa u prikupljanju zastavica i drugih trofeja?

Otkrivši u meni igrača koji će mu pomoći da osvoji nove trofeje, nije hteo ni da čuje o premeštaju u Beograd. Nudio je za to sve i svašta: povlašćenost u odnosu na druge regrute, takoreći civilno odsluženje ostatka vojnog roka...

Zavodljivu ponudu sam bez kolebanja odbio. Beograd mi je bio draži. Nisam to naravno glasno rekao, ali sam u sebi mislio: „Neka ti drugi osvajaju zastavice."

Da sam bio makar malo promućuran znao bih da neposlušnost ne može da prođe bez odmazde. Pošto sam tvrdoglavo odbijao da se povinujem željama kapetana on je, nemajući kud, odobrio premeštaj, ali ne u Beograd već u Valjevo. U kažnjeničku jedinicu koju su činili bivši robijaši, nepismeni i nemušti obveznici, sve u svemu otpadnici koji sa stanovišta uzorne države ničem korisnom ne mogu da posluže.

Bila je to kapetanova osveta zbog fudbala. Zbog jedne zastavice manje u njegovoj zbirci.

Pošto, kako je i iz književnosti poznato, život ponekad i najpodlijim planovima daje drugačiji tok, ni kapetanovi se nisu ostvarili kako je zamislio. Hoću da kažem da mi u „kažnjeničkoj jedinici", bez obzira na njeno ime, nije bilo nimalo loše.

Kao jedan od malobrojnih pismenih i jedini sa završenim fakultetom, unapređen sam u „pisara", što je najviši čin do koga sam u vojsci dogurao. (Zvanje poručnika na Sinaju ne računam jer je bilo privremenog trajanja, samo za vreme trajanja mog mandata.)

Kako „pisar" u vojsci, a naročito u kažnjeničkoj četi, nema ama baš ništa da radi, moj neposredni pretpostavljeni koji je sebe unapredio u „šefa kancelarije" ispravno je zaključio da neki viši starešina može da se zapita kakva je uopšte svrha našeg postojanja. Svako jutro je, zbog toga, praznio fioke, izručujući njihov sadržaj na sto. Gomila nagomilanog papira, uz to još u neredu, neizbežno je stvarala utisak da od posla ne možemo da dišemo. Po isteku radnog vremena, papire smo sređivali i vraćali u fioke. Na isti obred koji se ponavljao svaki bogovetni dan mnogo sam se lakše navikao nego na rano ustajanje u Užicu.

Nisu se svi vojnici „kažnjeničke čete" dosađivali. Ponekad su odlazili na stanicu da istovaruju vagone. Kada su bili pošteđeni posla i oni su se besciljno vrzmali po krugu kasarne, ne znajući kako da utroše vreme. Među njima i Albanac koji je svaki čas pitao „kol'ko je sat".

„Zašto ti je toliko važno da znaš tačno vreme kad, ionako, kasarnu ne možeš da napustiš?"

Nije razumeo moje negodovanje. Šta je loše u tome što se, u jednakim razmacima, interesuje za raspored kazaljki?

Albanac nije bio jedina živopisna ličnost. Bosanac iz Tuzle je dospeo na odsluženje vojnog roka pošto je zbog ubistva proveo više godina na robiji. Imao je već sasvim belu kosu, te je mogao da se zamisli i kao prorok. Pod uslovom, naravno, da se previdi zbog čega je bio u zatvoru. Drugi obveznik koji je služio vojsku posle izdržane zatvorske kazne bio je Beograđanin koji je osuđen kao „ideolog" četničkog pokreta. Mada je u početku bio nepoverljiv i čak uplašen, s vremenom se opustio. Upućeni jedan na drugog, postali smo prijatelji.

Ciganin iz „preka", kako je sam krštavao Banat, jedva da je progovarao poneku reč, ali je zato sa psima i konjima uveliko pričao. Smeo bih da se kladim u sve na svetu da se sa životinjama i bolje i lakše sporazumevao nego sa ljudima.

Bila je to, kako je već rečeno, sasvim neobična jedinica, družina otpadnika, okupljenih sa apsurdnom idejom da služe vojsku bez oružja i provode dane bez smisla. Pravda nam, ipak, nije bila sasvim uskraćena. Dok su elitne jedinice svuda oko nas tutnjale usred noći, mi smo ušuškani u krevetima spavali snom pravednika. Niko nas nije uznemiravao jer na nas niko nije ni računao.

* * *

Mada nisam mogao da se požalim na posao „pisara", palo mi je na pamet da zatražim da mi u preostali rok uračunaju i vreme provedeno u mirovnoj misiji na Sinaju.

Moj neposredni nadređeni, vodnik „kažnjeničke čete", i doslovno je „zinuo od čuda" kada je čuo za moju nameru. Mada nije imao ništa protiv, nije se uzdržao da ne primeti kako „nikada ništa slično nije čuo".

Pismo je, ipak, poslato i mesecima nije bilo nikakvog odgovora. Bio sam gotovo zaboravio na molbu višim vojnim vlastima kada sam ugledao kapetana kako sa povećim paketom u rukama jedva izvlači noge iz blata. Gledajući ga kako se batrga ni na kraj pameti mi nije padalo da je upravo pismo razlog neuobičajene žurbe.

Uručivši paket, glasom koji je podrhtavao od uzbuđenja naredio je da pošiljku odmah otvorim.

Kruneći prstima pečate od crvenog voska, tek na dnu paketa, kao u najdubljem oknu rudnika, nazreo sam zaboravljeno pismo koje sam pre više meseci uputio višim vojnim vlastima.

„Vidiš li", gušio se od ushićenja, „ko je na kraju odgovorio?"

Ma koliko zurio u pravougaoni predmet, tačnije u krljušt od crvenog voska, ništa nisam video. Pogled na pečate takođe mi ništa nije značio jer su na njima bili utisnuti samo brojevi vojnih pošta.

Iz kapetanovog razjašnjenja komplikovanih puteva vojne administracije, shvatio sam jedino da u vojsci pismo ne može tek tako da se uputi onome kome je namenjeno. Ono se, drugim rečima, pre nego što stigne do najvišeg starešine, zaustavlja na svim stepenicama, počev od one najniže.

Moje pismo je, dakle, krenulo od starijeg vodnika, odnosno „šefa kancelarije". Pošto je, kako je već ranije primetio, ono predstavljalo „prvi slučaj te vrste", vodnik ga je jednostavno prepustio starešini sa višim činom. Kako ni ovaj nije znao šta će s njim, uputio ga je poručniku. Pismo je, zatim, dospelo do kapetana, koji ga je odmah prosledio majoru.

Na tom stupnju izgledi za odgovor bitno su se smanjili, jer su više starešine zazirale od presedana kao od samog đavola.

Nije ni čudo, objasnio je kapetan, jer je pogrešna procena slučaja o kom treba prvi da odluče mogla da ih košta čina.

Pismo se, zbog toga, nije dugo zadržavalo ni kod potpukovnika ni kod pukovnika. Pošto je istom brzinom takoreći preletelo kroz sve generalske kancelarije, zaustavilo se, najzad, kod najvišeg po činu: generala armije. I ovaj je poželeo da ga uputi nekom drugom, ali iznad sebe jednostavno nije nikoga imao.

Povratni ciklus morao je takođe da prođe iste stupnjeve. Pismo se, otuda, na putu do kasarne, zadržalo kod svih starešina kod kojih je već bilo, sve dok, konačno, nije dospelo u ruke starijeg četnog pisara, koji je, radi veće važnosti, sebe proglasio „šefom kancelarije".

Posmatrajući kapetana kako miluje hrapavu površinu paketa, ponadao sam se da za nežnost koja se ukazuje samo živim bićima moraju postojati ozbiljni razlozi:

„Prihvaćena je, znači, molba da mi se vreme provedeno u mirovnoj misiji na Sinaju računa u vojni rok?"

„Ne, odbijena je", odgovorio je kapetan. „Ali pogledaj samo", rekao je ushićenim glasom, „ko je rešenje o tome potpisao."

* * *

Ljubavni i drugi jadi

Na povratku iz vojske suočio sam se sa mučnom nedoumicom: da li da se pomirim s devojkom koja u mom odsustvu nije bila uzor vernosti ili da raskinem sa njom? Nemajući snage ni za jedno ni za drugo, svaki čas sam kidao vezu ili se ponovo mirio. Ko zna koliko bi stanje raspolućenosti trajalo, da se otac posle više nedelja nije oglasio jednom jedinom rečenicom koja je sve govorila.

„Eh, moj sine", više je istisnuo uzdah iz sebe nego što me je savetovao ili prekorevao.

Razumeo sam, ipak, šta mi je i bez izričite pouke poručio.

Pošto se otac o mojim ljubavnim vezama nikada nije izjašnjavao, i to malo reči bilo je dovoljno.

Iako se već uzdrmana veza nije mogla održati, nisam imao dovoljno čvrstine da je smesta okončam. Razvlačili smo se tako više nedelja u uzaludnom nastojanju da povratimo sklad i međusobno poverenje. Mada sam znao da je raskid neizbežan, konačan kraj mi je teško pao.

Izlečenju su najviše pomogle nove ljubavne veze. Devojke koje sam upoznavao ostavljale su me ili sam ja ostavljao njih, ali sam i jednima i drugima zahvalan što su mi pomogle da ozdravim.

Ako izuzmem posao prevodioca u mirovnim snagama Ujedinjenih nacija na Sinaju, prvo trajnije zaposlenje dobio sam u Institutu za fonetiku. U to vreme nije bilo mnogo aparata za ispomoć, te su predavanja odraslim slušaocima bila isto toliko naporna koliko bilo koji fizički posao.

Kao prevodilac, u *Tanjugu* bar nisam morao da govorim.

Mada sam od prvog trenutka nastojao da se nekako „premetnem" u novinare, bilo mi je potrebno celih pet godina da uspem u tome.

Najpre mi je poverena gradska hronika koja je, po značaju bar, bila na najnižem stepeniku. Nadležnosti su nešto kasnije proširene i na omladinu. Ni za jednu ni za drugu rubriku niko se nije ozbiljno zanimao. Među mnogim drugim važnijim temama izveštaji o cenama na pijaci ili skupštinama stanara imali su status parije. Ni sam, uostalom, nisam bio vičan tome da ubitačno dosadne zapisnike o sednicama gradske skupštine učinim zanimljivim.

Nepodnošljiva zvučnost opere

U operi sam uživao umereno. Nisam, prema tome, pevušio omiljene arije, kako se to može videti u filmovima o italijanskim iseljenicima u Bruklinu.

Predstave sam pratio sa treće galerije, na koju me je dobrodušni vratar puštao posle prvog čina. Među stalnim korisnicima mesta za stajanje najviše je bilo studenata Muzičke akademije koji su jedini pouzdano znali da razlikuju predah u izvođenju od kraja arije. Čekao sam, otuda, da prvi zaplješkaju i da im se, tek potom, revnosno pridružim.

Nezavisno od razlike u muzičkom obrazovanju, svi smo se osećali kao deo iste, maltene zavereničke porodice. To je praktično značilo da smo na treću galeriju gledali kao na statusni simbol koji je, naravno, imao veću vrednost od partera i čak od loža.

Primetivši da su neke od loža prazne, pomislio sam da se osim uživanja u muzici mogu koristiti i u druge svrhe. Možda mi tako nešto ne bi palo na pamet da nisam upoznao privlačnu devojku koja je, kakva slučajnost, takođe bila ljubitelj opere. Šta je, prema tome, bilo prirodnije od predloga da slušajući muziku zajedno provedemo veče. Nisam, naravno, nameravao da prestojimo predstavu jer bi takva žrtva, shvatljiva sa stanovišta ljubitelja muzike, bila sasvim necelishodna za oživotvorenje nekih drugih, manje nesebičnih planova. Ko je, uostalom, ikada video da se neko uspešno udvara devojci viseći kao slepi miš pod tavanicom prepune i, otuda, klaustrofobične galerije?

Loža je već bila nešto sasvim drugo. U njoj čovek ne samo da nije izložen pogledima već može da šapuće i čak stavi ruku na rame devojke bez opasnosti da izgubi ravnotežu i stropošta se na glave slušalaca u parteru. U loži su, drugim rečima, i najsmelije ljubavne zamisli izvodive. Smišljajući „pakleni plan" smetnuo sam, avaj, sa uma da ne postoji „savršen zločin", čak i kada su njegovi sastojci najzanosnije melodije.

Ništa, ipak, bar u početku, nije nagoveštavalo nepovoljan ishod. Devojka je rado pristala da sluša operu *Nabuko*. Predlog da se, posle prvoga čina, premestimo sa treće galerije u ložu, posle kraćeg oklevanja, takođe je prihvatila.

Iznenađenje je, bar za mene, došlo sa neočekivane strane. Kad god bih zaustio da nešto kažem, zagrmeo bi hor. Loža je, doduše, bila bliža pozornici nego treća galerija, ali ni u snu nisam mogao da zamislim kako zbog preglasnih izvođača neću čuti ni reč sagovornice. Kako je vreme odmicalo, tako sam sve više bio siguran da za nemogućnost dijaloga nije kriva samo blizina orkestra i hora već i pogrešan izbor opere. Kako mi je uopšte palo na pamet da povedem devojku na predstavu koja je poznata upravo po bučnim horovima?

I tako, samo što bih otvorio usta, hor bi kao pomamljen zaurlao. Posle više bezuspešnih pokušaja da nešto kažem, shvatio sam napokon da u nadvikivanju sa stoglavom hidrom nemam nikakvih izgleda. Tako nešto, uostalom, ne bi imalo ni smisla, jer se devojke osvajaju šaputanjem a ne vikom.

Da sve bude još gore, devojci horovi nimalo nisu smetali. Ona je, naprotiv, jasno stavljala do znanja ne samo da uživa u njima već i da je pokušaji da joj odvratim pažnju smetaju. Otklanjala ih je, prvo molećivim, a potom prekornim i ljutitim pogledima. Da sam u tom trenutku znao da je moja izabranica zvezda horske sekcije kulturno-umetničkog društva „Ivo Lola Ribar", ne bih toliko istrajavao. Ali nisam.

Greška ipak nije bila neoprostiva jer smo nastavili da se viđamo.

Da li je, uopšte, potrebno reći da sam se, otada, za operu manje interesovao? Više od toga, postala mi je nepodnošljiva, naročito ona sa preglasnim horovima.

Obrnuto srazmerno, uprkos nesrećnoj prvoj epizodi, ljubav je cvetala. Toliko čak da je krunisana brakom.

Venčanje, na brzinu zakazano i obavljeno, zateklo je nepripremljenu i moju i njenu porodicu. S pravom su bili uvređeni što ih nismo na vreme obavestili kako bi, što je „osnovni red", pripremili slavlje.

Proslava ipak nije izostala. Pošto sobica od dvanaest kvadrata, čak i da se besomučno rastegne, nije mogla da primi sve goste, slavlje je priređeno u dvorištu ispod oraha u čijoj sam krošnji skriven od pogleda čitao u detinjstvu romane Karla Maja.

To što te večeri nije pala kiša shvatili smo kao nepobitno svedočanstvo da je nebo na našoj strani. Zemaljske prilike su bile manje povoljne jer smo neko vreme živeli u pomenutom sobičku od dvanaest kvadrata, a roditelji čak u dva puta manjoj preuređenoj kuhinji u dvorištu.

Dolaskom na svet unuka otac je – kao na slikama anđela koji bdiju nad decom na ivici provalije – postao otelotvorenje blagosti. Nikada više do kraja života nije okusio ni kap pića. Kao i više godina ranije kada je ozdravio bez ikakvih lekova, posvećenost porodičnom dobru bila je izvor isceljujuće čvrstine.

II

OTISCI U PRAŠINI

Daleko od kuće

Afrika

Za izveštavanje o građanskom ratu u Nigeriji nije bilo velike jagme. Nikakve, u stvari, jer sam bio jedini zainteresovani. Pa, moglo bi se reći da sam se, prihvativši taj posao, poneo neodgovorno iz više razloga. Najpre zbog toga što je moja supruga bila u poodmakloj trudnoći, ali i zbog toga što sam o poverenoj misiji imao sasvim maglovite, neodređene predstave.

U avionu *Er fransa*, koji je od Pariza leteo za Lagos, osećao sam se, otuda, kao kamičak koji je neko nasumice zavitlao. Nisam znao ni gde ću pasti, ni kako ću se na noge dočekati. O samoj zemlji i o ratu koji se tamo vodi bio sam samo površno obavešten. Od štampe koju sam za vreme leta prelistavao imao sam ipak koristi. Iz *Monda* sam, tako, naučio da uzorno novinarstvo kakvo je u to vreme negovao taj list ne trpi patetiku. Da se pisanje o najozbiljnijoj temi može začeti na pijaci.

To otkriće nije bilo od bogzna kakve koristi kada sam u ranu zoru, u jadnom stanju, sleteo na aerodrom u Lagosu. Nisam, uistinu, uviđao nikakvu razliku između neke udaljene planete, Marsa na primer, i afričke zemlje u vrtlogu građanskog rata.

Za prevoz do grada morao sam očajnički da se borim, kao tek iskrcani osvajači za uski mostobran čvrste zemlje. Srećan što sam uspeo da se uguram u vojni lendrover, saputnike sam osmotrio tek kada smo odmakli od aerodroma. Činilo se da vozač usredsređeno zuri ispred sebe ne toliko zbog loše vidljivosti koliko zbog unutrašnje napetosti. Ni pratilac na zadnjem sedištu nije ulivao veće poverenje, ako ni zbog čega drugog a ono zbog toga što je neprestano držao prst na orozu automatske puške.

Nisam se čudio takvom ponašanju. Zbog čega ne bi bili oprezni? Pomislio sam da bi vojnici mogli biti pljačkaši. U Lagosu se, najzad, nisu razlikovali.

Prolazeći kraj naherenih krovinjara, koje samo što se nisu urušile od sopstvene nemoći, posumnjao sam da je to put prema gradu. Pre će biti da se od njega udaljavamo. Činilo mi se da, kako stvari stoje, idemo u susret nekom mračnom, zabitom mestu, gde se ničemu dobrom ne mogu nadati.

Kasno sam primetio humku koju su zatamnjeni farovi tek nejasno osvetlili. Jedva sam se uzdržao da ne vrisnem jer je bilo sasvim izvesno da će lendrover preći točkovima preko već ko zna koliko puta pregaženog čoveka, čija se spljoštena glava, nalik na džinovski metalni novac, više nije prepoznavala. Trenutak kasnije, vozilo je tek malo poskočilo kao da prelazi preko neke neravnine na putu. Dobro sam, nažalost, znao šta je ta za asfalt slepljena tvar. Da je, kako bi se izrazio neki profesor biologije, organskog porekla.

Preko jednog od mnogobrojnih vijadukta ušli smo u grad koji se i doslovno gušio od sivih betonskih traka mostova i nadvožnjaka. Pomorski rukavci kojima su brodovi nekada prevozili teret, sada su bili prepreka. Mada je njihovo premošćavanje svakako bilo nužno, višak betona kojim je grad i doslovno okovan poticao je od urbanističke pljačke čiji je cilj bio da se novac od nafte prelije u džepove građevinskih preduzimača.

Crni škorpion

Već idućeg jutra obreo sam se u avionu koji je leteo za veliki lučki grad i petrolejski terminal Port Arkur, u čijem se zaleđu prostirala zemlja pobunjenih Iboa.

Pukovnika Adekunlea, koji nas je na frontu kod Overija primio u vojničkim barakama, znao sam samo po čuvenju, kao komandanta koji se istakao u ratu protiv secesionističke Bijafre odvažnošću, ali i okrutnošću. O tome je, najzad, svedočio i njegov nadimak: Crni škorpion.

Iako sam naslućivao da se od ratnika sa nadimkom Crni škorpion može svašta očekivati, nisam razumevao značenje prizora koji se, kao na pozorišnoj sceni, odigravao pred očima mnogobrojnih zvanica. Dok je pukovnik ležerno pijuckao viski kao da je na prijemu u Vindzorskom dvorcu a ne na afričkom ratištu, vojnici su vezivali za palmu oficira sa pokidanim epoletama. Činili su to bez žurbe, poslovno obavijajući konopac oko tela žrtve, kao da je zaista reč o predstavi koja, pre nego što započne radnja, iziskuje manja scenska doterivanja.

Primećujući uz svu tobožnju ležernost da prizor privlači sve veću pažnju, pukovnik je objasnio da je ražalovani oficir opljačkao civile.

Razumeo sam, naravno, šta Adekunle hoće tom predstavom. Želeo je da pred stranim novinarima predstavi federalnu armiju kao civilizovanu vojsku koja zločine protiv civila strogo kažnjava.

Ali da li, da bi to dokazao, mora baš da ubije čoveka? Sudeći po zujanju kamera i škljocanju foto-aparata, činilo se da se prisutni ne opterećuju istim pitanjem. Bili su, naprotiv, usredsređeni na tehničke pripreme. Kao da vezani čovek nije pobuđivao nikakvo sažaljenje, prilazili su samo da izmere svetlo i podese blende. Ni sâm nisam zaostajao. Ponašao sam se kao i ostali. Obigravao sam, drugim rečima, kao šakal oko lešine.

Tada se dogodilo nešto neočekivano. Dok je sablja, još visoko podignuta, podrhtavala u vazduhu, čulo se glasno „stop". Komandir streljačkog voda zbunjeno je zastao i ne dovršivši komandu vratio sečivo u korice. Vojnici, koji su do tada držali puške uperene u osuđenog, takođe su odložili oružje.

Sa čuđenjem sam otkrio da je prekid naložio dopisnik britanske televizije.

Kako se ubrzo razjasnilo, smetalo mu je sunce. Ne obazirući se ni na koga, novinar je, s prilježnošću savesnog zanatlije, prinosio svetlomer licu osuđenog, pomerao snimatelja do mesta koje mu se činilo najpogodnije, nadzirao lampice za baterijsko punjenje i preduzimao sijaset drugih radnji koje su, kako je vreme odmicalo, sve više ličile na sitničavo, bezdušno cepidlačenje. Kada se, najzad, uverio da sunčevi zraci ne zaslepljuju oko kamere, a da su i snimatelj i majstor tona spremni za akciju, ležernim pucketanjem prstiju dao je znak komandiru streljačkog voda da nastavi sa poslom.

Nije se videlo kada su vojnici povukli oroz, ali se čuo prasak plotuna. Osuđeni je zadrhtao i još više se nakrivio, ali ovoga puta nekako mlitavo i opušteno. Na grudima su mu izbile crvene mrlje, koje je odmah prekrila klonula, polegla glava. Obamrlo telo držali su za palmu još jedino čvrsto vezani konopci.

U povećoj grupi zvanica žustro se raspravljalo o tome da li je dopisnik imao pravo da zaustavi streljanje. Dok su jedni podsećali na sveto pravilo prema kojem je novinarima dopušteno da posmatraju događaje, ali ne i da se u njih upliću, vladin predstavnik se zabrinuto pitao da li je jedno streljanje dovoljno da ubedi svetsko javno mnjenje u ispravnost ponašanja federalnih snaga.

Sve je veoma ličilo na film Jakopetija, ali je u stvarnosti bilo mnogo mučnije.

U divizijskom štabu pružila mi se prilika da bolje osmotrim Crnog škorpiona. Bez obzira na svoju mitsku veličinu, komandant na frontu kod Overija bio je samo sićušni zapovednik utegnut u čistu i ispeglanu uniformu.

Zašto je izabrao baš mene za razgovor, pojma nemam. Pretpostavljam zbog toga što sam dolazio iz zemlje koja ni na koji način nije bila upletena u nigerijski građanski rat.

Desetine popijenih limenki piva ohrabrile su me da pitam da li bi mu smetalo da izveštaju o razgovoru dam naslov „ugodno ćaskanje sa Crnim škorpionom".

„Naravno da ne bi", zacenio se od smeha. „Mogu samo da zamislim koliko se vi, Evropljani, užasavate otrovnog insekta. Kod nas je, vidite, drugačije. Dovoljno smo dugo zajedno da se naviknemo jedni na druge."

Strani novinari su zanemili od čuđenja kada sam, pomalo posrćući, izašao iz barake zajedno sa Crnim škorpionom. Pa možda je sklad sa otrovnim insektima ipak moguć?

„Ne morate da brinete", obećao sam. „Sve ću vam ispričati kada se večeras okupimo za šankom u hotelu *Kedar*."

* * *

Put do konačišta vodio je kroz napuštene, sablasne ulice. Sve magaze bile su zatvorene, a njihovi prozori zakovani daskama, osim onih u koje su pljačkaši silom provalili.

Vozilo su svaki čas zaustavljale patrole s uperenim puškama. Molio sam boga da se vojnici ne sapletu i povuku oroz. Ni na ulicama, ni u hotelu nije bilo svetla. Jedino je u uglu, na starom klaviru, tinjao plamičak sveće.

Jedva sam nazirao lica oko sebe koja su, što sam ih više zagledao, sve više ličila na junake odbegle iz nekog pustolovnog filma. Po imenu hotela zaključio sam da je vlasnik Libanac (kedar je na zastavi Libana).

Bio je to savršen dekor da francuskim i britanskim novinarima podrobno ispričam sadržaj razgovora sa Crnim škorpionom. Sa dozvolom, naravno, da ga koriste kako hoće po svom nahođenju. Za mene, uistinu, dijalog sa pukovnikom, osim naslova koji mi se svideo, nije bio od veće važnosti. Koga je, uostalom, u Beogradu zanimalo šta misli komandant federalnih snaga na frontu kod Overija?

Za zapadne novinare to je već bila druga priča. *Front page story* u doslovnom značenju te reči.

Sticaj okolnosti mi je tako omogućio da uzvratim za dobročinstvo što su me poveli sa sobom.

Sutradan smo se ponovo ukrcali u vojna vozila. Razrovan kolovoz ponegde je bio presečen dubokim šančevima ili su preko njega nabacana džinovska debla. Iza prepreka ugledali smo napuštene položaje. Kao da su branioci u zemlju propali. Nisu se videli ni tragovi okršaja. Obe vojske su, uostalom, sudeći bar prema zvaničnim saopštenjima, podjednako napredovale. Paralelno, jedna pored druge, ali u suprotnim smerovima.

Na poljoprivrednom dobru, pretvorenom u vojni logor, zatekli smo zarobljenike. Mladiće, gotovo dečake. Nikada ranije nisam primetio toliki strah. Ne samo u očima. Kroz poderane majice jasno se zapažalo kako im, kao kod stoke koju vode na klanje, poigravaju mišići.

„Kako vam se čini?", interesovao se vladin predstavnik.

„Pa videli smo ponešto", i meni samom odgovor je zvučao neubedljivo.

Nismo, ipak, sve videli. Na aerodromu u Port Arkuru ukrcali smo se u avion kojim je upravljao dežmekasti pilot u crvenoj kariranoj košulji. Iz unutrašnjosti letelice izbačena su sedišta, kako bi bilo više prostora. U valjkastom trupu valjali su se, jedni preko drugih, ranjenici i sanduci sa oružjem.

Od sredovečnog, robusnog Amerikanca, koga sam lako mogao da zamislim kao poslovođu nekog skladišta u Oklahomi, nisam mogao bogzna šta da čujem. Njegova priča je, drugim rečima, više pristajala jeziku knjigovođe.

Opredelio se, kaže, za najamnički posao jer se dobro plaća. Pritom još u čvrstoj valuti.

Na povratku u Lagos uselio sam se u kuću čije mi je ključeve ostavio prijatelj, pre nego što je izbegao. Predostrožnosti radi, spustio sam roletne na prozorima i dogurao do vrata teške komade nameštaja. Ako vojnici ili razbojnici, koji u Lagosu najčešće pripadaju istoj kategoriji, odluče da provale u kuću, barikade će ih bar malo zadržati.

Smetnuo sam s uma da mi klaustrofobičan prostor neće prijati. Ne! Sam u kući neću provesti noć.

Slušajući kako odzvanjaju koraci na pustoj ulici, pomislio sam kako se ne bih osećao usamljenije ni da sam na Mesecu. Nadao sam se da ću u *Maharani*, jedinom baru koji je u Lagosu bio otvoren cele noći, zateći bar neke od prijatelja koji proslavljaju povratak sa ratišta. Ili, ako njih nema, bilo kakva ljudska bića.

Nisam se prevario. Mada sam zbog gustog duvanskog dima i alkoholnih isparenja jedva raspoznavao lica, sa olakšanjem sam primetio da su svi saputnici na okupu.

Da je neko zatražio da opišem kako se osećam, ne bih znao šta da kažem. Svakako pre opušteno nego zadovoljno.

Umesto u kuću, otišao sam u hotel *Ikoja*. Sivo zdanje i prohladno jutro na okrutan način su razvejali iluziju *Maharane*. Sa trema hotela, preko niskih limenih krovova, palmi i kržljavog žbunja, pogled je dopirao do luke i nepokretnih trupla brodova koji su ličili na uginule kitove. Sve do horizonta prostirao se mračan i neprijateljski ili samo zastrašujuće ravnodušan kosmos.

U Beograd sam se vratio neposredno pre porođaja supruge. Ne verujem da sam joj, opterećen nemirom i brigama, bio od pomoći. Mogao sam, doduše, da budem zadovoljan što su moji izveštaji iz građanskog rata u Nigeriji bili prihvaćeni u štampi, koja je obično nerado, ili bar ne potpisane, štampala dopise agencijskih novinara, ali ne i odjekom na njih. Moje stanovište da je građanski rat proizašao iz pokušaja otcepljenja podsticanog spolja kako bi se preraspodelilo petrolejsko bogatstvo zemlje, osporavano je na bahat i nadmen način od strane Ministarstva inostranih poslova, najvećeg dela štampe i, najzad, javnih ličnosti koji ni o Africi ni o ratu u Nigeriji nisu imali pojma. Najdalje je otišao poznati slikar, čije sam slike voleo, koji je u intervjuu za jedan zagrebački list na pitanje koga bi najradije streljao izdvojio tri imena. Prvo mesto je pripalo nekom slikaru enformelisti, drugo dopisniku iz Afrike, otelovljenom u mojoj ličnosti, a treće upravniku Modernog ili nekog drugog muzeja.

Nikada, ni ranije ni kasnije, na jednoj nacionalnoj rang-listi nisam bio na višem mestu.

Pobunjenici i državnici

Andre Malro je napisao da u tropima žive „mitomani, erotomani i srebroljupci". Zaboravio je da pomene pobunjenike, državnike i pustolove. Kada sam pet godina posle povratka iz Nigerije imenovan za stalnog dopisnika iz Afrike, nagledao sam se i jednih i drugih.

Neke od poznatih državnika upoznao sam u vreme dok su bili samo pobunjenici. Imajući na umu izreku „daj im vlast da vidiš kakvi su", zanimalo me je da li su se promenili. Priliku da to procenim imao sam već na proslavi prve godišnjice nezavisnosti Angole.

Kada sam, posle noćnog leta iz Lisabona, sleteo u Luandu, morile su me druge brige: o smeštaju, blizini pošte i, najzad, prevozu do grada. Utonuo u nevesele misli, sa zakašnjenjem sam primetio da se službenik na aerodromu mašio za moj kofer. Što je snažnije vukao, to sam se više opirao. Na kraju je, ipak, nadvladao. Nije se samo na tome završilo. Zatražio je i pasoš. Kada je ista osoba na izlazu iz pristanišne zgrade pokazala na kola, pomislio sam da sam pritvoren. Pošto su mi u ambasadi u Lisabonu utrapili radio-stanicu za diplomatsko predstavništvo u Luandi, zaključio sam da mi nema spasa. Da će me na kraju optužiti za špijunažu ili neki drugi, isto tako veliki smrtni greh.

Vozili smo se, bez reči, mračnim ulicama na kojima su se tu i tamo grupice ljudi okupljale oko kerozinskih lampi. Kada se automobil konačno zaustavio ispred luksuznog hotela, pratilac sa kojim sam se otimao oko prtljaga izvukao je iz džepa uredno overen pasoš i zatražio od portira ključeve za unapred rezervisanu sobu.

Tek tada sam shvatio da je preuzimanje prtljaga i pasoša bilo samo deo ljubaznog nastojanja da me poštede formalnosti. Da su me domaćini pobrkali sa nekim od članova zvanične državne delegacije koja se očekivala na proslavi prve godišnjice nezavisnosti Angole.

Naviknut na sve vrste neprijatnih iznenađenja, od pregleda dokumenata i prtljaga do traženja hotela ili bilo kakvog smeštaja, prvi put sam bio u prilici da uživam u blagodetima VIP putnika. Bez obzira na grešku, iskustvo je bilo očaravajuće. Bilo bi još lepše da u status „vrlo važne osobe" nisam dospeo posle otimanja oko kofera i pretrpljenog straha.

Tragikomična epizoda na aerodromu u Luandi učinila je da proslavu prvog rođendana nezavisne Angole dočekam sa više opuštenosti.

Za slavlje je izabrana rezidencija nekadašnjeg kolonijalnog guvernera. Izgrađena na samoj obali, nekada je služila i kao tvrđava sa čijih je bedema otvarana vatra na neprijateljske brodove.

Pošto je na prijemu bilo mnogo stranih državnika i drugih važnih zvanica, stajao sam po strani, daleko od prvih redova.

Predsednik Angole Agostinjo Neto pojavio se kao slavljenik u društvu predsednika Mozambika Samora Mašela i predsednika Oslobodilačke organizacije jugozapadne Afrike (SWAPO) Sama Njujoma.

Nisam očekivao da će me zapaziti, a još manje zastati da me pozdrave. Istina je da smo se sretali, najčešće na aerodromima i na kontinentalnim skupovima, u vreme kada su bili samo gerilci. Ali sada su predsednici. Mogao sam da razumem da njihove obaveze, ne samo protokolarne, nisu više iste.

Prevario sam se. Ni za trenutak nisu oklevali da naruše propisani ceremonijal. Pošto su razgrnuli prve redove, krenuli su da se pozdrave. I to ne samo pozdrave već i zagrle i poljube. Kao da su hteli da poruče: nismo od onih koji zaboravljaju prijatelje iz vremena kada za sve vas iz prvih redova nismo ni postojali.

Bio sam više dirnut nego polaskan. Da se te večeri u Luandi u to nisam lično uverio, nikada ne bih poverovao da postoje ljudi koje vlast ne menja.

Par godina pre proglašenja nezavisnosti Angole, u kenijskom gradiću Nakuru, poznatom po istoimenom jezeru sa flamingosima, predstavnici tri angolska oslobodilačka pokreta pregovarali su o miru. Uprkos zvaničnim uveravanjima da nijednom novinaru neće biti dozvoljeno da priđe sagovornicima, nadao sam se da ću biti izuzet od zabrane. Pod uslovom, naravno, da se nekako vidim sa Agostinjom.

Nisam se prevario u proceni. U hotelskoj sobi mi je poverio šta se događa na pregovorima. Nije imao ništa protiv da se javnost o svemu obavesti. Preostalo je jedino da to što sam čuo verno zabeležim.

Dok sam se isl
uženim folksvagenom vraćao noću u Najrobi, mislio sam kako na celom svetu nema osobe koja manje od Neta liči na pobunjenika. Zbog kratkovidosti nosio je naočare sa velikom dioptrijom i neprestano treptao. Podsećao je više na profesora univerziteta koji izučava mrtve jezike ili daleku prošlost. Ni to nije bilo daleko od istine. Zaista se

bavio jezikom, doduše ne mrtvim već živim. Pisao je pesme, i to dobre, toliko dobre da su ušle u antologiju poezije na portugalskom jeziku.

Nisam se prvi put vozio noću pustim drumom. Činio sam to i u drugim krajevima, ali jedino sam u Africi imao osećaj da sam sâm na svetu. Da se došaptavam sa zvezdama, isto tako izgubljenim u bezmernom prostoru. Povremeno kreštanje nevidljivih ptica ili ropac takođe nevidljivih zveri samo su još više pomerali vremenske koordinate prema, već u svest utisnutoj, kosmičkoj dimenziji. Kao da sam se na drumu zatekao u doba kada se, u porođajnim mukama, rađao život na Zemlji.

U Najrobiju sam na jedvite jade probudio dežurnog u pošti. Tek po obavljenom poslu, mogao sam da odahnem. Zaspao sam pred zoru, ali ne zadugo. Probudio me je rezak zvuk telefona. Na drugoj strani žice bio je Neto. Obično smiren, ovoga puta je delovao zabrinuto:

„Moramo hitno da se vidimo."

Na pitanje zbog čega rekao je samo da ima velike neprijatnosti zbog mog novinskog izveštaja. Objasniće podrobnije o čemu je reč kada se budemo sreli.

Šta mi je drugo preostalo već da ponovo uskočim u kola? Da folksvagenom, i samom na izdisaju, još jednom pređem isti put.

Ovoga puta vozio sam u drugačijem raspoloženju. Ako me je do Najrobija pratila razdraganost, neka vrsta vedre ošamućenosti zbog uspešno obavljenog posla, sada sam do guše tonuo u potištenost, kao u muljevito dno jezera Nakure.

U hotel sam stigao smožden. Ni Neto nije bolje izgledao. Bilo je jasno da ni on protekle noći nije spavao.

Odmah je prešao na stvar. Kaže da su ga zvali saborci iz rukovodstva. Uznemireni su novinskim izveštajima o pregovorima.

Možete da zamislite kako sam se osećao kada su pročitali neke od naslova. Na primer: „Neto: rat sa Zairom".

U trenu sam shvatio šta se dogodilo. Moj izveštaj su koristili uobičajeni potrošači vesti, ali su, kao u igri „pokvarenih telefona", svi ponešto dodavali i menjali. Tako su izjavu da Zair oružjem i na druge načine pomaže rivalske pokrete obznanili kao najavu novog rata.

Neto je pažljivo slušao. I sam je znao da se to ponekad dešava. Mučilo ga je nešto drugo. Otkriće da je rekao više nego što je bilo neophodno. Više nego što je nameravao.

I meni su kroz glavu prolazile haotične misli koje sam s mukom uobličavao. Nisam sumnjao u čestitost Agostinja. Ali ovoga puta je na kocki bilo više od toga. Ako potvrdi verodostojnost svoje izjave moraće da prizna, makar pred samim sobom, da je bila neoprezna i neodmerena.

Nije, naravno, imao obavezu da to učini. Tim pre što se razgovor odvijao bez svedoka. Mogao je, prema tome, da krivicu svali na sagovornika. Da kaže kako su njegove reči pogrešno prenete. Ili bar da nisu dobro shvaćene.

Nimalo nisam sumnjao u to kome bi se više verovalo. Na jednoj strani je angolski vođa koga zna ceo svet. Na drugoj nedovoljno poznat novinar. Šanse da dokažem svoju istinu bile su ravne nuli. Nisam, ipak, mogao ni da prihvatim krivicu koja nije postojala. Ticalo se, najzad, moje kože. Nisam se mirio s tim da je, tek tako, razapnu na plot.

Dugo smo ćutali. Neizdrživo dugo, čak. U jednom trenutku susreli su nam se pogledi.

„Ipak ste to rekli", jedva sam procedio kroz zube.

Neto me je, kao i uvek žmirkajući, pogledao kroz debela stakla naočara.

„Rekao sam", potvrdio je sa uzdahom.

Nije porekao svoju izjavu. Naprotiv, na svoju štetu priklonio se istini.

Kao da su mi se najednom otvorile oči, shvatio sam da sve što sam do tada o njemu znao nema značaja. Ni to što je vođa oslobodilačkog pokreta, ni požrtvovani lekar, ni poznati pesnik, ni državnik. Ono što je zaista važno bilo je sadržano u samo jednom otkriću: čovek koga su okrutno proganjali, koji je mnogo puta bio u opasnosti da izgubi glavu, sačuvao je obzire i čovečnost.

Istu snagu karaktera i posvećenost istini ispoljio je i i ambasador Jugoslavije u Adis Abebi Aleksandar Vojinović. Ovaj bivši general zatekao se u Etiopiji u vreme burnih previranja kada se najpre osipalo, a potom i srušilo hiljadugodišnje amharsko carstvo. Za njega je to bio osetljiv trenutak jer je, ma koliko sklon promenama, morao da vodi računa i o tome da je car Haile Selasije prijatelj predsednika Tita.

Za razliku od ambasadora, od koga se očekivalo da događaje u Etiopiji tumači na uravnotežen način, ja sam, kao izveštač, podlegao „revolucionarnom zanosu". Nisam, drugim rečima, oklevao da pišem o korupciji i zgrtanju novca na privatnim računima, kao i o svim drugim lošim svojstvima srednjovekovne monarhije. Mada se kasnije pokazalo da „revolucionari", ogrezli u sektaškim trvenjima i borbi za vlast, nisu ništa bolji od carevog „prosvećenog apsolutizma", u vreme takozvanog „puzajućeg državnog udara" bio sam na strani pobunjenih mladih oficira.

Moji izveštaji, za koje se, doduše sa udaljenosti od četvrt veka, može reći da su makar delom bili neodmereni, u Beogradu su primani isprva sa zbunjenošću, ali kako je vreme prolazilo i sa sve većom podozrivošću i najzad ozlojeđenošću.

Tolikom čak da je Vojinović pozvan da predsednika lično izvesti o tome šta se stvarno događa.

O tome kako je susret tekao nisam saznao od ambasadora (on o tome nije govorio), već od zvaničnika koji su bili upoznati sa sadržinom razgovora.

Tito je, bez okolišenja, rekao otprilike ovo:

„Čitam ovih dana šta se o mom prijatelju caru Selasiju piše iz Adis Abebe." (U to vreme sam bio jedini jugoslovenski izveštač iz Etiopije.) „Da li je, bogati, sve tako ili novinar preteruje?"

Prema svedočenju očevidaca, ambasador se nije zbunio, a još manje pomeo zbog zahteva da se izjasni kao da je na saslušanju. Na izričito pitanje je isto tako izričito odgovorio:

„Ne samo da je tako već je i mnogo gore."

Kada je to izjavio svakako nije smetnuo s uma da je Selasije blizak Titov prijatelj. Da sebi može da naudi. Kazao je, ipak, ono što misli. Malo je ljudi koji bi se tako poneli. Što se tiče ambasadora, zanemarljivo ih je malo takvih. Većina bi se, siguran sam u to, saglasila sa predsednikom da „novinar preteruje".

Nije to učinio da bi mene zaštitio, već zato što je promene u Etiopiji doživljavao na isti način kao i ja. Prema novinarima je, najzad, imao ambivalentan odnos. Mene je poštovao zbog toga što sam zbog posla bio spreman da putujem do najudaljenijih provincija „narodnim autobusom", što znači sa kozama i živinom kao ravnopravnim putnicima. S druge strane, nikada me nije pozivao na bilo kakve važnije sastanke, smatrajući da novinarima (valjda kao nižoj društvenoj kasti) tu nije mesto. Imao je svoja načela, ponekad vojnički kruta, ali uvek iskrena i nepodmitljiva.

Zbog toga je kasnije i došao u sukob sa Vrhovcem, tadašnjim šefom diplomatije. General jednostavno nije bio čovek koji se povlačio pred stvarnim ili tobožnjim autoritetom.

Bio je isto tako neustrašiv lovac na krupnu divljač. Od njega sam saznao da lav nije najopasnija životinja. Već i sam topot pobesnelog krda bivola koji se kao olujni oblak nezadrživo primiče u stanju je da nasmrt preplaši i najiskusnijeg lovca. „Znaš li šta je u tim trenucima jedini spas?", pitao je. Pojma nisam imao. Sa užasavanjem sam jedino mogao da zamislim kako zemlja podrhtava od tutnja životinja koje pognute glave i isturenih rogova gaze sve pred sobom.

Takav susret može da se preživi samo ako se bez prestanka puca u najbliža grla, kako bi se krdo razdvojilo. Ako se lovac makar malo pokoleba, ako se i za stopu pomeri, biće rasporen i pregažen.

Jedan od najpoznatijih lovaca Afrike Matanović potvrdio je da general nije ustuknuo. Sam, sa karabinom, naspram bujice pomamljenih grla. Kao da za to nisu bili potrebni čelični živci, general je o sučeljavanju sa krdom bivola pričao samo kao o lovačkoj zgodi.

Ambasador me je i lično zadužio. Kada se supruga prerano porodila u vojnoj bolnici u Adis Abebi (i kasnije izgubila bebu), starao se o njoj kao o rođenoj ćerci.

Neočekivano za jednog generala, uveo me je takođe u pisanje knjiga. Prilikom jedne od mnogih poseta, poveo me je do konačišta u rezidenciji koje je bilo pretrpano fasciklama. Rekao je, bez uvoda:

„Ovo će biti neka vrsta kućnog pritvora. Ostaćeš u njemu sve dok ne proučiš građu", pokazao je na gomilu fascikli, „o etiopskoj revoluciji. Očekujem da je iskoristiš za pisanje knjige."

Mada je pretnja „kućnim zatvorom" bila samo šala, imao sam u vidu da je ipak izriče general. Bilo kako bilo, Vojinoviću najviše imam da zahvalim što je knjiga *Etopija od imperije do revolucije*, neka vrsta istorijske hronike, ugledala svetlo dana.

Dobro sam zapamtio šta je poručio kada me je nagovarao da je napišem.

„Videćeš i sam. Posle prve knjige nikada nećeš prestati da pišeš."

Tako je i bilo.

Intervju sa pokojnikom

Kao agencijskom dopisniku intervjui su mi češće nametani nego što sam ih želeo. Nimalo za njima nisam čeznuo zbog mukotrpnih priprema, sitničavosti sagovornika koji su tražili da naknadno odobre tekst i, najzad, zato što sadržaj razgovora često nije bio srazmeran uloženom trudu. Šefovi država i druge važne ličnosti bili su, ipak, poželjni sagovornici, jer je njihov visoki status jemčio da će ih mediji rado prihvatiti.

Uprkos pomenutim prednostima, razgovori sa znamenitim sagovornicima nisu se uvek dobro završavali. U Etiopiji sam, posle silnih natezanja, uspeo da ugovorim intervju sa pukovnikom Teferijem Bentijem, koji je, posle svrgavanja cara Haila Selasija sredinom sedamdesetih godina, bio šef svemoćnog vojnog trijumvirata. Pošto je u to vreme bilo izuzetno teško da se dospe do nosioca vlasti, bio sam, uprkos oskudnom sadržaju, više nego zadovoljan. Zadovoljstvo, nažalost, nije dugo trajalo, jer je formalnom vođi vojne hunte došao glave major Mengistu, stvarni vođa pobune protiv cara. Dok je pismo sa intervjuom putovalo u Beograd, pukovnik je ubijen. Može se samo zamisliti koliko je bilo uznemirujuće saznanje da je razgovor sa predsedavajućim etiopske vojne hunte bio, u stvari, intervju sa pokojnikom.

* * *

Susret sa još jednim afričkim državnikom, somalijskim predsednikom Mohamedom Sijad Bareom, ugovoren je sa relativnom lakoćom, ali i održan pod neobičnim okolnostima. Nisam smeo da se pomerim iz hotela dok sam čekao da vojnici dođu po mene. Pošto je somalijski predsednik imao pomalo nastran običaj da posetioce prima u gluvo doba noći, na razgovor sam krenuo u ranim jutarnjim satima. Nije mi, otuda, bilo nimalo prijatno da se pod oružanom pratnjom vozim usnulim ulicama Mogadiša. Nisam se bolje osećao ni kada sam uveden u prostoriju za čijim je radnim stolom sedeo predsednik.

Kada se konačno smilovao da mi udeli malo pažnje, prvo što je rekao bilo je da ne voli novinare. Pitao sam obazrivo zbog čega, da bih čuo kako su novinari „skloni izmišljanju, ako ne i nečemu mnogo gorem".

Iako mi u takvim prilikama obično nisu padali na pamet pravi odgovori, ovoga puta sam, mimo običaja, spremno uzvratio:

„Postoje razne vrste novinara, kao što postoje razne vrste predsednika."

Mada sam na osnovu smeška zaključio da sam sagovornika bar malo odobrovoljio, već prvim pitanjem zapao sam u nove neprilike. Znajući kako se somalijski predsednik rado predstavlja kao prvi afrički državnik koji se opredelio za „naučni socijalizam", hteo sam da znam da li je „teško graditi socijalizam sa nomadima".

Umesto očekivanog podrobnog obrazloženja, Bare je duboko uzdahnuo i jedva čujno promrmljao: „Yes." To je bilo sve što je imao da kaže na pitanje na koje sam bio vrlo ponosan.

* * *

U Mogadišu se u isto vreme kao gost Organizacije afričkog jedinstva zadesio tadašnji generalni sekretar Ujedinjenih nacija Kurt Valdhajm. Intervju se sveo na dogovor da tekst umesto njega napiše lični sekretar, a da ga on sam, naravno, odobri i potpiše.

Odgovori su, prema očekivanju, bili dozlaboga uopšteni i čak banalno konvencionalni („mir je bolji od rata" i tome slično), ali je status generalnog sekretara jemčio da će biti objavljeni. (U to vreme se naravno nije znalo za njegovu nacističku prošlost.)

Valdhajma sam posle Mogadiša sreo još jednom, na Brionima, posle Titove smrti. Poverio je, tom prilikom, novinarima da je sa predsednikom Jugoslavije bio u prisnim odnosima. Toliko čak da su za odlazak u „botegu" (podrum sa starim i retkim vinima) kao u hedonističko skrovište koristili šifru „biblioteka".

Muke sa „rođacima"

Susreti sa zambijskim predsednikom Kenetom Kaundom, iako više puta odlagani, imali su povoljniji ishod. U Lusaku sam putovao čak šest puta. Pre svakog polaska dobijao sam hitnu poruku da smesta krenem da bih na licu mesta otkrio kako je predsednik nečim sprečen. Kako sam kasnije saznavao, neočekivane obaveze su zaista postojale. Kaunda je odlazio ili na venčanje ili na sahranu nekog od svojih mnogobrojnih rođaka. Ma koliko mi smetalo što su veseli ili tužni povodi redovno iskrsavali uoči mog dolaska, proučavanje kompleksne prirode afričkih rođačkih veza pokazalo je da u tome nema ničeg neobičnog, jednostavno zbog toga što se svi pripadnici jednoga plemena, bez obzira na njihov broj, smatraju rođacima.

Kad već o tome govorimo, Belgijanac koji se u Kongu oženio lokalnom lepoticom skupo je platio svoju neobaveštenost, jer su mu „rođaci" (što znači celo pleme) svakoga dana dolazili na vrata tražeći ovu ili onu uslugu.

Kaunda je sveo na minimum zvaničnu temu razgovora, govoreći radije, gotovo ispovedno, o svom detinjstvu i naravima svojih sunarodnika. Saznao sam tako da je na putu do škole prolazio „bušem" (kako se naziva oskudno rastinje) u kojem je obitavao lav ljudožder.

„Poštedeo me je", našalio se na svoj račun, „zbog toga što sam u ranom detinjstvu bio 'sitan zalogaj'." Sa smehom je takođe potvrdio da ministri bez sluha ne mogu da budu članovi vlade. Otkrio je i zašto. Pošto mu je otac bio sveštenik, u kući je, ali i u školi koju su osnovali misionari, svakodnevno pevao duhovne pesme. Ta navika mu se u svesti toliko ukorenila da je i sednice vlade otvarao pesmom.

Kaunda je bio blagorodan, ali ne i naivan državnik. Pripisuje mu se tako da je gotovo do savršenstva unapredio metod koji je u tehnici očuvanja vlasti poznat kao „vrteška". Prema ovom obrascu, u isto vreme i zadivljujuće jednostavnom i ubitačno delotvornom, zvaničnici su neprestano pomerani s jednog mesta na drugo, kako bi se lišili prilike čak i za rudimentarnu zaveru. Samo što bi vojni ministar ili načelnik generalštaba počeo da okuplja grupu istomišljenika, obreo bi se, ni sam ne znajući kako, na položaju guvernera neke od udaljenih provincija. Niko od ministara nije, prema tome, mogao da računa da će se ustaliti na radnom mestu.

Važne fotelje su, naprotiv, lebdele na pristojnoj udaljenosti od predsedničke palate kao da su u bestežinskom stanju, svemirskom brodu, na primer. Kaundina „vrteška" se tako brzo obrtala da je teoretski bilo moguće da se neki provincijski guverner ponovo skrasi na mestu načelnika generalštaba, ali ne zadugo, jer bi se već u idućem krugu našao hiljadama kilometara daleko od Lusake.

Zambija je, tako, i ne znajući, postajala „kinetička zemlja". Dok je džinovski akcelerator na sve strane razvejavao sićušne političke čestice, vrhovna vlast je bila jedini nepomerljivi i nepromenljivi deo.

Kaunda mi je, na kraju razgovora, poklonio autobiografiju i u posveti izrazio nadu da ćemo se ponovo sresti. Mada sam bio veoma polaskan takvom željom, kroz glavu mi je prohujala bogohulna misao da je, bar što se intervjua tiče, šest putovanja sasvim dovoljno.

Kako je osvojen Kejptaun

Amina sam prvi put video na konferenciji Organizacije afričkog jedinstva u Kampali, čiji je domaćin bio. Skup je otvorio jedva čujnim glasom, tako da su prisutni ulagali velike napore da razaberu šta govori. Takvo, za feldmaršala neuobičajeno smerno ponašanje, pripisivalo se uticaju vojnog šefa Nigerije Govona, koji je, kao predsedavajući skupa, savetovao domaćinu da preglasnim govorom i nepriličnim gestovima ne privlači previše pažnju.

Feldmaršala sam kasnije viđao i u drugim prilikama, najčešće kraj bazena u luksuznim hotelima ili dok se u otvorenom džipu vozio ulicama Kampale i, najzad, na vojnoj vežbi poznatoj kao „osvajanje Kejptauna".

Pošto je 1971. godine pučem svrgnuo sa vlasti premijera Obotea, Idi Amin Dada se na vlasti održao više godina ne samo terorom već i lukavstvom kojim ga je priroda izdašno obdarila.

Kao afrički nacionalista, uživao je, bar na početku svoje vladavine, široku podršku čak i prosvećenih slojeva. Narodu je najviše godilo što je umešnim smicalicama i doslovno izluđivao Britance koji su prema njemu negovali protivrečan odnos *love–hate* (ljubav–mržnja), kao u nekom emocionalnom klatnu čije su krajnosti obostrano zavodljive. Bez obzira na to što bivši kolonizatori nisu priznavali postojanje tako banalnih kategorija osećanja, odavala ih je maltene bolesna radoznalost za sve što je Dada, kako su mu iz milošte tepali, činio. Bio je, najzad, njihov proizvod, jer je počeo kao narednik u kolonijalnoj regimenti (sam se kasnije proglasio za maršala) koji se s vremenom izvrgnuo u renegata i vešto izlagao podsmehu britansku krunu. Mada bi mu najradije došli glave, beli vlasnici plantaža sa kafom, kakaom i čajem pristajali su na najgora poniženja da bi sačuvali posede. Nosili su tako Dadu na drvenom postolju, kao što su nekada podanici kralja Bugande nosili na ramenima domorodačkog suverena.

Amin je znao da podiđe takozvanim „običnim" ljudima i na druge načine, tako što je imao više žena i bezbroj dece, što je u plemenskim zajednicama doživljavano kao dokaz muževnosti. Takvu sliku o sebi Dada je negovao i sportskim nadmetanjima u kojima je redovno pobeđivao. U meču koji je sam utanačio, priredio i razglasio, savladao je „tehničkim nokautom" suparnika od koga je bio dvaput teži. Dada je i u plivanju slobodnim stilom prvi stigao na cilj, pošto je, shvatajući slobodu previše doslovno, takmaca u susednoj stazi jednostavno potopio.

Koliko u sportu, Amin je i u upravljanju državom imao jedinstvene metode. Kada je ukinuo tržišnu privredu uveo je do tada neviđeni proizvoljni poredak u kojem su cene robe, zaostale posle proterivanja indijskih trgovaca, određivane nasumice, odoka. Ne znajući za pravu vrednost izloženih uzoraka, mladi oficiri, a u nekim slučajevima čak i momci pokupljeni sa ulica, procenjivali su da šareni, vašarski časovnici vrede više od pomalo glomaznih šafhauzena i roleksa.

Tako naopako vrednovanje proisticalo je iz niske potrošačke i opšte kulture prodavaca, ali i iz nesređenog stanja u zemlji koja je bila iznurena međuplemenskim sukobima i oskudicom. Ostavši bez novca, država je prestala da uvozi ne samo luksuzne predmete već i preko potrebnu naftu.

Kada je potrošena i poslednja kap benzina, Dada je uzjahao bicikl koji je, govorio je on, ne samo ekonomičniji već za čoveka i njegovu okolinu zdraviji. U odnosu na okolinu, njegova zapažanja bila su potpuno tačna. Nikada ranije nije viđeno više krokodila. Na drumovima na kojima je zbog izostanka saobraćaja počela da niče trava pojavila su se nepregledna krda papkara, a vode jezera Viktorija, koje više nisu parali motorni ribarski brodići, i doslovno su bile zagađene proždrljivim džinovskim gmizavcima.

Amin je i sve druge teškoće rešavao na jednostavan način. Nadmašio je sebe, ipak, vojnom vežbom kojom je hteo da pokaže kako je Južnoafrička Republika, u to vreme najveća kontinentalna vojna sila, samo „mačji kašalj". Za dokazivanje nečeg tako očiglednog Dada je izabrao zeleni ćuvik, na kom su podignute drvene tribine za diplomate i novinare.

U nedoumici sam kako da opišem bitku koja je usledila. Kao vojnu vežbu, pozorište, ne naročito pažljivo diplomatsko upozorenje ili jednostavno kao zabavu koja sasvim pristaje pikniku u prirodi? Mada je sve to najviše ličilo na cirkus, nije mi promaklo da je jedna od baterija smeštena iznad tribine. Dok sam o tome zabrinuto razmišljao, prvi beli oblačić zatitrao je iznad opkopa branilaca. U sve žešćoj halabuci, tutnjavi topova pridružili su se minobacači. Zatim i rafali iz pešadijskog oružja. Sudeći po učestanosti i žestini pucnjave, feldmaršal je čvrsto odlučio da Kejptaun osvoji pre mraka.

Kada su branioci (takođe Aminovi vojnici u ulozi južnoafričkih) prestali sa otporom, helikopter se prizemljio na ćuviku koji je predstavljao Kejptaun. Pošto su hitro iskočili iz kabine, pobednici su se, podjednako brzo, uspentrali na brdo na čijem se vrhu zalepršala zastava Ugande. Najveća vojna sila na kontinentu, Južnoafrička Republika, pred očima zvanica doživela je neumitni poraz.

Kao strateg upravo viđene vojne operacije, Amin se okupljenima obratio na *pigeon englishu* (nekoj vrsti primitivnog engleskog), zbog čega je povremeno ličio na Petka iz romana *Robinzon Kruso*, ne tako bezazlenog, naravno: „Upravo ste bili svedoci velike pobede. I sami ste videli. Ni do mraka nisu izdržali.“

Iako je ličio na džinovskog klovna, Dada nije bio nimalo dobroćudan. Prema onome o čemu se sa strahom šaputalo u Kampali, protivnike koji nisu skončali pod udarcima maljem u centralnom zatvoru u Kampali bacao je iz helikoptera u jezero Viktorija, na milost i nemilost krokodilima.

Sledio sam se, otuda, kada mi je u hotelu u Kampali prišao oficir u kojem sam prepoznao ađutanta „osvajača“ Kejptauna.

Dubeći mi debelim prstom rupu na grudima, neodmereno glasno je ponavljao: *You killed a cop.* („Ubili ste policajca.“)

Zbunjeno sam poricao. Ma koliko uporno ponavljao da nikoga nisam ubio, oficir nije odustajao.

To što su optužbe bile besmislene nije me činilo nimalo spokojnijim. Nisam, uostalom, čuo da je iko u Aminovoj Ugandi jednom optužen dokazao nevinost.

Dok sam groznicavo razmišljao šta da učinim, čuo sam da pripiti ađutant govori o lovu. O tome kako je neki trapavi novinar ustrelio *coba*.

Objasnio sam da me je pomešao sa nekim drugim. Da nisam učestvovao u lovu.

Nesporazum je tako, na moje veliko olakšanje, razjašnjen. Samo jedan suglasnik činio je razliku između policajca (*cop*) i jedne vrste nešto veće antilope (*cob*). Takođe razliku između života i smrti. Ne samo životinje.

Posle razjašnjenja, praćenog grohotnim smehom, nesporazum je ličio na šalu. Možda grotesku. Ne sasvim bezazlenu, ipak.

Platio sam zbog toga novu turu pića ne samo Aminovom ađutantu već i svim njegovim uveliko pripitim kompanjonima.

Kada su me pitali kojim povodom, odgovorio sam: zbog suglasnika.

Za pretrpljeni strah, sa novinarskog stanovišta bar, bio sam izdašno nagrađen. Pokušavajući da obavim razgovor sa legendarnom južnoafričkom pevačicom Mirjam Makebe, naleteo sam na vođu Crnih pantera Stoklija Karmajkla. Nimalo slučajno, najzad, jer je u to vreme upravo on bio njen nerazdvojni pratilac.

Nije mi uspelo da utanačim susret sa slavnom pevačicom, ali sam zato proveo ceo dan u razgovoru sa vođom najradikalnije crnačke organizacije svih vremena.

Mada sam kasnije, krajem osamdesetih, i sam živeo četiri godine u Njujorku, niko mi bolje od Karmajkla nije opisao delovanje mehanizma kojim se protivnici, kao u slučaju Crnih pantera, uklanjaju kako fizički, tako i na suptilniji način.

Da bi objasnio kako se to radi, podsetio je na pojam „revolucije" za kojim su često potezali studenti na univerzitetima protestujući protiv rata u Vijetnamu, a na manje bezazlen način i radikalne crnačke vođe u prenaseljenim getoima velikih gradova.

Primetivši da se i u liberalnoj i u reakcionarnoj javnosti javlja sa velikom učestanošću, da maltene svaki čas bubnja u ušima ili titra pred očima, reč „revolucija" je kao predmet „masovne potrošnje" neizbežno privukla pažnju oglašivača. Trgovci su, otuda, preplavili Ameriku reklamama u kojima su nudili „revolucionarne" proizvode. *Ford* je svoja vozila predstavljao kao „revoluciju" u automobilizmu, krevet koji se podešavao prema stasu i težini korisnika uveo je „revoluciju" u spavaću sobu. I banke su, naravno, „revolucionisale" svoje poslovanje. Ni pudinzi nisu izostali, dičeći se novim „revolucionarnim" ukusom.

Pošto je, tako, u svim mogućim jezičkim i pojmovnim kombinacijama upotrebljavana i zloupotrebljavana, žvakana i varena, gutana i sa ostacima hrane izbacivana, reč „revolucija" ubrzo nije vredela ni prebijene pare.

Mnoge studentske i crnačke vođe su, prema Karmajklu, doživele istu sudbinu. I oni su, kao i rado korišćena reč, bili često u opticaju dajući izjave za ovu ili onu televiziju. Zalivajući svaku misao kao mladu sadnicu gutljajima viskija, i vođe su takođe brzo potrošene.

Usred razgovora prišla nam je visoka lepa crnkinja u čijem je hodu bilo nečeg kraljevskog. Već po načinu na koji se pozdravila sa Karmajklom, videlo se da se poznaju.

Pre nego što je predstavljena, sama je pružila ruku:
„Elizabeta Bagaja.“

„Princeza Elizabeta Bagaja?“, pitao sam u neverici.

Ljupko je uzvratila da se ne oseća baš kao princeza. Mada je istina, ako je to uopšte važno, da potiče iz kraljevske loze Bugande, koja je nekada vladala Ugandom.

Čuo sam, naravno, za nju. Znao sam da se u Americi školovala na prestižnim univerzitetima. Da je došla u Kampalu da se pridruži Aminu. Kako se govorilo, kao šef diplomatije.

Prvi put sam imao priliku da je posmatram izbliza, takoreći natenane. Poređenje sa gazelom u potpunosti joj je pristajalo. Sa produhovljenim licem, visokim čelom, crnom, gustom kosom koja je bila skupljena u neku vrstu punđe, neodoljivo je podsećala na Nefertiti ili neku drugu lepoticu drevnog Egipta. Poticale su, najzad, sa istog kontinenta. Zbog čega bi takva veza bila nemoguća?

Pitao sam se šta je takvu ličnost, lepu, prefinjenu, otmenu, uz to i poznavaoca sveta, navelo da bude uz Amina, uz osobu koja je njena sušta suprotnost. Ni visprenom, urbanom crnačkom vođi tu nije bilo mesto. Šta ih je, kao i mnoge druge obrazovane crnce u rasejanju, privlačilo priprostom naredniku?

Kao da je naslućivao šta me muči, Karmajkl je primetio da takozvanim Afroamerikancima nimalo ne smeta pojava afričkih vođa koji belcima vraćaju milo za drago, čak i kada to čine na neprikladan i primitivan način.

Ma koliko neobrazovan, Dada je bio dovoljno lukav da, sebi u prilog, iskoristi takva osećanja. Ko je, najzad, bio protiv njega? Od afričkih vođa jedino tanzanijski predsednik Njerere, koji je u feldmaršalu odmah prepoznao okrutnog despota. Narod ga je obožavao. Čak su i školovani ljudi, sve dok ubistva nisu učestala, uživali u dosetkama bivšeg narednika. Naročito kada je izaslanika britanske krune primio u afričkoj kolibi u koju je, zbog niskog ulaza, mogao da se uvuče jedino puzeći.

Prisetivši se tog događaja, Elizabeta Bagaja je primetila da izaslanik britanske krune nije imao osnova za prigovor: „Amin ga je, najzad, ugostio u tipičnom afričkom prebivalištu.“

Princeza je skupo platila svoju zaslepljenost. Kada je na prijemu povodom „osvajanja Kejptauna“ Elizabeta vatreno branila stanovište da je Dada samo „legitimni afrički nacionalista“ nije ni slutila da će, neku godinu kasnije, bekstvom iz Ugande jedva izvući glavu pošto ju je feldmaršal optužio da je „u toaletu na pariskom aerodromu vodila ljubav sa jednim belcem“.

U Kampali sam, tako, tražeći pevačicu naišao na princezu i „pantera“, što samo dokazuje kako je ponekad utešna nagrada vrednija od glavne.

Na Amina sam – kada je već bio u izgnanstvu u Saudijskoj Arabiji – još jednom naišao u filmu *Poslednji kralj Škotske*. Otkrio sam, slušajući dijaloge, da se scenarista nije ustezao da kao građu delimično koristi i moje novinske izveštaje iz Ugande. Ne znam da li je ta vrsta tekstova zaštićena autorskim pravima kao oni literarni, ali očito je da se autori filma nisu mnogo zamajavali takvim nedoumicama.

Puzajući državni udar

Državni udari u Africi toliko su česti da gotovo više i ne privlače pažnju. Vlast se, drugim rečima, može dobiti na izborima, ali i vojnom silom. Način na koji je to u Etiopiji učinjeno odudarao je, ipak, od svega do tada viđenog. Za razliku od klasičnog državnog udara u kom vojska zaposedne aerodrom i važne vladine ustanove, a neki do tada nepoznati mladi oficir pročita na radiju ili televiziji saopštenje kojim se obznanjuje da su zbog „zloupotrebe vlasti, lošeg upravljanja, nezakonitog bogaćenja i korupcije", pohapšeni dotadašnji vlastodršci, u Etiopiji se puč protezao više od godinu dana.

Državni udar iz 1974. godine dobio je naziv „puzajući" jer je ne samo trajao mesecima već se odvijao i obrnutim redom: prvo su uklonjene sve poluge carske vlasti, a tek na kraju i sam car.

To je praktično značilo da je Vojni komitet odlučio da svoje ciljeve ostvari postepeno, u više etapa. U prvoj se imperator nije dirao. Zaklinjući se na vernost kruni, pučisti su istovremeno ukinuli sve institucije carevine: Krunski savet, specijalni carski sud Čilot, Imperijalni štab i Ministarstvo dvora. Konačno je, tako, došao red i na samoga cara.

Pukovnik Feleke, i sam član vojnog rukovodstva, posvedočio je da je car ukaz o smenjivanju saslušao mirno, toliko mirno čak da se javljaju sumnje da je uopšte shvatio o čemu je reč. U svakom slučaju, nije se nimalo opirao da krene sa vojnicima koji su mu se, doduše i tada, obraćali sa „Vaše veličanstvo".

Etiopijan herald je događaj ovako opisao:

„Na dan Meskerema Drugog 1967. godine (po etiopskom), odnosno dvanaestog septembra 1974. godine po gregorijanskom kalendaru, dvorske kapije su se poslednji put zatvorile za Hailem Selasijem. Zgrčen na zadnjem sedištu skromnog policijskog vozila, car Etiopije, pobednički lav judejskog plemena i izabranik bogova, napuštao je, kao obični zatvorenik, presto na koji je pre četrdeset i četiri godine došao u pozlaćenim kočijama kao Tafari Makonen."

Od pukovnika sa kojim sam u to vreme često igrao šah saznao sam da je, suprotno verovanju da se car nalazi u podrumima palate Menelek, zatvorenik bio smešten u barakama Četvrte divizije odmah iznad Trga Maskal, između druma koji vodi u Nazaret i železničke pruge za Džibuti.

Zajedno sa carem bila je i njegova porodica i takoreći celokupna dvorska svita. U barakama začetnika pobune, koje su služile i kao vojni logor, bili su zatočeni takođe članovi Krunskog saveta, bivši premijeri i ministri, rasovi i dedžazmati, guverneri provincija i sudije, kao i druge ličnosti od moći i uticaja. Na okupu je bilo čitavo etiopsko visoko društvo, što je caru dalo povoda da primeti:

„Ponovo mogu da sazovem, kad god poželim, sve svoje ministre i generale."

„Znači li to da je car pri punoj svesti?", upitao sam.

„Ne znam šta da vam kažem", odgovorio je pukovnik. „Posluga se i dalje obraća caru sa 'Vaše veličanstvo', a i on sam ponekad veruje da je to još uvek."

Tumačeći zašto je i u zatvoru sačuvano poštovanje prema svrgnutom suverenu, Feleke je podsetio da Abisinci u caru vide izaslanika boga. Predanje prema kom kraljevska loza potiče od legendarne veze kraljice od Sabe i cara Solomona još više je doprinelo ugledu prestola.

Važno je znati da je običaj da se podanici pred carem bacaju na zemlju oborena pogleda postojao sve donedavno. Negujući mit izdvojenosti i nedodirljivosti, abisinski vladari su sasvim retko viđani u javnosti. Čak i za vreme obeda, od dvorana ih je delila zavesa.

I car Selasije se strogo pridržavao određenog rituala koji je na narod ostavljao utisak. On se, po već ustaljenom običaju, svakog dana odvozio kolima iz palate Džubili, u kojoj je živeo, u radni kabinet u starom Menelekovom dvorcu. Pošto je bio razglašen običaj suverena da iz kola razbacuje metalne novčiće, a u trenucima naročito dobrog raspoloženja ili u posebnim svečanim prilikama i zlatne dukate, kolonu carskih vozila, koja je prolazila uvek u isto vreme, svuda uz put čekala je gomila prosjaka ili samo radoznalog sveta koji je pri pojavi cara padao ničice na zemlju.

Slušao sam Felekeovu priču kao bajku, okrutnu doduše, ali ipak očaravajuću. Takav karakter su imala i statusna obeležja Njegovog veličanstva: prsten u desnom uvu, kraljevska zastava, bubnjevi sa kožom od zebre, zlatne trube i flaute, svileni suncobrani *zhan tele*. Na svečanim carskim procesijama na kojima se pojavljivao na belom konju sa srebrnim zvončićima upletenim u grivu, srebrnim štitom i belim tropskim šeširom, suncobrani su bili obavezno crvene boje.

Jednu takvu procesiju, bez cara doduše, video sam na putu između Aksuma i Gondara, visoko u brdima. Zaogrnuti šamama od belog platna ili nešto svečanijim sveštenačkim odorama, učesnici povorke štitili su se od sunca suncobranima jarkih boja. Procesija je kao zmija gamizala od dolina utonulih u mračnu senku do sunčanih vrhova. Bio je to jedan od onih prizora za koje sam se kasnije pitao da li sam ih doživeo u snu ili na javi.

Na večeri kod cara

Cara Selasija prvi put sam video na večeri koju je u maju 1973. godine priredio za državnike konferencije Organizacije afričkog jedinstva i novinare koji su pratili najviši kontinentalni skup.

Kao i drugi gosti, na ulazu u palatu Džubili prošao sam ispod ukrštenih kopalja gardista. Ako su za gladne na prilazima gradu raznobojne rakete, koje su se rasprskavale na tamnoj pozadini neba, mogle da znače bilo šta, čak i kraj sveta, za zvanice su predstavljale samo živopisni vatromet.

Mada se nisam prvi put u siromašnoj zemlji susreo s prizorima raskoši, verovao sam da svetkovine iz *Hiljadu i jedne noći*, zajedno sa maharadžama i kohinor dijamantima, pripadaju prošlosti. Bio sam, zbog toga, zadivljen prostranstvom palate, visokim svodovima kao u hramu, otmenošću ceremonijala i, najzad, prefinjenim manirima dvorana.

Hiljadu poslužitelja, kojih je bilo bar isto toliko koliko i gostiju, čekalo je da se oglasi gong kako bi počeli sa služenjem. Svi odreda bili su u svilenim, baršunastim bluzama i šalvarama jarkih boja, sa turbanima okićenim takođe raznobojnim perjem. Tako fantastični kostimi mogli su da se zamisle samo još na dvoru velikog kalife u Bagdadu ili na sceni Metropolitena u Hačaturijanovom baletu *Ljubav za tri narandže*.

Dvorski *camerieri* kretali su se u ritmu muzike, kao na pozornici. Velike zdele sa hranom, pokrivene srebrnim poklopcima, prinosili su stolovima sasvim sporo ili trčeći, u zavisnosti od toga da li je na redu adađo ili skerco. Mada se moglo činiti da je u dvorani vladala pometnja, odmereni ili užurbani pokreti bili su, u stvari, deo stroge koreografije koja je raznošenje jela, kao u Hačaturijanovom baletu, preobražavala u neku vrstu predstave. Iako sam se nadao da će hor od hiljadu gostiju prihvatiti bar vodeće muzičke teme, u oratorijumu u kojem su pevači nemo otvarali usta jedino se čuo zveket pribora za jelo. Solisti su se ipak čuli, ali samo u pročelju dvorane gde je za afričke vladare priređen poseban program.

Kraljevi i predsednici, začudo, prema zavodljivim mladim igračicama, zaodenutim samo providnim velovima ili čak potpuno golišavim, samo sa pređicom oko struka, bili su naizgled ravnodušni. Ton takvom ponašanju davao je domaćin svojom nepodmitljivom ozbiljnošću.

Što sam duže posmatrao carevo lice, uokvireno urednom bradicom, to sam teže uočavao razliku između živog bića i njegove fotografije okačene u svim vladinim ustanovama, bolnicama, čak i u autobusima i vozovima.

Za razliku od koreografije, koja je odgovarala spektaklu jednog Sesila de Mila, carska večera nije prevazilazila nivo nešto boljeg hotela. Medovina me, na sreću, nije mučila nikakvim nedoumicama. Spravljena u carskim podrumima, opravdala je imperijalni ugled.

Legija stranaca

Otkako znam za sebe maštao sam o Džibutiju. To što je detinjasta želja opstala i u zrelim godinama moglo se objasniti jedino mitskim predstavama o najamničkoj vojsci Legije stranaca koja sa grudobrana neke tvrđave usred pustinje odoleva jurišima nomadske konjice.

Nije, nažalost, bila dovoljna samo želja. Za Džibuti je bila potrebna i viza do koje se teže dolazilo nego za samu metropolu. Francuski konzul u Adis Abebi, koji mi je često dodijavao raspitivanjem o planovima Vojnog komiteta, pomogao mi je da je dobijem. Bio je, drugim rečima, dužnik koji je dobio priliku da uzvrati uslugu.

Voz za Džibuti polazio je od starinske zgrade pokrivene crvenom ćeramidom na kraju Čerčilove avenije u Adis Abebi. Da bi prevalio put od krova Afrike do luke na Crvenom moru bili su mu potrebni ceo dan i noć.

Zbog nesigurnih puteva, pruga je za Etiopiju i u dvadesetom veku imala gotovo isti značaj kao u Menelekovo doba. Na to su upućivali i vojnici s uperenim puškama na branicima lokomotive, kao i grozdovi naoružanih stražara na njenim bokovima. Osećao sam se, zbog toga, kao statista u revolucionarnim filmovima Ajzenštajna i Pudovkina.

Uprkos nemirnim vremenima, vagoni su bili krcati putnicima. U zavežljajima, uvezanim prećicom i kanapom, čuvali su robu namenjenu preprodaji: uštavljene kože, sapun i bakaluk, pamučno platno, ramove za porodične fotografije, igle za pletenje i bojadisano predivo.

Na stanicama, kojih nije bilo u voznom redu, roba iz prestonice razmenjivala se za šećernu trsku, nar, banane, papaju, smokve, mango, paradajz i čat (zeleno lišće sa blagim omamljujućim dejstvom), na naročitoj ceni u Somaliji, Adenu i Džibutiju.

Kao jedini Evropljanin u vozu, bio sam okružen posebnom pažnjom. Obasipali su me ponudama, kao da sam u nekom lokalnom vozu u Srbiji, a ne na Rogu Afrike. Posle lepinja sa umacima poslužili su me kao ćilibar žutim mirišljavim čajem. Na kraju obeda ponuđen sam zelenim, vretenastim štapićem. Uveren da je reč o nekoj vrsti domaćeg deserta, čvrsto sam zagrizao, ali uprkos velikom trudu nisam uspeo da sažvaćem više od trećine za moj ukus previše tvrde „poslastice". Tek kada sam s mukom progutao samo donekle omekšalu, vlaknastu kašu, shvatio sam da zeleni štapić nije nikakav desert već sredstvo kojim domoroci taru zube, dajući im blistavi, beli sjaj. Posmatrajući napola sažvakani vretenasti štapić, sa uzdahom sam zaključio da sam verovatno jedini čovek na svetu koji je upravo pojeo četkicu za zube.

Kao da se nikome u vozu nije žurilo. Ni putnicima ni gvozdenoj gusenici koja je oprezno gmizala prema crvenkastom pustinjskom horizontu. Vožnja Menelekovom železnicom je, otuda, sve više imala vid pokretnog sabora na kojem se viđaju prijatelji i rođaci, razmenjuju vesti, trguje i pomalo putuje.

U Dire Davi, na pola puta do Džibutija, na stanici su me sačekala dva poznata zemljaka, fudbalski treneri Ninković i Jelisavčić, koji su u to vreme vodili nacionalne selekcije Egipta i Nigerije. Jednodušno smo zaključili da je za grad čije ime čak i dobre poznavaoce geografije dovodi u zabun, tri Srbina po glavi stanovnika ipak previše.

Još nedovoljno razbuđen, francusku kolonijalnu tvrđavu sam idućeg jutra doživeo više kao filmsku kulisu nego kao stvarnost. Sunce je do tada već dovoljno odskočilo da razveje jutarnju izmaglicu i na kraju mrkožutog pojasa pustinje obasja daleko more.

Vilinskom prizoru divio sam se samo izdaleka, jer se voz zaustavio usred pustinje kako bi se obavio pregled putnih isprava. Ne baš uobičajen, jer su se legionari ustremili na putnike kao ostrvljene zveri. Pošto su im grubo naložili da napuste vagone, kroz prozore su bezobzirno izbacili i njihove bošče i korpe. Pre nego što smo se i osvestili, saterani smo u prostor opasan dvostrukim koturima žice, neku vrstu tora za ljude.

Mada je pod otvorenim nebom sunce nemilosrdno pržilo, legionarima se nije žurilo. Zamoreni od vršljanja po prtljagu koji je ležao razbacan duž pruge, pregledu putnih isprava prišli su bez žurbe.

Unapred sam se naslađivao iznenađenjem koje ću im prirediti. Pošto se od drugih putnika nisam previše razlikovao, legionar je zbunjeno vrteo pasoš koji nije očekivao, ne skrivajući nelagodnost što se okrutna kontrola odvija pred očima neželjenog svedoka. Velikodušno je, zbog toga, dopustio da se vratim u voz u kojem je bilo primetno manje putnika. Oni koji nisu zadovoljili proveru, ostaće u „toru" dok vlasti ne odluče šta s njima da učine. Da li da ih vrate odakle su došli ili možda zadrže u pritvoru.

Da sam putovao avionom, ništa od toga ne bih video. Vredelo je, makar zbog toga, pržiti se na suncu.

Dok je voz ulazio u stanicu, mislio sam na Kamija. Video sam Džibuti istim očima kao i on svoj Alžir: kao bleštavo belu luku koja uranja u bledoplavo, kao isprano more. Gotovo kao Matisova slika u kojoj su različito oslikane površine odvojene jedna od druge bojama, a ne prostorom.

Ma koliko se upinjao, u Džibutiju nisam primetio ništa što bi, makar izdaleka, odgovaralo mitskim predstavama o Legiji stranaca čiji su pripadnici više ličili na birokratizovane kolonijalne činovnike nego na odvažne pustolove.

U kafiću na obali, kojem je nostalgični vlasnik dao parisko ime *Mulen ruž*, naručio sam rashlađeno belo vino. Dok sam ravnomerno, u malim gutljajima uživao u piću, gledao sam crnopute, oznojene nosače kako u brodove utovaruju džakove kafe. Okrenuo sam zatim leđa moru i zurio na drugu stranu: u splet ulica koji se završavao na obodu pustinje. Pošto sa te udaljenosti nisam mogao da vidim graničnu crvenomrku mavarsku tvrđavu, samo sam je naslućivao. Ličilo je, što da krijem, na oproštaj. Na rastanak koji je uvek sentimentalan. Pa i bio je oproštaj. Od iluzija. Od slika iz detinjstva koje se sa stvarnošću nisu podudarale.

U Adis Abebu sam se vratio avionom. Umesto abisinskih brda kroz prozor sam video namreškanu, srebrnastu površinu mora. Zaključio sam da avion samo pravi krug da bi dostigao potrebnu visinu, ali je umesto da se podiže letelica počela da se spušta.

Ubrzo smo zaista sleteli. Ne izlazeći iz aviona, kroz prozor sam mogao da pročitam natpis na pristanišnoj zgradi: *Aden airport*. Ne objašnjavajući razloge zbog kojih smo sleteli u glavni grad Jemena, strogi, bespogovorni glas naložio nam je da se iskrcamo. Pravougaonu zgradu s niskom tavanicom i zagušljivom nevelikom prostorijom čuvali su vojnici s kažiprstom na orozu automatskog oružja.

Pomislio sam kako se očekivana pustolovina ostvaruje na paradoksalan način. Umesto u Džibutiju, sačekala me je u Adenu. Više od smrknutih čuvara pristanišne zgrade brinulo me je što nam niko ne prilazi, niti na nas obraća pažnju. Kao da smo se slučajno zadesili u priči koja sa nama nema nikakve veze. Ma koliko to apsurdno zvučalo, bilo je potrebno da, bez prethodne najave ili objašnjenja, sletimo u Aden umesto u Adis Abebu da bih razumeo Kafku. Da bih bio u stanju da se udubim u položaj čoveka kome se događaju stvari koje ne želi, ali ne može da ih izbegne. Na koje, drugim rečima, nema nikakav uticaj.

Ni sâm nisam znao koliko sam dugo stajao oslonjen na šank pre nego što je putnicima, isto tako strogim glasom, naloženo da se vrate u avion. Ni u toku leta, ni po sletanju u Adis Abebu niko nije objasnio zbog čega smo sleteli u Aden. Da li je pokušana otmica aviona? Ili je posredi nešto drugo? Ni jedne jedine reči. Kao da se računalo na to da ćemo u odsustvu razumnog tumačenja i sami početi da sumnjamo u ono što se dogodilo.

* * *

Na pustom drumu blizu nebesima

Ambasador Vojinović je našao dobrovoljce da dovezu teren-
sko vozilo koje je već dugo čamilo u prašnjavom lučkom
skladištu u Asmari. Ne znam kakvi su bili konzulovi razlozi,
ali moji su bili jednostavni: plaćena avionska karta do luke
na Crvenom moru i mogućnost da u povratku vidim veći
deo „Roga Afrike".

Članovi strane kolonije u Adis Abebi nimalo nisu deli-
li moje ushićenje, otvoreno mi stavljajući do znanja da je
u vremenu kada je na drumovima više *šifti* (bandi) nego
ikada ranije takav poduhvat ravan ludilu. U pola glasa, uz
to, mrmljali su kako konzul nije najpogodniji suvozač zbog
namćoraste i povremeno plahovite naravi.

Za mene je, naprotiv, bio jedan od najblagorodnijih ljudi
koje sam sreo. Istina je da sa telesinom od više od stotinu
kilograma i mrgodnim licem nije ličio na Gandija, ali samo
za one koji ga nisu poznavali.

Što se tiče *šifti*, uprkos trudu ambasadorovog vozača
Abrahama da me upozna sa svim njihovim vrstama i pod-
vrstama, razbojnike sam razlikovao jedino po tome da li
ubijaju *dulom*, odnosno drvenom močugom sa zadebljanjem
na kraju, ili na savremeniji način, vatrenim oružjem.

Za razliku od *farandži* (neukih stranaca), u koje je očito i
mene ubrajao, Abraham je drumske razbojnike opisivao kao
guaboze. Kako se pokazalo, samo jedna amharska reč bila je
dovoljna da izrazi hrabrost, neustrašivost, čvrstinu i mužev-
nost, sve one vrline, dakle, koje su Abisincima najdraže.

Zanimalo me je kako da prepoznam takvog junačinu ako
ga, ne daj bože, negde na putu sretnem.

Po *gofazi*, dugoj crnoj kosi, ali i po lepim crtama lica.

Primetio sam da su uprkos idiličnoj slici koju o njima stvara vozač Njegove ekselencije oni ipak samo obično pljačkaši.

„Odmetnici", ispravio me je Abraham, stavljajući usput do znanja da ne vidi kakva je razlika između njih i carskih poreznika.

Na aerodromu u Asmari čekao nas je trgovac koji se bavio otkupom štavljene kože. U početku je, poverio se, sve teklo kao po loju. Kože je, budzašto, otkupljivao u unutrašnjosti da ih, potom, izveze u svet po mnogo višim cenama. Posle svih troškova, uključujući i one za podmićivanje lokalne administracije i carinika, ostajala mu je lepa svotica.

Sve do dana kada je krenulo naopačke. Tovar koža, i to onaj neosiguran, nestao je bez traga i glasa u Masavi. Drugu pošiljku, koja je uredno isplovila iz iste luke, vratili su naručioci sa obrazloženjem da kože nisu dobro uštavljene i da su neke čak i crvljive. Kao da svi ti udarci sudbine nisu bili dovoljni, spetljao se sa mladom Eritrejkom koja je nedugo potom za razvod zatražila dvogodišnju platu.

„Šta na sve to kažete?", pitao je trgovac, obilno se znojeći.

Konzul nije imao ništa da izjavi. Umesto da sledim njegov primer, tešio sam trgovca podsećanjem na sudbinu pesnika Remboa.

Ni on nije imao sreće sa poslovima. Propao je, doduše, u Harareu a ne u Asmari, što je za jednog trgovca manje-više svejedno.

Poređenje nije ostavilo nikakav utisak na domaćina. Po otečenom, crvenkastom licu po kojem su se razlivala modrikasta međurečja, moglo se, uostalom, primetiti da se više nego za poeziju interesuje za žestoka pića.

Uprkos opiranju, zadržao nas je na ručku. Odvratio nas je takođe od namere da iste večeri krenemo za Adis Abebu, primetivši da je putovanje noću nepromišljeno i opasno. Osim toga, prijatelj Feleka sa Vojne akademije očekuje nas na večeri. Smrtno će se uvrediti ako se ne odazovemo pozivu.

U oficirskom klubu, odvojenim zemljanim zidom od ulice, čekao nas je komandant garnizona u Asmari, takođe pukovnik i, kao i Feleke, član Vojnog komiteta i zaverenik protiv cara.

Samo što smo se smestili, *cameriere* nam je iz bokala od plave keramike nasuo *teč* (medovinu) koji se prelivao iz čaše.

Primetivši da sam zbunjen načinom posluženja, pukovnik je objasnio da je za pravog Amharca čaša propisno popunjena samo ako se tečnost preliva preko ivica. Ponegde se još zadržao običaj da domaćin iz čaše gosta otpije prvi gutljaj kako bi se ovaj uverio da u nju nije usut prašak koji može da omađija ili otruje.

Koristeći amharski izraz *apar sehar* vajkao se kako ćemo ga uzdržavanjem od ponuda pretvoriti u zemni prah. U našem slučaju je bilo obrnuto jer je obilna trpeza pretila da, umesto domaćinu, naudi gostima. Kako smo se, zaista, mogli odupreti osećanju beznadežnosti kada su, ma koliko jeli i pili, tanjiri i čaše uvek iznova do vrha bili puni.

Pukovnik je ponudio da nas vod vojnika prati sve do Gondara. Sutradan je, zaista, u džipu ispred našeg stajao smrknuti vojnik kraj mitraljeza koji se, postavljen na platformu, mogao vrteti ukrug. Iza nas, u kamionu prekrivenom ciradom, sedeli su na drvenim klupama takođe naoružani vojnici.

Kapetan, kome je pukovnik naložio da nas prati, ljubazno nas je obavestio da će to činiti samo do prvog mraka. Vod će se tada vratiti u Asmaru, a nas prepustiti sopstvenoj sudbini. Nema razloga da se plašimo jer ćemo tada već biti daleko od opasnosti.

„A da li i potpuno sigurni?", interesovao se konzul.

Kapetan je odgovorio da ne može da jemči. Život svakog čoveka je, uostalom, u božjim rukama.

Primetio sam da bi se, ipak, osećali sigurnije ako bi se za našu bezbednost, uz Svevišnjeg, starala i vojska.

„Bezbednost. Kuda se denula? Za život moram da se borim svakoga dana."

Predstavljajući se, kao i svi Amharci, kao dobar poznavalac istorije, kapetan je objasnio da reči koje smo upravo čuli nisu njegove već Rasa Mikaela, i da ih je daleke 1774. godine savesno zabeležio engleski istraživač Džejms Brus.

Visoki plato na koji smo se uspinjali sve više je ličio na tvrđavu. Tlo je takođe menjalo boju od smeđe u gušterasto sivozelenu. Vijugavi put, koji se dušmanski usecao u stenje, povremeno je izbijao na prostranu visoravan, na čijoj su tamnoj podlozi pravougaona žuta polja tefa ličila na božjom rukom izvezene zlatne zakrpe.

Na takvom jednom blagoslovenom mestu, kapetan je zaustavio kolonu. Pokazujući rukom zamišljenu osu puta rekao je da ćemo vozeći neprestano u istom pravcu stići do Aksuma.

Kada je kolona iščezla sa vidika, obuzelo nas je osećanje nepodnošljive samoće.

Dok su se nisko nad horizontom palile prve zvezde, nebo se presvlačilo, navlačeći umesto plave ljubičastu, a potom i svečanu odeću, crnu kao antracit.

Dok smo tutnjali kroz mrak koji je u Africi po gustini više agregatno stanje nego optička pojava, u svest se, kao i uvek kada sam putovao noću, utiskivala kosmička pustoš. Na samotnom drumu visoko u planini bili smo blizu nebesima.

Nismo, ipak, bili sami jer se, s vremena na vreme, u snopu farova javljala iskežena glava hijene. Ne preterano daleko, ali ni dovoljno blizu da je udarimo branikom, zver nam se, bar se tako činilo, i doslovno rugala. U bolnici u Adis Abebi viđao sam decu koju je unakazila, uvlačeći se noću u seoske tukule. I lekari i lovci su bili jednodušni u mišljenju da su čeljusti hijene snažnije i od lavljih.

Odseli smo u daščari iznad čijih je vrata krupnim slovima pisalo „Hotel *Imperijal*". Uprkos tako pompeznom imenu, postelju je činio samo red dasaka, jedva malo uzdignutih od poda, preko kojih su nabacani plastovi tek pokošene trave.

Starešina oblasti, kome smo u Aksumu uručili pismo kapetana sa molbom da nam bude na usluzi, pokazao nam je visoke obeliske sa enigmatičnim amharskim intarzijama. Preporučio nam je takođe da, nešto severnije, u Lalibeli, „abisinskom Jerusalimu", kako je rekao, pogledamo crkve u vidu krsta uklesane u stenovito tlo.

U spremnosti da takvu jednu crkvu grade više od tri-deset godina, starešina je video potvrdu velike pobožnosti abisinskih Kopta.

Nema, najzad, naroda koji ima više praznika i duže posti.

Primetio sam, što je moguće smernije, da su takva svojstva u protivrečnosti sa običajem maltene svih odraslih Amharaca da sa sobom nose puške ili makar *dule*.

„Samo za odbranu", pravdao je takvu naviku starešina.

Pre nego što smo se rastali, starešina nam je dao dobro-nameran savet da uputstva o razdaljini ili konačištu ne shva-tamo previše doslovno.

„Znači li to da Amharci ne misle to što govore?", pitao sam.

Starešina je odgovorio da je takvo tumačenje previše uprošćeno. Pre se može reći da amharski jezik zahteva stalno odgonetanje, u kojem se manje-više pogađa šta je sagovornik hteo da kaže. Sami Amharci, uostalom, opisuju svoj jezik kao hibrid dva semantička sloja, čime žele reći da se mora otopiti vosak da se dođe do zlata.

Sa visoravni, kao iz tvrđave, spuštamo se, maltene okomito, u plodnu dolinu prema jezeru Tana.

Konzul je mislio da nam sve do Adis Abebe ne preti više opasnost od *šifti*. Dospeli smo, tvrdio je, u krajeve koje naseljavaju miroljubivi ratari. Na drumu smo, zaista, zaticali sve više seljaka zaogrnutih šamom. Svi odreda su na ramenu nosili stare vojničke puške, a poneki i o pojasu zadevenu drvenu budžu, *dulu*, za razbijanje lobanje.

Pošto već dugo nismo naišli na gostionicu, što je konzula činilo veoma razdražljivim, oprezno sam primetio kako seljaci koje srećemo ne liče baš na miroljubive domaćine kakvim ih je opisao.

„Sve sam go razbojnik", konzul je konačno dao sebi oduška, naknadno se uključujući na pomalo specifičan način u raspravu o naravima brđana.

Ogrlica od mošnica

Rado sam prihvatio poziv ambasadora da pođemo u lov. Kao i svi amateri koji o lovu ništa ne znaju, mislio sam da je dovoljno uzeti pušku i krenuti u čestar. Primetivši da su takve predstave detinjaste i kada je reč o lovu na krupnu divljač opasne, ambasador je poručio da će me Matanović uputiti u to šta da činim i kako da se u lovu ponašam. Prvi put sam čuo ime lovca koje je Vojinović izgovarao sa poštovanjem.

Bio je, prema njemu, jedan od malobrojnih lovaca u Africi koji je klijentima jemčio da će uloviti ono što žele. Zavirivši u kući Matanovića u pozamašnu svesku sa kožnim koricama u koju su urednim rukopisom ubeležena imena klijenata, datum dogovorenog lova i vrsta željenog ulova, nisam mogao da se otmem utisku da prelistavam rodoslovlje kraljevskih kuća i bogatih porodica bankara i industrijalaca, a ne rokovnik afričkog lovca.

Putokazi suše u to vreme bili su vidljivi na mnogim mestima. Put koji od prestonice vodi prema Harareu s obe strane je bio oivičen testijama od keramike i praznim benzinskim kantama, kraj kojih je narod, još pre svanuća, čekao na cisterne sa vodom.

Odmah iza Debre Sine, sa platoa visokog i do tri hiljade metara, sunovratili smo se u vruću depresiju. Mrkožuta boja druma, kojim smo se posle napuštanja asfaltnog puta vozili, nije se razlikovala od boje okolne podloge.

Zaustavivši kola u udolini koja je nekada bila korito rečice, Matanović je mirnim glasom saopštio da se nalazimo u zemlji lavova.

Očekivao sam drugačiji pejzaž. Okolinu koja odiše dramatičnošću.

Nije mi, ipak, bilo svejedno kada je Matanović zastao da pokaže tragove nečega što je, po njemu, mogla da bude lavlja šapa.

„Ne tako skorašnja", umirio nas je.

Na tlu, pretvorenom zbog suše u ispucale kraste, nije se moglo zamisliti postojanje ijedne biološke vrste, čak ni sićušnih insekata. Lanac međusobnog proždiranja je, u odsustvu vode, jednostavno prekinut. Ako se i čulo neko krckanje i šuštanje, ono je poticalo jedino od naših koraka.

Tako smo bar mislili jer smo, podigavši glave, zamoreni od uzaludnog čitanja tragova, sa čuđenjem otkrili da nismo sami. Svuda oko nas, kao da su iz zemlje iznikli, nepomično su stajali, sudeći bar po izgledu, nimalo miroljubivi domoroci. Gledali smo, sa pomešanim osećanjem straha i ljubopitljivosti, kako oko nas obrazuju hermetički, gotovo sasvim pravilan krug.

Pribravši se od prvobitnog zaprepašćenja, pažljivo sam posmatrao pridošlice, zapažajući pojedinosti koje u prvi mah nisam uočio. Najpre sam primetio da su naoružani dugim kopljima. Bili su opasani samo parčetom tkanine od biljnih vlakana. Oko vrata su nosili ogrlice sa nanizanim predmetima koji su, posmatrani iz daljine, najviše ličili na sasušene smokve. Kao da su i sami deo „mrtve prirode", domoroci su, nepomičnošću i ćutanjem, više podsećali na kamene obeliske nego na žive ljude. Njihov ukočeni staklasti pogled nije ništa izražavao, ni dobronamernost ni radoznalost, čak ni pretnju, zbog čega nas je još više plašio.

„Danakilci", promrmljao je prebledeli Matanović.

Primetivši da ne shvatam ni značenje reči ni razloge za strah, šapatom mi je poverio da su na ogrlicama oko vrata ratnika nanizane sasušene mošnice, a ne smokve. Pleme Danakilaca poznato je upravo po tome što junaštvo dokazuje na specifičan način, kiteći se „trofejima" unakaženih protivnika. Pošto ih već godinama nije video, bio je uveren da je car okrutnim merama zatro ne samo varvarski običaj već i pleme u celini.

„Da li u potpunosti?", pitao sam se u tišini.

Mada se krug Danakilaca nije pomerao, činilo se da nas sve više kao obruč steže. Zurenje u lica domorodaca, bezizražajnih kao maske, nije nam pomoglo da saznamo njihove namere.

Ko zna koliko bismo se dugo podozrivo posmatrali da Matanović nije primetio kako se pogledi domorodaca, kao u žiži, stiču u čuturama koje smo okačili za pojas.

Zaključivši da su okrutni kolekcionari mošnica možda samo žedni, uperio je kažiprst prema željenom predmetu i iz sveg glasa povikao: *vaha, vaha*.

Vaha, vaha, pokrenuše se najzad, u očekivanom odjeku, ispucale usne Danakilaca.

Podelili smo, tako, ono malo vode što smo imali, grleći se sa urođenicima sa istim oduševljenjem kao radnici koji su sa suprotnih strana probili tunel kroz planinu ili, što mi je takođe palo na pamet, kao ruska i američka armija prilikom susreta na Elbi.

Velika glad

Velika glad više se nije mogla sakriti. O njoj su svedočile kolone izbeglica, ali i izveštaji lokalnih vlasti koji su iz udaljenih krajeva stizali u Adis Abebu.

U autobusu za Desai, glavni grad provincije Volo, najviše ugrožene sušom, listao sam dosije koji je uoči puta pripremio ambasador. Metodičan u svemu, Vojinović je celo jedno poglavlje izdvojio za poruke lokalnih zvaničnika prestoničnim vlastima.

„Što oči ne vide, srce ne odboluje", napisao je u svom izveštaju guverner provincije Volo. „Gledao sam kako ljudi umiru sa blatom u stomaku, grizući ispucalu zemlju. Uzalud čekajući na pomoć koja nije stizala, mnogi od njih nisu više među živima."

Usredsređen na proučavanje dosijea, nisam primetio kako se autobus puni. Takav opis, naravno, nije u potpunosti odgovarao stvarnom stanju, jer u ovom slučaju ne samo da je bilo više putnika nego sedišta već je i svaka stopa slobodnog prostora, takođe na krovu i branicima, bila zaposednuta. Bagaž putnika se isto tako razlikovao od onog u Evropi jer se osim kartonskih kutija, zavežljaja i bošči sastojao takođe od živine i sitne stoke. Natrpani jedni preko drugih, ljudi, stvari i životinje ličili su na izbegle u Nojevoj barci koji posle potopa traže čvrstu zemlju.

Kada je preopterećen autobus uz gromoglasno trubljenje najzad krenuo, nisam bio siguran da li više strahujem od toga da li će se zbog tovara na krovu prevrnuti ili od toga da će se, tresući se u ritmu motora, raspasti.

Sretali smo usput teretna vozila sa putnicima za koje se nije znalo ni kako su se uspentrali na vrh visoke kamare, a još manje kako se na njoj održavaju. Pretovareni teretnjaci su privlačili pažnju i zbog izreka ispisanih na daskama ili ciradi, koje su govorile o umetničkim sklonostima ili o životnoj filozofiji vlasnika.

U pretrpanoj zagušljivoj Nojevoj barci sve teže sam se odupirao snu. Uzalud sam treptao i menjao položaj ne bih li se nekako rasanio. Ništa nije pomagalo.

Kada sam se uveče, sav musav, sa košuljom ulepljenom od znoja, probudio u Desaiju, iz autobusa su već izašli svi putnici.

Sačekavši da se unutrašnja magla od ošamućenosti, vrućine, ustajalog vazduha, dugog puta i umora konačno razveje, raspitao sam se za prenoćište. Vozač autobusa pokazao je na pravougaonu zgradu, osvetljenu škiljavim svetiljkama. Odmah iza nje je Ađipov motel u kojem se, uz nešto sreće, može naći slobodna soba.

Na recepciji su, zaista, potvrdili da je to jedini motel ne samo u Volou već i u okolnim provincijama. Razmislivši malo, portir u prljavoj, prugastoj galabiji, sa važnim izrazom lica je saopštio da sve do Adis Abebe nema drugog.

Rekao sam da sam vrlo počastvovan što ću spavati u tako izuzetnom motelu. Molio sam da mi što pre da ključ kako bih sprao prašinu od putovanja.

Portir je saopštio da to nije moguće zbog toga što su sve raspoložive sobe popunjene zvaničnicima Crvenog krsta i drugih međunarodnih organizacija.

Zurio sam u mrak potpuno izgubljen.

Saglasivši se da ne mogu da ostanem na ulici i zbog toga što na ulicama Desaija noću ima više hijena nego ljudi, portir je ponudio skromnije konačište.

Da bi predupredio preterana očekivanja, primetio je da se za noćenje u njemu plaća jedan etiopski dolar, što odgovara vrednosti od pola američkog dolara, te se za tu cenu i ne mogu bogzna čemu nadati. Ponudio se da me do *Zvezde Orijenta*, kako se zvao „hotel", lično odvede.

Pokazalo se da je njegova pratnja bila neophodna jer u kolju oblepljenom blatom ne bih prepoznao ni konačište manje pompeznog imena.

Mada sam na vreme upozoren da ne očekujem previše, prvo što mi je palo na pamet kada sam, pri ulasku u sobu, upalio lojanu sveću bilo je da se okrenem i izađem. Gole daske poređane na drvenom kolju prekrivao je pokrivač koji se dugotrajnom upotrebom pretvorio u masnu i prljavu ritu. Na zidovima, isto tako prljavim, videli su se tragovi krvi. Tušta i tma insekata koji su izvirali iz mnogobrojnih naprslina očito su se u *Zvezdi Orijenta* osećali pre kao domaćini nego kao gosti.

Kikotanje hijena, koje su se čule odmah s druge strane zida, odvratilo me je od namere da se vratim na ulicu. Potrudio sam se da za ostatak noći stvorim koliko-toliko podnošljive uslove. Pošto sam sa gađenjem uklonio pokrivač, odgurnuvši ga nogom u ugao, očistio sam zgužvanim papirom poslednjeg izdanja *Etiopijan heralda* daske na kolju. Preko njih sam, najzad, raširio peškir iz ranca i sedeći na njemu prekrštenih nogu kao Buda odlučio da budan dočekam jutro. Sličnost sa Budom je, naravno, bila samo fizička, u načinu sedenja, jer o spokojstvu i duševnom miru u mom položaju nije moglo biti ni reči. Svaki čas sam se, naprotiv, neurastenično trzao od glasova šejtana koji se čas prerušavao u hijene, a čas u pijane trgovce stokom.

U pravu je bio Džakula, stručnjak Ujedinjenih nacija koji je tragajući za vodenim izvorima prokrstario celom Etiopijom. Kad god bi se neko požalio na smeštaj, podsećao ga je da od „lošeg postoji gore".

Setivši se njegovih reči, pitao sam se kako sam mogao da budem nezadovoljan hotelom u Bamaku samo zbog toga što je u zidu, na mestu iščupanog klima uređaja, zjapila rupa. Konačište u glavnom gradu Malija, u zemlji koja se s pravom smatra „srcem Afrike", imalo je bar zidove, što se za „imperijalni" hotel u Desaiju nikako nije moglo reći. Mada svakako nije bila u ravni Ajnštajnove teorije relativiteta, pouka stručnjaka za vodene izvore imala je isceljujuće dejstvo. Na kraju krajeva, i od „sobe" ograđene koljem postojalo je nešto gore: noć u društvu hijena.

Sutradan sam do izbegličkog logora na obodu grada otišao pešice opustelim ulicama kojima je skrama prašine, kao u Pompeji, već navukla posmrtnu masku.

Iz šatora na ledini sa prvim jutarnjim suncem pomaljale su se skupine gladnih. Među skeletima sa neprirodno velikom glavom izdvajali su se najmlađi, naduvenih trbuščića.

Sa nelagodnošću sam otkrio da me umnožavanje nesreće ne potresa mnogo više od njenog pojedinačnog ispoljavanja. Mučio me je, drugim rečima, prizor gladi, a ne, kao u grafici, njeni mnogobojni otisci. Znači li to da emocionalni odziv nije srazmeran numeričkom povodu? Da čovek, čak ni podsvesno, nije u stanju da apsorbuje velike brojeve?

Koliko i ograničenost samilosti, čudila me je ravnodušnost žrtava. U njihovom pogledu nije bilo ni prekora ni vapaja. Samo odsutnost, gotovo pustoš, iz koje je izbijala potpuna pomirenost sa sudbinom. U poređenju sa nasrtljivim prestoničkim prosjacima, gladni u izbegličkom logoru u Desaiju vukli su se kao senke.

Mnogima je i za to puko podražavanje života nedostajalo snage. Ležali su, kako su ih ostavili, najčešće na leđima, ne pomerajući se, prepuštajući jedino pogledu, isto tako praznom i bezizraznom, da svedoči kako su živi. U uglovima očiju, kao da su mrtve, gamizali su rojevi muva, neuznemiravane čak ni pokušajem da ih makar treptanjem oteraju.

Pred slikom masovnog umiranja od gladi više i od same smrti obespokojavalo me je odsustvo bilo kakvog otpora. Na povratku me je zbog toga sve vreme proganjalo pitanje da li je pomirenost sa sudbinom samo slabost ili nešto još zlokobnije: svest o uzaludnosti opiranja.

Groblje iznad grada

U Etiopiji mi je bilo suđeno da sasvim izbliza upoznam opštu nesreću, ali takođe da doživim ličnu, sopstvenu. Posle samo mesec dana umrlo nam je tek rođeno dete.

Usred nereda i gladi, puzajućeg vojnog udara, opustelih bolnica i opšteg haosa, uprkos velikom trudu i požrtvovanosti doktora Bolesnikova, nije imalo izgleda da preživi.

Dete smo ispratili do groblja iznad grada, poznatom po tome što su na njemu sahranjivane *farandže* ili domaće ličnosti od moći i uticaja. Put se neprestano uspinjao, postajući sve strmiji, kao da su gradske vlasti želele da poslednji ispraćaj učine što mukotrpnijim. Pogrebna povorka se kretala mlitavo i uz otežano disanje zbog visine, ali i zbog vrelog sunca.

Na nadgrobnim pločama na engleskom i francuskom, ali i na drugim jezicima, urezana su imena, dan rođenja i smrti. Bilo je i onih sa kraćim objašnjenjima o tome kakvim su putevima gospodnjim pokojnici dospeli u „svetu zemlju". U neposrednom susedstvu detinjeg groba, obeleženog mermernom pločom sa urezanim imenom i uskom zemljanom trakom sa zasadima cveća, počivao je, još od 1906. godine, opunomoćeni ministar Rusije Linjin. Odmah do njega monsinjor Teodoro Monan, specijalni izaslanik Svete stolice na carskom dvoru. Na susednom grobu mogao se pročitati ceo pasus, posvećen počivšem novinaru: „U sećanje na Vilfreda Kortnija Barlija, dopisnika *Čikago tribjuna*, prvog stranog novinara koji je ušao u Etiopiju da bi izveštavao o ratu sa Italijom. Umro je šestog oktobra 1935. godine, od bolesti zadobijene tokom obavljanja dužnosti. Kao priznanje njegovoj profesionalnoj sposobnosti i posvećenosti spomenik mu podiže *Čikago tribjun*."

U tom delu groblja, kakvog li iznenađenja, zatekli smo ceo niz pokojnika iz naših krajeva. Na ploči inženjera Svetislava Trbojevića uklesane su samo godina rođenja i smrti. Odmah do njega „u miru počiva" konjički major Jugoslovenske kraljevske garde Pavle Grnić. Još jedna nadgrobna ploča, doduše sasvim škrto, bila je ispisana na srpskom: Budimir Živančević, katastarski inspektor.

Kao i uvek u takvim prilikama okružili su nas prosjaci, među kojima i gubavci. Bilo ih je toliko da se činilo da niču iz zemlje, možda i iz samog pakla.

Na izlasku sa groblja ponovo smo naišli na više dečjih spomenika. Na jednom, sa fotografijom bebe u elipsastom udubljenju, ispisane su samo tri reči: *Ici repose Thérèse.* (Ovde počiva Tereza.)

Te tri reči su nas smrvile. Do rezidencije smo stigli izmučeni, pomućene svesti, kao da su nas, dok smo prolazili kroz špalir izduženih senki eukaliptusa, zli duhovi probadali zašiljenim kopljima.

Misterije

Afrika mi je podarila nove horizonte o kojima sam u detinjstvu samo maštao. Putovanja za koja, uprkos proročanstvu Riste Grka, nisam verovao da će se ikada ostvariti. Kao što, zanetog čudima dalekih zemalja, majka nije uspevala da me dozove iz zelenog skrovišta u dvorištu kuće, tako mi se i na Crnom kontinentu povremeno gubio trag. Prolazilo je i mesec i više dana a da ni porodica ni redakcija nisu znale gde sam. Mada se to u vreme društvenih previranja, državnih udara i građanskih ratova moglo razumeti, za dugo odsustvovanje od kuće takođe je bila kriva zanesenost dečaka sa periferije Beograda letećim tepihom koji je, praćen pticama raskošnog perja, konačno poleteo sa stranica *Politikinog zabavnika.* Lebdeo je ovoga puta u stvarnosti nad izvorima Nila, Viktorijinim vodopadima, ostrvom začina Zanzibarom, Madagaskarom, starim lukama Mombase i Mogadiša, najvišim vrhom Afrike Kilimandžarom, savanama u kojima su, u neposrednoj blizini mesoždera, spokojno pasla krda antilopa, zebri i bufala. Nad nepreglednom travnatom ravnicom koja je morala biti ista takva pre istorijskog vremena, čak i pre pojave čoveka.

Nil je dugo opstajao kao zagonetka. Za izvor reke nije se znalo i kada su već bili otkriveni svi kontinenti. Antarktik, isto tako. Vodopadi i brzaci, pojas razlivenih voda sa isprepletenim rastinjem koje je od rečnog toka činilo začarani lavirint, šume papirusa, malarična groznica, tropska žega i ratoborna paganska plemena odvraćali su i najupornije istraživače. Mitske predstave održavale su se ne samo zbog toga što se nije znalo odakle izvire moćna reka već i zbog toga što nije postojalo nikakvo razumno objašnjenje za to što Nil, u svom donjem toku, protiče kroz jednu od najsurovijih pustinja na svetu, a da pritom ne upije nijednu pritoku, niti kap kiše.

Nije otuda čudno što je neistraženi prostor u srcu kontinenta raspaljivao maštu i rađao neobične priče o patuljastim ljudima, kanibalima sa dugim repom, čudovišnim beštijama, morima i planinama sa večitim snegom na vrhu.

U devetnaestom veku u Engleskoj potreba za otkrivanjem „nepoznatih svetova", oduvek prisutna kod Ostrvljana, postala je gotovo strast. To je doba koje je dalo velike putnike i istraživače Afrike. Među ovima je najtragičnija ličnost Livingston, koji je u uzaludnoj potrazi za izvorom Nila protraćio najbolje godine. On je izvor Nila tražio južnije, pogrešno verujući da ova velika reka izvire iz jezera Tanganjika. Za utehu, prvi je beli čovek koji je video najveće afričke vodopade na Zambeziju. Podlegao je malaričnoj groznici. Pratioci su srce velikog istraživača i isto tako velikog borca za ukidanje ropstva pokopali u afričku zemlju, ali telo su mu nosili hiljadama kilometara sve do Dar es Salama, gde je ukrcano u brod i preneto u London, u Vestminstersku opatiju.

Ništa bolje ne svedoči o naravima viktorijanske Engleske od anegdote o susretu Livingstona sa novinarom i pustolovom Stenlijem, koji je u Afriku upućen sa misijom da pronađe izgubljenog istraživača.

Videvši ga, posle duže potrage, prišao mu je sa rečima: *Dr Livingston, I presume?* („Doktor Livingston, pretpostavljam?")

Kao da je, bože, mogao da sretne bilo kog drugog u divljini u kojoj više stotina kilometara unaokolo nije bilo nijednog belog čoveka?

Do izvora Belog Nila u jezeru Viktorija prvi put se došlo 1862. godine. Pre, dakle, samo nešto više od jednog i po veka, pomenuti izvor je na geografskim kartama još obeležavan „belom mrljom".

U lepo uređenim prilaznim putevima, na kojima se za prevlast bore raskošne palme i ljubičasti bokori džakarande, ni izdaleka se ne prepoznaju staze kojima su se do cilja probijali prvi istraživači. Do Đinđe, sedamdeset kilometara istočno od Kampale, glavnog grada Ugande, stigao sam za nepun čas vožnje asfaltnim putem između brda zastrtih zelenim tepisima čaja, kafe i šećerne trske. Gotovo da mi je bilo žao što više nema misterije.

Na povratku iz Asmare zaustavio sam se u Bahardaru, na obali jezera Tana, tačno na polovini puta između Crvenog mora i središne etiopske visoravni. Nisam to učinio zbog koptskih manastira koji u jutarnjoj izmaglici liče na spomenike izgubljene u prostoru i vremenu, već zbog Plavog Nila koji se nečujno iskrada iz jezera da bi se gotovo dve hiljade kilometara niže, kod Kartuma u Sudanu, survao u slabine ravničarskog i tromog Belog Nila.

Kolevka Plavog Nila je opojna smeša tropske i planinske Afrike u kojoj zajedno uspevaju akacija i lotos, eukaliptus i palma, paprat i baobab. Da taj zeleni gustiš nije san već java podseća prhut legendarnog ibisa, dostojanstvenih belih roda, tromih pelikana, crvenkaste lunje, pupavca i mnoštva drugih ptica promuklih glasova i raskošnog perja.

Već od vodopada Tisisit, najvećih u Africi posle Viktorijinih na Zambeziju, idilični predeli ustupaju mesto stenju u koje se planinska bujica silovito useca. U dubokim mračnim klancima koje je reka izdubila niko ne živi. Čak i divlje životinje izbegavaju samo dno klisure.

Posmatrajući kaskadu granitnih mrgodnica, među kojima je reka jedini putokaz i znak života, Etiopija iz aviona najviše liči na kamenu tvrđavu koju je teško osvojiti.

To je i objašnjenje zbog čega su prvi Evropljani zakoračili na „Afrički Tibet" tek u ranom sedamnaestom veku. Bili su to portugalski sveštenici koji su uzalud pokušavali da etiopske Kopte preobrate u katolike.

Pošto sam bio na izvoru Belog Nila na jezeru Viktorija i Plavoga Nila na jezeru Tana, preostalo je još da se kod Omdurmana ukrcam na deregliju koja plovi na mestu gde se dve reke spajaju. Kao dodirnut magičnim štapićem, našao sam se odjednom do guše ne samo usred rečnih vrtloga već i istorije.

Mada važi za jednu od najzatvorenijih zemalja na svetu, u Sudan sam ušao sa vizom dobijenom na aerodromu. U Kartumu sam obišao grob Mahdija, preteče i možda rodonačelnika islamskog fundamentalizma koji je na stepenicama Guvernerske palate došao glave britanskom zapovedniku

Gordonu. Uprkos svetiteljskom statusu, Mahdijev grob deluje zapušteno. Kao i Kalifina palata u kojoj dremaju pospani čuvari.

„Blizu vrha najviše afričke planine", napisao je Hemingvej u noveli *Snegovi Kilimandžara*, „pronađen je smrznuti skelet leoparda. Niko nije umeo da objasni šta je leopard tražio na toj visini."

Pa, istini za volju, pojma nemam šta pokreće leoparda? Mogu da govorim jedino u svoje ime.

Još od najranije mladosti lakomisleno sam se upuštao u pustolovine. I u one kojima nisam dorastao. Nepromišljeno sam se pridružio ekspediciji čiji su se učesnici mesecima pripremali. Na vrh smo krenuli iz mestašca Maranga u Tanzaniji. Opredelili smo se za najkraću rutu koja predviđa da uspon i povratak traju pet dana. Brže od toga se ne može, jer je organizmu potrebno vreme da se privikne na visinu.

U grotlu na vrhu, iz kojeg je u nekom davnom geološkom periodu sukljala vatra, uzdižu se ledene katedrale. I to usred Afrike. Takoreći na samom polutaru. Okružen modrom belinom, nimalo se nisam čudio što je „Kraljevsko geografsko društvo" u Londonu proglasilo „izmišljotinom stoleća" izveštaj misionara Rebmana, koji je 1849. godine prvi ugledao snegove Kilimandžara. „Tako nešto u Africi, i to još na polutaru, ne postoji", presudili su uvaženi učenjaci.

Potpuno razumem njihovu nevericu. Da u Africi ima snega, zaista se nije moglo zamisliti.

S druge strane, ime „kuća bogova", kako Afrikanci nazivaju Kilimandžaro, u potpunosti je prikladno. Ko je, najzad, osim bogova mogao da posmatra svet sa takve visine?

Godilo mi je što sam izdržao. Kad god sam „inventarisao" životne poduhvate, najviša afrička planina bila je jedna od značajnijih stavki.

Leteo sam kasnije više puta avionom na jug Afrike. Kada bih kroz prozor ugledao snegove Kilimandžara spopadala me je detinjasta želja da prvog saputnika povučem za rukav. Da se pohvalim kako sam bio „tamo".

Do vrha svakako nikada ne bih dospeo da me nisu podupirali afrički vodiči i nosači. Za razliku od nadmenih Evropljana, „šerpasi" iz plemena Vačaga ne vide ništa izuzetno u tome što se, poput Sizifa, ko zna koji put uspinju na visoku planinu.

Do Viktorijinih vodopada na reci Zambezi, kojima više priliči afričko ime *Mosi o Tunja* (para koja grmi), došao sam praćen šarenim pticama. Kao da su odbegle sa platna Paula Klea, više obojeni znaci nego životna prikazanja, lebdele su u isto tako nadstvarnoj šumi tikovine, mahagonija, akacije, smokve daviteljke (nazvane tako po tome što guši drvo koje joj pruža gostoprimstvo), lijana, ebonovine, orhideja i mahovine izrasle iz truleži oborenih stabala. Iz čarobnog gustiša, neprestano kvašenog „parom koja grmi", izlazi se, kao iz omađijanog sveta, na zaravan sa koje se vidi kako se reka u širini od dva kilometra survava u ponor dubok više od stotinu metara.

Zanzibar sam posetio krajem godine, upravo u vreme kada se karanfilić suši na drvenim doksatima ili na pločniku ispred kuća. Ošamućen mirisima koji su već davno potisnuti iz sećanja izduvnim gasovima automobila i opčinjen bojama koje se u industrijskoj magli mogu videti još jedino na slikarskim platnima, doživeo sam ga kao „ostrvo čuda".

Dok se uskim puteljcima mimoilazim tek sa ponekim vozilom i seljacima koji se od kiše štite širokim lišćem banana, smenjuju se kao u filmu u boji kadrovi pirinčanih polja, plantaža karanfilića i kokosovih oraha, nekadašnje pijace robova i ostaci kupališta sultana Saida Hargeša u kojem su se brčkale četiri zakonite sultanove žene i devedeset i devet milosnica.

Među mnogim čarolijama teško mi je da se opredelim za jednu. Zastajem da pomirišem travu sa ukusom limuna od koje se spravlja mirišljavi čaj, otkinem komadić kore cimetovog drveta koja se melje u sitan prah, pogledam zemljano ognjište na kojem se kokosov orah suši i pretvara u kopru.

U luci, koja je sve do sredine devetnaestog veka bila jedna od većih svetskih trgovinskih postaja, okupljalo se, prema svedočenju istraživača Bartona, u jedan mah i po šezdeset brodova. Trgovci iz Evrope i Amerike punili su utrobe teretnjaka biljnim uljima, začinima, kikirikijem, slonovačom, kornjačinim oklopom, crvenim biberom, ćilibarom, voskom, zubima nilskog konja, rogovima nosoroga i školjkama kauri koje su u većem delu Afrike služile kao novac. Domaćini su robu kupovali ili razmenjivali za grube pamučne tkanine, oružje i municiju, raznobojne staklene perle proizvedene u Veneciji, porcelan, žitarice i razne vrste naprava i mašina.

Sa ukidanjem trgovine robljem sredinom devetnaestog veka, Zanzibar je izgubio i prihode i moć. Ostali su mirisi i boje, kao i sećanje na prošlost koja se u ruševinama sultanovih palata takođe rastače i raspada.

U lukama Mogadiša i Mombase, kao i drugih manjih luka na istočnoj obali Afrike, najradije sam posmatrao drvene brodiće koji, u zavisnosti od veličine, imaju jednu do tri katarke i trouglasta jedra koja se protežu duž čitave palube. Ovim brodićima se i danas prevoze na kontinent stare persijske škrinje i skupoceni tepisi, a na povratku, kao u stara vremena, slonovača i začini.

Jedrenjaci kao pogonsku snagu koriste monsunske vetrove koji šest meseci naizmenično duvaju u jednom, a potom u drugom pravcu. Mada je do šesnaestog veka nautička nauka znatno napredovala, Portugalci su i dalje red plovidbe na čuvenoj pomorskoj liniji za Indiju (*Careira da India*) utvrđivali po kretanju monsuna, kojima su u znak zahvalnosti podarili naziv „trgovački vetrovi".

Nisam više imao potrebu da se, kao iz prizemne sobice u detinjstvu, upinjem da pomerim horizont zaklonjen trošnim šupama i trakom prljavosivog neba. Dovoljno je bilo da pogledom ispratim brodiće sa trouglastim jedrima pa da s njima dospem sve do Arabije, Persijskog zaliva i čak Indije. Do kraja sveta, takoreći.

Rulet

Pošto u afričkim gradovima ima više kockarnica nego biblioteka, nisam odoleo iskušenju da i sam okušam sreću u ruletu, uprkos tome što nisam kockar, što se ne razumem u karte i ne igram čak ni jednostavne igre.

Ma koliko to neobično zvučalo, na ruletu sam ipak dobijao. Dogodilo se to u Port Luju na Mauricijusu, u Libervilu u Gabonu i u glavnom gradu Kenije Najrobiju, u mestima u kojima se čovek ne ponaša onako kako se vlada u svakodnevnom životu.

Uobrazio sam, štaviše, da sam pronašao metod koji obezbeđuje da se dugo ostaje u igri, što bi morao da bude cilj svih koji u kocki traže zabavu. Pomenuti metod zahteva posedovanje dovoljnog broja žetona da se malim ulozima pokrije trećina svih polja na stolu. Za takav poduhvat mora se izdvojiti ne sasvim beznačajna suma, ali ni previše velika da se njen gubitak bolno doživi.

Pokazalo se da je pomenuti metod najisplativiji jer su igrači sa manje žetona iz igre brzo ispadali. U pokušaju da povrate izgubljeno samo su se zaplitali i na kraju još više gubili.

Sa teorijom o „trećini pokrivenih polja" najviše sam uspeha imao u Port Luju. Pošto sam se dugo samo održavao u igri, počeo sam i da dobijam. Kako su dobici učestali, tako je rasla i moja odvažnost. Žetone više nisam stavljao samo na mesta gde se sučeljavaju četiri kvadrata već i na ceo broj. Kuglica se i tada zaustavljala na izabranom polju. Da nisam pravi kockar već samo puki amater, otkrio sam tako što nisam povećavao uloge. Kao da se ništa neobično ne događa, kao da je sasvim prirodno da se brojevi koje sam izabrao ponove više puta, stavljao sam na dobitnička polja iste, smešno male uloge.

Ne shvatajući izuzetnost prilike, nastavio sam sa istom opreznom igrom sve dok mi sreća nije okrenula leđa. I dan-danas verujem da su za preokret krivi neuki posmatrači koji su se u igru uplitali tražeći objašnjenja o značenju crvenih i crnih polja, na primer. Pošto su čak i amateri među kockarima beskrajno sujeverni, znao sam da besmislena pitanja neće izaći na dobro. Kao što sam brzo i mnogo dobijao, tako sam brzo i mnogo gubio. Nisam, naravno, bio ravnodušan ni prema dobicima ni prema gubicima, ali mnogo više me je brinula neka vrsta pometnje, bolje reći duhovne izobličenosti kojima su propraćeni. Ne može vam pomoći ni Dostojevski da to osetite, neophodan je, makar samo iskustva radi, lični doživljaj.

Mitomani

Malro je svakako u pravu kada kaže da je među belim ljudima mnogo mitomana, a da svima koji u tropima ostaju duže od pet godina preti opasnost da to postanu.

Među onima koje sam upoznao, nekolicina se posebno izdvajala. Na prvom mestu naš lekar koji je u Adis Abebi olakšavao duševne tegobe abisinske vlastele. Doktora je u državnu komisiju koja je utvrđivala podobnost za državnu službu kandidata za guvernere, sudije, poreznike i druga, takođe cenjena i poželjna zvanja, imenovao lično car.

Spremni i za najveća iskušenja, kandidati nisu ni slutili da će se dvorski lekar više interesovati za istoriju (koju je strastveno izučavao) nego za stanje njihovog zdravlja. Nesrećni dvorani su tako gubili mesto čuvara carskog pečata ili druga isto tako važna nameštenja samo zbog toga što nisu znali da odgovore koji su Menelekovi generali bili iz plemena Gala ili da tačno navedu godinu kada je u Abisiniji počela industrijska prerada duvana.

Nije, otuda, čudo što se glas o neumoljivosti dvorskog lekara i važnog člana Komisije za prijem u službu carskih činovnika daleko pročuo. Uzalud su kandidati za državnu službu kod učenih ljudi izučavali abisinsku istoriju. „Menelekov psihijatar", kako su ga kolege podrugljivo zvale, pronalazio je uvek nešto za šta ni oni ni njihovi učitelji nikada nisu čuli.

Nesuđeni guverneri i sudije maštali su o danu kada će im se pružiti prilika da uvaženom članu državne komisije polome i najmanju koščicu. Kada je taj dan, svrgavanjem cara, konačno došao, osujećeni kandidati nisu oklevali da iz najudaljenijih provincija pohitaju u prestonicu. Naoružani močugama i *dulama* (drvenim budžama), tradicionalnim abisinskim alatkama za razbijanje lobanja, bili su čvrsto rešeni da, uprkos ljubavi prema Meneleku, njegovog „psihijatra" i dvorskog lekara Haila Selasija zauvek ućutkaju.

Mada se doktor bezglavim bekstvom u poslednji čas spasao, istorija se u njegovom slučaju još jednom predstavila kao paradoks u kome, u revolucionarnom metežu, carevom pouzdaniku ne rade o glavi republikanski prevratnici već osvedočeni i okoreli rojalisti.

Bar koliko i „Menelekov psihijatar", i otac čuvenog lovca Matanović „senior" imao je vizionarske ideje. Upoznao me je sa njima pred mapom kontinenta naknadno iscrtanom isprekidanim linijama koje su povezivale vodene bazene na istočnoafričkoj visoravni sa nižim sušnim krajevima. Mada je, istini za volju, tako iškrabana geografska karta ličila na zamrljani dečji crtež, senior je, očima zamućenim od piva i starosti, gledao u nju sa strahopoštovanjem kao da u rukama drži Leonardov crtež.

Ideja koju je njen tvorac predstavio kao „revolucionarnu" u suštini je bila jednostavna, gotovo preuzeta iz školske lekcije o „spojenim sudovima". Dovoljno je bilo da vodeni izvori na većoj visini kroz kanale dospeju do nižih predela, da se nevolje Afrike sa sušom zauvek otklone. Voda bi, pokoravajući se zakonima fizike, oticala naniže, čime bi se pustinjski predeli preobratili u cvetni vrt.

„Senior" je mape sa brižljivo ucrtanim kanalima i elaboratom pod naslovom „Komparativne prednosti korišćenja afričkih vodenih izvora" razaslao afričkim i svetskim vladarima o sopstvenom trošku, ali od njih nije dobio nikakav odgovor.

Sa velikom znatiželjom je zbog toga od mene očekivao sud o velelepnom projektu.

Odgovorio sam da zaslužuje pažnju. Oprezno sam se ipak interesovao da li su vodeni izvori dovoljni za tako ambiciozne planove navodnjavanja. Pitao sam takođe kako će se poduhvat finansirati.

„Senior" me je prezrivo pogledao.

„Samo jezera Viktorija i Tanja, iz kojih izvire Beli, odnosno Plavi Nil", upirao je vrhom lenjira u dve plavo obojene površine na mapi, „dovoljni su da napoje pola Afrike."

Za razliku od afričkih vladara koji su vizionarske planove „seniora" nipodaštavali, policija im je poklonila odgovarajuću pažnju, što je autora projekta navodnjavanja Afrike samo učvrstilo u uverenju da se njegovi planovi ne ostvaruju zbog toga što ih ometa tajanstvena zavera.

Trgovca nekretninama u Kampali uvek sam zaticao pod šeširom, nalik onom Indijane Džonsa. Zapazio sam ga i po tome što se upinjao da ostavi utisak nekoga koji je ne samo dobro obavešten već i u misterioznim vezama sa svim tajnim službama sveta.

Kada sam ga ponovo sreo, umesto da se interesuje za poslovni razlog posete, nalegao je na telefon kao da su mu upravo saopštili da predstoji smak sveta.

„Vrlo zanimljivo, zaista", klimao je glavom. „Opet pucnjava u Kampali."

Smetnuvši sa uma zbog čega sam došao, kopkalo me je da čujem šta se tako izuzetno događa. Kada je konačno spustio slušalicu, dao je do znanja da je u posedu značajnih, ako ne i sudbonosnih informacija.

„Državni udar u Kampali", rekao je sa važnim izrazom lica.

Na pitanje koliko je vest koju je upravo saopštio pouzdana, izjavio je da su saznanja poverljive prirode te, prema tome, ne može da ih deli sa visokopoštovanim klijentima.

Mada je iz baroknog i kitnjastog i otuda arhaičnog jezika izranjala mitomanska ličnost, jedna od onih kojima vrve Kiplingovi romani, osećao sam ipak potrebu da se u istinitost priče lično uverim.

Telefonirao sam dopisniku *Rojtersa* sa molbom da mi sa teleksa pročita najvažnije vesti.

„Nema ih", odgovorio je. „Sem ako kišnu sezonu ne ubrajaš u događaje."

„Ne šegači se, Malik", poručio sam. „Nije vreme za šalu."

„Šta drugo mogu da kažem kada kiša neprestano pada, a ništa se ne dešava."

„Baš ništa?", podozrivo sam upitao.

„Baš ništa!"

„A državni udar u Kampali?"

Malik se interesovao za to da li mi je dobro. Da nisam možda skrenuo s uma?

Mada sam još bio sumnjičav, bar donekle mi je laknulo.

„Nema, dakle, važnih vesti?"

„Nema. Sem ako u vesti ne ubrajaš dosadnu kišu i vlagu. Trulimo, dragi moj, šta drugo?"

Kakva sam, bože, samo budala, ljutito sam tresnuo slušalicu.

Pre nego što sam izjurio napolje, trgovac nekretninama mi je ponudio adrese kuća za iznajmljivanje.

„Useli u njih feldmaršala Amina", lupio sam vratima tako snažno da sam se u kolima još dugo čistio od ljuspica kreča koje su po meni popadale.

Krst plave boje

Kao da sam se u potrazi za odgovorima sve više pomerao prema drevnim civilizacijama. Nimalo neobično, najzad, jer su u stari Egipat odvajkada sa svih strana dolazili naučnici ili samo ljubopitljivi putnici, vračevi i hroničari, vladini službenici i umetnici, kako bi učili od sveštenika i graditelja, ovladali tajanstvenim obredima, upoznali tehniku navodnjavanja i one principe materijalne kulture, filozofije i estetike koji će poslužiti kao model Grčkoj i Rimu.

Na Egipat sam gledao kao na neku vrstu duhovne visoravni sa koje su potekli svi izvori misli i vere, uključujući i hrišćanstvo. Čak i u formalnom smislu, jedan od rukavaca hrišćanstva je afričkog porekla. Nesreća je što se taj izvor poznat po aleksandrijskoj školi iscrpljivao u sterilnim kanonskim raspravama sa Carigradom. Toliko čak da su koptski sveštenici bili blagonakloniji prema muslimanima koji su, sa njihovog stanovišta, bili manje opasni od vizantijskih dogmatika.

Kopt je skraćenica grčke reči *Aegyptot*, čije je značenje „pravi verodostojni Egipćanin". Nije sasvim tako jer su Kopti pokršteni u prvim vekovima nove ere. U Egiptu ih danas ima oko šest miliona. U Kairu ih je najviše među advokatima i lekarima, ali ih ima i u državnoj administraciji. U unutrašnjosti su obično zanatlije, a u Gornjem Egiptu zemljoradnici koji se od drugih felaha razlikuju jedino po krstu plave boje istetoviranom na ruci.

Mada su Kopti bili predmet posebne pažnje, u Kairu su me čekala i druga, rekao bih nepredviđena uzbuđenja. Najpre središni gradski trg Tahrir koji je vrio od ljudi. Prema slobodnoj proceni, na njemu je u svako doba dana na desetine hiljada ljudi. E pa, moj sin je izabrao da se upravo na tom trgu izgubi. Nikada neću zaboraviti strah, bolje reći očajanje da ga nikada neću naći. Bio je, kako se obično kaže, samo kap vode u ljudskom moru. To što je iz njega izronio bilo je ravno čudu.

Tahrir me je, ne samo zbog pomenute neugodnosti, ispunjavao nespokojstvom. Na obodu trga je velika zgrada Ministarstva unutrašnjih poslova. U blizini su ambasade, uključujući i dobro čuvanu američku. Tu je i *Hilton* u kojem redovno odseda mnoštvo stranaca. Sve, dakle, vrvi od policije. Ako su upravo tu fanatici otvorili vatru na građane, postoji li uopšte mesto gde čovek može da se oseća sigurno?

Kao da mi je bilo suđeno da se na putu susrećem sa paradoksima, ni u Kairu nisam mogao da ih izbegnem. Kako je moguće da su dve neuskladive pojave tako blizu jedna drugoj. Da se takoreći dodiruju. Na jednoj strani bučna autobuska stanica, kao otelovljenje haotičnog meteža, na drugoj Egipatski muzej, kao oaza nepomućenog spokojstva. Ne zbog sarkofaga i obeliska, Nefretitinog nakita i faraonskih zlatnih maski, već zbog osećanja vremena. Jedinstveno dugog perioda mira i stabilnosti koji je u istoriji Egipta, ali i u istoriji čovečanstva, poznat kao „zlatno doba". Tadašnja najmoćnija imperija mogla je sebi da dozvoli da osvoji i pokori što god želi, ali ona je za modus vivendi izabrala mir.

Našavši se ponovo na uskomešanom trgu nisam mogao da zamislim ništa slično. Činilo se, naprotiv, da će mir zameniti isto tako dugo poglavlje nemira. Pod uslovom, naravno, da čovečanstvo toliko potraje.

Nije, naravno, sve upućivalo na nevesele misli. Dovoljno je bilo da čovek zaroni među ulične tezge sa sočnim lubenicama da se oslobodi metafizičkog nemira. Taj svet je znao da se raduje životu, da bude zahvalan bogu što postoji. Nije, drugim rečima, mučio sebe pitanjima na koja nije imao odgovor.

Uprkos nadirućoj verskoj isključivosti, u Kairu se negovao tradicionalni arapski običaj dijaloga sa pesnicima i uopšte sa ljudima od kojih se ima šta čuti. Pomenutom običaju imam da zahvalim što sam se sreo sa poznatim egipatskim piscem i dobitnikom Nobelove nagrade za književnost Nagibom Mahfuzom. Kada sam prijatelja Dejana Vasiljevića koji je u to vreme izveštavao za *Tanjug* (kasnije je bio i ambasador u Egiptu) upitao kakvi su izgledi da se vidim i možda porazgovaram sa Mahfuzom, rekao je da su mali. Gotovo nikakvi. Tada se lupio šakom po čelu, kao da se nečega iznenada setio. Postoji samo jedna mogućnost. Pisac ponekad svraća u kafe na Nilu. Nije neubičajeno da tada razgovara sa čitaocima ili samo sa ljubopitljivim gostima. Ne samo o književnosti već i o svemu drugom. Često i o politici. Dejan je govorio arapski i bio dobro upućen u prilike u arapskom svetu, kao i u običaj da se neguje dijalog, koji je i doslovno bio isto toliko star koliko i sam jezik.

Uputili smo se tako u kafe na samoj obali Nila u nadi da ćemo naići na pisca. Imali smo sreću. Bio je zaista tamo, okružen buljukom obožavalaca. Dijalog je već uveliko bio u toku, o čemu je svedočio glasni žamor kojim je propraćena svaka reč.

Da u takvim okolnostima razgovaram sa Mafhuzom, tim pre što arapski nisam poznavao, činilo se nemoguće. To što sam uspeo mogu da zahvalim samo Dejanu, koji je obavio ulogu prevodioca.

Bio je to najneobičniji intervju koji sam ikada imao. Najpre zbog toga što sam od pisca bio udaljen nekoliko desetina metara. Nisam smeo ni da pomislim da se probijam kroz gustu masu njegovih obožavalaca. Mogao sam jedino da se dovikujem sa Mafhuzom, što sam i činio. Pošto je pisac bio već u godinama, te se u opštoj vrevi njegov glas jedva čuo, više sam naslućivao nego razumeo šta govori. Nisam, ipak, odustajao, hvatajući, kao lovac na ptice, reči koje su letele ili samo lebdele iznad glava ljudi.

U zavisnosti od toga koliko su se dopadale slušaocima, njegove reči praćene su glasnim povlađivanjem ili pak isto tako glasnim osporavanjem, kao i uplitanjem u razgovor, ponekad veoma dugim. To je takođe bio deo tradicije. Prisutni su hteli da se čuje i njihovo mišljenje.

Pošto sam, stešnjen u masi, fizički bio onesposobljen da zapisujem, a rekorder je više beležio šumove i vrevu nego glasove, morao sam da se oslonim na pamćenje. Da iz zvučnog meteža izdvojim šta je ko rekao.

Sam intervju nije bio ništa posebno. Kako je i mogao biti u takvom haosu? U njemu je, u celini, najmanje bilo reči o književnosti. Više o politici i njenim derivatima. O arapskom identitetu. O nafti čak. Najmanje o pisanju. U sećanju mi je, ipak, ostao kao izuzetan događaj. Ne zbog sadržaja, već zbog okolnosti u kojima je vođen.

Srce tame

Iako sam bio siguran da se Afrika ne može slikati kao na kičerajski lepim razglednicama, nedostajale su mi reči koje bi je vernije opisale. Sve dok nisam naišao na ispovednu izjavu pesnika Ezekijela Mfalele:

„Osećam se uvređeno kada se govori kako Afrika nije nasilna."

U prvi mah nisam shvatio šta hoće da poruči. Zašto mu smeta ako se predstavlja kao kontinent dobrodušnih i nasmejanih ljudi? Tada sam se setio Zaira, alijas Konga. Ne samo njegove kolonijalne prošlosti već i sadašnjosti. Kad god sam putovao u Kinšasu spopadala me je neka vrsta gotovo metafizičkog nemira. Ne mogu reći da su za to postojali opipljivi razlozi. Kada je reč o sigurnosti, Kongo se nije razlikovao od drugih afričkih država. Možda je za nijansu bio manje bezbedan, ali mogao sam da pobrojim bar tuce država, Nigeriju na primer, u kojima nije bilo ništa bolje.

Ako se ljudska priroda svuda ispoljava na isti način, zbog čega je tada Kongo ulivao najveći strah? Da li zbog imena u kojem sam prepoznavao istu onu mističnu tajanstvenost koju je Džozef Konrad tako prikladno krstio *Srcem tame*? Ili pak zbog odsustva osmeha? Ni najmanjeg nagoveštaja nečega što bi se, makar izdaleka, moglo shvatiti kao kakva-takva blagonaklonost. Gledajući vojnike kamenih lica, na kojima se ni lupom nije uočavao nikakav trag osećanja, pomislio sam u jednom trenutku da su u stanju da pobiju sve oko sebe a da ne trepnu. Dobro sam, naravno, pazio da subverzivne misli zadržim za sebe kako se ne bih izložio opasnosti da mi namrgođeni čuvari reda ne raspolute mačetom glavu kao orah.

Vožnja taksijem od aerodroma do hotela samo je uvećala potištenost. Sa džinovskih uličnih panoa posmatrao me je Mobutu Sese Seko. Iako su oči predsednika bile zaklonjene tamnim naočarima, zao pogled se nekako, kao svrdlom, probijao kroz njih. Portret u nacionalnom kostimu, sa brižljivo zavezanim svilenim šalom oko vrata, bio je krunisan kapom od leopardovog krzna. Nimalo slučajno, naravno, jer domoroci veruju da ljudi mogu da poprime svojstva zveri. Poruka je bila jasna: čuvajte se leoparda!

Na putu prema gradu ponovo sam se suočio sa vojnicima kamenih lica, džinovskim panoima sa slikom predsednika--leoparda, istom krvožednom zveri na majicama njegovih podanika, sivilom vlažnog, ustajalog, lepljivog vazduha čiji je obespokojavajući monohroizam mogla da naruši jedino crvena boja. Boja krvi.

Na bulevaru ispred hotela, još jednom sam ugledao isti portret predsednika: ne sasvim zveri, ni sasvim čoveka.

I za mene, najzad, nova saznanja bila su otrežnjujuća. Ako sam najpre mislio da je pesnikova ljutnja što se Africi osporava nasilni karakter samo pomalo uvrnuti paradoks, posle Konga mi je bilo jasno šta je hteo da kaže. Uvredljivo je da se zamišlja kako Crni kontinent naseljavaju jedino dobrodušni naivni likovi, poput Petka iz romana *Robinzon Kruso*. Naravno da su se promenili. Kako sam mogao i da pomislim da će posle sveg zla koje su im naneli arapski trgovci robljem i beli osvajači ostati isti?

Afrika je obeležila moj život. U njoj sam gubitkom deteta doživeo ličnu nesreću, ali suočio sam se i sa nesrećama drugih. Sa glađu biblijskih razmera. Afrika me je takođe odučila od zablude da su pravednici ili grešnici, svejedno, samo na jednoj strani. Uverio sam se, naprotiv, da ni u dobrim ni u lošim svojstvima boja kože nema nikakvog udela.

Afrika mi je, isto tako, pružila priliku da naučim šta je to pravo novinarstvo. Nikada se zbog toga nisam pokajao što se za svoje prvo dopisništvo nisam otimao za neku evropsku zemlju. Verovao sam, naprotiv, i još verujem, da za novinara nema bolje škole od kontinenta na kojem između pobuna i revolucija, državnih udara i meteža svake vrste na jednoj strani i vesti na drugoj, nema nikakvih posrednika.

Mada je, svakako, reč o ličnom iskustvu, kada me pitaju šta za mene znači Afrika radije se služim tuđim rečima. Ispovednim iskazom spisateljice Barbare Kingsolver, koja dobro poznaje i duševnost i okrutnost „crnog kontinenta":

„Afrika i ja smo se neko vreme družili, a onda udaljili, kao da smo bili u vezi koja je završena rastankom. Ili da kažem da me je Afrika svladala kao napad kakve retke bolesti od koje se nisam potpuno oporavila."

Sve je rečeno. Bolje nego što bih sam to umeo da izrazim.

Konačnost

Otac je umro u septembru 1977. godine. Mada se zbog njegove bolesti i životne istrošenosti takav ishod mogao očekivati, smrt oca me je prenerazila svojom konačnošću. Sve dok je samo bolovao, iako u lošem stanju, postojala je nada da će se izvući. Iako sa stanovišta zdravog razuma neosnovana, počivala je, ipak, na čvrstom uporištu. Uz sve boljke koje su ga napadale i čiju prirodu krivicom lekara nismo poznavali, bio je živ. Iznuren i onemoćao, ali živ.

Slika iz mrtvačnice je uzdanje u preokret opovrgla na okrutan način. Svedočila je, naprotiv, o trajnom i zbog toga neopozivom i beznadežnom napuštanju ovoga sveta. Gledajući u to požutelo lice, u stas koji se do neprepoznatljivosti smanjio, u biće koje se zauvek oprostilo od života, ponovo me je obuzeo užas konačnosti.

Kada me zbog čestog odsustvovanja oca (zbog zarobljeništva i kasnije zbog tamnovanja u logoru, dakle iz „opravdanih" razloga) pitaju „kakav je bio tvoj otac?", odgovaram kao sin glavnog junaka u filmu Toma Henksa: „Bio je moj otac."

* * *

Majka je preminula šest godina kasnije usred surove zime. Smetovi su te godine toliko narasli da su maltene zaprečili put do mrtvačnice. Još jednom mi se, tako, u svest urezala brazgotina konačnosti. Posmatrajući lica sa kojima se više neću videti, kao munja me je ošinulo saznanje da se trajno rastajem od jedinih ljudi na ovom svetu koji su bili spremni da sve razumeju i sve oproste.

Italija: gorak ukus lepote

Estetica è estetica
Quando un uomo è brutto è brutto
Estetica è estetica
Estetica è tutto.

Il terrorismo

Kada sam sedamdesetih godina imenovan za dopisnika iz Italije verovao sam da stihovi pomenute kancone prilično verno izražavaju ljubav građana te zemlje prema svemu što je lepo. Tih godina, nažalost, nije bila samo *estetica*. Bio je takođe *il terrorismo*. Poglavlje koje su, više od bilo kog drugog, obeležile *Brigatte Rosse*.

Bile su to „olovne godine" kada je nasilje bilo na vrhuncu, a život, kako je to primetio sicilijanski pisac Leonardo Šaša, imao nadrealistička svojstva.

Slučaj je hteo da sam iznajmio stan u Ulici Gradoli koja je postala poznata širom sveta po tome što su upravo u njoj u jednom skrovištu (*covo*) Crvene brigade držale zatočenog Alda Mora. Budući da se nalazi na obodu kružnog puta oko

Rima i na periferiji, važila je za mirnu i spokojnu. Takva je zaista i bila. Sa terase iznajmljenog stana videli su se idilični prizori pastira sa ovcama.

Može se samo zamisliti kako sam se zaprepastio kada sam sa te iste terase ugledao policajce u punoj ratnoj spremi, kako na prepad osvajaju zgradu u kojoj sam živeo. Mada je kasnije objašnjeno kako su karabinjeri delovali na osnovu „lažne dojave", strah koji su stanari osetili bio je i te kao stvaran.

Druga nezgoda sa policijom proistekla je iz iste neurastenične atmosfere koja je u to vreme vladala u Italiji. Vraćao sam se kasno noću kući, vozeći jednom od trgovačkih ulica u samom centru Rima, čuvenoj *Via Corso*. Kretao sam se umerenom brzinom i poštovao svetla semafora. Nije, dakle, bilo nikakvog razloga da mi uz škripu kočnica kola bez posebnih oznaka prepreče put. Samo što sam se povratio od naglog zaustavljanja, ponovo sam se ukočio od straha kada sam video namrgođene civile kako upiru oružje. Tek kada su zatražili na uvid dokumente, shvatio sam krajičkom preostale svesti da naoružani presretači nisu ni razbojnici ni teroristi, jer ni jedni ni drugi ne bi traćili vreme na nevažne formalnosti.

Koliko su takvi prepadi bili opasni, potvrđeno je već sledeće noći kada je doktor koji je odbio da se zaustavi izrešetan mecima. Pokazalo se da je reč o tragičnom nesporazumu jer su policajci zaključili da pred sobom imaju begunca od zakona, a nesrećni doktor da ga proganjaju teroristi.

Bio sam nedugo potom svedok još jedne nadrealističke pantomime, takođe u samom centru grada, takozvanom *centro storico*. Ovoga puta je nevidljivi reditelj, kao otelotvorenje nepredvidive sudbine, za scensku igru sa jurnjavom i pucanjem izabrao ljupku uličicu *Via Condoti* koja od Španskog trga vodi do već pomenute *Via Corso*. Sedeći za okruglim stočićima uz zidove uske ulice, Rimljani su uživali u kapućinu i sladoledu. Ne zadugo, jer je pravo na njih, uz glasno zavijanje sirena, jurnulo pola tuceta policijskih automobila. Prizor je bio utoliko neverovatniji što su vozila dolazila iz pravca zatvorenog za saobraćaj. Nemajući mnogo vremena da o tome razmišljaju, gosti kafića su dograbili stolice i priljubili se uz zidove. Samo što su ponovo seli, još drhćući od straha i uzbuđenja, policijska kola su, sad dolazeći iz suprotnog pravca, još jednom nasrnula. Mada su gosti i ovaj napad preživeli, vlasnik poslastičarnice je bio u ozbiljnoj nedoumici da li da japanskim turistima stoti put objašnjava da se ne snima nikakav film ili da se jednostavno ubije.

Nije, naravno, sve bilo tako smešno. Naročito ne kada je devetog maja 1978. godine u prtljažniku renoa, na pola puta između sedišta Komunističke partije i Demohrišćanske stranke, nađen leš Alda Mora, otetog i zatočenog neki mesec pre toga.

Italija se tako predstavila kao zemlja paradoksa u kojoj smisao za lepo (*estetica è estetica*) postoji naporedo sa najbrutalnijim nasiljem.

Omiljeni predsednik

Čovek paradoksa svakako je bio i sam predsednik Pertini, koji je bio omiljeniji u narodu nego među političarima. Ovaj na prvi pogled neobjašnjivi fenomen postaje shvatljiv kada se zna da je prvi čovek Italije govorio jezikom u kojem nije bilo ni trunke pritvornosti i dvosmislenosti, na način, dakle, koji nije bio svojstven drugim zvaničnicima.

Sa Pertinijem sam se susreo dva puta. Bio je prijemčiv i otvoren čovek, nimalo opterećen visokim zvanjem. Ono što me je ipak zaprepastilo jeste neočekivana, ako ne i neverovatna lakoća s kojom sam utanačio susrete. Pozvao sam, kako je uobičajeno, odeljenje za štampu u predsedništvu radi dogovora o intervjuu. Znajući kakvim je sve mukama izložen novinar koji traži razgovor i sa ličnostima manjeg značaja, unapred sam sebe sažaljevao. Može se, otuda, zamisliti moje iznenađenje kada se s druge strane žice čuo lično Pertini. Bio je to prvi i jedini put da vreme i mesto razgovora utanačujem lično sa predsednikom.

I sami susreti bili su isto tako srdačni i neposredni. Razgovor je, uostalom, svaki čas prekidan telefonskim pozivima u kojima se Pertini pravdao prijateljici zbog izjave koja joj nije bila po volji, direktoru uglednog lista što je morao da otkaže sastanak i, najzad, vlasniku tratorije što već nedelju dana iz nje izostaje.

Pertini je, kako iz toga proizlazi, bio istinski narodni predsednik. Nije podnosio baroknu pompeznost, čak i kada je ona služila samo kao dekor za poslove šefa države. Jedva je, zbog toga, čekao da se završe mnogobrojne svakodnevne obaveze da se iz Kvirinala iskrade u skroman stan u blizini Fontane di Trevi.

Narod ga je voleo i zbog toga što je o svemu govorio iskreno i otvoreno. Kada je posetio krajeve pogođene zemljotresom javno je, zbog kašnjenja pomoći, posumnjao u poštenje rukovodeće klase u celini. Onima koji su mu zbog toga zamerili, odgovorio je pitanjem: „Želite li, možda, da budem gluv, nem i slep?"

Omiljenost Pertinija nije poticala samo iz jasnoće s kojom je govorio već i iz njegove antifašističke prošlosti (provedenoj dobrim delom u kazamatima i emigraciji), moralnoj čvrstini i hrabrosti i, najzad, nezavisnosti od političkih partija, uključujući i socijalističku, kojoj je pripadao. Narod mu se divio što je sva ta svojstva sačuvao i u dubokoj starosti. Ne samo da je u testamentarnoj poruci naložio da se u slučaju njegove otmice ne pregovara sa teroristima, već je više puta nudio otmičarima da umesto otetih uzmu njega za taoca. Niko živi u Italiji nije sumnjao da je predsednik spreman da to učini, kao što niko nije sumnjao da bi, kada bi se to zaista i dogodilo, zabludelim mladićima kao neposlušnoj deci izvukao uši.

Nije se moglo zamisliti da mu neko drugi plati račun, čak i kada na ulici kupuje samo kestenje. Sugrađani su ga obožavali ne samo zbog smernosti i poštenja već i zbog kočopernosti, koja jedina nije bila u skladu s njegovim godinama.

Prezirao je među zvaničnicima veoma rasprostranjenu *scortu* (oružanu pratnju), osećajući se najbezbednije među narodom. Da li je, uopšte, potrebno reći da je ljubav bila obostrana? Pertini je, zbog toga, bio jedan od retkih predsednika, ako ne i jedini, koga su čak i najzadrtiji navijači poštovali.

Lično sam se u to uverio na utakmici Italija–Danska koju su domaćini, mada favoriti, usred Rima gubili. Primetivši predsednika među gledaocima, nezadovoljni gledaoci su listom ustali i počeli da viču: „Pertini u napad." Ako mislite da se prvi čovek Italije zbunio, varate se. Predsednik je, naprotiv, ustao i otpozdravljao „tifozima". Sticao se utisak da je, tako star, spreman da svaki čas preskoči ogradu i pomogne tog dana mlitavim domaćim napadačima.

Sa Pertinijem se po moralnoj čvrstini mogao porediti još jedino Berlinguer. Dva puta mi je podario intervju u sedištu Komunističke partije u *Bottege obscure* (Ulici mračnih

dućana). Oba puta sam bio zadivljen oštroumnošću sago-
vornika. Njegovi odgovori nisu sadržavali nijednu suvišnu
reč. Mogli su se bez ispravki odmah štampati.

Bio je jedan od retkih političara koji je uživao poštovanje i
pristalica i protivnika. Svi su, ipak, bili zapanjeni kada mu se
na odru poklonio Almirante, njegov najzagriženiji politički
neprijatelj, vođa postfašističkog pokreta *Movimente Sociale
Italiano*.

Niko bolje od njega nije objasnio razloge tako velikog
ugleda.

„Berlinguer je", izjavio je Almirante, „bio jedan od retkih
političara, možda i jedini, sa kojim sam mogao da se rukujem
a da posle toga ne perem ruke."

Protiv svake vlasti

Jedan od najupečatljivijih sagovornika i u tom vremenu i o
tom vremenu bio je sicilijanski pisac Leonardo Šaša, poznat
po radikalnim i ponekad protivrečnim, ali nikada konven-
cionalnim stavovima.

U hotelu *Nacionale*, par koraka od Parlamenta na Mon-
tečitoriju, prirodno je bilo da razgovor počnem pitanjem o
tome šta se u životu jednog pisca menja kada postane „one-
revole" (u Italiji se, ne sasvim bez ironije, poslanici uvek
oslovljavaju kao „poštovani").

Šaša se požalio da mu politika oduzima vreme za pisanje.
S druge strane, omogućava mu da se pobliže upozna sa pri-
rodom vlasti, što je središna tema njegovih dela.

Ponovio je, tim povodom, svoja već poznata stanovišta da „vlast ima potrebu za nasiljem kako bi mogla da nadzire i kažnjava, pri čemu se nimalo ne usteže da nevine ponudi kao krivce".

Mora da sam delovao naivno, ako ne i detinjasto, interesujući se da li misli na sve vlasti. Nije moguće da su baš sve loše.

Očekivao sam da će da se zamisli. Da kroz sito, izrađeno po nacrtima surove moralne strogosti, neće baš sve vlasti propasti. Da će makar neke preostati.

Ni za trenutak se nije kolebao da još jednom ponovi: „Sve vlasti su loše. Sve do jedne."

Izjavio je to sa uverenošću, kao da je hteo da predupredi bilo kakvo osporavanje.

Nije više imalo smisla da istrajavam. Pitao sam se, najzad, kako sam uopšte došao u apsurdnu situaciju da ja, koji nikada nisam bio na vlasti, imam za nju razumevanje, a da je pisac koji je ipak poslanik, što će reći pripadnik vlasti (doduše zakonodavne), bespogovorno osporava.

Kao da je pogodio o čemu mislim, sicilijanski pisac je naglasio da je ušao u parlament samo da bi učestvovao u radu „Komisije Moro". Da će se, kada komisija završi posao, povući iz skupštine.

Težište razgovora se tako neizbežno pomerilo na terorizam, kojim je Šaša bio opsednut gotovo koliko i fenomenom vlasti. Privukao je, najzad, pažnju javnosti često citiranom izjavom:

„Život čoveka danas vredi manje nego u vreme Bordžija."

Zanimalo me je da čujem da li su to zaista njegove reči, kao i da li misli samo na terorizam ili nasilje uopšte.

Pisac je ponovo živnuo. Nema, kaže, potrebe da dokazuje kako živimo u sistemu vrednosti u kojem „žrtve nasilja više ne opterećuju savesti".

Kako, ipak, objašnjava privlačnost terorizma, naročito među mladim ljudima?

Pre nego što je zaustio, Šaša je zapalio svoju već poslovičnu lulu. Tome je prethodio čitav ritual njenog čišćenja i punjenja. Dovoljno dug da pobudi sumnju kako vreme za to koristi takođe za smišljanje odgovora.

„Verujem", konačno je progovorio, „da je reč o domaćem fenomenu, pothranjivanom takođe spolja. Razočarani mladi ljudi, među kojima se regrutuju teroristi, pogrešno veruju kako se nasiljem može srušiti sistem vlasti kojem demokratija nije uspela da naudi."

Čudim se što je sicilijanski pisac toliko opsednut prirodom vlasti. Evo kako već ko zna koji put govori o njenom demonskom karakteru. O sistemu kojem ni nasilje ni demokratija ništa ne mogu. Kako, ipak, objašnjava to što je moralno pitanje koje je, doduše, u italijanskom političkom životu uvek bilo prisutno, u vremenu krize toliko naglašeno?

Šaša je ponovo pripalio lulu koja se, kao za inat, svaki čas gasila.

Kao da i sam sumnja u to što govori, dopustio je ipak mogućnost da je politička klasa konačno shvatila da je neophodno čišćenje i to upravo unutar nje same: kada se ranijih godina govorilo o lopovlucima, optužbe su nekako lebdele iznad i izvan realnosti. Sada su svi ubeđeni da se realnost tiče vrlo određenih odnosa i ljudi.

Znajući ga kao antiklerikalca, zanimalo me je kako gleda na odnos crkve i države.

Šaša me je pozvao da se prisetim vremena kada je poglavar Rimokatoličke crkve bio papa Pije Dvanaesti.

Razumeo sam šta hoće da poruči. Taj odnos se promenio. Država i crkva nisu više isto.

A on? Da li se on promenio?

Šaša je potvrdno klimnuo glavom. Kaže kako čovek ne mora da bude religiozan da bi u nešto duboko verovao. Sam se, uostalom, oseća kao „hrišćanin bez crkve i socijalista bez partije".

Na kraju razgovora još jednom smo se vratili literaturi ili, još određenije, njenoj nemoći da zamisli sve ono što se dešava u životu.

„Potpuno ste u pravu", uzdahnuo je. „Realnost prevazilazi fantaziju, u to nema nikakve sumnje. U ovoj zemlji se događaju neverovatne stvari."

Uzaludnost pobune

I za čuvenog reditelja Alberta Latuadu Italija je postala „misteriozna zemlja".

Moram da priznam da je više ne razumem. Čas se ubija sa krajnje desnice, čas sa krajnje levice. Kako, najzad, mogu da prihvatim stanje u kojem samo u jednom gradu (Napulju) desetine ljudi svakoga meseca stradaju kao žrtve „kamore" ili Crvenih brigada?

Ne znam kako da shvatim ovu izjavu. Kao samo trenutnu malodušnost ili kao predaju? Napuštanje bitke ne zbog kukavičluka već zbog apsurda?

Čekajući da reditelj pripremi kafu, razgledam stan u kojem se od knjiga i ploča ne može disati. Dok sa uživanjem pijuckam izvrsni kapućino, domaćin za izopačeno društveno stanje nudi neubičajeno objašnjenje.

Kaže da Italijanima ne prija blagostanje. Da se bolje snalaze u socijalnom metežu i drami siromaštva. Da pojam udobnog života u građanskom smislu neizbežno prerasta u maniju bogaćenja.

Gnušajući se besprimerne gramzivosti, Latuada je poredi sa biblijskim obožavanjem „zlatnoga teleta". Priznaje, doduše, da su takve pojave bile prisutne i u ranijim istorijskim razdobljima, ali se nisu izražavale na tako vulgaran način. Ubeđen je da je za to krivo potrošačko društvo, tačnije prizeman duh koji u njemu vlada. Ali ne samo ono. Za duhovnu pometnju, prema njemu, odgovoran je i krah ideologija.

„Ranije se više verovalo. Danas se više sumnja.

Pažljivo posmatram sagovornika. Ne liči mi na pobunjenika. Više na neupadljivog građanina. To što govori zvuči, ipak, buntovno. Ili makar nekonvencionalno. Kaže da neprestano susreće Amerikance (verovatno ljude sa filma) koji su ubeđeni da je Italija religiozna zemlja.

„Na uveravanja kako smo mi u stvari nevernici, začuđeno primećuju: 'Ali imate papu.'"

„Šta je vaš odgovor?"

„Kažem da je to samo *spettacolo*. Na Trg Svetoga Petra dolazimo ne zbog vere već zbog strasti za spektaklom, za šta, morate priznati, vatikanski trg nudi izvanredan scenski okvir."

Iznenađen sam tumačenjem. Neobičnom tezom koja se može shvatiti i kao svetogrđe. Latuda se brani da je samo protiv licemerja svake vrste, posebno onog katoličkog. Na pitanje na šta određeno misli, podseća da je još od ranog srednjeg veka sve do španske inkvizicije i Koncila u Trentu greh neprestano predstavljen u obličju žene golih grudi i raspletene kose kako beži progonjena od đavola. To je, prema njemu, razlog što je u filmovima nastojao da tabu erosa predstavi kao anahronizam koji ne pripada našem vremenu.

Još jednom primećujem da reditelj pripada buntovničkom soju. Doduše, posebne vrste. Onom koji misli da su pobune ne samo tragične već i uzaludne. Kao da pogađa misli, ne krije više malodušnost. Sve je, kaže, uvereniji da će otići sa ovoga svega a da se na njemu ništa neće promeniti.

Dolazimo tako do zaključka da je rasprostranjeno mišljenje o Italijanima kao lakomislenima i površnima u potpunosti pogrešno. Da su oni koji im pripisuju takva svojstva propustili da primete da je pre reč o mudrosti i donekle rezignaciji naroda kojeg sopstvena istorija neprestano podseća na uzaludnost pobune.

Pravdajući takvo ne samo istorijsko već i filozofsko stanovište, reditelj podseća da Rimljani i doslovno žive „usred istorije".

„Šta, opet, više od nje svedoči da je sve bilo uzalud? Zar Spartak, uostalom, nije bio najznamenitiji buntovnik svih vremena? Da li je nešto promenio? Nije! Da li je to možda drugima posle njega uspelo? Nije!"

„Prestali ste, dakle, da se pravite važni." Po izrazu lica domaćina vidim da to što govorim shvata samo kao „paradoks u pokušaju".

Pa, pomalo sam se nećkao. Ali zašto u razgovor o poukama istorije ne bih uneo malo vedrine? Ispričao sam, tako, da je moja ćerka, posmatrajući sa terase hotela iskopine Rimskog foruma, začuđeno upitala:

„Šta se ti Rimljani prave važni? Sve same ruševine."

Za Latuadu priča o tome kako dete doživljava Rimski forum nije bila samo zabavna već i poučna:

„Ako ni najveće žrtve nisu dovoljne da se život promeni, hajde tada da u njemu uživamo."

* * *

Lozinka za Moniku Viti

Baš kao i kod Latuade, ni u ličnosti Monike Viti nije bilo ni trunke pritvornosti ili nadmenosti. Ali otkud ja među filmskim zvezdama do kojih je teško doći? Bez sopstvene zasluge, svakako. Čije tada? Zaslugom ćerke Jelene čija je najbolja drugarica u osnovnoj školi bila ćerka poznatog italijanskog producenta.

Kada sam natuknuo da bih želeo da razgovaram sa poznatim ličnostima iz sveta filma, upozorio me je da se ne predstavljam ni imenom ni prezimenom. Da takođe nema potrebe da govorim za koji medij pišem. Preko glave su mu i domaći i strani novinari, iskreno je priznao. Zabrinuto sam pitao kako tada da dođem do njega. Podučio me je da je dovoljno da se predstavim kao „papa di Jelena".

Tako je i bilo.

„Papa di Jelena", više lozinka nego stvarno ime, otvarala je sva vrata. Takođe vrata Monike Viti, jedne od najomiljenijih italijanskih glumica. Možda i jedine koja je bila u stanju da podjednako dobro odigra uloge zagonetnih, meditativnih intelektualki i vedrih žena iz naroda.

Ni u vrućim letnjim mesecima nije napuštala Rim. Zbog čega bi se, zaista, pomerala sa cvetne terase iznad Tibra, sa koje se vide stari Ponte Milvio i krovovi „večnoga grada" i iznad njih večna kupola Svetoga Petra.

Moje pojavljivanje u glumičinoj oazi mira počelo je pomalo komično. Monika je, posle rastanka od Antonionija, bila u novoj vezi sa mladim rediteljem koji je neprestano izvirivao iza zavesa. Ne znajući za to, doživeo sam ga kao poslugu. Kao nekog ko čeka da domaćica naruči kafu ili neko drugo posluženje.

Ni glumica nije bila opuštena. U strahu da ću je, kao većina sagovornika, propitivati o ličnom životu, sa primetnim olakšanjem je prihvatila razgovor koji se ticao samo njenih filmova.

Zanimalo me je poreklo njene izjave da je italijanski film u suštini antifeministički.

Objasnila je to uverenjem da žena kao upečatljiv lik jednostavno ne postoji. Ako je i ima, naslikana je na tradicionalan i banalan način.

Na pitanje otkud to, odgovorila je da italijanski filmski stvaraoci otvoreno priznaju da ne poznaju žene. Možda zbog toga što ih obožavaju. Ili pak što ih ne vole. Što su previše vezani za majku. Mikelanđelo Antonioni je, prema njoj, izuzetak. Jedan od retkih koji pokušava da ih shvati.

Kao da se osetila pomalo krivom zbog tako strogog suda, pravdala se da od scenarista ne očekuje ništa posebno. Sve što traži je da se na filmu konačno pojavi normalna žena.

Interesuje me da li posle toliko odigranih uloga postoji opasnost da glumac pomeša svoju i tuđu sudbinu.

Kaže da za nju takva opasnost ne postoji jer likovi koje igra trpe njen uticaj, a ne ona njihov.

Primećujem da je njena izjava nesaglasna sa kritičarima koji tvrde da su veliki reditelji ti koji stvaraju velike glumice.

Nimalo se ne ustežući da o tome otvoreno govori, izjavljuje da nema mnogo poverenja u kritiku. Najviše zbog toga što se na mnogim primerima uverila da kritičari imaju svoja ograničenja.

Kolebam se da li da joj i to kažem. Ali zašto ne? Poveram joj tako da sam pročitao njenu izjavu u kojoj sa dirljivom iskrenošću otkriva da se ne plaši toliko starosti koliko pomanjkanja želja.

Potvrđuje, sa bezazlenim osmehom, da je to istina. Ako se jednoga dana probudi i ne oseti nikakvu potrebu da radi, govori, mašta, zaključiće da je ostarila. Uverena je, inače, da sam izgled ništa ne znači. Da je velika sreća što nikada nije bila lepa.

Sa tim, ipak, ne mogu da se složim. U tome mi u potpunosti daje za pravo simpatičan bradonja, fotograf i odnedavno televizijski reditelj Roberto Ruso, koga je Monika jednostavno predstavila: „moj čovek".

Razgovor je sada već tekao opuštenije. Srdačnije svakako. Nisam imao više imao obavezu da se držim samo filma.

Interesuje me kako vidi zemlju u kojoj živi.

Mislila je da u Italiji ne postoji jedinstveni nacionalni tip. Oni sa severa razlikuju se od onih sa juga. To ne znači da su nasilje i dobrota podeljeni. Daleko od toga. Postoje, najzad, razlike koje potiču iz pripadništva različitim kulturama. U venama Italijana ima i arapske i nemačke i španske i francuske i ko zna čije još krvi.

Glumica je uverena da je to velika prednost, jer su etnički homogeni narodi nekako tromi i anemični. Mešanci su, najzad, muževniji jer ih različiti sastojci čine protivrečnim, ali i punim života.

Postoji, kaže, jedna kancona koja govori o takvoj, drugačijoj Italiji.

Da li misli na De Gregorija?

Upravo na njega. On peva o Italiji koja se opire zemljotresima, poplavama, Crvenim brigadama, fašizmu, pogrešnoj vladavini, korupciji, hiljadama drugih nevolja.

Pridružujem se takvom opisu. Poveravam joj da sam i sam njegovu kanconu doživeo kao himnu običnim ljudima.

„Tačno tako", saglašava se Monika. Ma koliko to paradoksalno zvučalo, ovde se najviše žale bogati i moćni. Ne čujem od njih drugo do jadikovke. 'Ovde se više ne može živeti. Ovde se više ne može raditi.' Možda imaju pravo. Ja lično, kao u kanconi De Gregorija, pripadam onima koji se ne predaju. Koji se opiru i bore. Zaista smo čudan narod. Narod koji neprestano igra i peva, bez obzira na to šta se oko njega dešava. Ali nismo ni iz jednog komada i to je dobro."

Muzej voštanih figura

Jedno od poslednjih Titovih putovanja krajem sedamdesetih vodilo je na Maltu. Prateći tu posetu kao dopisnik iz Rima, nikako nisam mogao da se oslobodim osećanja da prisustvujem nečemu anahronom, što manje pripada svetu politike a više muzejskoj postavci ili možda pozorišnom dekoru. Na takav utisak je pre svega upućivala sama priroda ostrvske zemlje iz čijih su se luka evropski vitezovi otiskivali u krstaške pohode radi „oslobađanja Hristovog groba" ili pak samo u pljačkaške ekspedicije.

U glavnom gradu Malte La Valeti i doslovno se na svakom koraku oseća dah istorije, od duge ustajalosti, doduše, pomalo plesnjive, ali u potpunosti sačuvane u katedralama, tvrđavama, palatama velikaša, kao i u, najzad, nadrealističkoj pomešanosti tradicionalno krutog engleskog ceremonijala i razbarušene arapske uskomešanosti.

Organizatori posete predsednika Malti očito nisu marili ni za istoriju ni za ostrvsku šarolikost. Za njih je, kao i u izboru drugih putovanja, dovoljno bilo da se Malta izjašnjava kao nesvrstana.

Anahronost posete je, ipak, padala u oči ne samo zbog protivrečne istorijske zaostavštine već i zbog toga što je i predsednik bio u godinama kada je više nalikovao na muzejsku statuu, samo donekle živu, nego na poletnog državnika. Ma koliko to bogohulno zvučalo, meni je najviše ličio na dotrajale državnike sa istoka, Brežnjeva, na primer, koje su pri kraju političkog i životnog veka maltene podupirali da bi uspravno stajali. Kod Tita su zasićenost i umor bili vidljivi i u zvaničnom ceremonijalu, kada je sa naporom i jedva skrivenom dosadom odslušao himne i odao počast postrojenom vodu. Kao da se pitao šta mu sve to treba u tim godinama. Kao i drugi autoritarni državnici, i on je već uveliko pripadao istoriji, ali se niko iz njegovog najbližeg političkog okruženja nije usuđivao da mu to kaže.

Sve je, otuda, ličilo na fantastičnu pozorišnu predstavu u kojoj su i ličnosti i vreme bili uveliko ispreturani. U skladu sa avangardnim postavkama koje su se svake godine viđale u Bitef teatru u Beogradu.

Stampa estera

Zašto sam, da bih predstavio Italiju, izabrao upravo te ličnosti, a ne neke druge? Među izabranima su jedan političar (Sandro Pertini), jedan pisac (Leonardo Šaša), jedan reditelj (Alberto Latuada) i jedna glumica (Monika Viti). Svi oni, naravno, svedoče o Italiji. Ali postoji li među njima zajednički imenitelj? Naravno da postoji. Niko od njih nije tipičan predstavnik svog esnafa. Svi do jednog su, naprotiv, nekonvencionalni, čak jedinstveni.

U *Stampi esteri*, sedištu stranih dopisnika kraj glavne pošte u Rimu, stecištu novinara, umetnika i političara, sreo sam, naravno, i mnoge druge znamenite domaće i strane ličnosti.

Prostorije za rad delio sam sa dopisnikom španskog katoličkog lista *ABC* Navarom Valsom, koji će kasnije postati predstavnik za štampu pape Jovana Pavla Drugog. Jedan od malog broja katoličkih zvaničnika koji je bio u najbližem papinom okruženju bio je u to vreme samo dopisnik iz Rima, u njegovom slučaju više iz Vatikana.

Stampa estera vrvela je takođe od starleta koje su tu dolazile da bi ih videli, ali i da bi uživale u pogodnostima besplatnog telefoniranja. Gotovo svakodnevno je svraćala i zvezdica iz naših krajeva Olga Bisera, koja se uz pomoć pismenijih pomagača okušavala u intervjuima, poglavito sa afričkim državnicima.

Stampa estera je bila mitsko mesto i za grupu britanskih veterana koji su novinarstvom počeli da se bave sticajem okolnosti. Našavši se u Italiji u sastavu savezničkih snaga koje su ratovale na tom frontu, poženili su se i stalno nastanili u Rimu. Neki od njih su, po napuštanju vojne službe, potražili dodatni izvor prihoda u izveštavanju za britanske listove. S vremenom su se i propili, što je bio dobrodošao razlog da u *Stampi esteri* osnuju neku vrstu kluba čije su postojanje ovekovečili mesinganom pločom na kojoj je ispisana možda jedinstvena pohvala džangrizavim životnim saputnicama:

„Zahvalni smo našim suprugama što smo bežeći zbog njih od kuće otkrili neodoljivu zavodljivost pića."

Bar koliko i prostorije u *Stampi esteri*, novinari su u vedrim danima (u Rimu u većini) koristili kafeteriju na trgu ispred pošte u kojoj su se okupljali za doručak ili samo da popiju izvrsni kapućino. Služio nas je Čezare, jedinstvena ličnost koja je u sebi otelovljavala svu toplinu i ljubaznost Italije. Dolazio je na posao svakoga jutra iz *Civite Vechie* ili nekog drugog obližnjeg mesta, oran za rad, kao da od posla u kafeteriji nema ničeg lepšeg na svetu. Mada je, kao i bilo ko drugi, morao da ima svojih briga, uvek je bio nasmejan i dobro raspoložen. Bio je pravo oličenje optimizma koji je toliko rasprostranjen kod takozvanog *gente commune* (običnog sveta) u Italiji. Postali smo s vremenom prijatelji, što je za posledicu imalo da je Čezare umesto naručenog jednog kroasana i jednog kapućina redovno donosio dvostruku porciju.

Od Čezarea sam sam naučio šta je to optimizam, od Pertinija da se i predsednik važne države može ponašati kao običan građanin, od Latuade kako se i najrigorozniji crkveni ritual može doživeti samo kao *spettacolo*, od Monike Viti, najzad, da oni koji žive u Rimu nemaju potrebu da putuju.

Rondo Italiano

Italija je verovatno jedina zemlja na svetu koja za čiji je opis dovoljna samo jedna reč: *bellezza*. Uprkos zemljotresima, poplavama, pogrešnoj vladavini, korupciji i kriminalu, kako peva De Gregori. Uprkos svemu, kako bi rekla Monika Viti.

Uzalud sam na putu za jug od Salerna do Sorenta tražio neku drugu reč. Obali Amalfi (*Costa Amalfitana*) ništa manje od toga nije pristajalo.

U staroj grčkoj koloniji iz šestog veka Pestumu, južno od Salerna, sačuvani su dorski stubovi i hramovi kao bilo gde u Grčkoj. Kad god sam kasnije putovao na jug, javljala mi se slika Pestuma kao podsećanje da je nekada celo Sredozemno more bilo *Mare Greco*.

Put za jug

Na putu za jug, Solun me je dočekao bleštavom jarom. Kada sam, trepćući, koliko-toliko navikao na sjaj i vrelinu, ceo grad se pred očima protegao kao blistav pojas između mora i brda u zaleđu. Kao da je uzalud pokušavao da se uspuže na okolne visove, redovno bi se skotrljao nazad sve do ravne obale i tamnoplavih dubina.

Napustivši široko raskošno šetalište kraj obale koje nosi ime Aristotela, uputio sam se na pijacu u podnožju brda. Razgledao sam svaku tezgu pojedinačno. Crvene sočne lubenice. Kao ćilibar žute dinje. Smokve kao usne device. Ovčije kiselo mleko u glinenim ćupovima sa skorupom na površini, toliko gusto da se mora seći nožem. Masline crne kao veo beduinke. Smolasto vino koje se, ne želeći da se istoči, lepi za unutrašnjost flaše. Sočne pomorandže bez semenki. Soljenu ribu. Svežu ribu s elastičnim krljuštima i purpurnim škrgama. Ribu koja miriše na alge i morsku so. Vence paprika i belog luka. Začine svih vrsta i boja koji nadražuju nepce i uzbuđuju čula.

Postideo sam se patetičnog opisa mediteranskog obilja. Ne moram baš da izigravam Omara Hajama da bih znao da sam na putu za jug.

Drum za Halkidiki bio je usečen u crvenkastu zemlju koja je, u blizini mora, bila prošarana zelenim zasadima maslinjaka i vinograda. Povremeno sam nailazio na sela sa kućama okrečenim u belo koja su, posmatrana iz daljine, ličila na jata jedrilica.

U selu Stagiri, u kojem je rođen Aristotel, nakratko sam se zaustavio. Nije mi bilo nimalo neobično da se, u zavisnosti od toga koliko su mi bliske i koliko ih razumem, srodim sa mislima filozofa, ali mi je bilo teško da ga zamislim kao običnog čoveka koji se odmara ispod maslina.

U Jerisosu sam se ukrcao u barku za Svetu Goru. U samom mestu nije bilo mnogo šta da se vidi. Par kućica kao glave čioda pobodene u zemlju, nešto veće žuto zdanje u kome je smešena opštinska uprava, restoran sa senovitom baštom zaklonjen venjacima vinove loze i sasvim malo pristanište. Samo jedan gat, u stvari.

Ukrcao sam se u barku u kojoj su na denjcima, bisagama, zobnicama od kozje vune, kantama za ulje, sanducima, spletu konopaca, ribarskim mrežama i čak lengerima sedeli ili ležali monasi i argati, ribari i trgovci ili pak samo obični namernici.

Na pučini su talasi majušni brodić opasno ljuljali ili se prelivali preko prove, kvaseći putnike. Kada se, obilazeći rt kroz uski prolaz između stena i školja, barka propela, da bi odmah potom propala u vodenu provaliju, neki od monaha počeše da se krste.

Mučilo me je ne samo nevreme već i odsustvo bilo kakve predstave o tome koliko traje plovidba. Kao što se autobusi iz Soluna nisu baš pridržavali reda vožnje, tako se ni sa barkama iz Jerisosa nikada nije znalo ni kada isplovljavaju ni kada stižu. Tešio sam se da je pre pola veka bilo još neizvesnije jer se do Svete Gore moglo dospeti jedino ukrcavanjem na neki od parobroda koji plove do Kavale ili Carigrada. Od volje kapetana je isključivo zavisilo da li će uslišiti vapaje putnika i uploviti u neku od manastirskih arsana. Tada se, uostalom, niko nije zamajavao redom plovidbe. Putnici se, drugim rečima, nisu pitali kada će stići već da li će stići. Sve je zavisilo od volje Gospoda.

Posmatrajući visoke litice u čijim su šupljinama i pećinama pronašli utočište malobrojni preostali pustinjaci, zapenušano more kojim je plovila jedino naša barka, monahe u crnim rizama, ćutljive argate i bučne trgovce, činilo mi se da napuštam jedan svet da bih ušao u drugi, nepoznat i tajanstven. Zabrinuto sam se zbog toga pitao da li je službenik koji je u Jerisosu zaturio jedino moj pasoš, predstavnik zemaljskih ili nekih drugih, mračnih i nedokučivih, onostranih vlasti.

Arsana Svetog Vasilija koja se nazirala u daljini, baš kao i tamne šume u njenom zaleđu, za mene su predstavljali samo tajnu. Misteriju koju tek treba da odgonetnem.

Tek procvetali limunovi i pomorandže na Siciliji, čije su se krošnje belile kao da je po njima popadao sneg, odisale su tako snažnim mirisom da se moglo lako zamisliti da je u parfemisanju ostrva Svevišnji lično imao udela.

Dok smo uskim putem uranjali u neprestano nove zasade, po stoti put smo slušali *Rondo Italiano*. Ništa više nije prianjalo čaroliji boja i mirisa od živahne i brze muzike (*allegro*) u kojoj ceo orkestar (*tutti*) neumorno ponavlja jednu istu temu. Nije nam dosadila. Želeli smo, naprotiv, da u ritmu vožnje večno odzvanja. Vozeći se oko celog ostrva, od Mesine do Palerma, a zatim dalje do Agriđenta, Sirakuze, Katanije i Taormine, povremeno smo menjali ploču, ali smo se, uvek iznova, vraćali na *Rondo Italiano*. Savršeno je pristajao triptihu koji su, osim muzike, činili još mirisi i boje.

U Sirakuzi smo u *Trattoriji di Arčimede* sa velikog pladnja izabrali ribe po želji. Pre toga smo krišom pobacali sendviče koje smo poneli (da smanjimo troškove putovanja). Nije nam bilo žao što smo preplatili ručak. Pa samo ime gostionice je vredelo tih para, o ribi da i ne govorimo.

U Napulju, još jedna tratorija. Ne tako slavnog imena kao u Sirakuzi, ali iznad zaliva, naspram Vezuva. Znam da podsećanje na izreku „vidi Napulj pa umri" zvuči malo ganutljivo, ali ako je već tako, zašto ona nije smišljena za neki drugi grad?

Deca su sa čuđenjem slušala moje vajkanje što sam još jednom propustio priliku da se popnem na Vezuv. Zar vulkan nije usmrtio sve žitelje Pompeje? Nimalo im nije bila po volji planina koja bljuje lavu i vatru. Videli su, uostalom, kako je erupcija Vezuva prekrila mrtvačkim pokrovom ceo jedan grad.

Iako sam bio u Biblosu (možda najstarijoj sačuvanoj ljudskoj naseobini) i u Luksoru (u kojem grobnice faraona patetičnom uzvišenošću nadmašuju i čuvenije piramide), nisam mogao da zamislim uzbudljivije arheološko nalazište od Pompeje. Za to je postojalo više razloga. Najpre neprestano prisutno osećanje da je sve kao nekada. Ulice, krčme, pozorišne arene, zanatske radnje, javne kuće sa erotskim freskama, čak i predizborni natpisi na zidovima. Ceo jedan grad sačuvan ispod pepela. Sve je kako je bilo, osim ljudi. I njih doduše ima, okamenjenih u stvrdnutoj lavi. Kao da su zaspali da se jednog dana probude.

Očekivao sam da su i deca najviše uzbuđena Pompejom. Nisam, naravno, hteo da iznudim takvo priznanje. Okolišno sam se zbog toga raspitivao šta je na njih ostavilo najveći utisak. Kao iz topa, umazani kečapom do ušiju, odgovorili su da im je bilo najlepše kada su se konačno dočepali tratorije nad zalivom. Posle Brisela, u čijim sam muzejima uspeo da im ogadim jednog Rubensa, u Napulju sam otkrio da je za decu napolitanska pica još uvek privlačnija od celodnevnog razgledanja Pompeje pod vrelim suncem.

Ali, reći ćete, Sicilija i Napulj nisu samo *bellezza*. Zar na njihov pomen ne mislimo takođe na mafiju? Pa, i toga je bilo na povratku kroz Kalabriju. Ili nam se samo tako pričinilo.

Ono što nam se svakako nije pričinilo jeste besomučna noćna jurnjava u kojoj nas je teretno vozilo pratilo u stopu, primičući se povremeno na opasnu razdaljinu. Na usponima smo odmicali, ali su nas gonioci na ravnom putu redovno sustizali.

Ćerku Jelenu, koja se interesovala za to da li uporni pratioci nameravaju da je otmu, brzo smo ućutkali uveravanjem da je niko neće oteti. I ako bi je oteli, poručili smo, nemamo nameru da za nju platimo otkup. Na prvom ispustu smo, ipak, napustili auto-put i prespavali u motelu nekog malog mesta.

Ujutru, sa suncem, opet je prevladala *bellezza* koja nas je pratila sve do Rima. Kad god bismo se zaustavljali da se odmorimo i okrepimo, ugostitelji su nam priređivali mala iznenađenja. U jednoj gostionici su, tako, pitali decu da li hoće običnu koka-kolu ili *gigante*. Deca su, naravno, izabrala onu *gigante*, koja se od obične razlikovala samo utoliko što je nalivena u zaista džinovske čaše. U drugoj gostionici smo dobili na dar tanjir od keramike kao nagradu za umešan izbor naručenih jela, iako su ona na jelovniku, očito, od pamtiveka bila prisutna. Doživeli smo ljubaznosti domaćina kao vešto smišljene dosetke, ali takođe kao potvrdu da Italijani nastoje da učine lepšim sve što čine ili proizvode.

Italija me je, najzad, naučila još nečem. Otkrila mi je kako da prepoznam grad. Poučila da njegova svojstva ne zavise od broja stanovnika već od toga kako je uređen prostor u kojem ljudi žive. Da se naseobina bez trgova i fontana ne može smatrati gradom. Još od starog Rima do danas.

Trbuh sveta

Kao dopisnik iz Ujedinjenih nacija, u Njujorku sam u drugoj polovini osamdesetih živeo pune četiri godine. Ne samo u odnosu na Vašington (koji je više administrativno sedište) već i na druge gradove Amerike, Njujork ima „imperijalna" svojstva. Postao je, drugim rečima, „planetarna mera" sa kojom se upoređuju i sve vrline i sve mane sveta. Kada su u Africi glumicu Kendis Bergen upozorili na opasnost snimanja scena sa divljim životinjama, uzvratila je uz bezazlen osmeh: „Zaboga, ja sam detinjstvo provela u Bruklinu." Istu detinju začuđenost ispoljili su putnici za Kingstoun, kojima je pre poletanja aviona skrenuta pažnja na nerede u glavnom gradu Jamajke. „Zar zaista mislite da je u Njujorku bezbednije?", pitali su zvaničnike koji su nastojali da ih odvrate od puta.

Da bi odgovorio na ovo pitanje, čovek se može pozvati na statistiku, ali i na lično iskustvo. Pa, moje nije bilo baš blistavo.

Vraćajući se kasno uveče iz Ujedinjenih nacija, umoran od celodnevnog prelistavanja dosadnih rezolucija, odsutno sam koračao prema Grand centralu.

U obično pustoj ulici malu grupu Portorikanaca primetio sam tek kada mi je preprečila put. Misleći kako je reč samo o obesnim mladićima, ni na kraj pameti mi nije padalo da je u pitanju mnogo više od toga. Nezadovoljan što sam ceo dan preturao prašnjava dokumenta, gledao sam ih ljutito, kao da su oni zbog toga krivi. To ih je malo zbunilo, ali ne previše. Jedan od omalenih napadača je izvukao iz džepa nož i uperivši mi vrh sečiva u stomak procedio kroz zube: *money* (novac).

Bezbroj puta sam pre toga čuo šta treba činiti u takvim situacijama. Savet je bez izuzetka bio isti: povinujte se zahtevima pljačkaša. Njujorčani zbog toga nose uvek sa sobom male svote novca, skrivene na najneverovatnijim mestima: u čarapama ili u postavi kaputa. Cilj ovih podosta opsežnih mera predostrožnosti je da se napadač zadovolji malom novčanicom, a žrtva sa podnošljivom štetom prebrodi opasnost.

Ne samo da sam se oglušio o ovaj razuman savet već, sasvim suprotno, nisam pokazao nikakvu predusretljivost. Dok mi je vrh sečiva još bio na trbuhu, jedan od pljačkaša zgrabio me je rukama iza leđa. Instinktivno sam ga odgurnuo, pri čemu mi je sa ramena spala torba sa papirima.

E, sad sledi ono najlepše. Prikupljao sam rasuti papir, što je, s obzirom na okolnosti, mogla da čini jedino apsolutno poremećena osoba.

Da su napadači došli upravo do takvog zaključka posvedočio je nalog vođe grupe da me „ostave na miru“. Verovanje da su susreli nekoga ko „nije sasvim čist“ mora da je bilo sasvim osnovano jer sam, umesto da zahvaljujem bogu što su me poštedeli, krenuo za razbojnicima.

Kako to obično biva, od policije, kada je najpotrebnija, nije bilo ni traga ni glasa. Od odsustva čuvara reda gore je bilo samo to da su napadači odlučili da se vrate. Očajnički tražeći spas, pala mi je na pamet sumanuta ideja da iz zadnjeg džepa izvučem novčanik i uperim ih na razbojnike kao da je pištolj. Napadači su u nedovoljno osvetljenoj ulici poverovali da u ruci zaista imam oružje i žurno se udaljili.

Dovukavši se nekako do staničnog restorana, popio sam zaredom četiri piva, ali mi je, da se potpuno oporavim, bilo potrebno isto toliko nedelja. To što sam se izvukao neozleđen, pripisivao sam amaterizmu razbojnika ili pak njihovom verovanju da imaju posla sa poremećenom osobom. Ako sam bio u nedoumici koje objašnjenje da izaberem, poznavaoci njujorških prilika nisu bili ni u kakvoj sumnji. Za njih su obe alternative bile podjednako prihvatljive jer, kako su jasno stavili do znanja, da bi se sačuvala glava u takvim okolnostima nije dovoljno samo nerazumno ponašanje. Potrebno je takođe da su i napadači maloumni.

Da budem pravičan prema Njujorku, to što se meni dogodilo nije pravilo. Bilo je novinara koji su u tom gradu boravili celu deceniju a da nikada nisu bili u opasnosti. U mom slučaju sve je bilo obrnuto. Iako sam u Africi živeo u doba najvećeg previranja i nereda, nisam bio lično ugrožen. S jednim pokušajem pljačke i dva nasrtaja poremećenih osoba, Njujork je, statistički bar, nadmašio Crni kontinent.

Grad oboleo od visokog pritiska

Bila mi je potrebna cela godina da se naviknem na sirene hitne pomoći, policije i vatrogasaca koje doslovno neprestano zavijaju i danju i noću, i još jedna da postanem pravi „Njujorčanin". Ovi poslednji se najviše prepoznaju po uslovnom refleksu kojim reaguju na opasnost. Po nemirenju sa koracima iza sebe. Za razliku od žitelja drugih, takođe velikih metropola, Njujorčani će obavezno zastati da propuste upornog pratioca.

Već i sam taj čin upućuje na opreznost i usredsređenost koje se preporučuju svim hotelskim gostima i putnicima u podzemnoj železnici. Njima se u štampanom uputstvu savetuje da ne sedaju kraj vrata, ne ulaze u prazne vagone, ne šetaju slabo osvetljenim i napuštenim peronima i ne približavaju se previše njihovim ivicama. Onima koji se uprkos svemu odluče za vožnju njujorškim metroom, preostaje još samo jedan, možda najdelotvorniji savet: ako ste uznemireni i uplašeni, dajte svom licu namrgođeni i preteći izraz kao da ćete upravo nekoga napasti. Postoji velika verovatnoća da ćete time odvratiti napadača jer zločinac vreba žrtvu, a ne suparnika.

Za mene je gora od buke bila samo tišina puna strepnje kada po isteku radnog vremena ulice iznenada opuste. To, naravno, nije važilo za ceo grad, jer se život iz opustelih delova munjevito premeštao u kvartove zabave i provoda.

Poslovni ljudi su do svojih udobnih kuća u okrugu Vestčester putovali vozom kroz sumorne četvrti Bronksa. Neki od njih u ovo zloglasno predgrađe nikada nisu stupili nogom, gledajući jedino kroz prozor vagona spaljene kuće i prozore pokrivene daskama. Mada voz prolazi kroz krajeve na lošem glasu, putnici se u njemu osećaju bezbedno, verujući da ustaljeni putni red mogu da poremete jedino požar ili neka druga, isto tako velika nevolja.

Šta biva kada se to zaista i dogodi, uverio sam se i sâm na tragikomičan način. Zajedno sa gomilom uglađenih dama u bundama i berzanskim agentima u prugastim sivim odelima, uzalud sam na Grand centralu čekao jedan od mnogobrojnih vozova za Stamford kada se čulo obaveštenje da je zbog požara deo pruge oštećen. Putnici su zbog toga upućeni na liniju podzemne železnice do Bronksa, gde će ih čekati autobusi za nastavak putovanja.

To što se među uglađenim džentlmenima i namirisanim damama povremeno čulo kikotanje, moglo se objasniti jedino stanjem potpune histerije.

Poslednji trag usiljene i otuda veštačke veselosti iščezao je kada su otmeni putnici otkrili da ih u Bronksu ne čekaju nikakvi autobusi. Umesto obećanog prevoza pred njima se prostirao mračan, zloslutno napušten i preteći grad. Obeshrabreni i snuždeni, okupili su se u gomilu i kao stado gusto zbijenih ovaca oprezno pratili vođu kome je savršeno odgovarala šaljiva poruka koja se obično lepi na zadnji prozor automobila: „Ne pratite me, i sâm sam zalutao.“

Usamljeni prolaznici bili su zaprepašćeni do tada neviđenim prizorom. Neki su se čak i krstili, što je moglo samo da znači da su pojavu dama u bundama i gospode u prugastim odelima u srcu Bronksa doživeli kao verodostojno čudo. Šok koji je priređen zalutalim pijandurama bio je još dramatičniji i za njihovo duševno zdravlje opasniji, jer su sa priviđenjem beloga miša nekako i mogli da se nose, ali ne i sa prizorom berzanskih agenata i pomodnih dama sa Pete avenije. Zaklinjući se da nikada više neće okusiti kap pića, bili su istinski ubeđeni da su osobe koje su navikli da sreću na Menhetnu, ali ne i u najozloglašenijem kvartu Njujorka, samo halucinacija.

Sa podzemnom železnicom imao sam još jedno, više groteskno nego komično iskustvo, upravo u vreme kada je kampanja protiv pušenja bila na vrhuncu. To je praktično značilo da su pušači bili na putu istrebljenja što im se, bez mnogo uvijanja, stavljalo do znanja. Kao progonjenoj vrsti za njih je u lokalnom vozu izdvojen samo jedan vagon u kojem su za nešto više od pola časa, koliko je potrebno da se iz oblasti Vestčester dospe do Menhetna, svaki čas pripaljivali cigaretu kao da im je poslednja.

Pošto je kao geto za pušače bio na lošem glasu, u njega su nagrnuli i drugi poroci. Sve češće se, tako, mogao videti u pristojnim vagonima nezamisliv prizor ispijanja konzervi sa pivom koje su, ispražnjene, bacane na pod.

Čak i tako ozloglašen i javno žigosan, vagon za pušače je ukinut sa obrazloženjem da svojim izgledom narušava dobar ugled tradicionalno uzorne Metropolitenske mreže. Pošto su na taj način pušači u lokalnom vozu ostali i bez poslednjeg azila, oni su kao i svaka progonjena vrsta prešli u ilegalu. Biće zaista velika šteta ako se iskorene, jer u Americi pripadaju onom malobrojnom soju koji u borbi za preživljavanje još koristi maštu.

Da li je, imajući sve to u vidu, moguće opisati Njujork u samo par rečenica? Možda bi perpetuum mobile, shvaćen kao pojam neprestanog kretanja ne samo slika i zvuka već i ljudi i novca, mogao da bude njegov zaštitni znak?

Hoću da kažem da Njujork nije kao drugi gradovi. U Sohou su nekadašnja skladišta preuređena u luksuzne stanove. To znači da se i granice sigurnosti pomeraju. Nekada se, na primer, severno od Univerziteta Kolumbija nije smelo kročiti. Danas se u pomodnim restoranima koji su tu nikli preko noći moraju unapred rezervisati stolovi. To je sudbina svih gradova, reći ćete. Svi se manje ili više menjaju. Čak i da je tako, siguran sam da se to nigde ne dešava brže nego u Njujorku. Ne za mesec dana ili godinu. Svakoga trena, takoreći.

Njujork zato za mene nije metropola u klasičnom smislu. Znate ono: zgrade, spomenici, istorijska obeležja, poznata mesta, idi mi – dođi mi. Ne želim ništa ružno da kažem, ali ja sam ga više doživeo kao čudovište koje se svaki čas proteže na drugom mestu. Otkud to znam? Po pulsu koji neprestano menja otkucaje. Izmerio sam ga u raznim prilikama. Uverio sam se da nije isti. To je, verujte mi, grad koji boluje od visokog krvnog pritiska.

Mora mu se ipak priznati da se samosvešću, odnosno ravnodušnošću prema javnim ličnostima, izdvaja od drugih gradova. Ma koji razlog bio u pitanju, zasićenost ili nešto drugo, svi koji sebe smatraju važnima u Njujorku dolaze na svoju meru. Na to je verovatno mislio gradonačelnik Koč kada je, odvraćajući Mondejla od prepodnevne parade, izjavio da niko živ neće ustati iz kreveta u nedelju ujutru samo da bi video predsedničkog kandidata.

Zašto bi, zaista, ustajali kada su samo te jeseni (1984) u američkoj metropoli boravila dvadeset i tri šefa država ili vlada, dvanaest potpredsednika i više od sto i trideset ministara?

Na posredan način sam bio žrtva takvog mentaliteta kada sam se, vrativši se kući, pohvalio kako sam upravo video glumicu Kendis Bergen. „Ih, ti video glumicu", ukućani su sa nipodaštavanjem saslušali moju izjavu.

Mada nisam razumeo zbog čega su mislili da se u Njujorku, koji i doslovno vrvi od zvezda na koje niko ne obraća pažnju, ne može sresti bilo koja slavna glumica, kada sam nedugo potom u *Delegates loungeu* Ujedinjenih nacija ugledao svetski poznatu manekenku Naomi Kembel, dobro sam se čuvao da to u kući ne obznanim.

* * *

Delegates lounge

U sedištu Ujedinjenih nacija na Ist Riveru, gde je Tanjug imao biro na četvrtom spratu, omiljena prostorija diplomata i novinara bio je *Delegates lounge*, u kojem su se okupljali posle zamornih sednica. Možda je to bilo i jedino mesto gde bat koraka nije bio prigušen debelim sagovima i gde se čuo glasan smeh obično u misli utonulih zabrinutih delegata.

Za opuštenu atmosferu u velikoj meri je bila zaslužna i posluga koja je gostima velikodušno dolivala viski do vrha čaše. *Delegates lounge* je došao na glas i kao mesto gde se susreću poznate ličnosti ne samo iz sveta politike, diplomatije i novinarstva već i umetnosti. Na istom mestu su se, tako, viđali izraelski premijer Bendžamin Netanijahu, koji je u to vreme bio samo predstavnik svoje zemlje u svetskoj organizaciji, glumac Piter Justinov i pevač Stivi Vonder. Sa malo sreće mogli ste da susretnete kralja Ašantea i dalaj-lamu. O šefovima država koji dolaze svake jeseni na zasedanje Generalne skupštine da i ne govorimo.

Delegates lounge je, sve u svemu, bio jedino mesto na kojem su večito smrknute i patetično ozbiljne diplomate otkrivale da imaju dušu.

Sa novinarskog stanovišta, mada mislim da su se i diplomate osećale slično, od posla u Ujedinjenim nacijama nije se moglo zamisliti ništa dosadnije. Ne samo u sadržinskom smislu već i u formi rezolucija koje su, kao kod liturgijskog pojanja koje nabraja sve darodavce od davnina, pominjale sve prethodne papire o istoj temi, od samog osnivanja Generalne skupštine. Nešto zanimljivije je bilo jedino na sednicama Saveta bezbednosti koje su sazivane u slučaju neke manje ili veće krize u svetu. Čak i tada je morala da se poštuje procedura koja se, nauštrb dramatičnosti, čvrsto držala okoštalih pravila.

Ustaljene birokratsko-administrativne okvire nadrastale su jedino izrazito samosvojne ličnosti koje su bile na glasu po govorničkom daru ili pak samo po neobuzdanom temperamentu.

Takvim se, na moje čuđenje, predstavio dopisnik kineske novinske agencije *Sinhua* koji je jednoga dana hrupio u *Tanjugov* ured moleći uzrujano za uslugu. Znajući Vanga kao smirenog čoveka, pitao sam se šta je prouzrokovalo tako veliko uzbuđenje. Odgovorio je, još uvek usplahireno, da vijetnamska delegacija održava konferenciju za štampu u Ujedinjenim nacijama. „Beskrajno ćeš me zadužiti", baš tako je rekao, „ako na tejprekorderu snimiš sadržaj konferencije."

Nisam razumeo zašto to sam ne učini, kao što mi nije bilo jasno zašto običan pritisak na dugme opisuje kao „neizmernu uslugu". Pokazalo se da dobroćudni Vang, bar sam ga ja kao takvog znao, nije mogao da podnese da bude u istoj prostoriji sa predstavnikom zemlje (Vijetnama) sa kojom Kina u to vreme nije bila u dobrim odnosima. Nisam tada ni slutio da će narodi Balkana samo neku godinu kasnije jedni na druge isto tako popreko gledati.

Koliko i neočekivani primer političke netrpeljivosti, porazila me je neosetljivost diplomata. U *Delegates loungeu*, koji se odlikovao opuštenošću delegata i velikodušnošću osoblja, dakle atmosferom privatnog kluba, odigravala se prava mala drama, koja se nije ticala država i njihovih sukoba, već posla zaposlenih, uistinu njihove sudbine. Pošto je prostorije iznajmila neka druga firma, svim do tada zaposlenim pretili su otkazi.

Kada su zaista i otpušteni, nemo su se šetali ispred zgrade Ujedinjenih nacija sa plakatima kojima su žigosali okrutnost zakupaca. Među njima i večno nasmejani točilac pića Pedro, koga su i doslovno znali svi delegati u svetskoj organizaciji.

Ma koliko opravdan, protest nije mogao ništa da promeni jer je novi vlasnik po ugovoru imao pravo da dovede svoje ljude. Reklo bi se tipičan primer bezdušnosti poslodavca na koju se, budući da je sve po zakonu i propisu, niko nije osvrtao. Za otpuštene radnike, naročito za Pedra, nažalost, nije bilo *that simple* (tako prosto) jer se, naročito oni u poodmaklom životnom dobu, nisu mogli nadati novom zaposlenju.

U povorci, koja se sve više osipala, točilac pića uporno je šetao ispred zgrade, kao otelotvorenje nesrećne sudbine, u ovom slučaju više prikaza nego živ čovek, koja se viđa jedino u grčkim epovima. Diplomate, čije je pijane ispovesti saosećajno slušao, pretvarale su se da ga ne primećuju. Delegati koji su tronuto govorili o tome kako da se spase mir i sačuva civilizacija, nisu pokazali nikakvo saosećanje za „malog čoveka". Pošto je, ostavši sam, i on konačno odustao od protesta, uzaludnog i jalovog koliko i rezolucije koje su uvaženi diplomati usvajali, korisnici njegovih usluga brzo su ga zaboravili.

Globalno selo

Često sam i čitao i slušao da je svet postao „globalno selo", ali tek sam u Njujorku u punom smislu shvatio značenje tog pojma. Za to je donekle zaslužna Federalna obalska straža koja me je obavestila da postoji sumnja da je na panamskom brodu nasred okeana podmetnut eksploziv. Pitao sam kakve to veze ima sa mnom? Zašto bi, uz sve saosećanje za posadu, agenciju za koju izveštavam interesovala sudbina panamskog broda?

Zbog toga što je kapetan broda iz Dubrovnika. Udovoljili su njegovoj molbi da o svemu obaveste dopisnika *Tanjuga* iz Njujorka. Ako želim, mogu da se s njim lično čujem telefonom.

S uzbuđenjem sam prihvatio ponudu. Ne samo zbog ugroženosti broda već i zbog toga što sam u to vreme uspostavljanje veze s nekim ko je nasred okeana doživljavao kao čudo. Glas koji sam čuo učinio mi se poznat. Kada se još predstavio, bio sam u to siguran.

„Da li ste vi kapetan koji me je ugostio na brodu u Lagosu?"

Nije bilo kraja čuđenju kada je potvrdio da je on upravo taj. Potomak stare dubrovačke kapetanske porodice koji mi je bio domaćin u velikoj zapadnoafričkoj luci.

Dogovorili smo se da mi javlja šta se dešava, a da ja vesti prosleđujem matičnoj agenciji. Pokazalo se, na sreću, da je dojava o bombi bila lažna.

Nikada se posle toga nisam ni video ni čuo sa kapetanom koga sam upoznao dok sam izveštavao o građanskom ratu u Nigeriji.

Jedino sudbinom ili, što zvuči manje patetično, nepredvidivom nasumičnošću moglo se objasniti to što nam se posle više godina putevi ponovo ukrštaju. Za mene bar, u tom činu bili su sadržani svi sastojci „globalnog sela": panamski brod, kapetan iz stare dubrovačke porodice, afrička luka, mala agencijska „kajuta" u zdanju Ujedinjenih nacija u Njujorku iz koje telefonom razgovaram sa zapovednikom broda nasred Atlantskog okeana.

* * *

Prijem kod princa

Navikavši se na to da u Njujorku srećem neobične ljude, nisam se ipak nadao da će me na ručak pozvati potomak čuvene ruske plemićke loze Bagration. Nije me nimalo iznenadilo što je pripadnik tako otmene porodice izabrao francuski restoran. Ako je već u Americi našao utočište, mogao je bar da bira evropsku kuhinju.

Mučeći se kako da iz mnoštva neverovatnih ličnosti i doživljaja izdvojim važnije ili makar zanimljivije, shvatio sam, kao i književni junak O'Henrija, da je sveobuhvatan uvid nemoguć. Saznao sam to iz priče o čoveku koji je naumio da obiđe sve stanice njujorške podzemne železnice, ali je brzo odustao uvidevši da je takav poduhvat ne samo nemoguć i uzaludan već i apsurdan.

Bar koliko i prijem koji je povodom godišnjice nezavisnosti Kampućije u hotelu *Helmsli* priredio princ Sihanuk. Pomalo i pod utiskom debate koja se te jeseni u Generalnoj skupštini vodila o ratom opustošenoj i napaćenoj zemlji, na prijem sam, kao i drugi gosti, došao sa unapred navučenom maskom pogruženosti i saosećanja. Iako je samrtničkom ozbiljnošću odudarala od razdragane i čak krajem nedelje razuzdane njujorške gomile, ona je, imajući u vidu povod i vreme okupljanja, delovala savršeno prikladno.

Preuzevši mikrofon, Sihanuk je obavestio zvanice da je godišnjicu nezavisnosti Kampućije pomerio nešto ranije kako bi se podudarila sa prinčevskim rođendanom. On je goste takođe pozvao da u igri i pesmi, kako je to običaj u njegovoj zemlji, obeleže radostan događaj. Podstičući i sam takvo raspoloženje, domaćin je dao znak orkestru da počne sa muzikom. Razjasnilo se tako, uz jedva primetno čuđenje, da je vladar stao pred mikrofon zbog muzike, a ne zbog podsećanja na patnje naroda Kampućije. Mada zatečeni neočekivanim obrtom, gosti su sa dužnom pažnjom i poštovanjem saslušali prinčev muzički debi. Ne naročito upečatljiva melodija i unjkav i prilično istrošen glas čoveka u godinama, ispraćeni su na kraju pesme mlakim aplauzom koji se pre mogao protumačiti kao izraz uvažavanja nego ushićenja. To, naravno, ne znači da su se zvanice dosađivale. Prihvatajući, isprva sa ustezanjem i nelagodnošću, Norodomov poziv da se zabavljaju, one su, kako je vreme odmicalo, bivale sve opuštenije i razdraganije. Tome su, uz odabrana francuska vina, svakako doprinosile i kamare lososa i račića, pačjeg i pilećeg umaka, asparagusa i artičoka, avokada i manga. Kako su se hedonističke piramide podlokavale, tako su se i maske pogruženosti nezaustavljivo otapale.

Prijem, koji je prvobitno predstavljen kao obeležavanje godišnjice nezavisnosti Kampućije, rasčuo se tako kao mesto pomamne zabave. To je lokalnom komentatoru dalo povod za zajedljivu primedbu kako u Njujorku, koji obiluje svakojakim uvrnutim događajima, ništa ne obećava tako lud provod kao okupljanje radi saučestvovanja u patnjama naroda daleke azijske zemlje.

Apsurd manjeg značaja potekao je iz nesporazuma o tome šta je pristojno odevanje. U svoj ured u Ujedinjenim nacijama nikako nisam mogao da uđem bez mašne. Ma koliko se dovijao, krupan policajac me je bez milosti vraćao kao da sam prekršio jednu od božjih zapovesti. Tek kada bih zavezao mašnu, čak i tokom neradnih dana kada su Njujorčani obično nehajno obučeni, dobroćudno me je propuštao.

Ako se neoprostiva neurednost nekako mogla ispraviti, u Majamiju je poprimila karakter beznadežnosti. Mada sam imao važeću kartu, doduše sa popustom, službenik na tamošnjem aerodromu nikako nije hteo da me propusti u avion tvrdeći da nisam uredno odeven. Pošto je bilo leto a ja u safari odelu, njegovu primedbu sam doživeo ne samo kao sitničavu već i u potpunosti neopravdanu.

Ništa nije vredelo. Kada je u nepopustljivosti prevršio meru, uzrujano sam pokazao na putnike u šarenim gaćicama i drečavim majicama kako bez smetnje ulaze u avion:

„Nećete, valjda, da tvrdite da su ovi papagaji uredno obučeni?"

„Ali ti papagaji su bar platili punu cenu karte", spremno mi je odgovorio.

Na jedvite jade sam nekako sa suprugom i troje dece ušao u avion, ali je osioni službenik našao načina da nam i tu napakosti, tako što je dao nalog stjuardesi da nas jedine ne posluži hranom.

Nekako u isto vreme, u parkiću na južnom obodu Njujorka ugledao sam neodevenog muškarca kako ležerno čita novine. Dve starije žene na susednoj klupi mirno su za to vreme razgovarale, kao da je najnormalnija stvar na svetu da i doslovno go sugrađanin deli s njima blagodat mirnog prepodneva.

Sve je, dakle, dozvoljeno pod samo jednim uslovom: da se pokoravate pravilima koja u jednom slučaju od vas zahtevaju da vezujete mašnu a u drugom dopuštaju skarednu golotinju.

* * *

Ne kao na slici

Na povratku iz Rija u Njujork prvu grešku počinio sam već u avionu. Samo što sam odbio ponuđeno piće, putnici su obavešteni kako se zbog „tehničkih smetnji" vraćamo na polazište. Za razliku od većine pilota, kapetan brazilskog *Variga* nije se upuštao u pojedinosti. To je moglo da me poštedi nepotrebnog straha da se saputnik na susednom sedištu nije predstavio kao vazduhoplovni stručnjak. Sve što je kapetan propustio da kaže on je opisivao sa takvom uverljivošću da mi se kosa dizala na glavi. Uzalud sam zahvaljivao na objašnjenjima, nadajući se da će ućutati. Ništa nije vredelo jer je „poznavalac", sa neumoljivošću mučitelja, nastavio da podrobno razrađuje sve pojedinosti predstojeće katastrofe.

Setio sam se tada viskija kao jedinog spasenja koje sam na početku leta nerazumno odbio. Potražio sam stjuardesu koja je, čvrsto vezana za sedište, poručila da sam zakasnio. Da će piće služiti tek kada se avion prizemlji. Pre nego što je taj željno očekivani, spasonosni trenutak stigao, kapetan se još jednom oglasio pozivom da se ne uznemiravamo zbog prisustva vatrogasnih i bolničkih kola u blizini piste. Da to nije rekao, ne bih ni pogledao kroz prozor. Sused je, naravno, prizor vatrogasnih kola iskoristio da sa mnogo živopisnih pojedinosti opiše šta se dešava kada avion tresne o tlo.

Da li je potrebno da kažem da otada nikada nisam odbio ponuđeno piće? Čak i kada ga ne bih okusio, bilo je, za slučaj da zatreba, na pultu ispred mene.

Kada malo razmislim, neprilike u letu nisu bile sasvim neočekivane. Bile su, naprotiv, u skladu sa neuspelim putovanjem u celini. Bolje reći sa doživljajem grada koji nije odgovarao predstavi o njemu. Zamišljao sam ga kao kič sliku sa plavim nebom, ljubičastim morem, zelenim rastinjem i bleštavo belim peščanim plažama. Nijednog trenutka nisam sumnjao u to da tako čaroban predeo naseljavaju samo lepe žene koje se, sudeći prema filmovima i ilustrovanim časopisima, o razglednicama da i ne govorimo, ceo bogovetni dan izležavaju na plaži ili se u zvučnoj karnevalskoj bujici, u ritmu sambe, zavodljivo njišu ulicama.

Za bilo koji grad, da ne dužim, mogao sam da posumnjam da nije onakav kakav se zamišlja, ali za Rio ni u snu nisam pomišljao da je drugačiji od šarenih plakata u izlozima putničkih agencija.

Bio je, nažalost, toliko različit od predstave koju sam o njemu imao da mi se povremeno činilo kako sam u bilo kom zapuštenom evropskom gradu. Jedinstven položaj Rija koji se kao ogrlica rasipa od zaliva do zaliva, nije se, naravno, mogao poreći. Šta onda nije bilo u redu?

Na prvom mestu, pogrešno izabrano vreme za posetu. Doputovao sam u martu, kada se i sunce skriva iza oblaka, bojeći grad u samo jednu nijansu sive boje. Da greška bude veća, nisam odseo na Kopakabani, „u sobi sa pogledom na more", već usred grada, u aveniji Vargas, među isto tako turobnim sivim kućerinama.

U gotovo praznom hotelu van sezone bio sam gotovo jedini gost, što me je upućivalo na okolne kafane koje su bar bile pune. U njima su, opet, kao u bilo kojoj istorodnoj beogradskoj instituciji, sedeli neobrijani gosti i ispijali bezbrojne čaše rakije. Piće, doduše, nije bilo spravljeno od šljive već od šećerne trske, ali dejstvo je bilo istovetno. Kroz prozor kafane, što je takođe podsećalo na Beograd, vetar je prašnjavom ulicom vitlao stare novine. Ni u bašti nije bilo ništa prijatnije zbog nasrtljivih uličnih prodavaca, koje su kelneri uzalud rasterivali.

Mada su i pomenuti prizori delovali odvraćajuće, još više me je čudilo što za nedelju dana nisam sreo nijednu lepu ženu. Bilo je to utoliko neverovatnije što je Rio upravo po njima poznat. Pitao sam portira da li me oči varaju. Da li su čuvene lepotice kolektivno napustile grad? Da li, možda, u nekom drugom mestu održavaju kongres?

Portir je, smešeći se, odgovorio da je to samo slučajnost. Rio ne oskudeva u lepoticama. Ako, uostalom, želim, diskretno mi je ponudio vizitkartu sa imenom lokala, mogu ih iste večeri videti.

Na Kopakabani, gde se bar nalazio, karnevalske igračice su, zaista, svako veče, sa sve perjem i šljokicama, igrale za goste, ali to su činile bezvoljno, za platu, više otaljavajući obavezu nego što su u igri uživale. Pošto su, nema sumnje, pripadale određenom esnafu, nisam ni uz najbolju volju mogao da ih uvrstim ni u zanemarljivo mali procenat lepotica koje se u Riju mogu sresti u martu.

Gde su, tada, bronzane boginje po kojima je grad slavan? Nema druge već da se zaključi kako su se, van sezone, premestile na raznobojne turističke plakate sa kojih nam se u celom svetu zavodljivo smeše.

Gvajana

To što sam video Gvajanu mogu da zahvalim jedino slučajnosti što su državnici nesvrstanih zemalja izabrali upravo njen glavni grad Džordžtaun za regionalno savetovanje.

Gvajana ni po čemu nije tipična za Latinsku Ameriku jer njen živalj ne potiče ni od domorodaca, odnosno

Indijanaca, niti pak od latinskih (špansko-italijanskih) doseljenika, već od crnačkog stanovništva koje je dovezeno iz Afrike da bi radilo na plantažama duvana i pamuka.

Robovi koje su, okovane u lance, više mrtve nego žive prevozili u potpalublju brodova, znali su da se više nikada neće vratiti. Da su nemoćni da premoste neizmerne prostore. Ne uspevajući da se pomire sa okrutnom istinom da ih od postojbine deli čitav okean, da između nema ničeg osim nepregledne vode, kad god bi im se ukazala prilika dolazili su na obalu i satima zurili u daljinu. Upijali su Afriku kao da je nikada nisu napustili. Kao da ceo kontinent sa svim svojim mitovima i tužbalicama može da se smesti u grudi jednog čoveka.

Bilo je potrebno da se slučajno zateknem u Džordžtaunu da bih razumeo ili makar naslutio izvore vudu magije, džeza i bluza, gospela i balada, svega onoga što se među bivšim robovima vekovima taložilo kao materijalizovana čežnja.

Santo Domingo

Na dugim prekookeanskim letovima, na kojima se smenjuju vremenske i klimatske zone, putnicima obnevidelim od umora svašta se priviđa. Nerazumni ili samo neobjašnjivi postupci mogu se, prema tome, tumačiti stanjem omamljenosti. Mora da sam bio u takvom stanju kada sam, putujući od Njujorka u Karakas, na aerodromu *Santo Domingo*, na pola puta dakle, izleteo iz aviona kao bez duše.

Kada sam kasnije pokušao da rekonstruišem događaje, sećao sam se jedino da sam na pomen „svete nedelje" (što u prevodu sa španskog znači Santo Domingo), skočio kao oparen i dograbivši putnu torbu sjurio se niz stepenice aviona. Takvi nesporazumi se, naravno, događaju, ali i brzo ispravljaju već na carinskoj i pasoškoj kontroli. Kod moje omađijanosti je neobično bilo upravo to što me niko nije zaustavio. Prošao sam sve prepreke, kao u filmskim pričama o nevidljivim bićima koja su izgubila materijalna obeležja. Tek kada sam zakoračio van pristanišne zgrade, bolje reći uronio u treptavu, zvezdama posutu tropsku noć, shvatio sam da Santo Domingo nije ime aerodroma u Karakasu već glavnog grada u Dominikanskoj Republici. Kada me je svest o tome ošinula kao munja, jurnuo sam nazad u nadi da je avion još na pisti. Pošto me ni na povratku niko nije zaustavio, zaključio sam da su u ceo slučaj uplele prste natprirodne ili bar ne sasvim prirodne sile. Utoliko više što je avion zaista bio na pisti, a moj povratak u njegovu utrobu, uprkos svima vidljivoj usplahirenosti, primljen kao najnormalnija stvar na svetu.

Aerodromi

Posle Santo Dominga manje sam se čudio takođe neobičnim pojavama koje su mi se povremeno događale i na drugim aerodromima. Kada sam, tako, u jednoj prilici u glavni grad Kenije pristigao kasno noću, nisam uspeo da nađem službenika koji će pečatom u pasošu potvrditi kako sam ušao legalno u zemlju. Među zvaničnicima koji su slatko spavali, čak i hrkali, nije bilo nijednog policajca.

Uzalud sam se okretao unaokolo u nadi da će se pojaviti, ali to se nije dogodilo. Izašao sam tako sa aerodroma bez pečata u pasošu. Pokazalo se da je to bila velika greška jer pri izlasku iz zemlje nikako nisam uspeo da dokažem kako sam u nju legalno ušao.

„Mora da ste sanjali", podrugljivo su govorili, kad god bih pokušao da ih uverim kako nije bilo nikoga da overi pasoš.

Odgovarao sam da nisam sanjao jer nisam ni spavao, što se za pripadnike kenijske granične policije nikako ne može reći. Palo mi je na pamet, dok sam se pravdao, da su možda zapravo oni sanjali, i to san u kom u pasoše putnika sa zakasnelih letova odlučno udaraju pečate.

U Karakas sam, uprkos nesporazumu na usputnom aerodromu, ipak stigao. Kada danas prebiram po sećanju, od glavnog grada Venecuele krajem osamdesetih godina u svesti mi je ostalo utisnuto samo nekoliko slika. Najpre vojnici sa šlemovima koji su usred belog dana patrolirali ulicama kao došljaci s neke druge planete. Izdvajali su se besprekorno urednim uniformama i smrtnom ozbiljnošću koja je odudarala od pomalo razuzdane vreve tipičnog latinoameričkog grada. Mada je Venecuela u to vreme važila za uređenu demokratsku zemlju u kojoj su državni udari i nasilne smene vlasti ređe pojave nego u drugim državama na kontinentu, susret sa vojnicima sam ipak doživeo kao zlokoban nagoveštaj one druge Latinske Amerike u kojoj su vojne diktature isto tako uobičajene koliko i karnevali.

Kao duhovni ili likovni prtljag, svejedno, iz Karakasa sam poneo i sliku krošnje ogromnog manga. Pošto sam do tada

zamišljao da mango raste samo na niskom žbunju, bio sam u
isto vreme i iznenađen i zadivljen veličinom stabla u dvorištu
ambasade ili u rezidenciji, ne sećam se najbolje.

U pamćenju mi je ostao i prostrani vrt u vladinoj reziden-
ciji gde je priređen ručak za ministra inostranih poslova, čiju
sam posetu u to vreme pratio. Iako me je razdiralo nespo-
kojstvo što ću, ne svojom krivicom, kasniti sa izveštajem
o poseti, za utehu sam upoznao jedno od važnijih načela
Latinske Amerike: provod i uživanje, u šta svakako spadaju
raskošni zvanični ručkovi, nikada se neće prekidati zbog
neke beznačajnosti, novinskog izveštaja o državnoj poseti,
na primer.

Sećanje na ostrva

Na povratku iz Gvajane sleteo sam na Trinidad, veliko
ostrvo kraj obala Južne Amerike. Razmišljajući o tome
zašto mi se, među mnogim ostrvima koja se po planta-
žama šećerne trske među sobom ne razlikuju previše,
Trinidad u svesti najviše zadržao, zaključio sam da za seća-
nje postoje različiti povodi. Opčinjenost imenom kao sa
Santo Domingom u Dominikanskoj Republici ili sa Port
Lujem na Mauricijusu.

Zašto mi, ipak, kraj tolikih „rajskih" ostrva (mada prema
zavodljivosti takvog opisa treba biti sumnjičav) čija se
imena tope u ustima kao zreo plod manga – Barbadosa,
Bahama, Cejlona (više volim to ime od novog Šri Lanka),
Zanzibara, Maldiva – pred očima kao svetlosna reklama
najviše titra ime Trinidada?

Na šta me upućuje Trinidad? Ne na nobelovca Najpola čiji su roditelji, kao i većina drugih doseljenika, došli iz Indije. Mada nesumnjivo veliki pisac, Najpol me je odvraćao očajničkim nastojanjem da što više liči na Engleza, što je, na kraju, i postao.

Na koga sam tada mislio? Na velikog engleskog pesnika Voltera Ralija, slavnog admirala koji je potopio špansku flotu kod Kadiza i, kako se govorilo, ljubavnika kraljice Elizabete? Dok je u londonskom Taueru, voljom Džejmsa Prvog, čekao na pogubljenje, zamišljao sam ga kako kroz rešetke upire pogled prema dalekim horizontima. Prema karipskim ostrvima i Trinidadu gde je uzalud za svoju kraljicu tražio obećanu zemlju Eldorado.

Ta izmaštana slika neizbežno je prizivala u sećanje prizemnu sobu na periferiji Beograda u kojoj sam takođe sâm, takođe kroz rešetke, nastojao da pomerim horizonte što dalje od reda trošnih šupa i pojasa prljavosivog neba, sve do ostrva čiji zlatonosan pesak zapljuskuju kristalno čiste, modre vode okeana.

Moralo je da prođe mnogo godina da bih shvatio kako je takva predstava o ostrvima ne samo idilična već i lažna. Da ostrva, kao i rimski bog Janus, imaju dva lica. Da, osim „rajskih ostrva", postoje i ostrva tamnice. Izabrana kao mesta sa kojih se ne može pobeći. Ne moramo se, najzad, vraćati u daleku istoriju, na, recimo, Svetu Jelenu, gde je čamio Napoleon. Pre nego što se i čulo za Goli otok, grčka vojna hunta je političke protivnike slala u logore na ostrvima Ajosu Estratiosu, Jarosu i Makronisosu. Mandela je, najzad, više godina bio zatočen na ostrvu Roben.

Kada, prema tome, maštamo o ostrvima, ne smemo izgubiti iz vida da su Brioni i Goli otok sasvim blizu jedno drugom.

Ne čudi što Dragoslav Mihailović, kao i mnogi drugi golootočani, neće ni da čuje za ostrva. Ni za more, uostalom. I oni su upirali pogled u daleke horizonte, ali prema kontinentu. Svi zatočenici, najzad, bilo gde u svetu, maštaju da napuste tamnice. Nezavisno od toga da li pogledom traže okean ili isto tako nesagledivo kopno, i za jedne i za druge daleki horizonti samo su otelovljenje jedne iste čežnje.

Nadrealistička putovanja

Prelistavajući po povratku iz Njujorka mape putovanja, pomislio sam da bi im najviše pristajalo da se opišu kao nadrealistička. Ne samo zbog toga što su se u njih uplitali Kafka, Drakula i Homeini, himalajski bogovi i otisci sprženih u Hirošimi već i zbog toga što takva putovanja mogu da se dožive i kao hridi koje nasumično izranjaju iz okeana sećanja.

Hirošima: hodanje po senkama

Samo što sam se vratio iz Njujorka javio se Prvoslav Davinić, koji je preneo ljubazan poziv Jasušija Akašija, u to vreme podsekretara Ujedinjenih nacija, da učestvujem na konferenciji o nuklearnom razoružanju u drevnom carskom gradu Kjotu. Otputovao sam u Japan iz Frankfurta takozvanom severnom rutom preko Aljaske i Severnog pola. Posmatrajući kroz prozor predele prekrivene snegom i ledom, pitao sam se kako je moguće da ljudi opstaju u tako surovim uslovima. Divljenje prema prvim pionirima još više je poraslo kada sam na aerodromu u Enkoridžu, u staklenoj vitrini, ugledao prepariranog džinovskog medveda koji je, uspravljen, znatno nadmašivao visinu čoveka. Imajući u vidu da su prvi doseljenici morali da izgrade brvnaru, ulove divljač za hranu, pri čemu je veća verovatnoća bila da će sresti neku zver nego čoveka (često udaljenog i po stotinu kilometara), nije mi preostalo ništa drugo do da zaključim da su naši preci pripadali nekoj drugoj ljudskoj vrsti, otpornijoj i odvažnijoj od mlitavih potomaka.

Imperijalni grad Kjoto sa drvenim paviljonima i brižljivo uređenim vrtovima i veštačkim jezerima, u velikoj meri je ogledalo japanske naravi. Ne samo prefinjenom estetikom već i uzdržanošću i smernošću. Paviljoni u kojima su obitavali carevi i samuraji jedino su opremljeni uz zidove pribijenim drvenim klupama. Da nije reč o većem prostoru, nekadašnje carske odaje, po odsustvu bilo kakve raskoši, mogle bi da se uporede sa monaškim ćelijama.

Najviše me je ipak uzbudila, bolje reći potresla, Hirošima. Za mnoge gradove se govori kako su jedinstveni, ali se za Hirošimu to može reći bez ikakvog dvoumljenja. Šestoga avgusta 1945. godine taj japanski grad bio je uništen prvim atomskim vazdušnim napadom u istoriji. Blizu sto hiljada ljudi poginulo je ili umrlo kasnije od zadobijenih povreda. Sam grad je sravnjen sa zemljom.

Mada sam u Hirošimu prispeo sa osećanjem da je poznajem, ništa se nije moglo porediti sa stvarnim boravkom, bolje reći sa nemogućnošću da se opiše. Ni u tome nema ničeg čudnog, jer za svest o tome da čovek hoda po ljudskim senkama ili još određenije po otiscima onih koji su u tom gradu živeli, ne postoje odgovarajuće reči.

Pojam „senki" čini se, ipak, prigodan, jer kako drugačije nazvati ono što je ostalo od ljudi koji su toga dana krenuli na posao ili u školu da u jednom trenu samo budu zaslepljeni eksplozijom i sprženi vatrenom stihijom.

Da li je moguće da se takav događaj odgovarajuće obeleži? Kako možemo da spasemo od zaborava nešto što bismo najradije potisnuli iz sećanja? Što sam više o tome razmišljao, to sam bio uvereniji da su Japanci izabrali najprikladniji način. Zgrada Trgovačke komore, koja pravim čudom nije porušena iako je bila takoreći u epicentru eksplozije, sačuvana je kao memorijalni spomenik. Na njenim izbijenim prozorima i od čađi pocrnelim zidovima zaustavilo se vreme. U muzeju u blizini mogu se videti prizori nuklearnog pakla u bespoštedno naturalističkom vidu: retke fotografije, izgorela odeća i čak kosti žrtava. Park Mira, takođe u blizini Trgovačke komore, sa lepo uređenim vrtovima, teistički je simbol trajnog spokojstva koje ne može biti narušeno čak ni tako masovnom i brutalnom pogibijom. To je mesto gde građani Hirošime i njihovi gosti odaju poštu žrtvama u najboljoj japanskoj tradiciji, u tišini i skrušenosti.

Oko parka je grad, poslovan i bučan, kao bilo koji drugi grad u razvijenom svetu. Malo ko bi ga, ipak, pominjao da nije podignut na mestu gde je pre nuklearne eksplozije bila Hirošima. Šta su, prema tome, iluzije: moderna gradska naselja ili senke koje su u našoj svesti čvršće ukorenjene?

Postoji još nešto po čemu se Japan izdvaja: besprekornim poštovanjem saobraćajnog reda. Pošto je neverica da je tako nešto moguće bila izvor mnogih nesporazuma, zaslužuje da se ukratko opiše.

Program mog boravka u Japanu uključivao je putovanje avionom, vozom i brodom. U svemu tome ne bi bilo ničeg neobičnog da marljivi Japanci nisu predvideli kako se na kraj puta u Tokio stiže samo sat pre polaska aviona za Evropu. Dolazeći iz zemlje u kojoj i tramvaji kasne, bilo mi je apsolutno nezamislivo da se može prevaliti put preko pola Zemljine kugle a da se, na povratku, u Tokio stigne na vreme na avion za Evropu, samo sat pre poletanja.

Odmah po sletanju u Osaku, otišao sam u prvu putničku agenciju i zamolio da me pomere na neki drugi let kako bih bio siguran da neću zakasniti.

„Zbog čega je to potrebno", začudio se službenik, „kada prema planu putovanja u Tokio stižete ceo sat pre polaska aviona?"

„U tome i jeste stvar", snuždeno sam primetio. „Kako je moguće da proputujem pola Japana avionom, vozom i brodom, a da nijedno od tih prevoznih sredstava ne zakasni ni minut?"

Iz pogleda službenika sam zaključio da ne razume razloge za brigu. Voz je zaista stigao u Kjoto u minut tačno. To je, nema sumnje, bilo ohrabrujuće, ali još nedovoljno da me uveri kako ću i sve druge deonice na putu prevaliti sa istom tačnošću. U staroj japanskoj prestonici obnovio sam stoga pokušaje da se pomerim na neki drugi let iz Tokija. Kao i u Osaki, i u Kjotu me je dočekalo nerazumevanje i čak podozrenje da imaju posla sa sitničavim i možda ne sasvim razumnim putnikom.

„Sat vremena je sasvim dovoljno", sažaljivo su me uveravali.

Na moje pitanje šta će se dogoditi ako zakasnim, samo su, smešeći se, vrteli glavom, kao da govorom o padu džinovskog meteora, a ne o pojavi koja me prati celog života.

Nailazeći i kod drugih putničkih agencija na isto uporno odbijanje, pomirio sam se konačno sa sudbinom, ne verujući nijednog trenutka da postoji zemlja čiji građani navijaju satove po redu vožnje.

Japan je, ipak, bio nešto drugo. U ma koje se prevozno sredstvo ukrcao, ono je, razvejavajući sve moje sumnje, stizalo na odredište u času kada su se poklapale kazaljke na satu. Najpre sam se čudio, potom divio, a na kraju prihvatao to kao sudbinu (u boljoj varijanti) koja je u nadležnosti nekog natprirodnog bića, a ne zemaljskih, saobraćajnih vlasti.

U Tokio sam, naravno, stigao sat pre polaska aviona za Evropu, u minut tačno kako je i predviđeno. Službenica na šalteru se čak izvinila što ću morati malo da pričekam, što je bio poslednji udarac, *coup de grace*, potpuno zaslužen uostalom, jer sam sebi upropastio putovanje sumnjajući u to da na ovom svetu postoji zemlja u kojoj se red vožnje bez izuzetka poštuje.

Kineski zid Franca Kafke

Kineski zid zapravo i nije zid već visoka tvrđava čijim bedemima mogu da tutnje četvoroprezi. Kod Badalinga, nedaleko od Pekinga, takođe se uočava da zid nije u celini povezan. Da između deonica zjapi praznina. U svojoj priči „Veliki zid" Kafka, koji, koliko se zna, nikada nije bio u Kini, daje odgovor na pitanje zbog čega zid nije do kraja završen. Praznine su, prema njemu, namerno ostavljene jer se carevi nisu toliko trudili da zaustave varvare, koji su kroz šupljine u zidu lako mogli proći, koliko da ostave obeležje ne samo zemaljske već i božanske moći. Osvajačima, koji su i sami morali biti zadivljeni visokim bedemima, oholo su, dakle, poručivali: „Ne žuri nam se sa podizanjem zida. Ako ste nestrpljivi i želite da uđete, samo izvolite. Ne znamo samo kada ćete se i kako vratiti. Ako ćete se uopšte i vratiti."

To što je važilo za zemlju iza Velikog zida, važilo je i za Zabranjeni grad. Oni koji su se u njemu našli, ostajali su tamo zauvek. U još jednoj Kafkinoj priči „Carska poruka", govori se tako o glasniku kome je naloženo da u daleku provinciju prenese važnu poruku. Uprkos velikom trudu, od carskih dvorišta nije se odmicao. Tek što bi iz jednog izašao, isprečilo bi se drugo, zatim treće i tako unedogled.

Mada sam, za razliku od carskog glasnika, našao izlaz iz Zabranjenog grada, odahnuo sam kada sam se konačno obreo iza zida. Na trgu Tjenanmen (Trgu nebeskog mira) nije mi, ipak, bilo ništa lagodnije. Usred mnoštva ljudi (ni u jednom trenutku nema ih manje od nekoliko desetina hiljada) spopao me je maltene metafizički strah da će me naprosto progutati, kao što vrtlog tornada usisava manja mesta, da me nikada neće naći kao da nisam ni postojao.

Kada, otuda, mislim o Kini, pre svega imam na umu njenu veličinu. Svest o tome izražena je i mestom koje je u Zabranjenom gradu obeleženo kao središte ne samo ovozemaljskog već i onostranog sveta.

Takvo shvatanje sopstvene uloge objašnjava zbog čega je Kina jedina imperija neprestanog trajanja (današnja Italija svako nije naslednik staroga Rima, još manje Grčka drevne Helade, a ponajmanje Egipat mitskog Misira). Varvarska plemena su, doduše, u Kinu povremeno upadala, ali umesto da je osvoje, u njoj su, pretopljena, ostajala.

* * *

„Nevernici" u svetom gradu

U Teheran sam dospeo početkom devedesetih jednim od poslednjih letova JAT-a. To što su ukidani jedan po jedan nije na dobro slutilo. Znajući za stroga pravila, postarao sam se da se supruga i ćerkica pred imigracionim i carinskim vlastima pojave u čadorima i sa feredžom. Nimalo mi se nije svidela mrgodnost službenika. Kao da su samo čekali priliku da putnike koji ne ispunjavaju neumoljive zahteve obese o prvu banderu. U to sam se kasnije i uverio kada nam je u jednom od gradskih restorana prišao natmureni kelner da nas upozori kako devojčici ispod feredže izviruje malo kose.

Kao i mnogo šta drugo, i put iz Teherana u sveti grad Kom već od početka je krenuo naopako. Pokazalo se, najpre, da vozač iznajmljenih kola, koga su u putničkoj agenciji preporučili kao znalca engleskog, od tog jezika zna samo jednosložnu reč *yes* koju je, da razbije monotoniju, povremeno zamenjivao sa *no*. Nije čudo što ličnost tako enciklopedijskog znanja nije razumela da na put kroz užarenu pustinju treba da ponese galon vode.

Prelistavanje starog izdanja *Vodiča kroz Persiju* još više nas je uznemirilo. U pomenutom vodiču „nevernici", što će reći pripadnici drugih vera, neuvijeno su odvraćani od puta u sveti grad:

„Nije poželjno da se gosti šetaju bez pratnje. Nemojte ni da pomislite da bilo šta snimate. Kola ostavite van gradskih zidina. Nemojte ničim uznemiravati vernike. Za žene je najbolje da se klone Koma, ali ako su već u njemu, moraju biti prekrivene feredžom tako da se ne vidi ni vlas kose. Svaka nesmotrenost i nepromišljenost može se shvatiti kao izazivanje koje se plaća glavom."

Pokušaji da od vozača saznam šta misli o uputstvima pisca vodiča, koji je razborito izabrao da ostane anoniman, nisu dali nikakvog rezultata jer se, kako je već rečeno, njegovo znanje jezika iscrpljivalo sa dve jednosložne reči. Nije mi, prema tome, preostalo ništa drugo već da se prepustim sudbini, kao i svi putnici koji je izazivaju.

Poseta raskošnom mauzoleju, u kojem se čuvaju posmrtni ostaci verskog vođe Homeinija, negde na pola puta do Koma, delovala je umirujuće i čak upućivala na zaključak kako su dramatična uputstva iz vodiča možda preterana.

Sveti grad se iz peska pojavio kao blesak, što se nije moglo pripisati samo iluziji već i otkriću da su u minarete mauzoleja Fatimi el Masumeh (čistoj) zaista bili ugrađeni opiljci zlata, srebra i dragog kamenja, kao i mnogobrojna ogledalca. Pomenuti mauzolej je jedno od najvećih islamskih svetilišta, te se hodočasnicima priznaje zvanje hadžije.

Ponesen uzbuđenjem koje čoveka obuzme kada se nađe na mestu velike tajne, zaboravio sam ne samo na uputstva vodiča već i na svima poznatu činjenicu da je Kom uporište ortodoksnih teologa i, otuda, po definiciji, netrpeljiv prema uljezima. Nismo se takoreći ni osvestili, a pasoši su nam oduzeti. Sudeći po izgledu verskog komesara nije bilo teško zaključiti kako predstoje teški pregovori, sa neizvesnim i možda opasnim ishodom. Pomoć je, kako to obično biva, došla neočekivano, u liku studenta koji se školovao u Beogradu. On je mojim plavokosim saputnicama (sa kosom dobro skrivenom) strogo naložio da ne pomaljaju nos iz kola, a mene kao crnpurastog i, prema tome, „nesvrstanog", isturio da se borim za pasoše i, možda, za golu kožu.

Možda zbog slučajne okolnosti da je upravo dan naše posete Komu u verskom kalendaru bio upisan kao „dan praštanja", prošli smo samo sa ukorom i preporukom, koju smo naravno shvatili kao zapovest, da što pre napustimo grad.

Ako se iz tako kratkog i ne sasvim uspešnog viđenja Koma može izvući neko naravoučenije, ono bi moralo da glasi: Za posetu svetim mestima nije dovoljna samo smernost. Potrebno je i makar malo sreće.

Šetnja Teheranom privlačila je već manje pažnje. Nisam se, otuda, dvoumio da se pridružim mnoštvu izletnika koji su se penjali na Elbrus. Nisu to bili pravi planinari, više su ličili na zaljubljenike u prirodu kojima cilj i nije vrh planine već uživanje u lepom danu. Nikada na jednoj planini bilo gde u svetu nisam video toliko ljudi koji su se, u gustim kolonama, uspinjali ili pak sa planine silazili. Svako do kote koja mu je prijala. Na većim visinama povorke su već bile sasvim proređene, uistinu svedene samo na usamljene verodostojne planinare.

Stigao sam nekako do prvih snegova. U plitkim cipelama koje sam potpuno uništio. Ne mogu sebi da objasnim zašto sam išao tako daleko. Ma koliko to detinjasto zvučalo, surovi i mračni klanci više su me privlačili od negovanih travnjaka i bašti. Kao što su me od uređenih gradova više opčinjavale drevne citadele. Takva jedna u Teheranu, sa visoko uzdignutim bedemima iza kojih se krilo britansko poslanstvo, već samim položajem je svedočila o međusobnom nepoverenju, o osvajačima i starosedeocima koji su se manje međusobno prožimali, a više kao bilijarske kugle odbijali.

Već u avionu sam se uverio da nema te vlasti kojoj promućurni Persijanci nisu u stanju do doskoče. Prelepa mlada devojka, kojoj su se u uskom prorezu videle samo krupne ljubičaste oči, odmah po ulasku u kabinu je, veštim pokretom, zbacila donji deo čadora tako da je od glomaznog pokrova ostala samo neka vrsta mini-suknje (od grubog tkanja doduše) ispod koje su izvirivale takođe prelepe vitke noge.

Taj čin, više od gomile reči, otkrio je da ni kruti šerijatski propisi ni stroge kazne ne mogu da izađu na kraj sa prirodom, otelotvorenom u liku ljupke devojke.

Kuvajt

U Kuvajt sam dospeo kao gost tamošnje vlade koja je na raskošan način obeležila godišnjicu uspešno okončanog rata sa Irakom. Mada mi se i ranije događalo da se predstava koju imam o nekoj zemlji u velikoj meri podudari sa stvarnošću, ovoga puta je podudarnost bila potpuna. Zamišljao sam, drugim rečima, da je Kuvajt, kao i drugi pustinjski emirati koji leže na nafti, bogata zemlja. Ona je to zaista i bila, na gotovo nepristojan način. Takvo svojstvo se ispoljavalo i u hotelskom jelovniku u kojem je, kako se to u narodu kaže, bilo i od ptice mleka. To praktično znači da nijednom nisam uspeo da dospem do glavnog obroka (jagnjetine na sve moguće načine) jer su uvodna jela, i doslovno iz celoga sveta, bila tako izuzetna i neodoljiva da za ono glavno jednostavno nije bilo prostora.

Novinari iz sveta su više patili zbog odsustva pića nego zbog obilja hrane. Bezalkoholno pivo otuda nije moglo da nadoknadi izostanak onog pravog. Čak ni kao uteha.

Pošto je petrolejsko bogatstvo promenilo i samu sliku zemlje, jedini verodostojni prizor nomadskog života bio je šator usred hotela u kojem se na starinski način spravljala kafa.

Kuvajt me je na bogatstvo podsetio još jednom, prilikom izlaska iz zemlje. Pošto je službenik na aerodromu zahtevao da se taksa plati u domaćoj valuti a menjačnice su iz nepoznatog razloga bile zatvorene, na šalteru je došlo do malog zastoja. Jedan od domaćina je, primetivši metež, rešio nesporazum tako što je posegao u džep i namirio taksu. Nije u njegovom gestu bilo nikakve skorojevićke razmetljivosti. Pre, naprotiv, urođene gostoljubivosti i velikodušnosti.

Gustina drumova i mnoštvo bogova

Kada bih morao da se izjašnjavam o tome šta je na mene u Indiji ostavilo najveći utisak, odgovorio bih: drumovi. Još određenije: broj ljudi na njima. To se, donekle, može objasniti gustinom naseljenosti. Za razliku od Afrike, u kojoj ima mnogo „praznog prostora", u Aziji, naročito u plodnim krajevima, i doslovno je zaposednut svaki kutak zemljišta. Čak i tako, slika koja se viđa na indijskim drumovima izmiče svakom opisu.

Na putu od Nju Delhija do Agre i „ljubavne zadužbine" Tadž Mahala, imao sam utisak da se pred branikom autobusa raskriljuje, kao u pozorištu, zavesa od ljudskih tela. Neprestano tako svih četiri stotine kilometara (što je u Indiji beznačajno rastojanje) koliko deli dva grada. Kuda su se ti ljudi zaputili? Otkuda u tolikom broju? Natovareni, uz to, svim i svačim. Ne samo na tom putu već i na svim drugim drumovima Indije. Nikada nisam uspeo da dokučim šta pokreće neprekidne povorke koje se, uz malo mašte, mogu zamisliti kao krvotok potkontinenta. Ili bar kao njegov grafički prikaz, kako bi ceo jedan kosmos bogova imao uvid u kretanje podređenih im vernika.

Podjednako snažan utisak ostavlja i šarenilo boja. Činilo se da nema nijedne, ne računajući mnoštvo nijansi, koja nije iskorišćena za izradu sarija.

Beskućnici su takođe neprestano u vidnom polju. Ako su tokom dana u potrazi za poslom ili milostinjom, noću jednostavno poležu po asfaltu. Ono što u tako svedenom bivstvovanju najviše pada u oči jeste pomirenost sa sudbinom. Kao da su se odrekli udela u sopstvenom životu, prepustili su se u potpunosti bogovima. Ne samo zbog nemoći da bilo šta izmene već i zbog verovanja da će se na gusto naseljenim nebesima naći bar jedan koji će se i o njima starati.

U Nepalu se nadležnost bogova zaista široko prostire. U putničkoj agenciji *Jeti* u Katmanduu otvoreno su stavili do znanja da red letenja isključivo od njih zavisi. Odbili su da mi prodaju kartu za kruženje nad Himalajima malim turističkim avionom jer su toga jutra u obliku i rasporedu oblaka videli loše znake. Pomislio sam kako su na pomalo komplikovan način hteli da kažu kako meteorolozi predviđaju loše vreme. Ni govora! Moji sabesednici su samo želeli da upozore na kažiprst od vodene pare, koji, bili su u to ubeđeni, jasno poručuje da planina toga dana nije dobre volje. Uveravanja kako sam na radiju upravo čuo da će vreme biti sunčano i lepo primili su sa podsmehom.

„Nećete, valjda reći, da o vremenu znate više od planine?“

Pošto za to nisam imao pouzdane dokaze, prihvatili su odustajanje od izleta kao zakasneli, ali ipak dobrodošao znak da sam se prizvao pameti.

U himalajskom kraljevstvu, kako iz toga proizlazi, polazak aviona ne zavisi samo od dobre volje ljudi već i od bogova. Oni putnici koji to na vreme shvate, pošteđeni su mnogih neugodnosti, počev od raspitivanja za red letenja.

Ma koliko svoju sudbinu prepuštali bogovima, Nepalci nisu nimalo ravnodušni prema kocki i trampi. Najviše se upražnjava igra sa nekom vrstom kockica koje se, prethodno dobro izmešane u drvenoj ćasi, sa treskom izručuju na pločnik. Na Durtan bazaru u Katmanduu igrači sa prekrštenim nogama sede na kožnim jastučićima, okruženi grozdovima posmatrača koji se isto tako uzbuđuju kao oni koji gube i dobijaju.

Gotovo koliko i kockom, Nepalci su opsednuti trampom. Ona se shvata na savršeno sportski način, što znači da svrha razmene nije jedino pribavljenje koristi, već i nadmetanje u procenjivanju i pogađanju. Gostima se trampa i doslovno nudi na svakom koraku, ne samo u radnjama i aščinicama već i na ulici. Za kaiš se, na primer, može dobiti lepeza od paunovog perja, a za avionsku kartu čak tri mungosa, živa ili preparirana.

Samo se po sebi razume da je teško snaći se u razmeni tako raznorodnih stvari, ali Nepalci ističu da u tome i jeste njena draž. Za razliku od Evropljana koji su u kocki nervozni a u trampi podozrivi, žitelji himalajske kraljevine sve shvataju kao priliku da se dobro zabave. Ni oni, svakako, nisu neosetljivi prema gubicima, ali se teše verovanjem da će ih u nekom drugom životu nadoknaditi.

Jedino što ih stvarno ljuti jeste odbijanje da se trgovanje shvati ozbiljno. Prodavac droge (koja se javno krčmi) na već pomenutom Durtan bazaru bio je tako iskreno uvređen što njegovoj zaista zadivljujuće širokoj lepezi ponude nisam poklonio odgovarajuću pažnju. Pogrešno tumačeći odbijanje preteranom izbirljivošću, neprestano je proširivao narkomanski meni da bi me, zbog nepopustljivosti, na kraju propisno izgrdio.

Ne samo zbog ovog nesporazuma, zaključio sam da Nepal nije za svakoga. Da je samo za putnike čije su mogućnosti upijanja različitih i čak neverovatnih pojava i ljudi veće od uobičajenih. Morate, drugim rečima, biti spremni za susrete sa prorocima, verodostojnim i lažnim, i za trpeljivost prema lokalnim običajima čak i kada to znači da ćete u šetnji kraj planinske rečice biti okađeni mirisom spaljenih pokojnika.

Kao da sve to nije dovoljno, čuo sam fantastičnu priču o gladi:

Grane drveća koje natkriljuju baštenski zid restorana u Katmanduu bile su načičkane gladnima koji su čežnjivo posmatrali kako bogati gosti uživaju u raskošnoj trpezi. U jednom trenutku jedan od ljudi-vrana nije mogao više da izdrži. Sa grane drveta bacio se preko baštenskog zida pravo na sto sa hranom. Pljesnuo je, kao riba potrbuške, posred zdela sa jelom, nastojeći da makar u padu nešto od hrane dohvati.

Za himalajsko kraljevstvo, nažalost, nije dovoljna samo krotkost i razumevanje za neobične ljude i običaje. Potrebna je takođe spremnost da se zaroni u drugo vreme – nije sasvim jasno da li u prošlost ili budućnost. Mada smo prema nepalskom kalendaru već odavno u dvadeset i prvom veku, lično sam se osećao kao da sam nekom vremenskom mašinom prenet u ranije doba. Ne znam zašto, ali vreme u kojem sam se u Nepalu zatekao najviše mi je ličilo na Englesku u doba Šekspira.

To je već bilo previše. Jednostavno više nije bilo mesta za nove utiske jer su se već postojeći, kao višak vode kod već napunjenog suda, i doslovno prelivali. Nisam zbog toga nekoliko dana napuštao hotelsku baštu čekajući da nivo utisaka, kao kod svake poplave, dođe do crte koja me više ne ugrožava.

Letopis na koži

Avion na putu za Sidnej sleće u Abu Dabiju i u Singapuru. U Australiji sam nepredviđeno ostao celih mesec dana jer zbog štrajka pilota nisam mogao ranije da se vratim. Nisam zbog toga žalio. Uživao sam, naprotiv, u neočekivanoj prilici.

U Sidneju mi je najviše godila vožnja tramvajem koji stižu sve do plaža i strmih litica. Sa uzvisine u pribrežnim vodama vide se opasne hridi koje su u prošlosti često bile uzrok potapanja brodova. Mislio sam kako je to, bože, morala biti surova kazna za pomorce koji su preplovili pola sveta da bi na samom kraju puta, nadomak obale, potonuli. Danas su, naravno, brodovi opremljeni radarima i svim drugim navigacionim uređajima koji upozoravaju na opasnost, ali u doba jedrenjaka jedino su dobro oko i čvrsta ruka mogli da spreče brodolom. Uz podosta sreće, naravno, jer u magli nikakve veštine nisu pomagale. Setio sam se kako sam u detinjstvu drugačije zamišljao okean. Svakako ne kao grobnicu za potonule jedrenjake.

Zašto je to važno? Zato što Australija nije samo šarena razglednica, na šta površno gledajući najviše liči. Nije zgoreg, otuda, znati da je, kada je o doseljenicima reč, prvo naseljena kažnjenicima, ne baš najuzornijim članovima društva. Da o njima ni zemaljske vlasti ni Svevišnji nisu previše brinuli, svedoči već pomenuta hronika brodoloma.

Od prognanika se ni domoroci Aboridžini nisu usrećili. Najviše zbog toga što su bili neotporni na alkohol koji ih je desetkovao. Baš kao i američki Indijanci, lakše su odolevali surovoj prirodi nego piću.

Kod preostalih australijskih domorodaca, u najdoslovnijem smislu relikata davno prošlog doba, najviše pada u oči njihova koža. Kao da je na njoj, u ispupčenim naborima i dubokim klancima, zapisan celokupan letopis svih ranije proživljenih života. Ne bi me, otuda, nimalo iznenadilo da za razliku od drugih naroda Aboridžini ne čitaju sa usana već sa kože. Na njoj je sve ispisano.

Alisa u zemlji čuda

Za razliku od Alise Luisa Kerola, koja je u „zemlju čuda" propala kroz zečju rupu, ja sam u Albaniju ušao na graničnom prelazu kod Struge. Kao što pisac, po sopstvenom priznanju, „nije imao ni najmanju predstavu" o tome šta će njegova književna junakinja doživeti u podzemnom svetu, ni putnici u autobusu nisu znali šta će zateći u zemlji koja je bila isto toliko zatvorena i nepoznata koliko, na primer, Ladak na Himalajima. Da istorijske i čak književne analogije treba uzimati ozbiljno svedoči i podatak da je rodno mesto Derzberi parohijskog sveštenika Čarlsa Lautvidža Dodžsona, poznatijeg pod pseudonimom Luis Kerol, sredinom devetnaestog veka bilo izdvojeno od drugih krajeva Engleske koji su se brže razvijali.

Baš kao i Alisa, pitao sam se šta me čeka na ulasku u zemlju koja je takođe bila van sveta. Kako izgleda ta „druga planeta" koja se, mada u neposrednoj blizini, obrće nekom drugom, tajanstvenom orbitom?

Da bi se odgovorilo na ta pitanja bili su potrebni strpljenje, stoička postojanost i čak neka vrsta fatalističke pomirenosti sa sudbinom. Dok su drugi putnici nemo posmatrali jedinstveni granični dekor (žičane ograde i kamene pečurke dopola ukopane u zemlju), ja sam imao ozbiljnije razloge za brigu. Pojma nisam imao da li će graničari prihvatiti da sam samo turista, što sam napisao u formularu u kojem vas pitaju za svrhu posete, ili će otkriti da sam novinar.

To što se autobus čak dva puta zaustavljao posle prolaska granične rampe da bi uz svetlost baterijske lampe svaki putnik pojedinačno bio podvrgnut temeljnoj proveri, nije slutilo na dobro. Dopustili su mi, ipak, da uđem u zemlju, što se moglo objasniti samo na dva načina: ili nisu znali za moje zanimanje (što je manje verovatno) ili su stege već počele da popuštaju pa im to i nije bilo toliko važno.

Pomislio sam u jednom trenutku da je engleski matematičar i logičar, poznatiji kao pisac *Alise u zemlji čuda*, rođen stoleće kasnije, ne bi morao da svoju junakinju šalje pod zemlju kroz zečju rupu. Dovoljno bi bilo da je ukrca u autobus za Albaniju. Čak i pisac sa tako bogatom maštom ne bi znao da objasni zašto su betonska utvrđenja u obliku pečurki i doslovno svuda posejana: duž pruga, na padinama iznad dolina, na prilazu gradovima, na obali, na raskršću ulica i preko puta konačišta. Gledao sam ih najpre sa čuđenjem, zatim sa nelagodnošću i zgražavanjem i, najzad, sa strahom koji nije poticao od neposredne ugroženosti već od one ozbiljnije, egzistencijalne, kafkijanske zebnje.

Kao što je Kineski zid zauvek ugrađen u kineski pejzaž, tako su i ružne kamene pečurke obeležje albanskog. Ko je tako unakazio lice lepe zemlje? Po čijem su naređenju izgrađene? Zvanično bar radi odbrane od „neprijateljskog napada". Ne sporeći takvu namenu, pažljivo osmatranje betonskih utvrđenja otkrilo je da se puškarnice kamenih pečuraka otvaraju u svim pravcima. Prema moru, ali i prema kopnu, prema istoku u istoj meri kao i prema zapadu. Neprijatelj, dakle, može odasvud doći. Čak i sa neba! Da takav zaključak ne treba shvatiti samo retorički, svedočili su betonski stubovi u vinogradima, sa ugrađenim čeličnim šiljcima na vrhu.

Ne postoje podaci, ili se drže u tajnosti, o količinama betona ugrađenim u paranoičnu zamisao. Čak i prema površnim procenama, bilo ga je dovoljno da se izgradi cela jedna nova Tirana. Ako se ikada bude pripremala optužnica protiv despotske samovolje, kamene pečurke će dokazima dati dovoljnu težinu.

Kako je Drakula pobegao iz romana?

Kada sam se ukrcao u neudoban autobus koji se, da bi se uštedelo na prenoćištu, kretao poglavito noću, nisam imao ni najmanju predstavu o tome šta me u Transilvaniji očekuje. Znao sam da taj deo Rumunije čini planinski venac Karpata obrastao gustim šumama. Ne mnogo više od toga.

Na putu sam obišao Temišvar, Sigišoaru, Brašov, Sinaju, tvrđavu Bran, Bukurešt, ne računajući mesta kroz koje sam samo prolazio. Ni sam ne znam da li sam više bio opčinjen lepotom starih gradova, tajanstvenošću vlastelinskih zamkova ili narodnim verovanjem u kult predaka i mističnom atmosferom koja je kao naručena za pozornicu neobičnih, bolje reći zastrašujućih događaja.

Već i samo ime Transilvanija, što znači „kroz šumu" ili, u nešto slobodnijem prevodu, „s one strane šume", uzbudljivo zvuči. Mađari isti kraj nazivaju Erdelj, a Saksonci, poznatiji kao Sasi – Sibenburger, što znači „sedam gradova". Sasi su u Transilvaniju došli kao rudari. Srednjovekovne nastambe koje su osnovali razlikuju se od gradova u drugim krajevima Rumunije. Sa popločanim trgovima, gotskim crkvama, kulama i utvrđenjima mnogo su sličniji hanzeatskim gradovima na zapadu i severu Evrope.

Prateći „Drakulin trag" nije mi trebalo mnogo vremena da shvatim da pod tim imenom postoje dve ličnosti: jedna stvarna, a druga izmišljena. U starom delu Sigišoare pronašao sam kuću u kojoj se 1431. godine rodio princ Vlad. Budući vladar je na dvoru u Trgovištu izučavao ratničke veštine, ali je pod nadzorom odabranih učitelja sticao i druga znanja. Osim maternjeg rumunskog, govorio je i mađarski, nemački i latinski. Bio je obrazovaniji od mnogih drugih evropskih vladara. Na to, uostalom, upućuju i podaci iz istorijskih arhiva prema kojima je Vlad Cepeš prvi osnovao kovnicu novca, uveo drumarinu i takse na trgovinu, kao i druge mere koje pristaju savremenoj državi. Na glas je došao i kao zakonodavac i utemeljitelj gradova. Bio je, najzad, što je možda i njegova najvažnija odlika, vladar koji je, i kao ratnik i kao diplomata, uspešno odolevao turskim osvajačima, i posle smrti Janoša Hunjadija praktično bio jedina brana osmanlijskom nadiranju u Evropu.

Kako je onda moguće da je ovaj, po svemu uzoran životopis, kojim bi se dičila bilo koja evropska kraljevska kuća, manje poznat od onoga izmišljenog u priči o Drakuli? Za to je „kriv" pisac Brem Stoker, rođen u Dablinu, koji je u svom romanu vlaškog vladara predstavio kao vampira koji noću ustaje iz groba da pije krv ljudima.

Možda ga je na to uputio sam Vlad svojim manje laskavim nadimcima. Drak na rumunskom znači đavo, a Cepeš kolac. Vlaški princ je naime nabijao Turke na kolac, čime im je za ono što su sami činili uzvraćao istom merom. Okrutne odmazde u srednjovekovnoj Evropi, uostalom, nisu bile nimalo neuobičajene. U zamku Bran, u kojem je u jednom razdoblju svog života Vlad bio zatočen, o tome svedoče još sačuvane sprave za mučenje: od takozvane „španske čizme" do isto tako svirepih oruđa za drobljenje prstiju i kostiju. Stoker je očito bio dobro upućen i u specifična balkanska narodna verovanja o vampirima, prema kojima se nečista duša pretka vraća među potomke od čije krvi živi.

Nesrazmera između stvarne ličnosti princa Vlada i demona kakvim ga je predstavio irski pisac je tako velika da se, kako sam zamislio u priči „Bekstvo iz romana ili istina o Drakuli", uvređeni vlaški vladar iz romana povukao.

Možda i više od samoga mita o Drakuli pažnju mi je privuklo istraživanje naučnika iz Kembridža koji su u malo poznatoj studiji došli do zaključka da je kolevka prastarog naroda (iz indoevropske grupe naroda) bila između Karpata i Dunava. Na tako nešto upućuju i imena rumunskih naselja koja su istovetna sa onima koja se susreću u sumerskim i sanskritskim spisima. To bi moglo da znači da se upravo iz bazena Karpata i Dunava širila prvobitna civilizacija ka istoku, u Sumeriju i Indiju. Takođe da stari narodi, Trojanci, Etrurci, Hetiti i Tračani, imaju poreklo u istoj oblasti.

Nisam kasnije čuo da se o pomenutoj studiji govori – da li zato što učenjaci nisu imali dovoljno dokaza da potkrepe svoje smele pretpostavke ili zbog toga što su i sami zanemeli pred otkrićem koje bi u potpunosti preokrenulo, takoreći postavilo na glavu, sva dotadašnja saznanja o poreklu ljudske vrste.

Putovanje u Transilvaniju bilo je poučno iz još jednog razloga. Za sva vremena je u prah i pepeo razvejalo predrasude o zemljama prvoga i drugoga reda. Baš kao što je to bio slučaj sa Sudanom, i u Transilvaniji sam više video i doživeo nego u izvikanim ispraznim i ispranim državama.

Ne znam da li je iste pouke izvukao turista poželevši da prenoći u tvrđavi Bran u kojoj je bio zatočen Drakula. U društvu sprava za mučenje. Pošto domaćini nisu odoleli iskušenju da unovče neobičnu želju, turista je zaista osvanuo u tvrđavi. Kada se ujutru probudio, prvo što je u ogledalu ugledao bile su dve primetne crvene tačke na vratu. Kao od uboda ili, ne daj bože, ugriza vampira.

Domaćini su ga umirili uveravanjem da nema razloga da se uzbuđuje.

Ako već nije znao, u Transilvaniji komarci grizu samo u paru.

GUSTINA SVETOSTI

Prizren

Pokazalo se da je u izboru Prizrena za polazište neke vrste „svetovnog hadžiluka" bilo nehotične predodređenosti, možda čak vidovite slutnje da kasnije to neće biti moguće.

Da to neće biti uobičajeno putovanje uverio sam se već na padinama Šare kada je grupa naoružanih Albanaca pokušala da prepreči put autobusu. Goniči su odustali od potere tek kada je vozač kroz prozor isturio automatsku pušku.

To je bilo dovoljno da ovoga puta glasno izrazim strepnju da je ovo možda poslednja prilika da vidim Prizren. Ko zna kada će se nova ponovo ukazati.

Jedan od saputnika, koji se predstavio kao lirski pesnik, podsetio je da su Jevreji čekali dve hiljade godina da se vrate u Jerusalim, ali su se vratili.

Primetio sam da je dva milenijuma ipak previše.

Da me uteši, rekao je da Bogorodici Ljeviškoj nije trebalo ni toliko vremena. Ona se iz tame pomolila već posle šest i po stoleća.

Kada je srpska vojska ušla u Prizren 1912. godine, crkva je još služila kao džamija. Pošto su nekoliko decenija kasnije sastrugani malter i krečni premazi, na zidovima hrama su vaskrsli vladari i svetitelji koji su stotinama godina bili skriveni od očiju.

Pozivajući se na obnovu Bogorodice Ljeviške, saputnik me je uveravao da ništa ne propada zauvek. Sve kad-tad vaskrsava.

U hramu su likovi Isusa i Bogorodice, po običaju, oslikani kao blagi i milostivi, ali i kao naglašeno ovozemaljski. U njima nema nikakve, pa ni unutrašnje strogosti. Čak ni svečanog otmenog držanja. Samo samilost koja zbog gustih snažnih premaza ima gotovo materijalan vid. Takoreći kaplje na pod. Nimalo stoga nisam bio iznenađen što su se sa tako prisnim i čovečnim Hristom živopisci (ne zna se da li Asrapa ili Evtihije) toliko srodili da su sebi dozvolili da naslikaju i jedinog na svetu lokalnog Isusa. Poverivši mu da čuva grad, oni su, za svaki slučaj, da se zna, kraj njegovog lika dopisali: „Isus Hristos Prizrenski“.

Sa bedema Crkve Svetog Spasa iznad grada posmatrao sam Bistricu koja je, kao srebrnim sečivom, delila grad na dve polovine. Pogled mi je lutao tamo-amo, od starih turskih kuća sa doksatima do zvonika i minareta, i dalje, sve do plavih, spokojnih daljina.

Dolinom Bistrice dovezao sam se do manastira Svetih Arhanđela, zadužbine cara Dušana. Mada je od prvobitnog manastira ostalo samo nešto kamenja, mogao sam da zamislim hram s carskom grobnicom, konake s trpezarijom za ručavanje, malu Crkvu Svetog Nikole, bogatu knjižnicu i, na kraju, bolnicu. Ceo jedan grad, dakle, koji je u isto vreme bio i bogomolja i tvrđava i karavansaraj na carskom putu. Stecište ubogih i bednih, ali i konačište bogatih putnika i dobročinitelja.

Pitajući se kako je od tako velelepne zadužbine ostalo samo par niskih trošnih zidova i praznih grobnica ponovo su me preplavile mračne slutnje da Prizren vidim poslednji put. Da se od Bogorodice Ljeviške, Crkve Svetog Spasa i manastira Svetih Arhanđela možda zauvek rastajem.

Hilandar

Od malog pristaništa krenuo sam bez žurbe stazom koja se blago uspinjala između dva prevoja kroz maslinjake i vinograde. Kada li su, bože, posađene masline čija su čvornovata stabla bila izbrazdana kao lica najstarijih pustinjaka? Neka su napukla kao da su rešila da urame šupljinu kroz koju su se videli zeleni čokoti grožđa i plavetnilo mora.

Prema maslinama sam gajio poštovanje koje je poticalo od saznanja da na njima počiva celokupna mediteranska civilizacija. U kvrgavim stablima sa srebrnim lišćem i zelenim plodovima video sam mitsko drvo koje me je najviše opčinjavalo dugovečnošću.

Znao sam da je neke zasadio car Dušan za kojim su se poveli i drugi srpski vladari. Nisam mogao da zamislim lepši način da se ukorene u svetu zemlju.

Već na kapiji manastira čekala me je prva tajna. Zapazivši da su teški katanci ne samo izliveni u bronzi već i čudnog oblika, pitao sam kaluđera na ulazu odakle potiču. Saglasivši se da u ovom delu sveta nema sličnih, ključar me je obavestio da se po evropskim muzejima mogu videti isti takvi poreklom sa Tibeta. Kako su sa krova sveta dospeli na Svetu Goru nije znao da objasni.

U razgovoru sa igumanom interesovalo me je zašto se ljudi opredeljuju za monaški život. Iguman je dopustio, nerado doduše, da razloge ponekad treba tražiti i u zasićenosti, možda čak i zgađenosti svetovnim životom. Manastiri su u prošlosti služili kao pribežište i zaštita od spoljnih nedaća i teškoća materijalne prirode. U njih su odlazili ne samo svrgnuti carevi i velikodostojnici već i oni koji su hteli da izbegnu plaćanje poreza ili vojnu službu ili samo da se sakriju od poverilaca.

Ali, podigao je poučno prst, ovde se pre svega dolazi radi služenja Bogu.

Postojao je još jedan razlog o kojem očito nije hteo da govori. U ranim danima hrišćanstva bilo je rašireno verovanje da propast sveta neposredno predstoji. Pošto je poluostrvo Atos oduvek bilo van glavnih puteva, kako suvozemnih tako i pomorskih, pošto je, uz to, krševito i teško prohodno, mnogi pustinjaci i podvižnici birali su zabita i teško pristupačna mesta da na njima dočekaju kraj.

Iguman se požalio da „nema više duhovnog kontinuiteta. Ima hodočasnika koji prođu celu Svetu Goru a da ništa ne vide i ne dožive".

Primetio sam, bar kada je reč o duhovnom kontinuitetu, da se na Svetoj Gori on ipak održava.

U obrascima života i ponašanja srednjovekovni život traje bez prekida stotine godina. Moglo bi se čak reći da su hilandarski monasi u punoj meri Vizantinci.

Iako mu je prijalo da to čuje, iguman je primetio da je monaški život ipak u opadanju.

Još u šesnaestom veku u tridesetak manastira na Svetoj Gori živelo je više od trideset hiljada monaha. Računa se da ih danas nema više od hiljadu i pet stotina. Poslednja generacija velikih srednjovekovnih kaluđera koji su duhovna dobra prenosili s kolena na koleno otišla je još sredinom devetnaestog veka.

Što se mene lično tiče, mislim da je mnogo toga i preostalo. U ponoćnoj liturgiji, na primer.

Blagosloveni miris tamjana u njoj bio je u savršenom skladu sa prizorima jevanđelja oslikanim na zidnim freskama, prigušenom svetlošću sveća i lelujavim dimom koji se uzdiže do najvišeg svoda. Što sam više mislio o tome bio sam sigurniji da harmonija nije slučajna. Morala je biti obrazac iste dramaturške veštine koja već stolećima proizvodi istu zanesenost.

Slušajući sa kakvom se predanošću hilandarski monasi mole za dugu povorku pravednika i grešnika od ranog hrišćanstva sve do naših dana, naslutio sam da u molitvi treba tražiti ključ za vizantijsko shvatanje vremena. Jedino u njoj, bio sam siguran, plete se ista nit koja povezuje nešto što je već prah sa nečim što će to neizbežno postati.

Iguman je rado odobrio da se na manastirskom imanju upoznam takođe sa svetovnim životom. Rano ujutru, prema prethodnom dogovoru, jedan od monaha mi je pokazao podrume, neku vrstu džinovske ostave. Silazili smo duboko pod zemlju stepenicama vlažnim od rose. Čvrsti temelji i široki pregradni zidovi nisu imali nikakve sličnosti s lakim drvenim skeletom gornjih spratova. Tama i memla nisu bile sa ovoga sveta.

Kada mi se oči pomalo privikoše na mrak, zaključio sam da sam ipak samo u podrumu u kojem je kljuk iz džinovskih drvenih bačvi pretakan u manju burad sa vinom. U drugom podrumu smešteni su ćupovi od pečene zemlje, zapečaćeni voskom, u kojima se čuva maslinovo ulje. U trećem sam zatekao korpe i buriće sa usoljenom ribom. Mlin suvaču kao i kamene „točeve" za ceđenje maslina pokretale su mazge, kao u davna vremena.

Iguman je potvrdio da je među mnogim dragocenostima koje se čuvaju u riznici i čaša od slonovače iz koje je pio car Dušan. Ni on sam nije znao koje su sve druge relikvije smeštene na skrovitim mestima. Ono malo monaha koji su bili upućeni u tajnu nimalo se nije ustezalo da i njemu, kao starešini manastira, odbruse kako se „ne mora baš znati čega sve ima".

I sve blago ovoga sveta za monahe je, ipak, manje vredno od ljudskog spasenja. Monasi se zbog toga ne plaše smrti videći u njoj samo željno očekivani susret sa Gospodom. U skladu je sa takvim verovanjem i otmena jednostavnost pogreba.

Pokojnika po završenom opelu nose na manastirsko groblje. Sveštenici se pred tek iskopanom rakom još jednom pomole za spas duše preminulog. Pošto ga preliju uljem iz kandila, raka se zatrpa. Tri godine posle sahrane posmrtni ostaci se iskopavaju i posle obrednog pranja u vinu smeštaju u kriptu grobljanske crkve. Kosti se odlažu u zajedničku kosturnicu, a lobanja stavlja na drvenu policu. Veruje se da bela lobanja svedoči da je pokojnik za života bio pravednik.

Uvereni da je sve u životu predodređeno, monasi se ne pretržu previše ni kada se konaci zapale. Samo stoje i gledaju, čekajući da se vatra sama od sebe ugasi.

U Jerisosu me je čekao pronađeni pasoš. Pošto sam tako i zvanično imao potvrdu ko sam i šta sam, povratak u pređašnji život proslavio sam što mirišljavim, što običnim vinima.

* * *

Jerusalim

U zidinama Jerusalima prvo sam potražio Zlatna vrata, poznata takođe kao Vrata milosrđa. Najpre zato što je Isus, sišavši sa Maslinove Gore, ušao u Jerusalim upravo kroz njih. Ali i zbog toga što je Muhamed, na dugom putu od Meke, prošao kroz istu kapiju. Prema jevrejskom predanju, najzad, posle rušenja Hrama, milost božja je upravo kroz Zlatna vrata napustila Jerusalim. To je već dovoljno da se objasni zbog čega je Jerusalim sveti grad sve tri velike religije. Za hrišćane je grad Isusovog raspeća i vaskrsenja, za Jevreje, još od kralja Davida, večna prestonica, a za muslimane, posle Ćabe u Meki i Prorokovog groba u Medini, Omarova džamija, odakle je Muhamed na krilatom konju uzleteo na nebo, treća je po svetosti.

Otkrio sam, nažalost, da je upravo Zlatna kapija zazidana. Da se kroz nju ni danas ne može ući. Setio sam se Prizrena i Carigrada. Ništa nije zauvek zazidano. Svi zidovi će se kad--tad otvoriti.

Penjući se stazom kojom je Isus nosio krst, dospeo sam do Golgote. Možda i zbog uzbuđenja koje me nije napuštalo od prvog koraka u Jerusalimu, u Crkvu Svetog groba ušao sam potpuno pometen. Kao da sam ušetao u priču, priviđali su mi svetiteljski likovi. Mada sam bio svestan njihove bestelesnosti, pred očima su se oblikovali kao da su od čvrstog materijala, drveta ili mermera, na primer. Ako sam možda isparenje tamjana pomešao s mirisom aloje i mirte, kojima je Isus bio pomazan posle skidanja sa krsta, u priviđenja nisam nimalo sumnjao. Pokušavajući sebi da objasnim kako se likovi mogu vajati od čestica prašine i svetih isparenja, zaključio sam da je to ostvarivo jedino tamo gde je „gustina svetosti" velika. Osećala se, najzad, i u obredu bogosluženja, jedinstvenom zbog toga što u njemu učestvuju sveštenici čak šest verskih zajednica koje zajedno upravljaju crkvom: grčki i jermenski pravoslavci, katolici iz reda Svetog Franje Asiškog i, možda, manje poznati ali takođe prisutni sirijski jakobiti, Kopti i Abisinci.

Osetio sam potrebu da predahnem od tolike svetosti. Da se prošetam do Jafa rouda i osvežim pićem i možda lakom zakuskom, grčkom salatom, na primer. Bila je to ulica koja je, kako se to obično kaže, „prštala od života". Za stolovima pomodnih kafića i restorana, studenti, vojnici na dopustu i mladi besposličari uživali su u blagom, omamljujućem suncu. U jednom od onih dana kao stvorenih za plandovanje i opuštanje.

Pijuckao sam pivo zagledajući, prvo skriveno a zatim sve otvorenije, devojke maslinaste boje kože s dugom crnom kosom, zbog kakvih su i rimski oklopnici gubili pamet.

Jerusalimu je tog blagoslovenog dana zaista u potpunosti pristajalo ime „grada mira". Kako je tada moguće, potišteno sam se pitao, da se Bog miri sa nasiljem? Da ni u najsvetijem od svih gradova nema mira?

Već i to je bilo dovoljno da zaboravim na devojke sa maslinastom bojom kože. Da se upustim u dijalog sa samim sobom, bolje reći u samonametnutu žučnu prepirku.

Sve zavisi od toga na koji Jerusalim mislim. U Otkrovenju Svetog Jovana Bogoslova, jednom od najdragocenijih dokumenata za istoriju prvih dana hrišćanstva, u biblijskom Jerusalimu, dakle, sve je dato jednom zauvek. Gradovi i vrtovi, sunce, mesec i zvezde, reke i kamenje, drveće i ljudi, svi su podjednako živi. Sve je, kao u Blejkovoj viziji, izjednačeno. Pošto se jedino u večnosti jedna stvar nikada ne menja u drugu, biblijski Jerusalim je neokrnjen i nerazrušiv, on je, drugim rečima, večit.

U stvarnosti, nažalost, nije tako. U stvarnosti raskomadani ljudi lete kroz vazduh.

Zašto sam opsednut Jerusalimom? Zar se u mnogim drugim gradovima ne događa isto?

Jerusalim se, ipak, ne može meriti sa drugim gradovima. Niti se sveto mesto Hristovog raspeća i vaskrsnuća s bilo čim može porediti. Kako će, najzad, u svetu zavladati mir ako ga nema u Jerusalimu?

VIZANTIJSKI BELEZI

Carigrad

Carigrad me je ispunjavao strahopoštovanjem ne samo zbog toga što su u njemu živeli carevi i patrijarsi već zato što je jedinstven i neponovljiv.

Kad god bih se našao pred Aja Sofijom, najvećim hrišćanskim hramom toga vremena, tronuto sam zamišljao poslednje pevanje: službu božju uoči odsudne bitke.

Prema onome što je zabeleženo u istorijskim hronikama, dan je već bio na izmaku. Gomile ljudi išle su prema crkvi. I Grci i Latini, prvi put zajedno. Osim vojnika na bedemima niko nije izostao. Hiljade kandila i sveća u hramu osvetljavalo je likove Hrista i svetaca, careva i carica. Ispod njih, u svečanim odeždama, sveštenici su služili službu božju. Sposobni za odbranu pridružili su se zatim vojnicima na bedemima. Celu noć do jutra hram je brujao od molitve.

Crkva je u zoru još bila dupke puna. Sveta liturgija bejaše okončana i služeno je jutrenje. Da se ne bi čuo metež spolja, zatvorena su ogromna bronzana vrata hrama. Vernici u crkvi molili su se Bogu za čudo koje ih jedino može spasti. Molitva im nije uslišena. Vrata su provaljena i u hram su prodrle divlje horde. Sveštenici u oltaru nisu prekidali pojanje sve dok i njih nisu zgrabili.

Prema legendi koja se sve do danas očuvala, neki od sveštenika sa svetim sasudama došli su do južnog zida svetilišta. Zid se pred njima otvorio i ponovo zatvorio. Ostaće tamo sve dok Aja Sofija ne postane opet crkva.

Iako nisam verovao da će se to ikada dogoditi, pažljivo sam zagledao južne zidove tražeći makar malu pukotinu. Nisam bio jedini koji se pitao da li je moguće da Bog nije čuo molitve iz Aja Sofije? Da do njega nisu doprli vapaji vernika da im pomogne?

Dok je zalazeće sunce oblagalo purpurom bedeme Carigrada, mislio sam takođe o poslednjim trenucima cara Konstantina. Na pogibiju vizantijskog vladara, najzad, nisam mogao da gledam samo kao na kraj jedne dinastije. Ta smrt je, mnogo više od toga, označila nepovratan kraj cele jedne epohe.

Kada je saznao da su janičari prodrli kroz jednu od kapija, car je poterao konja do breša u palisadi. Shvativši da je carstvo izgubljeno, Konstantin nije želeo da ga nadživi. Odbacio je carske insignije da bi s mačem krenuo prema nadirućim hordama. Niko ga više nije video.

Spuštajući se od Taksima prema Zlatnom rogu kroz gradsku četvrt koju su nekada naseljavali Grci, naišao sam na čitave grozdove oronulih, napuštenih kuća s potamnelim fasadama i crnim jamama umesto zenica prozora. Zanemeo pred veličinom tamnog belega, otkrio sam preneraženo da se ne prostire samo na nekoliko ulica, pa ni na samo stotinak kuća, već na veliki deo grada kojeg je, kao neizlečivo obolelog od neopozive smrti, delio još samo otužni zadah uspomena.

Da bih se okrepio, postojao sam u jednoj od malobrojnih grčkih crkava. I to što je preostalo od starog Carigrada nije beznačajno. Za obnovu vere, najzad, i jedan hram je dovoljan. I od maloga žara može se razbuktati veliki požar.

Kao da su htele da me uvere da je to malo verovatno, sveće su se neprestano gasile. Kao što je malo verovatno da će monasi koji su se sa svetim sasudama povukli iza zidova Aja Sofije ikada odatle izaći. Ono što je prošlo, prošlo je zauvek.

Od neveselih misli odvratili su me sunčan dan i pastoralni prizori. Na mostu koji preko Zlatnog roga vodi u staro jezgro Carigrada zatekao sam mnoštvo ljudi koji su, uprkos tutnjavi saobraćaja, spokojno pecali. Sa nežnošću sam posmatrao ribolovce koji su odisali mirom prvih apostola.

Gastinjica Rosija

Kroz prozor sobe *Gastinjice Rosija* videli su se Kremlj i Crkva Vasilija Blaženog. Na listu znamenja upisao sam takođe Crkvu Hrista Spasitelja i Bogorodicu Kazanjsku, Lenjinov mauzolej i Lubjanku. Hramovi na listi svakako su odudarali od grobnice vođe revolucije, a još više od zloglasne zgrade tajne policije. Zašto sam tada izabrao da posetim tako protivrečne spomenike? Iz samo jednog razloga: svi zajedno su, nezavisno od namene, u svest bili trajno utisnuti kao mitski prizori, koliko i hram Aja Sofije i zidine Carigrada.

Mogla je, drugim rečima, Moskva da se prerušava koliko hoće, na pomen njenog imena uvek bi se javljale iste slike. Kao simboli večnog trajanja. To svakako nije imalo nikakve veze sa novim izgledom grada koji me je istinski začudio.

Mada su od mog poslednjeg boravka u Moskvi protekle cele tri decenije, nisam očekivao da će promene biti tako upečatljive. Sva znamenja prestonice, naravno, bila su na istom mestu, ali to više nije bio isti grad. Kao da sam na projekciji filma čija je prva polovina crno-bela a druga u koloru, boje se jednostavno nisu slagale. Fasade mastodontskih građevina nekada su bile sive, kao i odeća građana, kao i njihova lica, najzad. Za razliku od nekada takođe jednoobraznih teretnih vozila, gradom su sada tutnjali moćni automobili. Nova Moskva je odisala dinamizmom, nekom vrstom pomamne zahuktalosti koja je više priličila nekom američkom gradu, Njujorku, na primer.

Da sam ipak u prestonici Rusije, svedočila su zlatna kubeta crkava i nalickane fasade barokne Moskve. Kremlj i Crveni trg, kao njena trajna obeležja. Svaki od ovih toponima podupire priča. Bolje reći mit. Ponekad i čudo bez kojeg se priča ne bi održala.

Diveći se raznobojnim kubetima Crkve Vasilija Blaženog koja su podsećala na šarene vašarske kolačiće, nisam, ipak, dozvolio da mi bezazlena ljupkost odvrati pažnju od krugova i u njih ucrtanih kvadrata u osnovi hrama koji su na simboličan, ali i smrtno ozbiljan, kako bi Rusi rekli torženstveni način, izražavali shvatanje „idealnog grada", ne samo ovozemaljskog. Nisam takođe zaboravio da je u vreme Napoleonove najezde 1812. godine crkva sačuvana samo čudom, čemu za svoj spas ima da zahvali i stoleće kasnije kada je član tada svemoćnog Politbiroa Lazar Kaganovič predlagao da se hram sravni sa zemljom jer je „na putu vojne parade".

Crkva Hrista Spasitelja u prvobitnom vidu nije sačuvana jer je, po ličnom Staljinovom naređenju, razneta dinamitom da bi na njenom mestu nikla Palata Sovjeta. Sovjetska

Vavilonska kula nikada nije izgrađena jer je tonula u zemlju, ali zato je tlo dobro podnelo novu crkvu sa starim imenom.

U Sabornoj crkvi Naše Gospe od Kazana najveća dragocenost je ikona svetiteljke koju je Kutuzov nosio u svim bitkama protiv Napoleona, sve do Pariza. Neodoljivo me je podsećala na plašt Bogorodice koji je nošen zidinama Carigrada pod opsadom. Čudotvorni plašt nije odagnao napadače od vizantijske prestonice, ali je ikona iz skromne parohijske crkve pomogla Kutuzovu.

U grobnici Lenjina, u vidu stepenaste piramide od crvenog mermera koja je u mnogim istočnjačkim kulturama simbol večnosti, takođe sam video analogiju sa Vizantijom. Nimalo, najzad, nije bilo nezamislivo da umesto vođe revolucije u njoj počiva neki od vasilevsa.

Mračno zdanje Lubjanke zauzima ceo jedan blok. Već i sam pogled na masivne kamene zidove, gvozdene rešetke na prozorima i glomazna vrata kao na srednjovekovnom zamku, svedočio je da mnogi koji su ušli u Lubjanku nisu iz nje živi izašli. Pošto su mi i doslovno klecala kolena pod teretom takozvane „istorijske svesti“, nisam mogao da razumem kako Moskovljani kraj zloglasne tamnice prolaze mirno ili bar bez vidljive nelagodnosti.

Na pitanje šta je bila svrha Lubjanke, sama njena suština, možda je najbliži istini odgovor koji je dao jedan od njenih vrhovnih islednika:

„Da odbrani carstvo vrhovnih ideja u koje se ne sme sumnjati. U čije se ime upravlja. Da ukloni, ako treba i trajno, sve koji ne veruju da je i sam vođa otelotvorena ideja. Njena jedina neprikosnovena istina.“

To me je, naravno, podsetilo na Vizantijsko carstvo. Nije li, predstavljajući samu božju volju, carigradski patrijarh, baš kao i Staljin, bio otelotvorenje jedine i vrhovne istine?

Rusko „vizantijsko nasleđe" je, najzad, vekovima prisutno ne samo u bojarskim i carskim palatama i velelepnim crkvama već možda i više u uverenju da će komunizam s vremenom prevladati u celom svetu kao jedina ispravna i žrtvovanja vredna doktrina. Zar to nije obnova vaseljenske ideje o središnjem carstvu koje kontroliše ne samo *axis mundi* na zemlji već i onu vertikalnu osu koja se uzdiže pravo prema nebu, o carstvu kao jedinom čvrstom uporištu i neprikosnovenom tumaču vere ili, u postreligioznom sovjetskom društvu, nepromenljivih ideoloških i političkih obrazaca?

Koliko me je ova ideja uzbudila, toliko me je, u Aleksandrijskom parku s druge strane Crvenog trga, tronuo spomenik posvećen buntovnicima od najstarijih vremena do danas. Manja kamena piramida sa uklesanim, ali i izbledelim imenima svetskih revolucionara delovala je kao spomenik utopiji koja se, uprkos nebrojenim žrtvama, nikada nije ostvarila. Imena Spartaka, Sen Žista i Robespjera, Černiševskog i Bakunjina, Panča Vile, Gramšija i Roze Luksemburg, mnoga druga koja su nekada takođe sa zanosom izgovarana, bila su izbrisana, a neka, opet, jedva čitljiva, ali sva zajedno podjednako nagrizena vremenom i zaboravom.

Sričući ih s naporom, s tugom sam mislio o tome koliko je mladih ljudi, boreći se za uzvišene ciljeve, postradalo. Kakva je korist bila od tolikih žrtava? Da li je smrt mladih ljudi nešto promenila? Ništa!

To je, najzad, središna tema celokupne ruske religiozne filozofije koju je u svom delu sa opsesivnom redovnošću potezao Dostojevski: ko će da plati za minule patnje i nesreće? Kome podneti račun za njih?

Godine raspada

Poslednji voz

Kada sam se ukrcao u voz za Split, i u Hrvatskoj i u Bosni već su se razgorevali prvi sukobi. Mada ne mogu sa sigurnošću da tvrdim, moguće je da je to bio poslednji voz koji je u godinama raspada dospeo iz Beograda do Jadrana. Namera mi je bila da se iz Splita prevezem trajektom do Sutivana na Braču, pokupim stvari koje smo u kući u tom mestu imali i nekako se Jadranskom magistralom (koja je bila van zone oružanih dejstava) izvučem do Crne Gore.

U kompoziciji od deset vagona jedva da je bilo dvadesetak putnika. Putovali smo noću, tako da se odblesak požara i u mestima udaljenim od pruge jasno video. Kao na apokaliptičnim slikama Hijeronimusa Boša, mračno platno neba bilo je prekriveno zlokobnim crvenim odsjajima.

Dahtava sipljiva kompozicija je povremeno zastajala da se, uz škripu i ciku, nevoljno pokrene kao da se i sama koleba da li da nastavi opasan i neizvestan put. Pošto je na usputnim stanicama i ono malo putnika napustilo voz, na kraju puta u Splitu bilo je više vagona nego putnika. Pažljivo sam izbrojao. Zajedno sa mnom, ukupno trojica.

Začudo, još je bilo moguće iznajmiti teretni kombi, što sam i učinio. U Sutivanu me je dočekao mrtav grad. Bolje reći, grad sablasti. Mada meštani svakako nisu napustili kuće, iz njih su krišom virili samo kroz žaluzine. Kao da sam dospeo u grad duhova, na ulicama nije bilo žive duše.

Priterao sam kombi uz ivicu terase i počeo da istovarujem stvari iz kuće. Pošto sam žurio, nesmotreno sam udario glavom u gornju ivicu vozila. To me je toliko razjarilo da sam, bar privremeno, odustao od posla. Ne samo da se više nisam žurio već sam, naprotiv, jasno stavio do znanja da neću otići sve dok na miru ne završim sa utovarom. Ostavio sam nezaključano vozilo, sa širom otvorenim vratima. Kuću takođe nisam zaključavao. Uputio sam se potom ležernim korakom do plaže koja je, kao i gradić, bila potpuno prazna.

Nevoljno sam se nasmešio pogađajući šta je sve meštanima, kao svedocima „nadrealističkog" prizora, moralo da prolazi kroz glavu. Najverovatnije da imaju posla sa „poremećenom" osobom.

Kada mi je bilo dosta plivanja i izležavanja na vreloj steni, vratio sam se strmom ulicom u kuću. Umesto da nastavim sa utovarom, odlučio sam da prespavam noć ostavivši otvorene prozore i nezaključana vrata, što je za meštane bio još jedan upečatljiv dokaz da nezvan i svakako nepoželjan gost nije sasvim pri čistoj svesti.

Tako je mislio i komšija Slovenac koji je sutradan, rano ujutru, došao da me preklinje da što pre napustim mesto. Slušao je, kaže, celu noć vesti na radiju. Nijednu dobru, jer je sve ukazivalo na to da se oružani sukob sve više rasplamsava.

Napunio sam tako kombi stvarima, pozdravio se sa Slovencem, jedinim živim stvorom u gradu duhova, i povezao kola do trajekta u Supetru. Mada sam se nadao da će me zbog splitskih registarskih tablica mimoići kontrola, nije bilo tako. U luci mi je naoružana osoba zatražila isprave iz kojih je, naravno, proizlazilo da sam iz Beograda.

„Evakuirate?", upitao je sa isledničkom intonacijom.

Potvrdio sam da se selim.

Naterao me je da ispraznim kombi kako bi se uverio da u vozilu nema oružja.

Na Jadranskoj magistrali to se ponovilo više puta. Naradio sam se kao nikada u životu istovarujući i utovarujući stvari.

Nekako sam stigao do Crne Gore. Nisam u stvari ni znao da sam napustio Hrvatsku, jer je stvarna ili samo zamišljena granica bila pusta. Da sam na sigurnom, saznao sam po bučnim pesmama iz neke drumske mehane. Društvo u njoj ni pet para nije davalo zbog sve brojnijih nagoveštaja da se vreme pesme i veselja već preselilo u prošlost.

Vizental

O Vizentalu sam znao koliko i drugi prilježni potrošači novina. Bilo mi je poznato da je najčuveniji posleratni lovac na naciste. Da je priveo pravdi Ajhmana, ali i mnoge druge zlikovce. Da je ceo svoj život posvetio potrazi za izbeglim Hitlerovim doglavnicima.

Ništa nije ukazivalo na to da ću se sresti s tim čovekom. Na to, uistinu, nisam ni u snu pomišljao. Vizentala, najzad, nisam ni zamišljao kao živo biće. Za mene je bio više mit, apstraktna ideja o pravdi otelovljenoj u jednom čoveku.

Čudo se, ipak, dogodilo. Ne samo da sam se susreo sa Vizentalom već sam celo prepodne proveo u razgovoru koji je, uprkos pretencioznosti takvog opisa, zaista bio srdačan i prijateljski.

Za to je u prvom redu bila zaslužna Jevrejska opština u Beogradu koja je utanačila susret.

Obreo sam se tako u Beču, zajedno sa foto-reporterom *Nina* Tomislavom Peternekom, i u hotelu čekao na ugovoreni razgovor. Kada je posle nekoliko dana poziv konačno prispeo, doživeo sam višestruko iznenađenje. Bio sam uveren da čovek koji se, takoreći goloruk, hvata ukoštac sa opakim neprijateljima, živi u nekoj vrsti tvrđave. Nije bilo tako. Ulaz u Vizentalov ured u bečkoj uličici Salctorgase čuvao je dremljivi austrijski policajac. Nisam uočio nikakvo drugo obezbeđenje. Ma koliko to neverovatno zvučalo, prostorije u kojima je najveći lovac na odbegle naciste smišljao strategiju za poduhvate ravne onima u filmovima o Džejmsu Bondu, nisu se razlikovale od banalnog ureda bilo koje trgovačke firme. Pomalo neuredne čak, jer su fascikle i knjige bile svuda razbacane, zatrpavajući ionako malo slobodnog prostora.

Šta tek reći za njihovog korisnika koji je, po spoljnom izgledu bar, više ličio na knjigovođu nego na neustrašivog lovca na naciste? Takav utisak, naravno, već posle prvih reči bitno se menjao. Dovoljno je bilo da progovori da se samo naizgled činovnička pojava preobrazi u ličnost fanatične i, otuda, nepokolebljive posvećenosti.

Kao i svi veliki ljudi, i Vizental je potvrdio pravilo da je teško do njih doći, ali kada se to dogodi, sve postaje krajnje jednostavno. Znam da to zvuči kao fraza, ali zaista sam se osećao kao da se ne srećemo prvi put. Kao da je najnormalnija stvar na svetu da ćaskam sa čovekom koji je smrsio konce Ajhmanu.

Bilo bi preterano reći da je tek tako, nasumice, prihvatio razgovor. Hoću da kažem da se sasvim izvesno obavestio o tome ko mu je sagovornik. Moglo je samo da mi laska što je prihvatio da nešto svog dragocenog vremena potroši sa mnom. Kao što mi je svakako godilo kada mi je predsednik izraelskog parlamenta Dev Jasenski (sa kojim sam se susreo uz posredovanje Raula Tajtelbauma), šaleći se, rekao da se pomalo plaši pitanja koja mogu da mu postavim.

Moj sagovornik svakako nije ličio na junaka nekog akcionog filma, što mu nimalo nije smetalo da privede pravdi više nacističkih zločinaca. I za to, naravno, postoji objašnjenje, sadržano pre svega u Vizentalovoj posvećenosti, ali i u izuzetnoj metodičnosti i pronicljivosti. I sam je bio sklon tome da ovo poslednje svojstvo pripiše vidovitosti, maltene iracionalnoj kategoriji koja se ispoljavala u sposobnosti da „nanjuši" zločinca prateći naizgled nevažan trag. U razgovoru se, ipak, trudio da demistifikuje istragu, tvrdeći da između početka i kraja, koji pomalo liče na film, sve ostalo čini samo ogroman rad.

Pretrpani ured u bečkoj uličici zaista je podsećao na svet koji je bog stvorio iz haosa. Za razliku od Svevišnjeg, Vizental je u blagoslovenom neredu tražio samo nit koja će ga odvesti do Ajhmana ili do komandanta Treblinke Franca Štangla, kao i do mnogih drugih takođe odbeglih zločinaca.

U razgovoru se svojski trudio da razdvoji svoj privatni život (za koji je tvrdio da je za širu javnost nezanimljiv) od uzvišene misije kojoj se posvetio. O tome je bogme već moglo uveliko da se priča, što je i učinio u nekoj vrsti „samoportreta o drugima" pod naslovom *Pravda a ne osveta*.

Svoju filozofiju je izrazio u samo jednoj rečenici: „Sve u životu ima svoju cenu." Verovao je, drugim rečima, u ravnotežu. Oni koji čine zlo moraju za to i da plate.

U Vizentalu sam, kao i mnogi drugi, pre svega video čoveka koji je zaslužan za hvatanje Ajhmana. Nije bilo sasvim tako. Ma koliko to bilo dostojno divljenja, praćenje, otkrivanje i hapšenje nacističkih ratnih zločinaca nije bilo ništa zahtevnije od višedecenijskog mukotrpnog natezanja sa obaveštajnim agencijama, pravosudnim institucijama, vladama i javnim mnjenjem država iz kojih zločinci potiču.

Nije krio nezadovoljstvo što su jugoslovenske vlasti žmurile na gostoprimstvo koje su na Bliskom istoku uživali nacistički ratni zločinci. Kao što je svakako znao za prisne veze Tita i Valdhajma. Nije se takođe nimalo kolebao da u hrvatskom nacionalizmu uoči zaostalo trunje Pavelićeve „Nezavisne Države Hrvatske". Osim hvatanja preostalih nacističkih ratnih zločinaca, najviše je brinuo o tome da li će nove mlade generacije biti dovoljno upućene u počinjeno zlo. Da li će znati da ga prepoznaju.

Najviše je bio ozlojeđen zbog toga što su se vlasti u Beogradu i Tito lično oglušivale o više puta ponovljenu molbu da utiču na sirijske vlasti (sa kojima su bile u prijateljskim odnosima) da isporuče jednog od najvećih nacističkih ratnih zločinaca Alojza Brunera, koji je nesmetano živeo u vili u Damasku. Mada manje poznat od Ajhmana, on je bio taj koji se starao o primeni njegovih planova. Bruner je takođe bio odgovoran što je, po Ajhmanovom nalogu, deportovao osam hiljada makedonskih Jevreja u logore smrti, da i ne govorimo o drugim zločinima. O tome kakvu je ulogu imao, dovoljno najzad svedoči i to što je Vizental o njemu govorio kao o „desnoj ruci samoga đavola". Molbe jugoslovenskim vlastima da pomognu da se nacistički zločinac privede pravdi ne samo da nisu uslišene već na njih nije bilo ni odgovora. Vizental mi je poverio da je to glavni razlog što nikada nije posetio Jugoslaviju.

Razmenili smo knjige. Dao mi je svoju sa posvetom na koju sam neizmerno ponosan.

* * *

Trst

U Trst sam doputovao sa nalogom redakcije da istražim kojim putevima stiže oružje u Sloveniju.

Na trag o tome upućivao je samo jedan izvor: tekst u listu *La voce dell Trieste*, isto tako slabašan i nepouzdan koliko i dnevnik koji je objavio istraživanje. Mada je sve to delovalo naivno i neubedljivo, redakcija nije odustala od svog nauma. Ukrcao sam se tako u voz za Trst u koji sam stigao izmučen i neispavan.

Pokazalo se da u hotelu niko nije čuo za pomenuto glasilo. Još manje za to gde mu je sedište. U zaglavlju su doduše bili označeni dokovi van grada, po svemu sudeći napuštena skladišta. Šta mi je preostalo nego da ih sam potražim.

Dok sam se u luci okretao na sve strane, pitajući se u koju od sivih zgradurina da se zaputim, osećao sam se kao na filmu u kojem previše ljubopitljivi, ali i bespomoćni tragač postaje žrtva najmljenih ubica. Takva predstava je, naravno, proisticala iz viška mašte, a ne iz stvarne opasnosti. Niko mi, uistinu, nije pretio, jer nikoga nije ni bilo na vidiku.

Išao sam tako od jednog do drugog skladišta, sve dok u napuštenim prostorijama nisam pronašao redakciju traženog tršćanskog glasila. Sve mi je već na prvi pogled delovao amaterski. Nekako sam ipak pronašao autora teksta o krijumčarenom oružju koji za svoja otkrića nije posedovao verodostojne dokaze. Sve se svelo na priču koju je bilo teško, ako ne i nemoguće proveriti. Nimalo neočekivano, najzad, jer krijumčari oružja ne poveravaju novinarima puteve i načine da se ono dostavi.

Pokazalo se da su navodi tršćanskog lista bili tačni. Oružje je zaista stizalo upisano u brodski teret pod drugim nazivom.

Za to se, naravno, saznalo kada je već bilo kasno za bilo kakvo uzbunjivanje javnog mnjenja, o istrazi da i ne govorimo.

Kosovo

Na Kosovu sam se zadesio tačno u vreme ulaska kopnenih snaga NATO-a. Slučaj je hteo da sam radio kao prevodilac za novinarku italijanske novinske agencije ANSA koja je u ratnom metežu videla priliku da se pročuje. Kao da nije bila svesna opasnosti, gurala je nos i gde treba i gde ne treba, ugrožavajući i sebe i druge.

Ti dani mi se zbog toga u sećanju javljaju kao nadrealističke slike, kao nešto, dakle, između jave i sna. Pamtim tako da smo se na prilaznim putevima neprestano mimoilazili sa oklopnim vozilima i transporterima vojske koja se povlačila. Nikako nisam mogao da razumem zašto njeni pripadnici slavodobitno podižu tri prsta kao da su pobednici jer su, ipak, oni bili ti koji su odlazili sa Kosova. Neke starešine su, pri tome, očito gubile nerve jer su kod najmanjeg zastoja izvlačili pištolje i pretili svima sa kojima su se na putu mimoilazili.

Na prilazu Prištini dočekao nas je novi sablasni prizor. Kuće sa zatvorenim vratima i spuštenim zastorima na prozorima. Ispražnjen grad. Kako se kasnije pokazalo, samo privremeno jer su, po prestanku ratnih dejstava, svi ukućani opet bili na broju.

U donjem gradu, naročito u najvećem prištinskom hotelu, bilo je više živosti. Takođe i u bašti manjeg hotela u kojoj sam sreo Demaćija. Čuo sam kako se Englezima (diplomatama ili obaveštajcima) žali da ih saveznici previše bombarduju, na šta su ga cinično uveravali da za ostvarenje željenih ciljeva „mora ponešto i da se pretrpi". Moglo bi se reći da je taj odgovor izražavao samu suštinu filozofije sile. Ne samo da su njeni protagonisti poručivali da vazdušne napade (i neizbežne žrtve, naravno) treba ćutke otrpeti već su očekivali da im postradali i javno zahvale.

Sa Demaćijem sam, kada je ostao sam, malo popričao. Nismo svakako bili istomišljenici, ali sam ga poštovao zbog toga što je za svoja uverenja dve decenije bio u zatvoru. U odnosu na „one koji dolaze" sebe je predstavio kao „realističnog" političara. Kao čoveka koji ima razumevanja i za „drugu stranu".

„A ti drugi?", pitao sam.

„Videćete već kada siđu sa planina."

Razumeo sam poruku. Hteo je da kaže kako smo grešili što na vreme nismo razgovarali sa, hipotetički bar, razumnijim ljudima.

Novinarka agencije ANSA za koju sam prevodio pripadala je tipu izveštača koji odsustvo pronicljivosti i analitičke razboritosti nadoknađuju bezglavom jurnjavom. Što sam duže bio sa njom sve više mi je ličila na kinetičku česticu koja, otkinuta od matice, ne može da se zaustavi. To je imalo i svoje prednosti jer smo se zaticali na najneverovatnijim mestima, što je bilo opasno, ali i novinarski probitačno.

U jednom trenutku smo se tako našli tačno između nadirućih britanskih snaga NATO-a koje su predvodili Gurka ratnici i našeg ratobornog poručnika koji nije hteo da se pomeri sa stepeništa napuštene stražare odakle su se njegovi saborci pravovremeno povukli.

O Gurkama sam ponešto znao kao o ratnicima koji se najradije služe hladnim oružjem. Britanska imperija ih je rado iznajmljivala da za njen račun, najčešće u izvidnici, obavljaju opasne misije. Za vreme kratkotrajnog boravka u Nepalu shvatio sam da ih sredina iz koje potiču za takvu vrstu zadataka čini veoma podesnim.

Za Gurkama, koji su se približavali mekim panterskim korakom, kretala se kolona džipova i oklopnih transportera. Anglosaksonci u njima nisu delovali ništa pitomije. Svi odreda su, naprotiv, ličili na ološ iz lučkih slamova koji se od sličnih sebi razlikuju samo po tome što su navukli uniformu.

Naspram sve te silne vojske stajao je samo jedan čovek. Poručnik koji je svoju nameru da ne odstupi manifestovao tako što je sa visoko uzdignutom rukom mlatarao pištoljem. Bio je to prizor koji bi savršeno pristajao avangardnim predstavama teatra apsurda, sa jedinom razlikom što se ovoga puta odigravao u životu.

Za razliku od italijanske novinarke koja je zahvaljivala bogu što joj je omogućio da se nađe tačno na sredini između nadirućih NATO snaga i (velikodušno opisanog) ostataka armije branilaca u liku jednog jedinog starešine, ja sam ozbiljno strahovao za sam život. Nije, najzad, bila potrebna mašta da se zamisli šta sve može da snađe one koji se nađu između krvožednih Gurka ratnika i po svemu sudeći ne baš sasvim pribranog poručnika.

Nadiruću kolonu je na sreću neko zaustavio. Sledili su pregovori sa poručnikom koji se, najzad, smilovao da „propusti" NATO. Da se jedan jedini usamljeni ratnik ispreči ispred Gurki i mehanizovanog korpusa iza njih činilo se previše. Ali na Kosovu je i to bilo moguće.

Ne znam kakav je izveštaj matičnoj redakciji u Rimu poslala italijanska novinarka, ali čuo sam je, dok je telefonirala, kako često koristi reč *pazzo* (poremećeni) što je, nezavisno od toga na koga se pomenuti opis odnosi, bio verodostojni prikaz ratovanja u kojem je bilo više ludila nego razuma.

Kao da se sve odvijalo po unapred napisanom scenariju, strani novinari nisu morali da napuštaju hotel da bi znali šta se dešava. Dovoljno je, uostalom, bilo da se raspitaju koja je scena na redu.

U kadrovima koji su se odmotavali sa predvidljivom izvesnošću nešto malo usplahirenosti uneo je jedino dolazak ruske padobranske brigade koja je zaposela prištinski aerodrom. Prolazak Rusa kroz grad proizveo je neopisivo oduševljenje srpskog stanovništva Prištine, ali isto tako i veliko razočaranje kada je nedugo potom ista brigada povučena. Kao i uvek, Srbi su se povodili za emocijama, a Albanci za uputstvima svojih vođa i njihovih pokrovitelja.

Pošto sam kod sebe imao kartu profesionalnog novinara sa potpisom lično generalnog direktora Kancelarije belgijskog premijera, ovi poslednji pojma nisu imali o tome da njihovo ulagivanje sluša jedan Beograđanin. Za slučaj da naiđem na još ponekog zaostalog ne sasvim „uračunljivog" poručnika, imao sam i isprave ratnog izveštača koje sam dobio u Beogradu.

U tom „ludilu" bilo je, ipak, sistema. Najmanje, nažalost, na srpskoj strani. Čak i u ratu bile su primetne „klasne razlike", jer su Kosovo prvo napustili bogati i moćni ljudi koji su na vreme pokupovali stanove u Beogradu. Poslednji su odlazili siromasi u dotrajalim seoskim kočijama koje je vukla islužena raga. Na horizontu, koji je zbog paljevine kuća poprimio crvenu boju, prizori povlačenja prizivali su u svest slike srednjovekovnog stradanja od kuge ili isto tako apokaliptičnog ratnog požara.

Grande place

Za dopisnika nacionalne agencije u Briselu imenovan sam u vreme kada je Srbija bila izopštena iz sveta, što je praktično značilo da je i samo putovanje do glavnog grada Belgije predstavljalo tegoban poduhvat. Do aerodroma u Budimpešti dospevalo se kombijem ili autobusom posle višečasovne vožnje preopterećenim putevima.

S obe strane granice gorele su mnogobrojne vatre. Kraj njih, skočanjene od hladnoće i napola smrznute, čučale su u mraku, zaogrnute od inja belim ćebadima, jedva prepoznatljive ljudske prilike.

Pustinjske vatre u naftonosnim predelima su ne samo zbog učestanosti već i zbog toga što su proždirale sopstvenu utrobu lako mogle da se zamisle kao večni plamen u paklu, što se ni uz najveću maštu nikako nije moglo reći za buktinje od kartona i stočne balege koje su u zimu 1993. godine na mađarsko-jugoslovenskoj granici grejale i telo i dušu čak i najokorelijih grešnika. Ni tako blagorodne vatre nisu bile bez veze sa naftom. Kraj njih su pokušavali da se povrate u život „čuvari benzina" koji su šverceri, kantu po kantu, prenosili na leđima preko granice. Sve do pozne jeseni čuvanje goriva plaćali su jednu nemačku marku po satu ali je, već sa prvim snegom, tarifa udvostručena.

Zamoren od puta, prepustio sam se dremežu u kojem su i lica i stvari gubili oblik, pretvarajući se u gustu maglu, istu onakvu kakva se tromo vukla panonskom ravnicom i kakva je morala biti kada je Svevišnji svet iz haosa stvarao.

Kada sam ponovo otvorio oči, kolona automobila i autobusa, terenskih i zaprežnih vozila nije se ni za pedalj pomerila. Pošto se, posle nepodnošljivo dugog čekanja, konačno pokrenula, činila je to u grču, spazmatično, trzajući se i zaustavljajući svakih nekoliko metara. Vozači koji su izgubili strpljenje, zaobilazili su kolonu sa spoljne strane, vozeći kosim nasipom kao motociklisti na provincijskom „vašaru smrti", i sa unutrašnje, prelazeći na nedozvoljenu traku i na taj način rizikujući da se sudare sa isto tako nervoznim, izmučenim i mrzovoljnim vozačima iz suprotnog smera. Pošto su svi imali istu ideju da što pre stignu, koristeći i dozvoljena i nedozvoljena sredstva, na kraju su se, opet, svi izjednačavali, ali u mnogo većem i teže razmrsivom neredu.

Putnička, teretna i zaprežna vozila ugibala su se pod teretom, ali ni biciklisti ni pešaci nisu zaostajali, noseći na zadnjem sedištu ili na leđima kamare svakojakih stvari. Preko granice su prenošeni džakovi krompira, ali i dušeci i čak dečji krevetići, što je zahuktaloj, brektavoj koloni davalo vid seoba naroda na Indijskom potkontinentu.

Na mestima masovnog i učestanog mimoilaženja, nicale su privremene naseobine, sa šatorima ili bez njih, u kojima su obavljane prirodne potrebe, razmenjivane vesti i novac, čekalo se na prelaz granice, a možda i na sam sudnji dan. Kako su se privremena staništa pomerala, tako su za njima ostajale kese od plastike u kojima su filozofi, skloni transcendentalnom tumačenju sveta, videli simbol posustale civilizacije, a carinici, budući praktičnog duha, samo svedočanstvo sveprisutne bede.

Kao da sve to mučenje nije dovoljno, graničari na aerodromu u Budimpešti trošili su neubičajeno dugo vremena za tumačenje podataka iz pasoša.

Na pitanje da nisu možda ispisana klinastim pismom, službenik je, stroga izraza lica, neprestano ćuteći, čas prinosio očima a čas odmicao putni dokument, kao da nikada do tada ništa slično u rukama nije imao.

„Šta vas muči?", pokušavao sam uzalud da na nekom od svetskih jezika, uz pomoć takođe pantomime, doduše amaterski odigrane, uspostavim kontakt sa gluvonemim tumačem.

Pošto je dugo nepoverljivo vrteo glavom, napokon se oglasio, sričući sa naporom engleske glagole isključivo u infinitivu.

You not stay in Hungary?

„Gospodine", imao sam spreman odgovor, „slučaj je hteo da je vaša država između zemlje iz koje dolazim i one u koju putujem. Moram, dakle, da prođem kroz nju, nemajući ni najmanju želju da se zadržim ni minut duže nego što je za proputovanje potrebno."

Sudeći prema brzini kojom je udario pečat, graničar je od onoga što se govorilo ponešto i razumeo.

Nisam, ipak, isterivao „mak na konac" jer sam novac za dopisništvo nosio u vezanoj maramici. Mogao sam samo da zamislim kako bi se, ionako nadmeni i osorni, čuvari granice ponašali da su to otkrili. Kako bih, najzad, objasnio da u odsustvu bankarskog sistema novac preko granice moram krišom da prenosim.

Na jednom od povratnih putovanja, na međunarodnom aerodromu *Caventem* u Briselu, ljupka šalterska službenica je manje bila iznenađena pasošem a više sadržajem prtljaga.

Može se čak reći da je „zinula od čuda" kada je otkrila mleko u prahu, ulje, prašak za pranje veša, kuhinjsku so i puter. Ne mogavši sebi da objasni zbog čega neko dve hiljade kilometara vuče sa sobom robu koja u Briselu može da se kupi na svakom ćošku, zamolila me je da stvari vratim u putnu torbu. Pretpostavka da ima posla sa poremećenom osobom neočekivano se pokazala korisnom jer je, odustavši od naplate viška prtljaga, brže-bolje pritisnula dugme kojom je pokrenuta traka sa stvarima.

Samo dopisništvo, najzad, poslovalo je mimo svih pravila i običaja. Uprkos rado i često ponavljanim uveravanjima kako se rad novinara ne sme ni na koji način ometati, vizu sam jedva iskamčio, najviše zahvaljujući posredovanju ambasadora Holandije.

U Briselu je (zbog novčane oskudice) biro agencije smešten u jednosoban stan u kojem sam i živeo. Nisam imao ništa od uobičajene opreme. Sve u svemu, bilo je to pravo mučenje, ne sasvim bez utehe. Sa novinarskog stanovišta, najzad, sasvim isplativo, jer sam bio na samom izvoru važnih vesti. Za privilegiju da sa „lica mesta" izveštavam, morao sam da istrpim čuđenje, ako ne i zgražavanje, što se tako „retka zver", na koju su u Briselu gledali kao na jetija sa Himalaja, zadesila usred najvažnijih institucija zapadnog sveta.

Predstavljanje sa predumišljajem

Više sam instinktivno nego razumom shvatio da nametnutu izdvojenost, neku vrstu ekskluzivne negativnosti (u skladu sa slikom koja se o Srbiji u to vreme negovala) treba dovesti do apsurda. Na skupovima Evropske unije i Atlantske zajednice nisam, otuda, propuštao nijednu priliku da se predstavim punim imenom i prezimenom, nazivom agencije, zemlje iz koje dolazim i grada u kom živim. Nedostajalo je još samo da kažem ime ulice i broj zgrade i stana. Činio sam to sa predumišljajem, posmatrajući kako se stotine glava zvaničnika i novinara okreću u mom pravcu da vide to neobično biće koje se, ne zna se kako, zateklo usred sredine kojoj, sudeći bar po izrazu lica prisutnih, nikako ne pripada.

Nisu svi to dugo predstavljanje primali sa čuđenjem i odbojnošću. Bilo je i takvih koji su se, razumejući razloge za neubičajeno predstavljanje, prema „vanzemaljcu" odnosili sa poštovanjem. Među ovim retkim primercima izdvajao se šef britanske diplomatije lord Oven koji je sa naglašenom pažnjom slušao pitanja i na njih dugo i podrobno odgovarao.

Jasuši Akaši se takođe trudio da ostavi utisak nepristrasnosti. Upoznao sam ga u Ujedinjenim nacijama, gde je obavljao dužnost podsekretara za razoružanje. Bio je pristojan čovek koji je iskreno saosećao sa svima unesrećenima u građanskom ratu u Jugoslaviji. Kada sam ga sreo u Briselu podsetio sam ga na epizodu iz vremena kada smo zajedno bili u Njujorku. U to vreme dopisnik najvećeg japanskog lista *Asahi šimbuna* poverio je mojoj porodici brigu o ćerci koja je zbog školovanja ostala godinu dana duže u tom gradu.

„I sami znate", rekao sam Akašiju, „koliko Japanaca živi u Njujorku. Ako vaš sunarodnik i ugledni novinar, uprkos tome, ostavlja ćerku u srpskoj porodici, mora da ti Srbi nisu ipak toliko zli kakvim ih prikazuju."

Nije bilo potrebe da Akašija na to podsećam. Samo je klimanjem glavom ćutke potvrdio da razume šta hoću da kažem.

Sušta suprotnost pomenutim primerima bio je američki državni sekretar Voren Kristofer koji je, nezadovoljan mojim pitanjem, sa primitivnom arogancijom upitao saradnika: „Ko je ovaj?"

Genetika: od Age Kana do Ota Habzburškog

Aga Kan je takođe bio podozriv čak i prema patrijarhu Pavlu. Iz razgovora s njim stekao sam utisak da je dobro obavešten o zbivanjima na Balkanu.

Poslanik u Evropskom parlamentu Oto Habzburški imao je ograničenja druge vrste. Čovek jednostavno nije bio u stanju da izađe na kraj sa genetskom zaostavštinom krunisanih predaka. Ne znam iz kojih se razloga Doris Pak našla u istoj kategoriji. Znam samo da je kao bul-terijer, i na sam pomen Beograda, preteći režala.

Belgijski šef diplomatije Vili Klas nije krio da njegova odbojnost prema Srbiji ima istorijske korene. Kao uostalom i prema svima narodima i državama u kojima je prepoznavao „vizantijske čestice". Sam je to potvrdio u predavanju 1993. godine na Evropskom forumu:

„Na početku smo meteža čiji je ishod nepredvidiv. Na jednoj strani su države vizantijske kulture sklone autoritarnoj vladavini i komunizmu, a na drugoj latinske u kojima su državotvorne ideje i vladavina prava ukorenjeni. Evropsko ujedinjenje biće, prema tome, ostvariv cilj za baltičke države, Poljsku, Češku, Slovačku, Mađarsku i, nadajmo se, Hrvatsku, ali će kretanje u istom smeru biti sporije i možda teško dostižno za Rusiju, Ukrajinu, Rumuniju, Bugarsku i

Srbiju. Ma šta iz haotičnog previranja na istoku kontinenta proizišlo, Evropa je dužna da pred orijentalnim izazovom brani svoje vrednosti."

U razgovoru sa ličnostima koje su imale tako ukorenjene predrasude, držao sam se jednostavnih pravila. Govorio bih obično da mi (Srbi) nismo anđeli, ali nismo ni đavoli. Kao i svi drugi narodi, imamo i dobre i loše osobine. Istina je da su u posebnim istorijskim trenucima ove druge vidljivije, ali je takođe istina da su nam narodi u nekada zajedničkoj državi po tome slični. Iz tih premisa sam izvodio zaključak da za sebe ne tražimo nikakvo izuzeće, ali očekujemo da za sve važe ista merila. Mada se takvo stanovište činilo ne samo prihvatljivim već i pravičnim, nije nailazilo na odziv. Svetska politika se u tim danima jednostavno oslanjala na aksiom da je samo jedna strana kriva.

Prirodno je da sam u takvom okruženju osećao gorčinu koja se ponekad ispoljavala na neodmeren i plahovit način. Sećam se tako da me je, posle duge i iscrpljujuće sednice evropskih državnika, predsednik Svetske asocijacije novinara (mislim da se tako zvala) spopao pitanjem kakva su formalna pravila u agenciji za koju pišem. Kao da je reč o zakonima fizike ili matematičkim formulama. Onako premoren, svadljivo sam odgovorio:

„Kakva dođavola pravila! Jednostavno izveštavam o onome što čujem i vidim."

Odsustvo prijemčivosti za elementarnu pravdu verovatno me je navelo da učestvujem u svim javnim protestima manjinskih grupa koje su svaki čas u Briselu zbog nečega demonstrirale. Koračao sam sa Druzima i Kurdima, sa kim sve ne, čak i sa zaštitnicima pasa koje je predvodila Brižit Bardo. Bio sam doduše razočaran što lepotica iz moje mladosti nije više ličila na sebe, ali sam se u njenom društvu ipak osećao prijatnije nego u društvu Doris Pak.

Pošto je Brisel bio sedište albanske političke emigracije, na ulicama sam često nailazio i na njihove demonstracije. Nisam im se uklanjao s puta, za razliku od nekih naših zvaničnih predstavnika koji u te dane nisu smeli ni nos da pomole.

Kada se sve sabere i sam se čudim kako sam sve to istrpeo. Ne samo zbog neprijemčivosti, a ponekad i otvorenog neprijateljstva sredine, već i zbog rada koji me je i doslovno satirao. Budući da sam bio jedini dopisnik agencije iz sedišta NATO-a i Evropske unije, a takođe iz zemalja Beneluksa, moje novinarske usluge koristilo je nekoliko desetina redakcija, čak i iz Makedonije. Da bi se shvatio obim tog posla dovoljno je podsetiti da su svetske agencije imale po tuce dopisnika u Briselu.

Dešavalo se da u vreme velikih događaja pošaljem i po tridesetak izveštaja. Moje učestalo prozivanje u telefonsku kabinu često je zbog toga bivalo propraćeno smehom.

Ni redakcija u Beogradu nije imala razumevanja za napore koji su i u fizičkom smislu prevazilazili snage jednog čoveka. Tako me je šef spoljnopolitičke rubrike posle važnog sastanka u kome sam naizmenično jurio čas na konferenciju za štampu Miterana a čas Klintona, da ne pominjem i sve druge mnogobrojne važne događaje o kojima sam tog dana izveštavao, pozvao telefonom da mi kaže da sam propustio da još ponešto javim.

Odgovorio sam da nije dobro video. Da sam propustio mnogo više nego što je on uočio.

Ne znam da li je shvatio ne baš prikriveni cinizam, ali se svojski trudio da mi zagorčava ionako mukotrpan posao. Sve dok na jednu od njegovih mnogobrojnih zamerki nisam uputio poruku redakciji:

„Molim vas da mi više ne šaljete poruke sa potpisom urednika S. jer mi je korpa sa đubretom već prepuna papira pa nemam gde da ih bacim."

Sa predumišljajem sam poslao odgovor u petak uveče kako bi svi imali prilike da ga pročitaju do ponedeljka kada se urednik S. vraćao na posao.

Otada me je ostavljao na miru.

Bilo je naravno i lepih trenutaka. Čarobnih čak. Veče sa porodicom na Grand plasu, na primer. Pristigavši iz zamračenog Beograda, raznobojne reflektore koji su osvetljavali barokne palate na jednom od najlepših trgova Evrope doživeli su kao bajku. Praćenu uz to orkestarskom muzikom Belgijske filharmonije.

Briž je takođe bio grad iz bajke. Venecija u malom, možda još ljupkija. Luksemburg je isto tako bio delo čarobnjaka. Antverpen nam je otkrio porodičnu kuću Rubensa, a Amsterdam svoje čuvene kanale. Sve je bilo toliko lepo i toliko različito od oskudice i strepnje kod kuće da je prosto bolelo.

Roma: ancora una volta

U Rimu sam se, krajem devedesetih godina, obreo još jednom, ovoga puta kao savetnik u ambasadi. Bila je to sasvim neobična ambasada, ne samo zbog vremena u kome je delovala već i po sastavu. Ambasador je bio Miodrag Lekić, u času kada pišem ovaj životopis jedan od vodećih opozicionih političara u Crnoj Gori. Ako se ne računaju konzularni službenici, praktično smo bili jedine diplomate.

Kada kažem da je to bila čudna ambasada mislim pre svega na to da se nisam ponašao prema ustaljenim obrascima. U toku službovanja (nešto manje od dve godine) dopuštao sam sebi za diplomate neuobičajenu slobodu da nezavisno procenjujem šta je za zemlju celishodno i korisno.

Lično nisam imao nikakvih nedoumica. Činovnik koji bespogovorno ispunjava naloge, bez razmišljanja o njihovoj sadržini (što uistinu jeste bitno svojstvo diplomatije), najviše mi je, uprošćeno opisano, ličio na đaka koji ima loše ocene iz svih predmeta, ali zato najvišu iz „dobrog vladanja."

Moje shvatanje diplomatije bilo je drugačije. Gledao sam na nju kao na posao u kom je lična inicijativa (uključujući naravno i njena dostignuća) važan sastojak. Ne kažem da je bilo mnogo takvih inicijativa i da su sve bile uspešne, ali su bar u dva maha mogle da budu korisne.

Napulj: odaja sa šiframa

U prvoj sam, koristeći se poznanstvima koje sam u Briselu stekao kao novinar, utanačio posetu u Napulju štabu Južnog krila NATO-a. Zajedno sa mnom na put je krenuo u vojni predstavnik J. Da li zbog preporuka iz Brisela ili iz nekog drugog razloga, primili su nas sa uvažavanjem. Kao i obično u takvim prilikama, recitovao sam jednu istu mantru: nismo anđeli, ali nismo ni đavoli. Cenili bi, otuda, da prema nama primenjujete isti aršin kao i prema drugima. Ni više ni manje od toga.

Ove jednostavne rečenice su, začudo, ostavljale utisak. Ne samo da su nas domaćini podrobno upoznali sa planovima Južnog krila NATO-a i Partnerstva za mir već su nas uvodili i u posebne prostorije u koje se moglo ući jedino posle komplikovane procedure ukucavanja šifara, u koje, dakle, ni svi njihovi oficiri nisu imali pristup. Stavili su time do znanja da razlozi koje su čuli nisu ostali bez odjeka.

Znao sam, naravno, da je krajnje naivno da očekujem kako će najmoćniji vojni savez odustati od već dogovorenih planova, kao što sam znao da se jednom pokrenuta glomazna mašinerija teško zaustavlja. Da živimo u svetu u kojem je od ispravnosti bilo kakve politike važnija moć da se ona nametne.

Pitajući se šta se u tako nepovoljnim okolnostima može preduzeti, setio sam se stare vizantijske pouke: ako si slab traži saveznika. Na pamet mi je takođe pao Ataturk. Klonio se sukoba pre nego što je, posle poraza u Prvom svetskom ratu, Turska dovoljno ojačala.

E pa, nikakvog saveznika nismo imali. Čak su i Grci, koji su nas u Briselu – da niko ne vidi – „prijateljski" tapšali po ramenu, na svim zasedanjima glasali kao i svi ostali.

Zaključio sam da je važno da prođemo sa što manje štete. Računao sam i na to da svemu dođe kraj. Kada, prema tome, jednom odluče da nas ostave na miru, možda će se setiti bar nekih od naših razloga.

Poseta Napulju imala je i dobrih strana. Video sam se sa Vujadinom Boškovim, koji je u to vreme bio trener *Napolija*. Poveo nas je sve na večeru u čuvenu piceriju. Pošto je u Srbiji bio gotovo zaboravljen, laskam sebi da je obnova priče o velikom fudbaleru i sportskom učitelju makar malo doprinela njegovom imenovanju za selektora.

Ostalo je i žaljenje što se, mada sam u Napulju bio više puta, nisam popeo na Vezuv. Često, tim povodom, pomislim na Borhesa koji je, pri kraju života, napisao pesmu u kojoj se vajka što...

> „...nije više hodao
> bez termometra, kišobrana i padobrana
> što se nije na više visova popeo".

Prečica do Vatikana

U Rimu sam, koristeći se poznanstvom sa Navaroni Valsom, otvorio kanal kojim su do pape lično stizala naša stanovišta.

Bio sam siguran da će predstavnik za štampu Vatikana i pouzdanik poglavara Katoličke crkve prihvatiti susret sa poznanikom sa kojim je u sedištu strane štampe u Rimu delio istu prostoriju. Prevideo sam, nažalost, da ću, da bih dospeo do jednog od malog broja ljudi u neposrednom okruženju pape, morati da savladam bezbroj gotovo nepremostivih prepreka.

Kada je do susreta, posle silnih muka, konačno došlo, sve je bilo lako i jednostavno. Sa izvesnošću sam predvideo da će Valsa najviše interesovati ideja ekumenizma (vaseljenstva), čemu se Srpska pravoslavna crkva protivila zbog bojazni da je ono samo prikriveni vid nastojanja Vatikana da obezbedi prevlast nad svim hrišćanskim crkvama. Mada takva strahovanja nisu neosnovana, njihovim naglašavanjem gubi se iz vida da se ideja ekumenizma ne može svoditi samo na tu dimenziju, posebno u vremenu u kome nije najbitniji (istorijski sve prevaziđeniji) primat jedne crkve, već jedinstvo svih hrišćanskih crkava.

Susret sa papinim pouzdanikom bio je, ipak, od koristi. Doprineo je većem razumevanju Vatikana za stanovišta Beograda. (Sveta stolica, najzad, nije priznala Kosovo.)

Kao ni za prva odškrinuta vrata, ni prilika da se druga šire otvore nije, nažalost, iskorišćena.

Što je više odmicalo moje službovanje, to sam bio uvereniji da taj posao nije za mene. Ne mogavši da se pomirim sa krutim pravilima koja su formi davala prednost nad sadržajem, često sam ih kršio. Samo u slučajevima, naravno, kada sam verovao da je to što činim ispravno. Pokazalo se da je nadređenima upravo to smetalo. Nisu jednostavno mogli da podnesu da se u to vreme šef italijanske diplomatije Alberto Dini češće obraća meni nego po rangu višim službenicima.

Andrić je, dakle, bio u pravu kada je, govoreći o surevnjivosti koja vlada u Ministarstvu inostranih poslova, zaključio da tamo i „jedna sijalica zavidi drugoj".

Da sam bar nešto naučio od Dizraelija koji je na pitanje kako je bio u tako dobrim odnosima sa kraljicom Viktorijom odgovorio: „Pažljivo sam slušao sve što je govorila, ali sam ponešto zaboravljao."

Prevremeni povratak nije mi teško pao i iz ličnih razloga. Kada o tome govorim imam pre svega u vidu razbojnički napad koji nikada do kraja nije razjašnjen.

Ubrizgavanje kristala leda

U otmenom rimskom kvartu Parioli ambasada je u istoimenoj ulici imala prilično zapušten, ali prostran stan na drugom spratu. Suprugu i mene je usred noći probudila jeka alarma spolja, glasnija nego obično. Još nedovoljno rasanjen, čuo sam kako se polako otvaraju vrata spavaće sobe. Pre nego što sam se pribrao, neko mi je baterijskom lampom uperio snažan snop svetlosti u oči. Pošto sam i doslovno bio zaslepljen, video sam tek samo nejasnu priliku koja je u drugoj ruci takođe nešto držala: pištolj ili nož.

Sve sam to ugledao samo nakratko i nejasno, jer nam je zapovednički glas naložio da legnemo potrbuške.

Čitali ste u novinama šta se događa onima koji nisu poslušali, opominjao nas je.

Pre toga na filmu sam video slične prizore, ali je u stvarnosti sve bilo mnogo zlokobnije.

Prvi put u životu doživeo sam jezu. Kao da mi je neko špricem ubrizgao u kičmu kristale leda, bio sam zaista „sleđen od straha".

Proteći se da prihvatim ono što se u stvarnosti događa, munjevito sam ređao povoljnije alternative: možda nas budi samo domar zbog požara ili zemljotresa, bilo kakve druge katastrofe koja nema lično obeležje. Padale su mi na pamet i druge mogućnosti koje su se u svesti isto tako brzo rasplinjavale kao što su pristizale.

Najgore je, ipak, bilo iščekivanje. Kako sam uostalom mogao da znam kakve su namere napadača? Da li će me opljačkati ili ubiti? Čini mi se, otuda, žalosno nedovoljno da kažem da su trenuci u kojima sam osluškivao pucanj ili samo korake koji se udaljavaju sporo prolazili. Prava je istina da su bili nepodnošljivo dugi. Do bola neizdržljivi.

Kada smo, najzad, čuli korake na stepeništu, oprezno smo se pridigli. Pozvali smo policiju koja je brzo stigla. Od nje, nažalost, nije bilo vajde. Opljačkan porodični nakit nikada nije pronađen.

Mada su me u policiji uveravali kako sam se razumno poneo, osećao sam se bedno zbog izostanka otpora. Više puta sam proveravao da li je moguće da čovek skoči sa kreveta a da se ne osloni na ruke. Hteo sam, drugim rečima, da utvrdim sa kakvim izgledima bih se suprotstavio napadačima. Malim, svakako, jer čak i da su imali samo hladno oružje sa mnom bi lako izašli na kraj.

Nije mi to bila uteha. Moralo je da prođe mnogo vremena da povratim kakvo-takvo samopoštovanje.

Razbojništvo kome sam bio izložen, ali i nemoć italijanske policije, neizbežno su uticali i na osećanja prema zemlji domaćinu. Mada se, naravno, na osnovu jednog događaja ne može suditi o društvu u celini, Italija je za mene izgubila nekadašnju privlačnost. Ni ministarstvo u Beogradu nije se potreslo zbog napada. Nije se čak potrudilo da od italijanskih vlasti zatraži razjašnjenje, što je u takvim slučajevima uobičajeno u diplomatskoj praksi.

Bilo je, naravno, lepih trenutaka i susreta sa izuzetnim ljudima, ali u celini drugi boravak u Večnom gradu nije mi prijao. Potrudio sam se, ipak, da pomoću *Mišlenovog*, možda najsitničavijeg vodiča na svetu, upoznam Rim, bolje čak od žitelja tog grada. Išao sam od ulice do ulice, od crkve do crkve, od jednog trga do drugog, kao da mi je cilj da Večni grad sačuvam u „testamentarnom sećanju".

Zavirio sam takođe u katakombe koje se prostiru s obe strane starog rimskog imperijalnog puta *Appia Antica*. U šupljinama izdubljenim u vulkanskim stenama prvi hrišćani su krišom obavljali verske obrede i sahranjivali mrtve. Kada bi se prva galerija popunila koristile bi se šupljine ispod nje, tako da je ona najbliža površini bila i najstarija.

Sve do sredine drugog veka nije bilo pravog groblja za hrišćane koji su sahranjivani na imanjima patricija sklonih novoj veri. Počev od četvrtog veka, sa širenjem hrišćanstva katakombe su napuštene, sa izuzetkom onih San Sebastijana koje su do dana današnjeg mesta hodočašća.

Uzbuđenje koje se oseća silaskom u svetilišta prvih hrišćana u Rimu doživeo sam, više godina kasnije, na padinama Dnjepra.

Crkve pod zemljom

Do nadaleko čuvenih podzemnih crkava Kijevsko-Pečerske lavre, osnovanih još u jedanaestom veku, vode prolazi, visoki dva i po metra i široki jedan i po metar. Ne svuda, doduše, ali većim delom, što je značilo da se namernici ne moraju saginjati, niti se kroz prolaze s mukom provlačiti.

Stari letopisci su očito preterivali kada su govorili o dužini prolaza. Italijan Alesandro Gvanjini je 1591. godine zabeležio kako ih ima „svih osamdeset milja", dok je poljski geograf i letopisac Stanislav Sarnicki tvrdio da se prostiru „sve do Velikog Novgoroda".

Dok je lelujavi plamičak lojanice samo donekle rasterivao pramenove mraka osećao sam, kao i uvek u tesnim prolazima, ujede klaustrofobije. Hodnici se, na sreću, nisu sužavali. Vodili su, naprotiv, u sve prostranije pećine u kojima su u Daljim Peščarama podignute neočekivano velike podzemne crkve. Sa fresaka u njima posmatrali su me svetitelji i vladari kijevske Rusije.

Zaticao sam čak i vrlo mlade ljude kako pred moštima isposnika, ikonama, uljanim slikama i freskama s likovima svetitelja provode sate, činilo se večnost, u skrušenom ćutanju i bezglasnim molitvama. Usredsređenošću na molitvu ili samo na ćutanje, nekom vrstom asketske produhovljenosti i iskrene pobožnosti, kao da su sišli sa ikona Rubljova.

Hteo – ne hteo, čovek u crkvama pod zemljom razmišlja o smislu ćutanja. Da li su, možda, najbliži istini pustinjaci kada samim načinom života, postojanja takoreći, svedoče da se poštovanje koje čovek duguje Bogu ne može iskazati govorom?

* * *

U Milanu sam posetio redakciju *Korijere dela sera*, možda najuglednijeg italijanskog lista. Bio sam zadivljen sa kakvom pažnjom i poštovanjem neguju sećanje na novinare koji su u tom dnevniku ostavili trag.

U istom gradu sam sreo Serđa Romana, publicistu i diplomatu velikog iskustva, čije je svedočenje o Rusiji bilo posebno dragoceno.

Upoznao sam takođe sjajnog čoveka Aleksandra Stefanovića, koji je više godina radio kao urednik u izdavačkoj kući *Ricoli* i drugim manjim izdavačkim kućama. Mogao je da posluži kao živi uzor patriotizma u najpozitivnijem smislu te reči. Mnogo je činio za svoju zemlju, a da u isto vreme nije robovao uskogrudom nacionalizmu.

Sve u svemu, moj drugi boravak u Rimu više je bio obeležen gorčinom nego zadovoljstvom. Ma koliko se trudio, što god sam započinjao naopako se završavalo. Kada nešto ne ide – ne ide. *Non va* i *non va*.

Ponešto je, doduše, i išlo. Bio sam ponosan što je Đankarlo Pajeta, drugi čovek italijanske partije, napisao predgovor za *Treći put italijanskih komunista*. U tom publicističkom delu odao sam priznanje u to vreme najvećoj radničkoj partiji zapada što je imala snage da se oslobodi dogmatskih stega i nađe svoj put.

Od emocionalne zaostavštine u dragoj uspomeni mi je ostalo i imenovanje za konzula (ili tako nečega) u San Marinu, koji je, mada tek veličine Pančeva, imao status samostalne republike. Dok sam se uz strmu ulicu penjao do većnice da predam akreditive, neuspešno sam se uživljavao u ulogu nepostojeće važnosti. Zaključujući da je čak i u tako maloj republici nepristojno da, naspram dvadesetak hiljada žitelja

San Marina, jedan čovek predstavlja ikoga više do samoga sebe, pitao sam se kako li se tek osećaju, naspram milijardu ljudi, ambasadori u Kini. Pod pretpostavkom, naravno, da o tome uopšte misle.

Epilog

Konačno sam se, posle potucanja po svetu, vratio u Beograd. Samo što sam pročitao tek napisanu rečenicu shvatio sam da sa njom nešto nije u redu. Da ne odgovara sasvim istini. Tačno je naime da sam se vratio iz sveta, ali se ne može reći da sam se u njemu potucao.

Ni sa povratkom, najzad, stvari nisu bile sasvim razgovetne. Čemu sam se vratio? Starom poslu svakako ne. Povratak u *Tanjug* ili u Ministarstvo inostranih poslova jednostavno nije bio moguć. Ne mogu da tvrdim da je postojala izričita zabrana, ali to se nekako podrazumevalo i obostrano prihvatalo.

Kako to obično biva u poodmaklom dobu, u svest su mi sve češće navirala sećanja na minule dane. Nije mi, drugim rečima, bilo toliko važno dokle sam dospeo već odakle sam krenuo. Na to je posredno uticao i intervju glumca Vlaste Velisavljevića u kojem je govorio o svom životu:

„Išao sam sa Nikolom Simićem u školu 'Kralj Petar'. To je bila prva ogledna škola kralja Aleksandra Prvog Ujedinitelja. Sećam se da sam za Svetog Savu dobio pantalone i kaputić. Mi smo se kod majke moga druga iz mladosti, a sada novinara i pisca Dušana Miklje grejali u jednoj maloj šupi. Bili smo društvo koje se okupljalo na poljanama prema Dunavu. Igrali smo fudbal, družili se, učili i radili. Teška sirotinja su i oni bili. Dođem u tu šupicu sa šporetom da nešto pojedemo kod Dušanove majke. Otac mu je bio moler. A eto, on je daleko dogurao."

Pa sad, nisam baš daleko dogurao. Osim toga, otac mi nije bio moler već obućar, a po povratku sa Golog otoka, kamenorezac i keramičar. Ako se zanemare ovi manji previdi, u samo par redova izrečena je prava apologija siromaštvu.

Nekako u isto vreme kada je Vlasta dao pomenuti intervju, slučajno sam se obreo u predelima detinjstva. Da sam ušao u pogrešan autobus shvatio sam tek kada je vozilo, umesto da skrene u Ulicu kraljice Marije, produžilo Grobljanskom. Mogao sam da pretpostavim da to veče neće biti sasvim obično i po tome što sam prvo pomislio na stare nazive ulica, a ne na sadašnje.

Prva prilika da izađem iz autobusa pružila se tačno pred grobljanskom kapijom od kovanog gvožđa koja je u to vreme već bila zaključana. Kroz rešetke sam nazirao šumu spomenika koja se blago penjala prema Zvezdari.

Kolebao sam se da li da sačekam autobus u suprotnom smeru ili da se kući vratim pešice dijagonalnom linijom koja bi presecala Hadžipopovac i veći deo Palilule. Kada sam se odlučio za ovu drugu mogućnost, nisam ni slutio da će me nešto duža šetnja do kuće vratiti u detinjstvo.

Dok sam uranjao u žitku masu sećanja koja, kao u mešalici za beton, nije još dobila čvrst i određen oblik, bio sam u isto vreme i uzbuđen i uznemiren.

Kako sam se, dođavola, uopšte ovde našao, pitao sam se kao da sam na ivičnjak detinjstva dospeo ne samo iz nekog drugog dela grada već i iz drugog sveta, možda i različitog vremena.

Mogao sam, naravno, da odustanem od mučnog preispitivanja, utoliko pre što se nudio sasvim jednostavan odgovor: ovde sam zbog toga što sam ušao u pogrešan autobus. Da li se, ipak, samo time može objasniti da sam u kraju u kojem nisam bio godinama? Postoji, najzad, sijaset autobusa koji razvoze putnike na sve strane grada. Otkuda da se nađem u onom koji me vraća u detinjstvo?

Da li između naizgled nepovezanih događaja postoji, ipak, neka tajna veza, pitao sam se uzbuđeno, prisećajući se da sam u Rimu nabasao na Crkvu Istinitog Isusovog Krsta upravo kada sam o njemu pisao, baš kao što mi je kapela Svete Petke (moje krsne slave) u Atini pomogla da u udaljenom predgrađu u spletu zamršenih uličica nađem pravi put.

Ne može se, ipak, sve tumačiti samo slučajem, govorio sam sebi, trudeći se da ne podlegnem sujevernom praznoverju, ali ni oholoj samouverenosti koja za svaku, ma koliko neobičnu pojavu, nalazi racionalno objašnjenje.

Mada me je samonametnuta nepristrasnost već dovoljno opterećivala, promene u starom kraju su ionako pomućenu svest činile još haotičnijom. Gotovo da više nisam prepoznavao periferijske uličice u kojima sam odrastao, sa čijih sam se neravnih i prašnjavih kaldrma sa isto tako goluždravim vršnjacima otiskivao u „pravi grad" ili bar u ono što smo u detinjstvu mislili da jeste. Ne samo da je asfalt zamenio kaldrmu već su se i stare prizemne, trošne kućice povukle pred glomaznim betonskim zgradurinama ili isto tako odbojnim stovarištima i skladištima. Poneke od udžerica su, na sreću, sačuvane. Kao da su se stidele svog skromnog porekla, sve odreda su bile šćućurene između većih zdanja koja su ih i doslovno gušila.

Ako su se neke grčevito upinjale da prežive, druge su maltene digle ruke od svake borbe, prepuštajući se i doslovno sudbini. I jedne i druge su brojale poslednje dane. Nisam u to nimalo sumnjao ne zbog toga što su bile tako majušne (i kuće na Hradčanima u Pragu su isto tako male, pa su, ipak, sačuvane, gotovo umotane u šušteći, šareni papir, vezan vrpcom, kao bombonjere) već zbog toga što su, tako pohabane, bile u stanju beznadežnog propadanja.

Možda i zbog toga, hvatao sam se očajnički, kao davljenik za pojas za spasavanje, za naherene kućice, poduprte crvotočnim drvenim stubovima. Takve kakve su, bile su ne samo poslednje materijalno uporište sećanja na detinjstvo već i neka vrsta pristaništa u kojem sam tražeći predah mogao da vežem već posustali brod. Bile su, uz to, iako trošne, jedini sačuvani trag i vodič u lutanju prostranim i neistraženim predelima detinjstva.

Znao sam, naravno, da je u kući na uglu Albanske i Bistričke živeo Pera „piljar" sa bar tuce dece koje je ishranio prodajući voće i povrće. Tu negde u blizini je imao kućicu i Muja „kasapin" koji se kretao isključivo u papučama. Primećujem, smešeći se, kako mu cipele i nisu bile potrebne jer je, koliko se zna, *Palilulska kasina* bila najdalja kota do koje je sa Hadžipopovca dospeo. Zastao sam, takođe, skrušeno, pred kućom Dragog „električara", koga sam najviše zapamtio po urednom odelu sa obaveznim prslukom iz kojeg je virio lanac džepnog sata.

Nije to bilo lagodno krstarenje jer su oaze prizemnih kućica bile ne samo retke već i neravnomerno raspoređene. Pamteći šta je sve prekrila betonska skrama, osećao sam se isto kao u Hirošimi. Gazio sam po otiscima i senkama. Po senkama mrtvih, svakako, jer mnogi od onih kojih sam se sećao nisu više bili živi. Neki od njih prerano su otišli, kao drug iz detinjstva Toša koji je stradao trčeći za vozom. Na deonici od samo stotinak metara, više njih, cela jedna generacija zapravo, pomrla je zbog preteranog pića ili zbog nezadovoljstva životom, što mu dođe na isto.

Lutajući nasumice bez čvrstog plana, naslutio sam da se krugovi sužavaju, da se gotovo sudbinski svode na petlju, na omču za vešanje, takoreći. Ma koliko neukusno i možda neprilično, poređenje nije bilo sasvim neosnovano. Da bih posle toliko godina zavirio u kuću u kojoj sam se rodio, morao sam da proturim glavu kroz otvor u vidu kruga, kroz bilo šta, najzad, što me je vraćalo na sam početak. Mada sam po osvetljenom prozoru zaključio da u njoj neko živi, činilo mi se da se svakoga časa tu, preda mnom, može raspasti. Pomislio sam zbog toga da bih morao češće da joj se vraćam iz istog razloga iz koga je Somerset Mom svuda sa sobom, čak i na daleka putovanja po svetu, nosio okrnjenju šolju za čaj. Podsećala ga je na siromašno detinjstvo.

Što se mene tiče, nisam morao uz sebe da imam nikakav predmet, ništa materijalno, da me, u mislima, vrati u detinjstvo. Iako obeleženo nemaštinom, ono je u mom kraju Beograda bilo bogato događajima. Sve je, najzad, u životu u nekakvoj ravnoteži.

Škola „Starina Novak", čiji sam svaki kutak poznavao, ne samo zbog toga što sam je kao đak pohađao već i zbog toga što sam se u njoj, posle časova, sa poslužiteljevim sinom igrao, nije mi više izgledala tako velika. Kao da je protokom vremena postala saglediva, njeni pusti i nekada tajanstveni hodnici ispunjavali su me više tronutošću nego uzbuđenjem i strahom. Tu i tamo priviđali su mi se likovi dečaka, devojčice u koju smo svi bili zaljubljeni, strogog ali pravičnog učitelja, čak i guste obrve upravitelja, ali su se isto tako brzo raspršavali kao da ih je plašila jeka koraka u pustom, praznom prostoru.

Sa crvotočnog trema posmatrao sam visoki zid koji je delio školu od dvorišta fabrike sirćeta čiji smo vonj osećali, ali u koju nismo smeli da zavirimo. Plašila nas je gazdarica nadmenim izrazom lica i pompeznim držanjem koje je toliko pristajao njenom punačkom stasu da sam u njoj kasnije, kad god bi neko pomenuo *Titanik* ili *Kvin Meri*, video samo otelovljenje otmenih, velikih brodova.

Preko puta škole, u Dalmatinskoj ulici, sačuvane su, i to u nizu, prizemne kućice. Tešio sam sebe da je i to nešto jer je isto tako omanja kuća na uglu ulica Starine Novaka i Knez Danilove u kojoj sam odrastao srušena. Nema je, kao da nikada nije ni postojala. Kao ni dvorište sa velikim orahom na koji sam se uspinjao da na miru čitam Karla Maja.

U Dalmatinskoj je, začudo, kao da je pod zaštitom države, mada, istini za volju, ne baš kao spomenik kulture, sačuvana kafana u istom stanju kao pre više decenija. Zurio sam kroz prozor popljuvan muvama u malu, pravougaonu salu koju je osvetljavala jedino čkiljava sijalica sa tavanice. Jedva sam, zbog toga, nazirao stolnjake ispolivane stonim belim vinom i neispražnjene pepeljare sa opušcima od jevtinog duvana. Iako, priznajem, nije bila baš scenografija za Šekspirove komade, u njoj smo ipak, uz piće, otpatili sve ljubavne drame mladosti.

Dok se penjem stepenicama na šesti sprat (lift ponovo ne radi) pitam se, više rastuženo nego zabrinuto, koliko će dugo opstati predeli moga detinjstva?

„Gde si, zaboga?!", ukućani me ispitivački zagledaju. „Što te nema tako dugo? Odakle dolaziš?"

„Iz daleka", odgovaram zamišljeno.

Imenik

Dragoljub Aleksić, atleta i akrobata. U godinama pred Drugi svetski rat važio je za „najjačeg čoveka na Balkanu". U svesti dece iz tog vremena, bio je „najjači" i na svetu.

Karl Maj, nemački književnik koji je pisao o američkom Divljem zapadu, iako na njemu nikada nije bio. Tvorac omiljenih junaka mladih čitalaca: Vinetua, Olda Šeterhenda i drugih.

Porodica Tarasov, izbegli beli emigranti iz Rusije. Jedan od potomaka je starešina Ruske crkve u Beogradu.

Maćaš Rakoši, prvi čovek Mađarske radničke partije. Poznat kao tvrdokorni dogmatičar i staljinista.

Pukovnik Adekunle, poznatiji po nadimku Crni škorpion, komandant Federalnih trupa na frontu kod Port Arkura u građanskom ratu u Nigeriji (1967–1970).

Agostinjo Neto, lekar, pesnik, gerilac. Prvi predsednik nezavisne Angole (1975) posle pet vekova portugalske kolonijalne vlasti.

Samora Mašel, prvi predsednik nezavisnog Mozambika (1975). Tragično stradao u avionskoj nesreći pod sumnjivim okolnostima.

Sam Njujoma, predsednik Oslobodilačkog pokreta jugozapadne Afrike (SWAPO) do proglašenja za prvog predsednika nezavisne Namibije 1990. godine.

Haile Selasije, car Etiopije. Vojnim udarom 1974. godine okončana je najdugovečnija vladarska loza koja, prema predanju, vodi poreklo od ljubavne veze kralja Solomona i kraljice od Sabe. Svet koji ga je najviše pamtio po herojskom otporu italijanskom fašizmu, četiri decenije kasnije sa zgražavanjem je primio vesti o stotinama hiljada mrtvih od gladi u vreme kada su na dvoru priređivane raskošne gozbe. Umro je kao zatočenik u barakama Četvrte divizije u Adis Abebi. Govori se da je zadavljen bodljikavom žicom, što je tih dana bio uobičajen metod za uklanjanje protivnika.

Teferi Bente, predsednik Privremenog vojnog saveta Etiopije (1974).

Mengistu, vođa vojne pobune protiv cara. Poznat po odlučnosti, ali i surovosti.

Feleke, član Revolucionarnog vojnog komiteta. Kasnije ministar inostranih poslova Etiopije.

Artur Rembo, pesnik. U starom abisinskom gradu Harareu trgovao kožama.

Mohamed Sijad Bare, somalijski predsednik. Došao na vlast 1969. godine vojnim udarom. Jedno vreme se zanosio izgradnjom „socijalizma sa nomadima". Posle njegovog povlačenja sa vlasti, zemlja je sve više tonula u haos.

Kurt Valdhajm, sedamdesetih godina generalni sekretar Ujedinjenih nacija. Predsednik Austrije. U to vreme se nije znalo za njegovu nacističku prošlost.

Kenet Kaunda, potpredsednik nezavisne Zambije (1964–1991). Sin misionara. Govorio je da u njegovoj vladi nema mesta za ministre koji ne znaju da pevaju.

General Govon, vojni upravljač Nigerije u vreme građanskog rata (1967–1970). Sa vlasti je, početkom osamdesetih, takođe svrgnut vojnim udarom te se, bar u njegovom slučaju, može reći da se „istorija ponavlja".

Idi Amin Dada, godine 1971. preuzeo vlast u Ugandi vojnim udarom. Vojnu karijeru je započeo kao pomoćnik kuvara u britanskom garnizonu, da bi dogurao do čina feldmaršala koji je sam sebi dodelio. Kao vešt i lukav demagog zadobio je poverenje običnog naroda, ali i većine afričkih državnika, predstavljajući se kao verodostojni afrički nacionalista. Političke protivnike je mučio na svirep način ili ih je bacao iz helikoptera u jezero Viktorija kao hranu krokodilima.

Stokli Karmajkl, predsednik radikalne organizacije američkih crnaca Crni panteri s kojima se američka vlast surovo obračunala. Često je gostovao u Africi. Poznat je takođe kao pratilac legendarne afričke pevačice Mirjam Makebe.

Princeza Elizabeta Bagaja, potomak stare kraljevske loze Bugande. Obrazovana i lepa žena koja je, kao i mnogi afrički intelektualci, bila zavedena Aminovom populističkom demagogijom. Jedno vreme ministar u vladi. Jedva je izvukla živu glavu posle optužbi feldmaršala da se „u pariskom toaletu prepustila ljubavnom uživanju sa belcem".

Menelek, jedan od najznačajnijih careva Etiopije (1844–1913). Zaslužan za modernizaciju zemlje i izgradnju železničke pruge od Adis Abebe do Džibutija na Crvenom moru.

Mahdi, preteča i možda rodonačelnik islamskog fundamentalizma. Sahranjen u Kartumu.

General Gordon, guverner i britanski vojni zapovednik u Sudanu.

Ezekijele Mfalele, afrički pesnik.

Mobutu Sese Seko, za predsednika Konga, čije je ime kasnije promenio u Zair, postavljen 1965. godine posle vojnog udara.

Njegova višegodišnja vladavina afričkom državom bogatom rudama obeležena je nasiljem i neviđenom korupcijom.

David Livingston, britanski misionar i istraživač. Izveštavajući o strahotama trgovine robljem, jedan je od najzaslužnijih za njeno ukidanje. Uzalud je tražio izvor Nila južnije od izvorišta. Godine 1871. susreo se na obali jezera Tanganjika sa pustolovom i novinarom Stenlijem koji mu je krenuo u pomoć. Livingston je sahranjen u Vestminsterskoj katedrali u Londonu, ali mu je srce pokopano u Africi.

Barbara Kingsolver, autorka romana *Biblija otrovne masline*, čija je radnja smeštena u Kongo.

Leonardo Šaša, sicilijanski pisac. Krajem sedamdesetih poslanik u italijanskom parlamentu.

Aldo Moro, italijanski premijer. Otet 26. marta 1978. godine. Pedeset i pet dana kasnije ubijen kao žrtva Crvenih brigada. Leš je ostavljen u prtljažniku automobila na pola puta između sedišta Demohrišćanske stranke i Komunističke partije, što je shvaćeno kao poruka da „istorijski kompromis" između dve najveće italijanske stranke nije poželjan.

Đuzepe Pertini, predsednik Italije (1978–1985). Veoma omiljen zbog iskrenosti, ali i ličnog poštenja. Nije dozvoljavao da mu drugi plati račun čak ni za kupovinu kestenja na ulici. Ličnost velikog integriteta i hrabrosti. Redovno se nudio da umesto zatočenih on bude talac terorista. U Italiji niko nije sumnjao da bi im, kao neposlušnoj deci, izvukao uši.

Enriko Berlinguer, vođa italijanske Komunističke partije od 1972. godine. I protivnici su ga poštovali kao ličnost od „integriteta".

Almirante, vođa italijanskog neofašističkog pokreta MSI.

Alberto Latuada, filmski reditelj.

Monika Viti, poznata italijanska glumica. Antonionijeva muza.

Mikelanđelo Antonioni, italijanski filmski reditelj.

De Gregori, omiljeni pevač kancona.

Navaro Vals, dopisnik španskog katoličkog lista *ABC*. Kasnije predstavnik za štampu Vatikana i jedan od najbližih pouzdanika pape Jovana Pavla Drugog.

Bendžamin Netanijahu, predstavnik Izraela u UN. Kasnije premijer Izraela.

Piter Justinov, glumac.

Bagration, potomak čuvene ruske plemiće porodice. Emigrant u Njujorku.

Stivi Vonder, pevač.

Kralj Ašantea, stara afrička dinastija u Gani.

Dalaj-lama, verski poglavar sa Tibeta.

Vang, dopisnik kineske novinske agencije *Sinhua* iz Njujorka.

Princ Sihanuk, čovek koji je u Ginisovu knjigu rekorda ušao kao vladar koji je, sa prekidima i povremeno u izgnanstvu, u dugoročnoj vladavini (1941–2004) promenio najviše položaja (dva puta princ, dva puta kralj, predsednik, predsednik vlade u izgnanstvu). Poznat po hedonističkom stilu života.

O'Henri, američki pripovedač.

Najpol, engleski pisac poreklom sa Trinidada iz porodice indijskih doseljenika. Svoje emigrantsko iskustvo najupečatljivije izrazio u delu *Enigma dolaska*. Trudeći se da što više liči na žitelje metropole o viktorijanskim vrtovima je više znao od samih Engleza.

Jasuši Akaši, podsekretar UN za razoružanje. Kasnije jedan od pregovarača u vreme raspada Jugoslavije.

Nagib Mafhuz, egipatski pisac. Dobitnik Nobelove nagrade.

Vizental, najpoznatiji lovac na odbegle naciste. Najzaslužniji za hvatanje Ajhmana. Nikada nije došao u Jugoslaviju čije je vlasti optuživao da se nisu odazvale na poziv da mu pomognu u privođenju pravdi zločinaca koji su utočište našli na Bliskom istoku.

Adem Demaći, albanski političar sa Kosova. Proveo više godina u zatvoru.

Aga Kan, poglavar ismailitske zajednice. Jedan od najbogatijih ljudi na svetu.

Voren Kristofer, državni sekretar SAD u administraciji Bila Klintona. Naimenovan za sekretara 1992.

Lord Oven, šef Forin ofisa. Kopredsednik mirovne konferencije za bivšu Jugoslaviju (1992–1995).

Oto Habzburški, poslanik u Evropskom parlamentu. Potomak dinastije Habzburga.

Doris Pak, poslanica u Evropskom parlamentu.

Vili Klas, šef diplomatije Belgije. U jednom mandatu predsedavajući Ministarskog saveta Evropske unije. Godine 1994. izabran za generalnog sekretara NATO-a. Nije krio da ne može da podnese „baštinike vizantijskog nasleđa", kako je nazivao narode na istoku Evrope.

Alberto Dini, šef italijanske diplomatije devedesetih godina.

Serđo Romano, publicista i diplomata.

Andre Malro, francuski pisac. Blizak saradnik De Gola. Dobar poznavalac tropskih krajeva.

Hemingvej, američki pisac. Takođe avanturista. Pitanje iz romana *Snegovi Kilimandžara* „šta je leopard tražio na tim visinama" može se shvatiti i kao potreba da se sazna šta ljude nagoni da se upuštaju u opasne pustolovine.

Džozef Konrad, engleski pisac poljskog porekla. U delu *Srce tame* dao do sada neprevaziđenu sliku Konga.

Volter Rajli, admiral i pesnik. Ljubavnik kraljice Elizabete. Pustolov i ratnik.

Luis Kerol, pisac zanosnog dela *Alisa u zemlji čuda*.

Imam Homeini, verski vođa i neprikosnoveni vladar Irana posle svrgavanja šaha i preuzimanja vlasti (1979).

Brem Stoker, pisac rođen u Dablinu. U romanu *Drakula* Vlada Cepeša je predstavio kao vampira, nanoseći nepravdu vlaškom vladaru koji se hrabro odupirao Turcima i položio osnove za modernu državu.

Franc Kafka, pisac *Procesa*, *Zamka* i drugih dela trajne vrednosti. Manje je poznato da je Kafka napisao dve izvanredne pripovetke o Kineskom zidu i Zabranjenom gradu, iako u Kini nikada nije bio.

O autoru

Dušan Miklja rođen je 1934. godine u Beogradu. Školovao se u istom gradu. Diplomirao je na Filološkom fakultetu na grupi za engleski jezik i književnost. U životu se najviše bavio rečima – kao profesor, prevodilac, novinar i pisac.

Vračara mu prorekla da će mnogo putovati, što se i obistinilo. Boravio je u više od devedeset zemalja na svih pet kontinenata. Bio je pripadnik međunarodnih snaga koje su čuvale mir na Sinaju. Izveštavao je, kao stalni dopisnik, iz Najrobija, Adis Abebe, Rima, Njujorka i Brisela i povremeno kao ratni dopisnik iz Afrike. Kratko vreme proveo je u diplomatskoj službi u Rimu. Popeo se na Kilimandžaro. Počinio sijaset drugih nerazumnosti.

Autor je zbirki priča *Sultan od Zanzibara*, *Kosmopolitske priče*, *Bilo jednom u Beogradu*, *Hronika nastranosti* (kao i njenih proširenih izdanja *Dranje dabrova* i *Uloga jelovnika u svetskoj revoluciji*), *Potapanje Velikog ratnog ostrva*, romana *Put u Adis Abebu*, *Krpljenje paučine*, *Judina posla*, *Kraj puta*, *Njujork*, *Beograd*, *Afrikanac*, *Leto*, putopisno-esejističke proze *Crni Sizif*, *Trbuh sveta* i *Putopisi po sećanju*, zbirke drama pod naslovom *Ima li Boga*. U pozorištu je izvedena drama *Orden* koja je na međunarodnom festivalu u Moskvi dobila nagradu za najbolji savremeni antiratni tekst. *Hronika nastranosti* prevedena je na engleski jezik. Na osnovu romana *Njujork, Beograd* snimljen je film. Isti roman dobitnik je nagrade „Zlatni Hit Libris" za jedno od najčitanijih književnih dela. Napisao je i više publicističkih dela i istorijskih hronika. Njegova radio-drama *A lutta continua* nagrađena je godišnjom nagradom Radio Beograda. Na radiju su izvođene drame *Generali vežbaju polaganje kovčega* i *Ljudi-mete*.

Bavi se i prevođenjem.

Dobitnik je nagrade Udruženja novinara Srbije za životno delo. Živi i radi u Beogradu kao nezavisan novinar i pisac.

Laguna Klub čitalaca

**POSTANITE I VI ČLAN
KLUBA ČITALACA LAGUNE**

Sva obaveštenja o učlanjenju i članskim pogodnostima možete pronaći na sajtu **www.laguna.rs** ili ih dobiti u našim klubovima:

Klub čitalaca Beograd
Resavska 33
011 33 41 711

Klub čitalaca Beograd
Delfi knjižara
Makedonska 12

Klub čitalaca Beograd
Delfi knjižara
Knez Mihailova 40

Klub čitalaca Beograd
Delfi knjižara
Terazije 38

Klub čitalaca Beograd
Delfi knjižara
TC Zira
Ruzveltova 33

Klub čitalaca Beograd
Delfi knjižara
Bul. kralja Aleksandra 92

Klub čitalaca Beograd
Knjižara Laguna
Bul. kralja Aleksandra 146

Klub čitalaca Beograd
Knjižara Laguna
Stanoja Glavaša 1

Klub čitalaca Beograd
Delfi knjižara
RK Beograd – Miljakovac
Vareška 4

Klub čitalaca Beograd
Delfi knjižara
Požeška 118a

Klub čitalaca Novi Beograd
Delfi knjižara Super Vero
Milutina Milankovića 86a

Klub čitalaca Novi Beograd
Delfi knjižara
Immo Outlet centar
Gandijeva 21

Klub čitalaca Zemun
Delfi knjižara
Glavna 20

Klub čitalaca Novi Sad
Delfi knjižara
Kralja Aleksandra 3

Klub čitalaca Novi Sad
Delfi knjižara
BIG shopping centar
Sentandrejski put 11

Klub čitalaca Niš
Delfi knjižara
Voždova 4

Klub čitalaca Niš
TC Kalča
Prizemlje, lamela E, lok. 11

Klub čitalaca Kragujevac
Delfi knjižara
Kralja Petra I 12

Klub čitalaca Valjevo
Delfi knjižara
Kneza Miloša 33

Klub čitalaca Čačak
Delfi knjižara
Gradsko šetalište bb

Klub čitalaca Kraljevo
Delfi knjižara
Omladinska 16/1

Klub čitalaca Kruševac
Delfi knjižara
Mirka Tomića 89

Klub čitalaca Subotica
Delfi knjižara
Korzo 8

Klub čitalaca Pančevo
Delfi knjižara
TC Aviv Park
Miloša Obrenovića 12

**Klub čitalaca
Sremska Mitrovica**
Delfi knjižara
TC Rodić
Trg Svetog Stefana 32

Klub čitalaca Požarevac
Delfi knjižara
Stari Korzo 2

Klub čitalaca Užice
Delfi knjižara
Trg Svetog Save 46

Klub čitalaca Šabac
Knjižara-galerija Sova
Trg đačkog bataljona 15

Klub čitalaca Zrenjanin
Knjižara Teatar
Trg Slobode 7

Klub čitalaca Loznica
Knjižara Svet knjiga
Svetog Save 4

Klub čitalaca Jagodina
Salon knjige Til
Kneginje Milice 83

Klub čitalaca Leskovac
BIGZ Kultura 27
Južni blok 1

Klub čitalaca Zaječar
Knjižara Kaligraf
Svetozara Markovića 26

Klub čitalaca Podgorica
Narodna knjiga
Novaka Miloševa 12

Klub čitalaca Podgorica
Narodnja knjiga
TC Bazar, Blaža Jovanovića 8

Klub čitalaca Banja Luka
Knjižara Kultura
Kralja Petra I Karađorđevića 83

Klub čitalaca Banja Luka
Knjižara Kultura
TC Mercator
Aleja Svetog Save 69

Klub čitalaca Sarajevo
Knjižara Kultura
TC Mercator
Ložionička 16

Klub čitalaca Sarajevo
Knjižara Kultura
Alta Shopping Center
Franca Lehara 2

Klub čitalaca Tuzla
Knjižara Kultura
TC Mercator
II Korpusa armije BiH bb

Laguna

POSETITE NAS NA INTERNETU!

www.laguna.rs

Na našem sajtu pronaći ćete informacije o svim našim izdanjima, mnoge zanimljive podatke u vezi s vašim omiljenim piscima, moći ćete da čitate odlomke iz svih naših knjiga, ali i da se zabavite učestvujući u nagradnim igrama koje organizujemo svakog meseca. Naravno, preko sajta možete da nabavite naša izdanja po najpovoljnijim cenama.

Dođite, čekamo vas 24 sata.

Dušan Miklja
MIRIS LOŠEG DUVANA

Za izdavača
Dejan Papić

Urednik
Slobodan Guberinić

Slog i prelom
Igor Škrbić

Lektura i korektura
Vesna Jevremović
Maja Milenković Pejović

Štampa i povez
Margo-art, Beograd

Izdavač
Laguna, Beograd
Resavska 33
Klub čitalaca: 011/3341-711
www.laguna.rs
e-mail: info@laguna.rs

CIP – Каталогизација у публикацији
Народна библиотека Србије, Београд

821.163.41-94

МИКЉА, Душан, 1934–
    Miris lošeg duvana / Dušan Miklja. - Beograd : Laguna, 2014
(Beograd : Margo-art). - 374 str. ; 20 cm

Tiraž 2.000. - O autoru: str. 373–374.

ISBN 978-86-521-1550-1

COBISS.SR-ID 208198668